AARON SANDER
Schmerzwinter

Über den Autor:

Aaron Sander, 1973 geboren, studierte Film- und Fernsehdramaturgie. Er wuchs im Norden Deutschlands auf. Schon in jungen Jahren lernte er das Meer, die Hansestadt Hamburg und die Wälder Schwedens lieben. Auf langen Wanderungen durch die Natur ersinnt er seine Thriller. Oft nimmt er seinen Laptop mit und genießt es, tief im Wald zu schreiben.

AARON SANDER

SCHMERZWINTER

THRILLER

lübbe

Dieser Titel ist auch als E-Book erschienen

Die Bastei Lübbe AG verfolgt eine nachhaltige Buchproduktion. Wir verwenden Papiere aus nachhaltiger Forstwirtschaft und verzichten darauf, Bücher einzeln in Folie zu verpacken. Wir stellen unsere Bücher in Deutschland und Europa (EU) her und arbeiten mit den Druckereien kontinuierlich an einer positiven Ökobilanz.

MIX
Papier aus verantwortungsvollen Quellen
FSC® C014496

Originalausgabe

Dieses Werk wurde vermittelt durch die
Literarische Agentur Thomas Schlück GmbH, 30161 Hannover

Textredaktion: Angela Kuepper
Titelillustration: © The Reading Room/Alamy Stock Photo;
© Finpic, München
Umschlaggestaltung: zero-media.net, München
Satz: hanseatenSatz-bremen, Bremen
Gesetzt aus der Stempel Garamond
Druck und Verarbeitung: GGP Media GmbH, Pößneck
Printed in Germany
ISBN 978-3-404-18807-9

2 4 5 3 1

Sie finden uns im Internet unter:
luebbe.de
Bitte beachten Sie auch: lesejury.de

Wir dünken uns frei,
und der Zufall führt allgewaltig
an tausend fein gesponnenen Fäden fort.

Heinrich von Kleist (1777–1811)

1

Mühelos schob sich die Fähre auf ihrem Weg zum anderen Elbufer durch die dünnen Eisschollen.

»Sei mal nicht so schüchtern. Mir kannst du es erzählen, Süße.« Sybille blies sich in die Hände. »Du hast doch 'n Date. Komm, sag schon … Kino, hab ich recht?«

»Ich …?«

»Nee, der Yeti hinter dir. Klar du!«

Mareike zog sich die bunte Wollmütze tiefer über die lockigen Haare. Sie musste schmunzeln und spürte die Winterkälte angenehm auf ihren Wangen prickeln. Sie trat neben ihre Freundin ans Geländer des Oberdecks und atmete die schneidend kalte Luft ein.

An Deck der Fähre 62 war es eisig, trotzdem konnte sie nicht anders und musste den Ausblick genießen. Die ersten Dezembertage hatten Schnee gebracht, der sogar liegen geblieben war.

Mareike wusste, dass sie Sybille nichts vormachen konnte, doch sie ließ ihre Freundin noch ein bisschen zappeln. Die beiden arbeiteten zusammen in den Airbus-Werken bei Finkenwerder, und seit dem ersten Tag vor nunmehr fünf Jahren, als Mareike dort angefangen hatte, waren sie sich sympathisch.

»Nun sag schon … Mareike!«

»Na ja …«

Weiter kam sie nicht, denn Sybilles Lachen unterbrach sie. »Ich wusste es! Ich hab recht … Und, hat er?«

»Was?«

»Gefragt, mein ich? Hat er dich endlich gefragt? Unser Blondie, Mr. A320! Ding-Dong, ich sag nur *Rumpfmon-*

tage.« Sybille streifte ihre Strickhandschuhe über. »Junge, Junge, bei dem würde ich auch gern mal den Rumpf kontrollieren.«

»Sybille!«, tadelte Mareike sie spaßend.

»Mareike!«, tadelte Sybille lachend zurück. »Ihr saht beide so komisch verschmitzt aus, heute. In der Kantine. Und dann hast du zwei Kinokarten vorbestellt.«

»Tja, was soll ich sagen? Dir entgeht eben nichts.«

»Ha!« Sibylle kiekste vor Begeisterung. So laut, dass sich einige Touristen zu ihnen umdrehten.

Mareike lächelte nachsichtig, dabei war sie selbst unglaublich gespannt auf das Date. Vielleicht würde es ja diesmal etwas werden. Vielleicht wäre er der Richtige. Einer, der blieb, um gemeinsam etwas aufzubauen.

Die Sonne war bereits untergegangen, doch die Lichter der Großstadt ließen die bleigrauen Wolken eigentümlich leuchten. Mit einem Mal spürte Mareike ein unangenehmes Gefühl im Nacken, so als ob jemand sie beobachtete. Abrupt wandte sie sich um, aber da war nur eine Frau mit zwei Kindern, die ungeduldig an ihr zerrten.

Während Sybille ihr ganz aufgeregt eine Frage nach der anderen über das bevorstehende Date stellte, legte die Fähre an.

Die Touristen, die sich bei diesem Wetter nach Hamburg getraut hatten, verließen das Deck. Wie immer warteten Mareike und Sybille, bis das größte Gedränge sich gelöst hatte.

Kaum auf den Steg getreten, verabschiedeten sie sich. Während Sybille zur Bushaltestelle ging, machte sich Mareike auf zu ihrem Wagen. Sie parkte den in die Jahre gekommenen roten Golf gern ein Stück entfernt, um noch ein paar Schritte laufen zu können. Manchmal fuhr sie mit dem Bus vom Anleger Teufelsbrück eine Haltestelle stadteinwärts und ging dann die Seitenstraßen der Elbchaussee hinauf zum Klein Flottbeker Weg, wo sie so gut wie immer einen Parkplatz fand.

Heute jedoch entschloss sie sich, die ganze Strecke bis zum Wagen zu Fuß zu gehen. Es waren lediglich zwanzig Minuten, wenn sie die Abkürzung durch den Jenischpark nahm.

Mareike freute sich auf den Spaziergang durch die verschneite Parkanlage. Beim Laufen ließ es sich wunderbar tagträumen. Im Dämmerlicht konnte sie ein ganzes Stück entfernt drei Jugendliche bei einer Schneeballschlacht sehen, doch ihr Lachen drang kaum zu ihr. Mit einem Mal bemerkte sie die Stille um sich herum. Sogar das Verkehrsdröhnen der Elbchaussee wurde von den schneebedeckten Büschen und Bäumen geschluckt. Jeder Ton, jeder Schritt, selbst ihr Atmen klangen gedämpft. Es war fast ein bisschen mystisch, aber auch unheimlich. Mit einem Mal stellte sie fest, wie allein sie hier auf den gewundenen Pfaden zwischen den verschneiten Grünanlagen war. Sie hatte angenommen, sehr viel mehr Spaziergänger anzutreffen, doch der Park war verwaist.

Wieso bist du nicht mit dem Bus gefahren und die Straße hochgegangen?, schimpfte sie sich.

Sie blies in ihre Handschuhe und sah sich um. Das Gelände stieg vom Ufer her an, sodass sie von hier aus einen schönen Blick auf die Elbe hatte. Die Fähre war längst weitergefahren und der Platz vor dem Anleger bis auf ein paar Wartende verwaist.

Sie wollte schon weitergehen, als sie im Augenwinkel meinte, einen Schatten zwischen den Büschen huschen zu sehen. Ihr Herz begann sofort zu hämmern.

»Hallo?«, rief sie leise und spähte in die von wenigen Laternen durchbrochene Dunkelheit.

Keine Bewegung.

Vielleicht nur ein Vogel? Eine Täuschung?

Sieh zu, dass du aus dem Park kommst!

Sie rückte ihre Tasche zurecht und ging entschlossen weiter.

Schnurstracks hielt sie auf den Ausgang zu und ermahnte sich, nicht zurückzublicken. Sie beschleunigte ihren Schritt, kürzte über eine Wiese ab, während ihre Hand nervös in ihrer Jackentasche mit dem Smartphone spielte. Ihr Blick ging geradeaus, wo eben noch die Jugendlichen Schneebälle geworfen hatten. Sie schienen wie vom Erdboden verschluckt. Was, wenn …

Hör auf! Hör auf mit diesem Kopfkino! Da ist niemand.

Wenige Minuten später erreichte sie die hell beleuchtete Straße und konnte nicht anders, als sich in der vermeintlichen Sicherheit der Laternen umzusehen …

Doch da war niemand. Keiner verfolgte sie.

In ihrem VW Golf war es eisig kalt. Mareike nahm einen Eiskratzer und stieg noch mal aus. So gut es ging, kratzte sie die Windschutzscheibe frei. Die eisige Feuchtigkeit drang sofort durch die Handschuhe, und ihre Finger fühlten sich taub an.

Den Zündschlüssel konnte sie kaum spüren, als sie wieder im Auto saß. Sie wollte starten, aber da nahm sie im Augenwinkel etwas Merkwürdiges wahr.

Die Scheibe an der Fahrerseite war beschlagen, und sie meinte, eine Fingerzeichnung zu erkennen. Keine zwanzig Zentimeter neben ihrem Kopf prangte ein Kreuz, an dem ein Strichmännchen hing. Ein Galgenmann?

Sie lehnte sich vor, sah genauer hin … Es war kein Galgenmann, eher eine Marionette.

Behutsam streckte sie ihre vor Kälte und Nässe zitternden Finger nach der Zeichnung aus. Ungläubig, geradezu behutsam – als könnte sie etwas für immer zerstören. Als sie mit der Fingerkuppe über die feuchte Scheibe fuhr, lief es ihr eiskalt den Rücken hinunter.

Sie konnte die Linien *verwischen*.

Die krakeligen Striche waren nicht von außen, sondern von *innen* auf die Scheibe gemalt worden …

Steif vor Angst saß Mareike da. Ihr Herz schlug wild, und sie hörte das Blut in ihren Ohren rauschen. Augenblicklich war ihr Mund trocken.

Trau dich! Dreh dich um! Schau auf der Rückbank nach!

Bevor sie den Kopf umgewandt hatte, spürte sie feuchtwarmen Atem in ihrem Nacken.

2

Jan Nygård saß allein im Zivilwagen und strich sich Jodsalbe auf die aufgeplatzte Haut seiner Fingerknöchel. Er wartete auf das Brennen, aber es kam nicht. Früher hatte die Salbe immer höllisch gezwiebelt. Beim Spielen in den Steinhügeln bei Slätterna, ein Stück nördlich von Göteborg, hatte er sich oft die Knie aufgeschlagen. Dann hatte seine Mutter die braune Salbe aus dem Badezimmerschrank geholt und dick auf die Schürfwunden geschmiert. Was hatte er gejammert. Aber das Brennen gehörte irgendwie zur Heilung dazu, gehörte zu einem geglückten Sommer, zu einem Stückchen Mut.

Er drehte die Tube zu und steckte sie zurück in seinen Parka. Heutzutage war von dem Brennen allerdings nichts mehr zu spüren.

Alles weg, dachte Jan. Nun war die Salbe so harmlos, dass man nicht einmal wusste, ob sie überhaupt half.

Im Rückspiegel musterte er seine Schrammen auf der linken Wange. Der dickere der beiden Burschen hatte ganz schön zugelangt. Seufzend entschied er sich, sie einfach so zu belassen.

»Wo bleibst du denn?« Riya Midani, seine indischstämmige Partnerin beim LKA, klopfte mit ihrer Taschenlampe gegen die Autotür. »Jan?«

»Komme.«

»Die Hunde haben angeschlagen.«

»Wirklich? Bin gleich bei dir … Der Chef?«

»Dieck kommt erst, wenn wir definitiv etwas haben.«

Jan nickte und sah zu Riya, die durch den Schnee einen schmalen Trampelpfad zu einem Wäldchen hinaufstapfte.

In ihrer pinken Steppjacke aus Polyester sah sie fülliger aus als sonst. Im Kegel der Autoscheinwerfer konnte er ihre Silhouette zwischen den Bäumen erkennen, dann hatte sie der Wald verschluckt.

Die Nacht hatte neuen Schnee gebracht. Weiß, rein. So unberührt.

Jan warf einen letzten Blick in den Spiegel. Der Mann, der ihm entgegenblickte, war nicht in bester Verfassung. Augenringe und Krähenfüße, kaum Schlaf, nachdem der Anruf vom Revier ihn in aller Herrgottsfrühe geweckt hatte.

Eine Meldung war eingegangen. Die Stimme eines Unbekannten, durch eine Software verfälscht. Er hatte nur wenige Worte gesagt.

Ihre Lebensfäden zerschnitten.

Sie ruhen beim Grenzhaus im Wald.

Die Frau in der Telefonzentrale hatte nachhaken wollen, doch da hatte der Anrufer bereits aufgelegt.

Seufzend öffnete Jan die Fahrertür und zog die in die Jahre gekommene, reichlich klobige Fellmütze über den Kopf – noch so eine Erinnerung aus Schweden und an seinen Vater, der sie einst getragen hatte.

Dann folgte er seiner Kollegin von der schmalen Straße aus in das Waldstück. Von Weitem konnte er die Bundesstraße 432 hören. Der frühmorgendliche Berufsverkehr würde bald seinen Höhepunkt erreichen.

»Was habt ihr?«

Jan schloss zu Riya auf, die ihm zeigen wollte, was die beiden Blut- und Leichenspürhunde ungefähr fünfzig Meter von der Straße entfernt gefunden hatten. Sie drückte mehrere Birkenäste beiseite.

Neugierig verfolgten die beiden belgischen Schäferhunde, was vor sich ging. Obwohl sie aufs Wort gehorchten, war ihnen anzumerken, wie aufgeregt sie waren. Jan zückte seine Stablampe und leuchtete.

Im Schatten der Birken war eine Blutspur zu erkennen. Der von den Hundenasen aufgewühlte Schnee sah aus wie aufgeplatzte frische Innereien.

»Ziemlich viel Blut«, stellte Jan fest. »Weiter unten haben sie keine Spur gefunden?« Er drehte sich zu den beiden Hundeführern um, die dicht neben ihren Tieren standen und sie an der kurzen Leine hielten.

»Nein«, sagten sie unisono.

»Gut. Folgen wir der Spur. Sagst du Dieck Bescheid, Riya?« Er ließ die Hand über die Birkenäste gleiten. Einige waren eindeutig abgeknickt worden. Ob von den Hunden, von Riya oder dem Täter, ließ sich nicht genau sagen.

Durch die Birken, die starr und eisgefroren dastanden, konnte er den zerfetzten Himmel erkennen. Die Sonne war im Begriff aufzugehen, aber noch drang kaum ein Schimmer durch die schweren Wolken. Bald würde es wieder schneien.

Riya winkte den beiden Hundeführern und funkte ihren Dezernatsleiter an.

»Dieck soll sich beeilen. Wir brauchen das volle Programm«, wies Jan sie an und sah zu, wie die Hunde die Fährte aufnahmen. Im tanzenden Licht der Taschenlampen folgte Jan ihnen tiefer in das Wäldchen.

Nach gut hundert Metern blieben die Hunde vor einem flachen, schneebedeckten Hügel stehen. Die Muskeln angespannt, starrten sie auf den Schneehaufen, schnüffelten und wären am liebsten losgeschossen. Doch dazu waren sie zu gut ausgebildet. Winselnd rissen sie an ihren Leinen und scharwenzelten um die Hundeführer, die beruhigend auf sie einredeten.

Nachdem Jan ein paar Schritte näher gekommen war,

konnte auch er den Leichengeruch wahrnehmen. Der süßliche Gestank der Verwesung drang durch die klare, eiskalte Luft. Es war wahrscheinlich bloß der Kälte zu verdanken, dass es nicht allzu bestialisch roch.

Behutsam trat er noch näher heran. Der Hügel entpuppte sich als von Schnee bedecktes Grüngut. Ein paar Äste und abgesägte Stämme waren hier irgendwann einmal abgelegt worden. Nichts Ungewöhnliches.

Der Strahl seiner Taschenlampe leckte über den Schnee, dann über eine fahle Hand, einen Arm … Schließlich erhellte der Lichtkegel dunkle Haare, ein Gesicht … oder das, was davon übrig war. Nahezu sanft hatte sich der Schnee auf Blut und gesprengte Knochen gelegt. Gefasst trat Jan einen weiteren Schritt um den Hügel herum und leuchtete.

Vor ihm saßen zwei Frauen.

Nur der Schnee der letzten Nacht bedeckte ihre Haut.

Die beiden lehnten mit dem Rücken an den abgesägten Stämmen, saßen im Schnee, als hätten sie sich nach einer langen Wanderung dort niedergelassen, um sich ein wenig auszuruhen.

Um für die Ewigkeit innezuhalten, dachte Jan und ließ den Strahl seiner Taschenlampe über das gleiten, was einst ihre Gesichter gewesen waren.

Der Schwarzhaarigen hatte man ins Gesicht geschossen oder geschlagen. Die linke Wange und ein Auge fehlten. Kieferknochen ragten gesplittert aus dem pudrigen Schnee. Sie zeigte Spuren der Verwesung.

Die Blonde hatte die Augen geöffnet und starrte mit gebrochenem Blick in die Ferne. Im Gegensatz zur anderen Frau war ihr Hals – wahrscheinlich durch ein Projektil – aufgerissen, ihr Antlitz jedoch nahezu unversehrt. Sie hatte den rechten Arm um die Schulter der anderen gelegt, während sie den linken auf ihr hochgezogenes Knie stützte. Die linke Hand streckte sie aus, als wollte sie, dass Jan etwas hineinlegte. Oder stand der Zeigefinger ab? Zeigte sie auf etwas?

Unwillkürlich wandte Jan den Kopf, um zu sehen, auf was die Tote deuten mochte. Dort hinten im Dunkeln standen die Birken schlank und gerade. Sonst war nichts zu erkennen.

Riya, die Jan gefolgt war, hatte seinen suchenden Blick bemerkt. »Ich geh nachgucken.«

»Sei vorsichtig. Geh von der Seite ran«, sagte Jan, der Sorge hatte, sie würden wichtige Spuren zertrampeln.

Riya schlug einen großen Kreis, während er abermals den Schein seiner Lampe über die beiden nackten Frauen gleiten ließ. Erst jetzt fiel ihm auf, wie rosig ihre Wangen unter der hauchdünnen Schneedecke wirkten. Sie waren geschminkt. Ihre Wangen waren mit Rouge bestrichen oder gepudert worden, was ihnen einen gesunden Teint gab. Außerdem trugen sie Lidschatten und Wimperntusche. Die Haut ihrer Lippen war aufgeplatzt, doch sie leuchtete vom Lippenstift in einem warmen Rot.

Aufgehübscht, grübelte Jan. Hübsch gemacht für den Tod oder für …

Im nächsten Moment sah er unter den Schneeflocken das Metall in der Handfläche der Zeigenden. Er richtete den Strahl der Taschenlampe darauf. Es handelte sich um eine schwere Sechskantmutter mitsamt einer großen Unterlegscheibe. Jan musste schlucken. Dann ging er in die Knie und warf einen Blick auf den Handrücken.

Säure stieg aus seinem Magen empor, er atmete dagegen an.

Aus ihrer Hand ragte eine Öse, eine wuchtige Ringschraube.

Im nächsten Moment hatte er sich so weit gefangen, dass er ihre andere Hand ableuchtete, die sie über die Schulter der zweiten Leiche gelegt hatte. Hier war ebenfalls eine Öse zu sehen. Er ließ den Lichtkegel über die Hände der zweiten Frau wandern. Auch sie war nicht verschont worden. Er rieb sich das Gesicht. Beiden Frauen waren Schrauben durch die Hand getrieben und Ösen am Handrücken angebracht worden.

Die Rufe einiger Krähen verirrten sich zu ihm. Der Lärm der nahen B 432 war zu einem steten Rauschen angeschwollen.

Jan atmete durch. Dann trat er einen weiteren Schritt vor. Etwas Schnee rutschte von der Brust der dunkelhaarigen Toten. Der Anblick ließ ihn erschaudern. Auf Höhe ihres Herzens war ein Stück herausgeschnitten worden. Im vernarbten Loch saß eine matte, runde Metallplatte. Zumindest nahm er an, dass es Metall war. Sie war etwa so groß wie der Boden eines Wasserglases.

Jan widerstand dem Drang, näher zu treten oder gar die Wunde auszuwischen, auf deren Rand sich die Flocken so sanft und geradezu anmutig niedergelassen hatten. In einem verborgenen Winkel seines Geistes spürte er eine gewisse Faszination, wie er sie bei Morden schon des Öfteren erlebt hatte. Was immer die Opfer durchlitten hatten – so etwas wie das hier hatte er noch nie gesehen. Und er begann sich zu fragen, welcher kriminelle Geist so etwas Abartiges ersann.

»Da hinten ist nichts«, riss ihn Riya aus seinen Gedanken.

»Hm«, brummte er. »Wir brauchen die ganze Truppe. Und Licht. Jede Menge Licht hier im Wald.«

Während er Riya noch einmal funken hörte, streifte sein Blick erneut das teils zerfetzte Gesicht der Schwarzhaarigen. Der Anblick ließ ihn schwer seufzen. Er wandte sich lieber der zweiten Frau zu, deren geschminkte Wangen sie so frisch aussehen ließen. So lebendig. Doch auch sie war ein Opfer der Krankheit Gewalt geworden. Gewalt …

Unwillkürlich tastete er nach seiner verletzten Hand. Die verdammte Salbe brannte immer noch nicht. Er hatte keine Ahnung, ob sie wirkte.

Jan spürte keine Schmerzen.

3

Zwei Stunden später hielten Jan und Riya vor einem Spätkauf im Schanzenviertel. Die Scheiben des Ladens waren über und über mit Plakaten beklebt, selbst die Eingangstür war mit Ankündigungen von Bands und billigen Telefontarifen zugekleistert.

Die Spurensicherung hatte das Wäldchen abgesperrt, und eine ganze Horde Beamter hatte alles akribisch abgesucht und jede noch so winzige Spur vermessen. Tausende Proben waren eingetütet worden und warteten auf die Untersuchung. Die beiden Leichen befanden sich auf dem Weg zur Rechtsmedizin im Uniklinikum Eppendorf.

»Der Anruf kam eindeutig von hier. Die haben die IP gecheckt und ihn zurückverfolgt.« Riya zog die Tür auf. »Kommst du?«

Jan zog seine altmodische Mütze zurecht und blieb auf dem verschneiten Bürgersteig einen Moment stehen. Die Reklame für einen Callshop blinkte tapfer gegen das Schneetreiben an.

»Dass es solche Läden noch gibt.«

»Ich wunder mich auch jedes Mal, wenn ich die sehe.« Riya hielt ihm geduldig die Tür auf. Die beiden traten ein. »Der Besitzer heißt Naim Yilmaz. Er war heute früh hier, als telefoniert wurde.«

Ein schmaler Gang, nicht breiter als anderthalb Meter, führte von der Tür am Tresen vorbei, hinter dem ein durchtrainierter Mann mit Vollbart stand. Aufwendige Tattoos zierten seine muskulösen Arme. Als er Jan sah, musste er lächeln.

»Ach, nein. Unser Clint Eastwood.«

»Nur nicht so alt. Komm her, du«, begrüßte Jan den Besitzer und tätschelte ihm brüderlich die Wange.

»Ihr kennt euch?«, fragte Riya überrascht.

»Aus dem Boxkeller«, erklärte Jan und wandte sich an Naim. »Dein Laden? Nicht schlecht. Dachte, du klaust Autos oder machst in Drogen oder so.«

»Oder so. Genau, Alter. Für so ’n Rassismus-Scheiß solltest du …« Er deutete einen Schlag an. »Boom! Uppercut und ab auf die Bretter.«

»Ach.« Jan winkte ab. »Du triffst doch nicht mal den Sandsack, mein Großer.« Die beiden klatschten sich ab, und Jan wurde schlagartig ernst. »Was ist passiert?«

»Das war ziemlich schräg. Da war einer hier. Kurz nachdem ich meine Schicht angefangen habe. Da drüben …« Naim kam um den Tresen herum und führte die beiden in den »Telefonsaal«, wie er das Kabuff nannte, einen schlichten quadratischen Raum mit kalter Neonbeleuchtung und drei Reihen von Computer-PCs, mit denen man im Internet surfen konnte. »Die meisten kommen her, um preiswert mit ihren Familien im Ausland zu telefonieren oder zu skypen. Nach Libyen, Angola, Laos …«, erklärte Naim.

»Macht man das heute nicht vom Laptop oder Handy aus?«, fragte Jan, während er seinem Boxkumpel zu einem der Plätze folgte.

»Du würdest dich wundern, wie viele noch einfache Handys ohne Internet haben. Es kommen auch Leute her, um was auszudrucken. Drucker sind noch seltener.«

»Aha.«

»Okay, stimmt schon.« Naim zuckte die Schultern. »Meine Branche ist am Aussterben. Ist halt so.«

Jan blickte sich um und sah, was er meinte. Nur ein einziger Kunde hockte in der letzten Reihe, hatte die Kapuze seines Pullis übergezogen und chattete im Internet. Ansonsten war der Shop leer.

»Ich mach meinen Schnitt vorne mit Bier und Chips. Ach ja, und mit Heroin, Koks, Crack, Speed. Das Übliche halt. Weißt du ja.« Naim lachte schräg und wollte einen Stuhl von einem der Computertische ziehen.

»Halt! Fass bitte nichts an, okay?«, stoppte Jan ihn.

»Alles easy.« Naim hob die Hände. »Ihr macht ja ein Ding draus … Also passt auf. Hier drüben hat er gesessen. Und das war ziemlich strange.«

»Strange?« Riya zückte ihr Handy. »Wieso?«

»Weil der Typ wie aus 'nem S.W.A.T-Team aussah.«

»S.W.A.T?«

»Er hatte 'n roten Kapuzenpulli an und so 'ne Sturmhaube über Kinn und Mund gezogen. Könnte auch 'ne Skimaske gewesen sein. Außerdem trug er 'ne Sonnenbrille. So 'n Pornoding. So 'ne verspiegelte.«

»Marke Highway-Cop?«, fügte Jan an.

Naim lachte. »Ja, Mann. Ich dachte, der will mich ausrauben. Er ist reingekommen, ich sag *Hallo*, aber der sagt nichts. Legt nur Geld auf den Tresen und zeigt, dass er zum Computer will. Telefonieren.«

»Zeigt?« Jan führte die Hand ans Ohr, als telefonierte er. »So?«

»Ja, genau. Der hat kein Wort gesagt. Dann ist er hierher. Zu dem Platz da. Er hat sich das Headset unter den Kapuzenpulli geschoben. So wie der da.« Naim nickte zu seinem einzigen Kunden. »Aber sein Pulli war knallrot. Na ja, er setzt sich's Headset auf, und das war's.«

»Wie, *das war's*?«

»Ich hab ein paar Sachen sortiert, da seh ich ihn schon wieder am Tresen vorbeigehen und raus. Der war nicht mal drei Minuten hier drin.«

Riya hatte bereits das LKA in der Leitung. »Wir brauchen hier die Spusi … Was? Ja, ist mir klar, dass die alle noch im Wald sind. Schickt ein kleines Team. Wir sperren hier ab.«

Naim sah Jan fragend an.

»Du musst für heute dichtmachen, wahrscheinlich auch morgen. Die Spurensicherung kommt her, sie nehmen Fingerabdrücke und Faserspuren. Nur zur Sicherheit.«

»Was ist denn überhaupt passiert? Die haben gesagt, dass ihr kommt, weil der Typ euch heute Nacht angerufen hat.«

»Darf ich dir leider nicht sagen.« Jan wandte sich dem Kunden zu. »Kommen Sie bitte zum Schluss und gehen Sie. Der Laden wird geschlossen.«

Der Gast hielt lässig die Hand hoch, um zu signalisieren, dass er Jan verstanden hatte.

»Auch wenn der Mann von heute Morgen eine Sturmmaske trug«, sagte Jan zu Naim. »Kannst du ihn beschreiben?«

»Beschreiben? Bin ich Goethe? … Ich hab was Besseres für euch.«

Mit einem zufriedenen Lächeln zog Naim einen Tablet-PC unter seinem Tresen hervor. Er nickte zur Wand hinter dem Ladentisch, wo Jan eine Kamera erkennen konnte.

»Die Festplatten sind im Büro. Wir speichern alles ab. Warte, ich scroll mal.« Er drehte das Tablet, sodass Riya und Jan einen guten Blick darauf hatten.

Nach wenigen Clicks war er an der richtigen Stelle angelangt und startete die Wiedergabe. »So. Hier kommt er in den Laden«, erklärte Naim.

Jan lehnte sich an den Tresen und beugte sich neugierig über das Tablet.

Die Aufzeichnung zeigte den schmalen Eingang des Spätkaufs. Im Hintergrund konnte Jan die Tische mit den PCs erkennen, es waren keine Kunden da. An der Seite des Bilds stand der Tresen mit der Kasse und den üblichen Süßigkeiten und Zigaretten. Die Aufnahme war gestochen scharf, kein Vergleich zu Jans ersten Jahren bei der Polizei, als noch vieles auf VHS aufgezeichnet worden war und die Verbrecher auf den Tapes wie Gespenster ausgesehen hatten.

Jan verengte die Augen. Das Gesicht des Mannes war nicht zu erkennen, weil er die Kapuze seines roten Pullis tief in die Stirn gezogen hatte, eine verspiegelte Sonnenbrille trug und die Skimaske den Rest verdeckte.

»Wie einer von euch. SEK oder so«, meinte Naim. »Spooky.«

Der Typ deutete an, dass er telefonieren wolle, und ging dann an den PC-Platz, den Naim ihnen gezeigt hatte. Nichts geschah, sodass Naim vorspulte.

»Stopp, geh noch mal zurück«, bat Jan.

Hinten bei den PCs löste sich ein Schatten, der Mann stand auf und tauchte aus dem Bild. Kaum drei Sekunden später erschien sein Schemen erneut. Er hielt den Kopf gesenkt und ging ein paar Schritte vor bis zum Tresen, über dem die Kamera angebracht war.

»Viel ist nicht zu erkennen«, meinte Jan und sah den Mann aus dem Bild verschwinden und den Laden verlassen. Doch plötzlich blieb der Unbekannte stehen.

Er hob den Kopf.

Ganz langsam – wie in Zeitlupe – sah er auf.

Er blickte nicht etwa zum Tresen, sondern sah höher und höher …

Die Kamera spiegelte sich in seinen Brillengläsern.

Dann griff der Unbekannte ganz behutsam nach seiner

Brille und nahm sie ab. Im nächsten Moment starrte er unverhohlen in die Kamera. Direkt hinein.

Jan lief es kalt den Rücken hinunter.

Dieser Fremde fixierte ihn, starrte ihm direkt in die Augen. Sein Blick war kalt. Er blinzelte nicht, er bewegte sich nicht. Er starrte ihm bloß mit seinen dunklen, beinahe schwarzen Augen entgegen … Wie eine Raubkatze, die ihr Opfer anpeilt.

»Der sieht uns an, als wüsste er, dass wir zuschauen«, flüsterte Riya, die ebenfalls gebannt vom Anblick dieses Mannes war.

Jan bekam ein extrem ungutes Gefühl. Mit seinem harten Blick schien dieser Mann seine Seele aufsaugen zu wollen …

Naim tippte auf Stopp, und der Blick gefror.

»Glaubst du, der ist unser Täter?«, fragte Riya und rieb sich fröstelnd den Oberarm.

»Weiß nicht.« Neugierig beugte Jan sich noch weiter vor und sah sich jeden Zentimeter Haut, die Iris, die Augen genauestens an.

»Er lacht uns aus«, sagte er dann.

Tatsächlich war unter der Skimaske ein Grinsen zu erahnen.

»Er weiß auf jeden Fall, dass es die Kamera gibt. Und er weiß auch, dass wir uns die Aufnahme ansehen werden«, warf Riya ein. »So kalt, wie der schaut. Unheimlich.«

»Wenn er unser Täter ist, dann spielt er mit uns. Er weiß, dass wir hier sind. Er weiß, dass wir ihm in die Augen sehen werden. Und er scheint es zu genießen. Er … Hey!« Jan fuhr herum. Der Kunde hatte den Telefonsaal verlassen, sich an ihm vorbeigedrückt und ihm dabei in Wildwest-Manier in die Seite gestoßen. Jan roch kalten Zigarettenqualm, vermischt mit dem unangenehm süßlichen

Duft von Desinfektionsmittel. Ohne sich umzudrehen, zog der Mann die Tür auf und trat hinaus in den Schnee.

»Herr Yilmaz, wir brauchen die Festplatte. Vielleicht war er vorher schon mal hier. Wie weit reichen die Aufnahmen zurück?«, wollte Riya wissen.

»Achtundvierzig Stunden. Es ist ja nur dafür da, falls hier jemand einbricht oder was klaut.«

Jan nickte und sah durch die beklebten Schaufensterscheiben, wie der Mann – den Kopf eingezogen, die Hände in den Taschen seiner Jeans – zwischen den geparkten und zugeschneiten Wagen verschwand.

Etwas klauen …, hallte es in seinem Kopf nach.

Jan klopfte seinen Parka ab.

»Verdammt!« Blitzartig riss er die Tür auf und rannte los.

»Was ist denn?«, rief Riya ihm nach, aber Jan hörte sie nicht mehr, er war bereits auf dem Gehweg.

»Hey!«, brüllte er, wischte zwischen zwei geparkten Wagen hindurch und lief auf die Straße. Ein Hupen ertönte. Jan fuhr herum. Ein Lieferwagen legte eine Vollbremsung hin, aber er achtete nicht weiter drauf, sondern rannte weiter. Er hatte nur den Dieb im Blick. Mittlerweile hatte der Mann ebenfalls zu rennen begonnen, war gut hundert Meter vor ihm.

Da verschwand der Kerl durch einen Torbogen.

Jan setzte ihm nach. Endlich erreichte er das Tor und lief durch die Einfahrt bis auf den Hof.

Ein typischer Hamburger Hinterhof. Er war menschenleer. Keine zufallende Tür, alles lag ruhig da. Zu ruhig.

Jan hielt inne. Tief holte er Luft. Sie schnitt eiskalt in seine Lungen.

Keine Spur von dem Mann zu sehen.

Alle Türen waren geschlossen und der Schnee von zu vielen Schritten aufgewühlt. Unmöglich, hier Fußspuren zu folgen.

Irgendwo in einem Nebeneingang? Oder in den zweiten Hinterhof gelaufen? Mist. Hier gibt's tausend Verstecke.

Nahezu lautlos ging Jan tiefer in den Hinterhof und sah sich um. Nach Luft ringend, schloss Riya zu ihm auf. Obwohl sie wesentlich jünger war als er, war sie nicht gerade in Topform.

»Was ist denn passiert?« Sie musterte ebenfalls die Ausgänge. »Was ist mit dem Typen?«

»Dieser *Typ* hat mich beklaut. Er hat meine Brieftasche.«

»Ganz schön dreist, einen Polizisten zu beklauen.«

Scheiß drauf, dachte Jan. Er hatte Besseres zu tun, als einem Taschendieb hinterherzulaufen, der sicherlich über alle Berge war. Das Ärgerliche waren nicht die siebzig Euro, die noch drin waren, sondern die ganzen Scherereien wegen seiner Ausweise und Karten.

»Vergiss es«, schimpfte Jan. »Der kann hier überall sein. Keller, Seitenflügel. Vielleicht wohnt er hier oder …«

»Da!« Riya hatte etwas gesehen, und Jan riss den Kopf herum.

Ein Schatten! Dritter Stock. Hinter dem Fenster zum Treppenhaus.

Sofort spurtete Jan los. Er stieß die Tür zum Seitenflügel auf, Treppe hoch, seine Motorradstiefel polterten auf den Holzstufen. »Ich weiß, dass du hier bist! Komm raus!«

Zweiter Stock. Er überlegte, ob er seine Waffe ziehen sollte.

Er hatte schon oft erlebt, was passierte, wenn sich Menschen in die Ecke gedrängt fühlten. Wenn sie keinen Ausweg mehr sahen, wurde es meistens unangenehm.

Er entschied sich trotzdem gegen die Waffe, nahm aber sehr behutsam und leise die Stufen in den dritten Stock. Unter ihm hörte er, wie jemand eine Wohnungstür öffnete und mit Riya sprach.

Vorsichtig schob er sich weiter vor, bekam Sicht auf die dritte Etage. Drei Türen gingen von dort ab. Über ihm führte die Treppe weiter hinauf zum Dachboden.

Er horchte … Keine Schritte, kein Keuchen, kein Rascheln.

Jan spähte um das Geländer herum.

Die grobe Holztür zum Speicher war nur angelehnt.

»Polizei. Ich bin von der Polizei«, rief er und zog die Tür langsam auf.

Ein paar Tauben stoben auf und flatterten panisch umher. Der Dachboden war nicht ausgebaut, sondern so, wie er vor gut hundert Jahren errichtet worden war. Wäscheleinen spannten sich über die gesamte Breite. Mehrere Parteien hatten Laken und Kleider aufgehängt.

»Ich bin bewaffnet.« Nun zog Jan doch seine Waffe. Die Wäsche und das Gebälk nahmen ihm die Sicht, und er hatte keine Lust, gegen jemanden kämpfen zu müssen, der womöglich ein Messer zog. Messerstechereien waren das Schlimmste. Da halfen auch die ganze Boxerei und das Nahkampftraining wenig, das er zusammen mit Riya regelmäßig absolvierte.

Entschlossen trat er durch die Laken.

Eines der alten Dachfenster war zerschlagen. Wahrscheinlich schon vor Jahren. Jemand hatte dicke Plastikplanen draufgeklebt, aber auch die waren zerrissen. Und das bereits sehr lange, wie Jan anhand der Schicht Vogelscheiße vermutete.

Ohne zu zögern trat Jan vor und blickte hinaus. Im Südosten konnte er den Turm von St. Michaelis erkennen und ein Stück vom geschwungenen Dach der Elbphilharmonie erahnen. Der bleierne Himmel ließ die schneebedeckten Dächer Hamburgs zu einem grauen Wellenmeer werden. Eine sanfte Brise trieb ihm Schnee von den Schindeln ins Gesicht. Die Spuren auf den Dachpfannen waren unübersehbar. Sie führten schräg hoch zum First und verschwanden auf der anderen Seite.

Kurzerhand zog Jan sich hoch, drückte sich durchs Fenster. Weiteres Glas splitterte, aber noch immer spürte er nichts. Nach zwei Atemzügen war er draußen, stand gebückt auf den Schindeln.

Unter ihm der Hof, verdammt tief – aber was dieses flinke kleine Aas konnte, konnte er schon lange.

Jan fixierte die Spuren, den First … Schön langsam, Schritt um Schritt, schräg hinauf. Das musste zu schaffen sein …

»Jan!«, drang Riyas besorgter Ruf zu ihm. »Du hast sie ja nicht mehr alle! Komm rein! Ey! Jan!« Sie versuchte, nach seinem Parka zu greifen. »Verdammt! Komm schon! Ich hab sie. Ich hab sie gefunden.«

»Was? Wen?«

»Du bist doch bescheuert! Komm rein, du sturer Idiot! Deine Brieftasche. Das gammelige Ding.« Sie hielt ihm die abgewetzte Brieftasche hin. »Lag auf dem Treppenabsatz.«

Verwirrt kletterte Jan durch das Fenster zurück auf den Dachboden, woraufhin Riya ihm einen leichten Hieb gegen die Schulter verpasste. »Wegen so was brichst du dir das Genick. Echt jetzt. Manchmal bin ich direkt froh, dass aus uns nichts geworden ist.« Kopfschüttelnd reichte sie ihm die Brieftasche.

»Der hat mich beklaut«, meinte er trocken. »Das Geld is' weg.«

»Ach«, entgegnete sie nur.

»Sonst ist noch alles da. Führerschein, Perso, Kreditkarten … Geht übers Dach und riskiert sein Leben für siebzig Euro.«

»Geht aufs Dach und riskiert sein Leben für einen, der sein Leben für siebzig Euro riskiert!«, schnaufte sie und wandte sich ab.

»Riya?« Einen Moment lang wusste er nicht, was er sagen sollte. Dann legte er den Arm um sie und zog sie in eine versöhnliche Umarmung. »Danke«, meinte er endlich und lächelte. Er mochte seine jüngere Kollegin, die ihn so oft mit Süßigkeiten nach dem Rezept ihrer Großmutter überraschte. Einmal im Monat lud sie ihn zum Curry oder zu Scholle mit Speck und Bratkartoffeln ein, ihrer Leibspeise.

»Jaja. Schon gut.« Brummend winkte Riya ab. Sie war immer noch sauer vor Sorge. »Wenn du dich umbringst, bring ich dich um! Klar?«, frotzelte sie und verschwand ins Treppenhaus.

Jan sah ihr stumm nach. Sie hatte es nicht leicht mit ihm. Das hatte wohl keiner, der Freundschaft mit ihm schloss. Seit nunmehr drei Jahren nicht mehr.

4

Mareike erwachte. Sie tauchte aus der Schwärze, als schwämme sie durch einen finsteren, brackigen See. Zug um Zug. Beinahe schwebend gelangte sie an die Oberfläche und trieb weiter dahin.

Vergeblich versuchte sie, die Augen zu öffnen. Hatte sie überhaupt noch Augen? Sie spürte so wenig. Der Schmerz war ein dumpfes Pochen.

Sie hatte das Gefühl, gar nicht richtig denken zu können.

Alles fiel ihr so schwer.

Reglos starrte sie mit geschlossenen Lidern in die Schwärze und versuchte, sich auf das Pochen zu konzentrieren. Sie lauschte ihrem Atem, wie sie es sonst jeden Donnerstagabend beim Yoga tat. Einatmen, ausatmen …

Finde deine Mitte, komm zu dir, lass den See hinter dir. Die Finsternis … Tauche auf, Mareike. Du schaffst das.

Irgendwann vor Stunden – oder war es Tage her? – hatte sie ihr Bewusstsein verloren.

Mit dem nächsten Atemzug kamen die Bilder. Ihr VW Golf, die Zeichnung auf der Scheibe, der Kampf. Schlagartig kehrte ihre Erinnerung zurück. Da war der Schatten. Er hatte sie gepackt, hatte sie brutal gegen die Scheibe gedrückt, gegen die Zeichnung der Marionette. Blut war ihr aus der Nase und dann aus dem Mund gelaufen, so fest hatte er zugegriffen.

Endlich schmeckte sie etwas.

Der metallene Geschmack ihres Blutes. Sie hatte sich ein Stück ihrer Zunge abgebissen!

Ungläubig tastete sie mit der Zunge in ihrem Gaumen

umher und zuckte vor Schmerzen zusammen. Sie wollte das Stück ausspucken, aber sie konnte den Mund nicht öffnen.

Immerhin spürte sie jetzt ihren Rücken, spürte kaltes Metall, an dem sie offenbar lehnte.

Öffne die Augen. Mareike. Du schaffst es. Du öffnest jetzt die Augen.

Sie waren zugeschwollen, und es gelang ihr lediglich, sie einen winzigen Schlitz weit zu öffnen. Grelles Licht strahlte sie direkt an. Geblendet kniff sie die Augen zusammen.

Mareike blinzelte und versuchte es ein zweites Mal. Sie strengte sich an …

Los! Mach!

… endlich mehr zu erkennen, aber ihre Augen begannen zu tränen.

Der Boden war betoniert, rissig und durch die Jahre fleckig, sie spürte ihn jetzt unter den Händen. Endlich konnte sie die Lippen ein wenig öffnen und das tote Stück Zungenspitze hinausschieben. Sie spürte, wie ihr das Blut aus dem Mundwinkel lief, genau wie damals, als sie die Weisheitszähne gezogen bekommen und noch mit der örtlichen Betäubung in der U-Bahn nach Winterhude gesessen hatte. Sie hatte geblutet, ohne es zu merken, und die ganzen Pendler und Schüler hatten sie wie eine Aussätzige angestarrt, als ihr das Gemisch aus Spucke und Blut aus dem Mund geronnen war.

Abermals öffnete sie die Lider.

Allmählich gewöhnte sie sich an das blendende Licht. War es ein Strahler, den jemand – den *er* – direkt auf sie gerichtet hatte?

Im Auto … das war doch ein Er gewesen? … Ja, da war sie sich sicher.

Ihr Blick wurde klarer. Eine in die Jahre gekommene Lagerhalle. Strahler wie auf einer Baustelle standen herum.

Rechts und links eine Reihe Oberlichter. Spinnenweben, verrostete Eisenträger. Ein Schiff, halb zugedeckt, und eine lange Werkbank, deren Regale und Fächer jedoch so gut wie geplündert waren. Lange milchige Plastikplanen hingen von der Decke und trennten den hinteren Teil der Halle ab.

Sie sah hinauf zum Dach. Es war sicher zehn Meter hoch und bestand aus Hunderten uralten Glasscheiben. Sie waren matt und mit Moos und Grünspan besetzt. Auf den meisten lag Schnee, ein paar waren gesplittert.

Ein massiver Haken baumelte von einem Kran, dessen Schienen an der Decke entlangführten. Das alles war unerreichbar hoch. Wahrscheinlich waren hier einmal Maschinenteile gefertigt worden.

Mit einem Mal setzte ein Tosen ein. Etwas jagte auf sie zu, aber sie konnte nicht schnell genug den Kopf herumdrehen. Etwas griff sie an und …

Das Getöse wurde zu einem Flattern, einem Gurren. Erleichtert stellte sie fest, dass es nur ein Dutzend Tauben war, die aufgeregt über sie hinwegzogen, um sich dann irgendwo in der Stahlkonstruktion des Hallendachs niederzulassen.

Mareike sah an sich hinab. Ihre Jeans war an den Knien aufgescheuert, doch der Knopf saß fest, der Reißverschluss war geschlossen. Alles noch an seinem Platz. Zum Glück. Ihre Bluse starrte vor Dreck, doch sie hatte sie noch an – Gott sei Dank. Nur ihre Jacke war fort. Ihre Füße steckten noch immer in ihren Winterstiefeln.

Metall knallte.

Erschrocken fuhr sie zusammen.

Irgendwo wurde eine Schiebetür aufgezogen.

Mareike wollte rufen, aber ihre Stimme versagte. Sie bekam kaum Luft und brach hustend zusammen.

Streng dich an!

Endlich gelang es ihr, den Arm zu heben. Jedoch nur ein Stückchen. Zu ihrem Entsetzen wurden ihre Handgelenke von dicken Metallringen umschlossen. Sie war gefesselt. Irgendwo hinter sich am Boden. Sie riss die Hände vor. Nichts zu machen. Panik erfasste sie. Ihr Herz begann zu rasen, der Schweiß brach ihr aus. Er tropfte von den Brauen in ihre Augen, die sofort brannten. Unwillkürlich wollte sie darüberwischen, doch es ging nicht! Ihr Atem ging nur noch stoßweise, ihr Blickfeld schien kleiner und immer kleiner zu werden … Als die Ohnmacht nach ihr griff, zwang Mareike sich, dagegen anzuatmen.

Nach einiger Zeit, die ihr unendlich lang vorkam, hatte sie sich wieder im Griff. Als sie den Kopf neigte, konnte sie erkennen, dass ein fingerdickes Seil von den Metallringen ihrer Handgelenke zu einer Öse im Boden führte. Blankes Eisen, das mit dicken Schrauben an den Betonboden fixiert worden war. Sie zog daran, doch das Metall war stabil. Irgendwie musste sie ihre Fesseln zerschneiden.

Immerhin gelang es ihr nach zwei Anläufen, sich hinzuknien. Erschöpft hielt sie inne. Sie wusste nicht, wie sie hierhergelangt war. Im Auto hatte sie geschrien und um sich geschlagen. Sie meinte sich noch daran zu erinnern, dass er ihr im Auto eine Spritze in den Hals gerammt hatte. Sicher war sie sich nicht, doch das würde ihre Benommenheit erklären.

Mareike nahm all ihre Kraft zusammen und zerrte am Seil, aber es war aussichtslos. Es saß einfach zu fest.

Angespannt sah sie sich um.

Neben ihr, aber gut zwei Meter entfernt, standen ein paar Stative an der Wand. Auf ihnen steckten die klobigen Strahler.

Verzweifelt versuchte sie, sich hinzulegen und mit den Füßen eines der Dreibeine umzustoßen. Wenn sie es erwischte, würde der Scheinwerfer vielleicht umfallen, und das Glas würde zersplittern. Vielleicht könnte sie dann mit einer Scherbe das Seil …

Würde … könnte …

Da hörte sie ein feines Quietschen, rhythmisch, wie von einem bockigen Einkaufswagen. Es drang ihr durch Mark und Bein. Verzweifelt versuchte sie auszumachen, von wo es kam.

Schritte knirschten auf dem rauen Betonboden.

Das Quietschen wurde lauter, und ein Klirren und Rappeln gesellten sich hinzu.

Da! Eine Bewegung hinten in der Halle, in einer der schattigen Ecken. Ein hagerer Mann im weißen Kittel trat ins Tageslicht. Seine leichten Turnschuhe waren ausgetreten und rissig. Er schob einen metallenen Wagen und kam seelenruhig auf sie zu.

»Du bist wach. Das ist gut«, sagte er mit ruhiger Stimme. »Ich habe schon auf dich gewartet.« Sein Timbre wirkte seltsam angenehm. Die Stimme eines sympathischen, gerechten Lehrers. Dann hatte er sie erreicht und baute sich vor ihr auf.

Mareike begann zu zittern.

Unter seinem Mund-Nasen-Schutz meinte sie, ihn lächeln zu sehen.

Sie riss an ihren Fesseln. »Bitte! Was wollen Sie? Ich …!« Ihre Stimme überschlug sich.

»Schhhht. Wenn du nicht still bist, muss ich dir die Zunge rausschneiden. Und ich glaube, du weißt bereits, wie es sich anfühlt, wenn man ein Stück davon verliert. Du hättest ersticken können.«

Abermals schien er zu lächeln. Dann schob er den Wagen neben sie. Sie konnte nicht anders, als einen Blick darauf zu werfen.

»Was …?« Mehr brachte sie nicht hervor.

Auf einem Stapel Lappen lagen verschiedene Bohrer. In ihrem Kopf wirbelte alles. Was hatte er damit vor?

Die Angst peitschte sie und raubte ihr den Atem. Sie rang nach Luft, spürte, wie ihr Brustkorb immer enger wurde.

Sein Kittel raschelte leise, als er mit ruhiger Hand einen Akkuschrauber nahm. Seine Finger drehten das Futter auf und ließen einen Holzbohrer hineingleiten.

Mareike begann zu wimmern.

Mit einem Knacken zog er den Bohrer fest. Die scharfe Schneide blitzte im Licht.

5

Als Jan das Großraumbüro am Bruno-Georges-Platz betrat, sahen zwei seiner Kollegen auf und musterten ihn.

»Na, mal wieder einen miesen Abend gehabt?«, feixte Sadik Pehlivan. Jans gestrige Schlägerei hatte sich offenbar schon unter den Kollegen herumgesprochen.

Ralf Frahnsdorf deutete auf seine verschrammte Wange. »Sieht ja übel aus.« Er machte sich nicht die Mühe, sein schadenfrohes Grinsen zu verbergen.

Sadik und Ralf waren aus der Abteilung Sexualdelikte, gute Ermittler, mit denen Jan schon oft erfolgreich zusammengearbeitet hatte. Trotzdem konnten ihn die beiden nicht wirklich leiden. Jetzt musterten sie ihn unverhohlen, als er mit Riya zu seinem Arbeitsplatz ging. Früher hätte er ihnen mit einem dummen Spruch Paroli geboten, aber dazu fehlte ihm spätestens seit Hannahs Tod die Energie – und eigentlich auch der Humor.

Jochen Gerber, ein weiterer Kollege aus der Abteilung Sexualdelikte, trat zu ihm. »Sag mal, Jan … Passt es dir heute Abend? Oder wird's zu knapp? Hab schon von den zwei Leichen gehört …«

Jochen war in Ordnung, aber Jan war nicht nach Gesellschaft. »Besser ein andermal. Wird `n langer Tag.«

»Klar, kein Thema.«

Jan warf ihm einen dankbaren Blick zu. Dankbar vor allem, weil Jochen einen tadelnden Blick auf seine inzwischen verpflasterten Knöchel vermied.

Er trat an seinen Schreibtisch und registrierte, dass ihm ein paar Scherzbolde Boxhandschuhe hingelegt hatten. Ralf und Sadik grinsten sich eins.

Jan schob die Boxhandschuhe kommentarlos beiseite, nahm seine Mütze vom Kopf und legte sie auf die Heizung. Dann widmete er sich dem Papierchaos, das von seinem letzten Fall übrig war. Den Parka auszuziehen kam ihm gar nicht in den Sinn. Als er den Computer startete, bemerkte er eine Nachricht seines Chefs Michael Dieck. Er hatte die Worte mit dickem Edding auf einen Stick-it geschrieben und an Jans PC geklebt.

12 UHR HEUTE
110 – DRINGEND

Darunter hatte er ein unpassendes »Erschein da!« gesetzt. Stirnrunzelnd musterte Jan die Notiz.

Riya ließ einen Stapel Akten auf seinen Tisch fallen und las die Notiz.

»Na, da wünsch ich dir viel Spaß«, sagte sie trocken.

»Kannst du vergessen, zu dem Psycho-Zeugs geh ich nicht hin.«

Sie rollte die Augen. »Da bleibt dir wohl nichts anderes übrig. Hier, ich hab eine Liste mit Vermissten für dich.«

»Danke. Hat der Chef schon gesagt, wen er in der Soko haben will?«

»Ich denke, das wird am Mittag besprochen. Er hat zu einer Lagebesprechung geladen, bevor er sich an die Presse wendet.« Ihre dunklen Augen leuchteten schelmisch. »Mach dir mal keine Sorgen, du bist sicher dabei. Trotz dem da …« Sie deutete einen Fausthieb an, zwinkerte ihm zu und ging hinüber zu ihrem Schreibtisch.

»Jan!«, ertönte der strenge Ruf seines Chefs quer durch den Raum. Dieck stand, einen Kaffeepott in der Hand, in der Tür seines Glasbüros, das alle scherzhaft »das Aquarium« nannten. Das bügelfreie Hemd spannte über seinem Bauch. Schon von Weitem konnte Jan erkennen, dass Dieck schlechte Laune hatte. Brummelnd kratzte er sich die Halbglatze, dann winkte er Jan zu sich.

»Vergiss es. Das ist doch Unsinn, Michael!« Jan klebte den Notizzettel, den Dieck ihm an den Computer geheftet hatte, an die Glastür des Aquariums.

»Du gehst dahin, Jan.« Dieck nahm hinter seinem Schreibtisch Platz und trank einen großen Schluck Kaffee. »Gefällt mir auch nicht, kannst du mir glauben.« Er wollte sich wieder seinen Unterlagen zuwenden, bemerkte aber, dass Jan keine Anstalten machte, aufzubrechen. »Das ist ein Befehl. Die erste Sitzung fängt gleich an. Also. Beeil dich lieber!«

»Micha! Ich hab für so 'n Scheiß keine Zeit. Ich muss in die Rechtsmedizin und einen Stapel Akten durchsehen. Riya hat schon Material gebracht. So eine Sitzung bringt doch nichts.«

»Mir ehrlich gesagt egal, was du davon hältst. Ich bin dein Vorgesetzter, ich ordne das an. Fertig, aus!«

»Wenn ich dir sage, dass es nichts bringt, zu der alten Psychologin …«

Dieck unterbrach ihn, indem er noch einmal seufzend aufstand. »Ich glaube, Jan, du hast den Ernst der Lage nicht verstanden. Irgendwie will das nicht in deinen schwedischen Sturschädel, oder?«

Jan brummte.

»Wenn du deinen Job behalten willst, dann suchst du unsere Psychologin auf. Jetzt! Verflucht noch mal! Bevor die Presse und die Staatsanwaltschaft hier aufkreuzen. Die Roger sitzt mir im Nacken. Und ich will ihr sagen können, dass du bereits freiwillig in Therapie bist.«

»*Therapie?* Ach, jetzt ist es schon so weit?«

»Therapie … Behandlung … Nenn es, wie du willst. Ist mir doch egal!« Dieck hielt inne, räusperte sich. »Egal ist es mir nicht, Jan. Ich hoffe, das weißt du. Ich … ich frag mich nur manchmal, ob *du* dir egal bist.«

Jan schnaufte, anstatt zu antworten.

Nach dem Tod seiner Frau hatte Dieck ihm schon einmal die Dienste dieser Schreckschraube aufgedrückt. Mathilda Mathis, ja, doppelt im Namen. Eine gefühlt achtzigjährige Dame mit Warze im Mundwinkel und einer goldumrandeten Brille. Mathi-Mathi, wie alle sie nannten, starrte einen selbst dann noch milde an, wenn man ihr die letzte Abscheulichkeit erzählte oder beharrlich schwieg. Angeblich fand das Dezernat keine Nachfolgerin, weswegen Mathi-Mathi auf ihrem futuristischen Drehstuhl vermutlich noch das Zeitliche segnen würde. Aber selbst wenn sie tot wäre – da war sich Jan sicher –, würde sie noch unbekümmert lächeln und dämliche Fragen nach der Kindheit und irgendwelchen Befindlichkeiten stellen.

Reine Zeitverschwendung.

»Die haben Leonie abgefüllt und ihr Koks gegeben, Michael! Die wollten sie gefügig machen!« Jan war lauter geworden. Er kannte Dieck seit sechzehn Jahren, und nie war er mit ihm aneinandergeraten. Vielleicht war es jetzt an der Zeit? »Die waren drauf und dran, mit ihr rauszufahren und sonst was mit ihr anzustellen. Das lass ich nicht zu, sie ist meine Tochter, und sie …«

»Deine Tochter hat den Kollegen aber gesagt, sie wollte freiwillig mit aufs Boot. Das weißt du.«

Jan schnaufte. Das wusste er in der Tat nur zu gut.

»Was hast du denn mit siebzehn gemacht, Jan?«, fragte Dieck. »Hast du da die Mädels um neun nach Hause gebracht und dich mit ’nem Wangenküsschen verabschiedet?« Er schüttelte den Kopf. »Klar, wenn ich eine Tochter hätte, würde ich auch ausrasten, glaub mir. Aber nur hier.« Er tippte sich an den Kopf.

»Willst *du* mir sagen, wie ich auf meine Tochter aufpassen soll?«, fuhr Jan seinen Chef an, der ihn unbeeindruckt musterte. Zornig wandte Jan sich ab und sah aus dem großen Bürofenster. Noch immer fiel Schnee, die Flocken wirkten zierlich. Vor dem sternförmigen Gebäude des LKA parkte eine Reihe Polizeiwagen. Riya lud soeben mit zwei Kollegen Kartons aus einem Lieferwagen, wahrscheinlich Anschauungsmaterial aus dem Wald, damit die Presse was zum Fotografieren bekam.

»Jan?«

Er drehte sich nicht um.

»Jan! Sieh mich an!«

Endlich wandte er sich wieder seinem Chef zu. Einen Moment schien es, als würde der umschwenken und lieber den Kumpel geben, aber dann ging ein Ruck durch Dieck.

»Wenn ich der Roger sagen kann, dass du bereits in Thera… dass du bereits ein paar Sitzungen hattest … Dann sieht sie womöglich von einem Disziplinarverfahren ab.«

»Und wenn nicht?«

»Bin ich der Erste, der dich rauswirft. Und dich vermisst.«

»Das ist schizophren oder wie immer das heißt. Vielleicht solltest *du* mal zu Mathi-Mathi gehen.«

»Pass auf, was du sagst! Während du im Wald warst, hatte ich den Polizeipräsidenten am Ohr. Du gehst jetzt in den Keller, oder du kannst gleich deine Sachen packen. Punkt, aus!« Für Dieck war das Gespräch damit beendet. Er setzte sich wieder, zog irgendwelche Unterlagen heran und tat geschäftig. Ohne aufzublicken, komplementierte er Jan mit einer Geste hinaus.

Raum K110 war der letzte in einem nüchternen Kellerflur. Wieso Mathi-Mathi ausgerechnet hier ihr Behandlungszimmer eingerichtet hatte, wusste Jan nicht. Vielleicht, weil es hier unten keine Fenster gab, die einen bei den Besprechungen ablenken konnten. Außerdem war es einigermaßen ruhig.

Er blieb vor Mathis Tür stehen, zögerte aber zu klopfen. *Dr. Mathilda Mathis – PSNV-E*, stand auf dem Schild. Psychosoziale Notfallversorgung für Einsatzkräfte.

Womöglich war es Mathis' Humor zu verdanken – hatte sie überhaupt welchen? –, dass sie ausgerechnet Raum 110 gewählt hatte.

Jan holte Luft, setzte ein Lächeln auf und klopfte artig.

Weil sich niemand rührte, öffnete er schließlich die Tür und trat ein.

Eine Frau kniete auf dem Boden. Sie hatte Bluetooth-Ohrstöpsel drin und anscheinend ihre Unterlagen verloren, denn der ausgetretene Teppichboden war mit Charts und Briefen übersät.

Jan räusperte sich, aber die Frau hörte ihn nicht. Leise sickerte Gangsta-Rap aus ihren Kopfhörern, wahrscheinlich hatte sie ihr Smartphone bis zum Anschlag aufgedreht. Jan bemerkte, dass sie ein teures Designerkleid zu ausgelatschten Sneakers trug. Weil ihr Gesicht von ihren langen blonden Haaren verborgen war, konnte er ihr Alter nicht schätzen. Aber Mathi-Mathi war es auf keinen Fall.

Er trat näher. »Entschuldigung!«, rief er.

Erschrocken fuhr sie herum. »Oh! … Ja?« Sie zog die Kopfhörer raus.

Die Beamtin, zumindest nahm Jan an, dass es sich um eine handelte, war Anfang dreißig. Sie stand auf und wischte ihre Haare mit einer geübten Bewegung nach hinten, um sie mit einem Gummi zu einem Pferdeschwanz zu binden.

»Hi. Sind Sie auch hier wegen …?« Jan biss sich auf die Lippe. Reichlich unhöflich, so mit der Tür ins Haus zu fallen.

»Wie bitte? Wieso bin ich hier?« Ihre Stimme war klar, fest, nicht zu schnell.

»Na, wegen …« Er deutete flüchtig ein Weil-Sie-verrückt-sind an. »Vergessen Sie's.«

Neugierig musterte sie ihn mit ihren aufgeweckten grünen Augen, ließ den Blick über seinen speckigen Parka gleiten. Mit einem Lächeln streckte sie ihm schließlich die Hand hin.

»Anna Wasmuth. Hallo.«

»Jan Nygård. Ich wusste nicht, dass Mathi-Mathi noch eine Sitzung hat. Wo steckt sie denn?«

»Keine Ahnung, ehrlich gesagt.«

»Sie warten schon lange?« Innerlich seufzend sah er sich im Raum um. Er hatte wirklich Besseres zu tun, als seine Zeit im Keller zu verplempern. Mathis Teetasse mit dem Stierkämpfer drauf stand im Regal, ihr futuristischer Drehstuhl, der Jan an die Ausstattung von SciFi-Filmen erinnerte, wartete unbesetzt vor dem Schreibtisch, und auch sonst wirkte das Büro seltsam verlassen.

»Ich warte schon eine Weile, ja«, erklärte sie. »Ist ja auch schon zwanzig nach.«

Sein Blick wanderte zur Wanduhr. Sie hatte recht. Es war gut zwanzig nach zwölf.

»Eigentlich sollte ich um zwölf eine Sitzung haben«, erklärte er. Wenn die Mathi nicht aufkreuzte und sie ihm keine Unterschrift gab, würde Dieck niemals glauben, dass er hier gewesen war.

»Dann sind Sie das mit dem Dings!« Anna strahlte ihn an.

»Was?«

»Dem …« Wie er zuvor ließ sie den Finger kreisen. »Der mit der Macke, mit der Schacke, mit dem Knall. Sie wissen schon.«

Das brachte Jan ein bisschen aus dem Konzept.

Geschieht dir recht, dachte er, dass die dich jetzt aufzieht. Hast du verdient. Was fällt dir ein, sie einfach als verrückt zu bezeichnen?

»Das eben … ist mir nur so rausgerutscht«, beeilte er sich zu sagen. »Ich geh lieber und überlass Ihnen das Feld.«

»Warten Sie. War ja nicht so schlimm. Wir haben doch alle unsere Macken. Und ich erst!« Sie lachte. »Das können Sie aber glauben.«

Ihr Lachen gefiel ihm. Er musste mitlachen. Als sie jedoch ihren Rock glattstrich und sich auf einem Gummiball niederließ, blieb ihm das Lächeln im Halse stecken. »Dann setzen Sie sich mal. Ich kann die Patientenakten nachher noch sortieren«, fuhr sie fort und deutete auf den verhassten Sessel, in dem Jan nach Hannahs Tod so viele Stunden verbracht hatte. Hatte verbringen *müssen*.

Verdattert sah er die junge Frau an. Es dauerte einen Moment, bis der Groschen fiel. »Sie … Sie sind hier die …? Ich meine, Mathi-Mathi hat … Sie sind ihre Nachfolgerin?«

»Dr. Mathis ist in Pension. Wurde ja auch Zeit. Ich bin erst gestern, wie sagt man, eingezogen. Und … na ja, muss mir das alles noch zu eigen machen.« Abermals nickte sie in Richtung Sessel. »Aber um mich soll es hier ja nicht gehen. Sie sind also Jan Nygård und haben ein Aggressivitätsproblem.«

»Äh …« Er stand noch immer verloren da.

»Setzen Sie sich doch. Ich denke, wir gehen gleich in medias res. Aggression ist eine psychische Schutzreaktion, wissen Sie. Wir sollten herausfinden, wovor Sie sich schützen wollen. Einverstanden?«

Er räusperte sich, schnappte sich statt des Sessels den Raumschiffdrehstuhl und setzte sich.

»Der ist auch gut. Im Studium haben wir immer gesagt: Couch oder Stuhl, das ist egal – Hauptsache, der Patient ist wie die Glühbirne.«

Die Bemerkung ließ ihn die Stirn runzeln.

»Na, Sie kennen doch sicher den Witz. Wie viele Psychologen braucht man, um eine Glühbirne zu wechseln?«

Überrumpelt schüttelte er den Kopf.

»Na, *keinen*! Die Lampe muss es *selbst* wollen ... Wollen *Sie* es selbst?«

Überfahren hockte er da und schwieg einen Moment. »Ich ...«, setzte er dann an, stand aber schließlich auf. »Ich denke, wir vertagen das. Ich habe Wichtigeres zu tun ...«

»Die Leichen im Wald, richtig? Da hab ich von gehört. Und auch von Ihrem drohenden Disziplinarverfahren. Also! Setzen Sie sich, Herr Nygård.«

Die plötzliche Strenge in ihrer Stimme überraschte ihn. Er setzte sich tatsächlich und sah sie auffordernd an.

»Es ist faszinierend«, sagte sie. »Ihre ganze Körpersprache drückt aus, wie sehr Sie es hassen, mit mir zu sprechen. Wie im Lehrbuch.«

Tatsächlich erwischte er sich dabei, mit übereinandergeschlagenen Beinen und vor der Brust verschränkten Armen dazusitzen, als wäre er ein Schwerverbrecher in einem Verhör. Jemand, der durch seine verknoteten Gliedmaßen versuchte, jedes Wort und jeden Gedanken bei sich zu behalten.

»Hören Sie«, begann er. »Ich habe wirklich keine Lust, hier meine ganze Lebensgeschichte auszubreiten, nur weil ich zwei Arschlöchern eine verpult habe.«

»*Verpult* ... Interessante Wortwahl.« Sie nahm sich einen der Bleistifte vom Schreibtisch und machte auf ihrer

Kladde Notizen. »Ich glaube, Ihre ganze Lebensgeschichte möchte ich gar nicht hören, Herr Nygård. Das wird auch gar nicht nötig sein.« Sie zog sich seine Akte heran und überflog sie. »Sehen Sie, es scheint ja nicht das erste Mal gewesen zu sein, dass Sie mit Ihrem gewalttätigen Verhalten auffallen.«

Gewalttätiges Verhalten. Das saß.

Sie musterte ihn eindringlich mit ihren grünen Augen. »Das ist kein Verhör. Sie können ganz offen reden. Ach ja, das ist eigentlich der Witz einer solchen Sitzung, Herr Nygård. Offen zu erzählen. Was meinen Sie, woher stammt Ihr aggressives Verhalten? Und wen oder was wollen Sie damit beschützen? Oft denken Menschen, aggressive Personen seien besonders stark, aber das Gegenteil ist der Fall: Meistens sind sie einsam und sehr verletzlich.«

Er sagte noch immer kein Wort.

Geduldig wartete sie auf eine Antwort, tippte dann ein paarmal mit dem Bleistift auf ihre Kladde und ließ die Stille zwischen ihnen beiden für sich sprechen.

Jan wurde es zu bunt. Schweigen ertrug er nur mit guten Freunden, aber nicht hier, nicht in Raum 110.

Verlegen räusperte er sich und stand erneut auf. »Geben Sie mir einfach einen Wisch, dass ich hier unten bei Ihnen war. Vergessen wir den ganzen Quatsch und sparen uns die Zeit. Einverstanden?«

Sie lachte. »Netter Versuch. Ich bin zwar frisch von der Akademie, aber einen Funken Berufsehre habe ich schon. Also, setzen Sie sich!«

Jan blieb im Rausgehen stehen. »Dachte immer, ihr Psychologen macht das einfühlsamer.«

»Das tun wir für gewöhnlich auch. Aber Sie wollen hier offensichtlich den Rauen spielen. Da hilft nur das Brecheisen. Ich habe heute Morgen Ihre Akte gelesen, Herr Nygård, nachdem Ihr Chef mich alarmiert hat. Was soll ich sagen? Sie haben in den letzten drei Jahren – seitdem Ihre Frau gestorben ist – drei Anzeigen kassiert, die allerdings zurückgezogen wurden. Wenn ich das richtig gelesen habe, waren Sie in mindestens drei weitere Schlägereien verwickelt. Sie haben sich mit Kollegen geschlagen, Sie haben sich mit Zeugen geschlagen, Sie haben Mobiliar beschädigt. Ganz ehrlich, wenn Ihre Erfolgsquote als Ermittler nicht so hoch wäre, dann hätte ein Disziplinarverfahren schon viel früher erfolgen müssen. Aber das ist nur meine bescheidene und sehr private Meinung. So als ganz Neue in dem Laden hier.«

»Sie lehnen sich ganz schön weit aus dem Fenster. So als *ganz Neue in dem Laden hier.*« Nygård holte Luft. »Manchmal ist es besser, schnell und hart zuzuschlagen … Nicht zu zögern … Zögern ist das Schlimmste.«

Sie ließ die Worte ein wenig sacken und machte sich eine Notiz. »Sie haben Angst vor dem Zögern? Und deswegen schlagen Sie gleich zu? Das ist Ihre Erklärung?« Ihr klarer Blick ruhte auf ihm. »Es liegt am Tod Ihrer Frau, richtig? An dem, was damals in diesem Supermarkt geschehen ist. Wollen wir da anfangen?«

Jan spürte, wie sich starke Arme um seinen Brustkorb legten und zudrückten.

Nur das Beste für sie!

Das blaue Licht der Neonreklame sticht in seine Augen. Sein Herz rast. Und er sieht sich zu ihr um. Sie kniet auf dem Boden in dieser Pfütze aus Blut und billiger Limonade. Sie schreit und …

»Ich habe zwei Jungs eine … Tracht Prügel verpasst. Dass eines der Arschlöcher der Sohn von der Staatsanwältin ist … Konnte ich das ahnen!? Ich weiß, was diese beiden Kerle mit meiner Tochter auf der Jacht anstellen wollten.«

»So? Was denn genau?«

»Haben Sie Kinder?«

Die ganze Zeit über hatte sie ihn sehr interessiert beobachtet. Jetzt stand sie ebenfalls auf und trat einen Schritt auf ihn zu. »Nein, ich habe keine Kinder. Es wäre nett, wenn Sie sich wieder setzen …«

»Dann vergessen Sie's! Dann vergessen Sie's einfach«, sagte er und wandte sich ohne ein weiteres Wort zum Gehen, wobei er ihren verwirrten Blick im Rücken spürte.

Schließlich zog er hinter sich die Tür zu, als könnte er die Fragen einfach aussperren. Genau wie den Abend im Supermarkt am Heußweg.

Nur das Beste für sie!

6

Mareike erwachte aus einem traumlosen Schlaf. Sie lag auf dem Boden. Bis auf ihren Schlüpfer war sie nackt. Ihre Zunge war geschwollen. Im nächsten Moment bemerkte sie, dass sich noch etwas verändert hatte. Bei jeder noch so winzigen Bewegung spürte sie es. Ihre Oberschenkel, ihre Hände … sie pochten. Ein dumpfes Drücken und Ziehen … Aber sie hatte keine wirklichen Schmerzen. Seltsam.

Er musste sie erneut betäubt haben, und das Mittel wirkte noch. War das gut oder schlecht? Am Ende gar eine Gnade?

Sie horchte. Musik drang aus einem Radio. Entfernt hörte sie das Gurren der Tauben. Irgendwo tropfte Wasser, wahrscheinlich schmolz Schnee. Ein feines Klirren wie von Ketten … Und da war noch etwas. Sie meinte, ihren Entführer zu hören. Es klang, als sortierte er Werkzeug. *Werkzeug …* Eine vage Erinnerung blitzte auf, doch sie konnte sie nicht fassen.

Ihr Mund war staubtrocken, vergeblich versuchte sie, genug Spucke zu sammeln, um zu schlucken.

Lass ihn nicht wiederkommen, betete sie und wusste zugleich, dass das Unsinn war. Er würde wiederkommen, und zwar sicherlich bald. Sie spürte die Verzweiflung am Rande ihres Bewusstseins lauern.

Ich muss hier weg.

Es gelang ihr nicht wirklich, ihre linke Hand zu heben, jeder Finger schien mehrere Kilo zu wiegen. Immerhin konnte sie den Kopf behutsam neigen. Sie erkannte einen Ständer für einen Tropf und andere medizinische Geräte neben sich. Jetzt sah sie auch, was mit ihrer Hand passiert war. Sie war bandagiert worden. Ein sauberer weißer Verband umspannte sie. Er sah professionell aus. Allerdings wunderte sich Mareike, dass der Verband einen seltsamen Hubbel auf ihrem Handrücken bildete. Irgendetwas war darunter.

Erneut strengte sie sich an, die Hand zu heben, legte all ihre Kraft in ihr Wollen. Zittrig und Zentimeter für Zentimeter hob sie sie an. Sie versuchte, auch den anderen Arm zu bewegen, aber es war aussichtslos, er war noch zu taub. Immerhin, die Fesseln um ihre Handgelenke waren verschwunden, aber wie hätte sie, so schwach, wie sie war, überhaupt auf die Beine kommen sollen?

Bebend vor Anstrengung hob sie wieder den linken Arm und führte ihre bandagierte Hand behutsam zu ihrem Mund. Es ließ ihr keine Ruhe, sie musste wissen, was da unter dem Verband steckte. Ein venöser Zugang, wie im Krankenhaus? Wollte er ihr weiter Medikamente spritzen, um sie zu betäuben? Er würde dann alles mit ihr machen können, was er … Sie wollte nicht daran denken.

Zittrig begann sie, den Verband mit den Zähnen beiseitezuzerren.

Schließlich zog sie die letzte Schicht weg.

Als sie vor ein paar Wochen wegen ihres Blinddarms im Krankenhaus gelegen und auf ihre OP gewartet hatte, hatte sie sich vor ihrer Narbe gefürchtet. In der Nacht vor der Operation hatte sie wach gelegen und sich vorgestellt, wie erschrocken sie sein würde, ihren aufgeschnittenen und wieder zusammengenähten Körper zu sehen.

Doch es war alles ganz anders gewesen. Genau wie im Krankenhaus war es auch jetzt kein Erschrecken, sondern eine seltsame Art von Faszination, die sie erfasste, als sie ihre Verletzung betrachtete. Die Wunde strahlte eine morbide Anziehung aus, wie ein Autounfall, den man partout ansehen musste, obwohl man wusste, wie falsch es war zu gaffen. Sicher lag es an den fehlenden Schmerzen … Vielleicht war der Anblick auch zu ungewohnt, als dass ihr Verstand hätte erschrecken können.

In ihrer Hand steckte eine Schraube.

Die Schraube hatte eine Öse.

Mareike hatte solche Ösen selbst schon benutzt. Erst letzten Sommer, als sie ihre Hängematte auf dem Balkon aufgespannt hatte.

Endlich gelang es ihr, die Hand zu drehen … Tatsächlich. Die Schraube ragte auf der anderen Seite aus ihrer Handfläche. Eine Mutter und eine Metallplatte sicherten sie.

Stöhnend richtete sie sich ein Stück weit auf. Ihr Blick glitt zur rechten Hand. Auch sie war mit einem schneeweißen Verband versorgt worden, der einen Hubbel bildete. Auch sie war mit einer Schraube durchbohrt worden.

»Ja … bereits begonnen!«, hörte Mareike undeutlich durch das Radiogeplärr ihren Entführer zischen. »Was machst du schon wieder hier?«

Sie blickte sich nach ihm um und stellte zu ihrer Erleichterung fest, dass sie den Kopf schon wieder besser bewegen konnte. Der Mann musste irgendwo hinter den Plastikplanen sein. Anscheinend war er nicht allein.

Mareike horchte auf eine Antwort, doch es drang nichts weiter als ein leises Wispern zu ihr. Kaum wahrnehmbare Laute … Ein Stöhnen und Wimmern … Ein anderes Opfer?

Mit wem redete er?

»*Du* sprichst doch ständig mit Achten!«, zischte der Mann. »Wenn wir sein Werk perfektionieren wollen, dann müssen wir es auch zeigen. Kunstwerke müssen gesehen werden. Achten war ein Idiot!«

Redete er mit sich selbst? Mareike versuchte, die Antworten zu hören, aber so sehr sie sich auch anstrengte, es war keine Silbe zu verstehen. Entweder war der andere zu leise, oder der Entführer telefonierte. Oder er redete mit sich selbst.

»Ja. Ich habe die Polizei gerufen … Ja! Weil alle sehen müssen, was wir erschaffen! Überleg doch nur! Wie wunderbar alles ist, wie es ineinandergreift. Wie ein Uhrwerk. Tick-tack. Meine Uhren … sie verbinden alles zu einem großen Ganzen … Vertrau mir.«

Angestrengt horchte Mareike durch das Gurren der Tauben, das Dudeln des Radios hindurch.

»Achten?«, hakte der Mann aufgebracht nach. »Wer ist schon dieser Achten, hm …? Ich lasse sie viel besser leiden! Du liebst es doch, ihre Qualen zu spüren. Wie sie wimmern und … Warte … Jetzt warte mal … He!«

Der Mann verstummte. Ruhe kehrte ein. Mareike versuchte vergebens, sich einen Reim aus dem Gehörten zu machen. Zugleich wusste sie, dass diese Ruhe trügerisch war. Sie musste sich zusammenreißen, musste endlich wieder ganz zu sich kommen. Verzweifelt versuchte sie, auch ihren rechten Arm zu heben, kämpfte gegen die Taubheit an.

Meine Beine, schoss es ihr mit einem Mal durch den Kopf. *Ich muss irgendwie auf die Beine kommen. Ich muss hier raus, ehe er mich wieder ankettet!*

Auch ihre nackten Schenkel waren bandagiert. Sie versuchte, die Beine zu bewegen, spürte endlich etwas. Sie war barfuß, die Winterstiefel waren fort. Da war der Boden, der Dreck, Staub, die Kälte … Sie konnte sie an ihren Füßen spüren.

Spüren!

Du wirst jetzt auf die Beine kommen!

Sie versuchte, sich herumzudrehen, sich irgendwie hinzuknien.

Ich schaff das. Ich werde hier nicht sterben. Ich werde hier rauskommen!

Ihr entfuhr ein gedämpfter Schrei, als sie sich auf die Knie stützte.

Still!

Sie presste die Lippen zusammen, bebend vor Anstrengung und Schmerzen, die nun eingesetzt hatten und von Atemzug zu Atemzug schlimmer wurden.

Hatte er sie gehört? Abermals lauschte sie, meinte ein leises Stöhnen zu vernehmen, ein Wispern und Wimmern …

Mareike sah sich um. Da! Da war eine Liege. Ein professionelles Teil wie aus einem Rettungswagen. Sie ließ den Blick zur Werkbank schweifen. Die meisten Ablagen waren leer, hier wurde sicher seit Jahren nichts mehr hergestellt.

Die Werkbank endete an einer …

… Tür.

Eine rostige Eisentür mit Aufklebern aus einer Zeit vor ihrer Geburt. Dumme Sprüche, ein rauchendes Comic-Männchen, ein vergilbter Pin-up-Kalender von 1988 … Aber über der Tür hatte einst ein Hinweis geleuchtet. Und die Aufschrift gab ihr Mut.

AUSGANG.

Mareike schöpfte neue Kraft, spürte, wie es ihr gelang, sich über den Schmerz hinwegzusetzen.

Sie stützte sich mit den Händen ab, obwohl die Wunden brannten, als hätte sie in eine Pfanne voll siedendem Fett gegriffen.

Die Zähne zusammengebissen, schätzte sie die Entfernung ab. Schwer zu sagen … Acht Meter, zehn, zwölf?

Das schaffst du!

Sie krabbelte los, aber ihre Beine brachen unter ihr weg. Noch einmal kam sie hoch, zog die Füße halbwegs nach und gewann robbend, sich ziehend, Meter um Meter.

Der Ständer für die Infusionen kam in ihr Blickfeld. Das Metallgestänge war leer, lediglich zwei bunte Plastikhalter für die Flaschen waren eingehängt.

Zieh dich daran hoch! Komm auf die Füße … Geh! Lauf!

Da hörte sie ihn. Metall schlug auf Metall. Dann hallte das Ratschen von Ketten durch die Halle. Er zog offenbar etwas Schweres empor.

Komm schon! Beeil dich!

Das letzte Stück. Endlich schaffte sie es bis zum Infusionsständer. Er wirkte fragil, nur ein dünnes Rohr auf einem Kranz mit Rädern darunter, trotzdem griff sie danach. Sie zog sich hoch, Stück um Stück, ihre Schenkel bebten vor Schmerz. Ihr wurde schwarz vor Augen.

Du schaffst das!

Schritte.

Er kommt zurück! Los, auf die Beine.

Endlich. Sie stand, trotz der Schmerzen. Hielt den Ständer umklammert wie eine Ertrinkende den letzten Strohhalm.

Zur Tür.

Die Schritte wurden lauter.

Nein! … Schneller …

Sie schob sich vorwärts. Die Räder – sie waren zu laut auf dem geplatzten Beton.

Egal! Weiter. Zur Tür.

AUSGANG.

Noch sieben Meter.

Der nächste Schritt. Und noch einer. Sechs Meter.

Ihre Beine begannen zu zittern, sie drohten zu versagen.

Weiter!

Da knickte sie ein, sackte weg. Sie versuchte mit aller verbliebenen Kraft, sich festzuhalten, doch sie brach zusammen. Der Ständer begann zu rollen, rutschte ihr zwischen die Füße. Mareike geriet ins Stolpern, fiel mitsamt der Metallstange zu Boden und begrub den Infusionsständer unter sich.

Brennende Schmerzen durchzuckten sie, raubten ihr den Atem.

Und dann hörte sie, wie er die Folien zur Seite schob, hörte seine Schritte, hörte, wie er kurz stehen blieb. Alles in ihr schrie nach Flucht, doch sie lag da wie gestrandet. Eine der Plastikhalterungen für die Infusionsflaschen schnitt ihr schmerzhaft in den Arm. Sie war gesplittert.

»Du ungezogenes Ding. Was tust du denn da?«, hörte sie ihn sagen und drehte den Kopf von ihm weg. Durch den Schleier von Tränen sah sie einen Splitter, der von der Infusionshalterung stammen musste. Er war lang wie ihr Finger. Scharf. Spitz.

Er war eine Möglichkeit.

Keuchend vor Schmerz griff sie danach und schob ihn unter den Verband der linken Hand, drückte ihn tiefer und tiefer unter die Mullbinde.

»Komm.« Er beugte sich über sie. Sie konnte sein Deo riechen, den Schweiß und noch etwas anderes. Lust. Mareike konnte riechen, wie es ihn anmachte, sie dort liegen zu sehen, wie erregt er war, als er sie hochhob wie ein Püppchen.

Aber er hatte den Splitter nicht gesehen. Er hatte ihn nicht bemerkt, er …

»Eigentlich sollten die Wunden erst verheilen«, stellte

er fest. »Aber ich denke, wir sollten mit der letzten Öse beginnen. Dann bist du nicht mehr so aufmüpfig, hm?« Er lächelte sie an, als er die Arme unter ihre Achseln schob. Halb zog er sie hoch, halb schleifte er sie zur Pritsche.

Zieh den Splitter! Stich zu …, schoss es ihr durch den Kopf.

Mareike spürte das scharfe Plastik auf ihrer Haut, es scheuerte bei jeder Bewegung.

Gut! … Los! Tu es!

Zitternd schob sie die Finger unter den Verband. Er durfte nichts mitbekommen. Ihr blieb nur dieser eine Versuch.

Sei vorsichtig!

Sie versuchte, sich ihm ein Stück weit zu entwinden, doch da packte er fester zu. Ihre Arme und Beine waren noch zu schwach, sie würde sich niemals so verrenken können, um jetzt zuzustechen.

Unmöglich.

Sie ließ den Splitter stecken. Ein besserer Moment musste her. Sie würde warten. So lange, bis sie ihn mit dem Mistteil töten würde.

Um sich zu sammeln, schloss Mareike die Augen und atmete durch.

Du schaffst es hier raus. Du wehrst dich. Egal, was kommt!

7

»Ja, verstehe. Ich werde zusehen, dass ich nächste Woche vorbeikomme. Früher wird schwierig.«

»Es wäre wichtig, dass Sie mit ihm sprechen, Herr Nygård. Er braucht dringend jemanden, mit dem er reden kann.«

»Ja. Ich versteh schon.« Jan rieb sich die Augen. Für einen Lidschlag sah er Gunvald halb nackt im hohen Gras sitzen und laut darüber fluchen, wo die Hühner hingelaufen waren.

Die Hühner, die es seit Jahrzehnten nicht mehr gab.

Nachdem Jans Mutter Gunvald vor zwölf Jahren endlich verlassen hatte, war es mit seinem Vater zusehends bergab gegangen. Er hatte das Haus im Wald beinahe verspielt und sich auch sonst keine Gedanken um die Zukunft gemacht. Stattdessen hatte er immer mehr gesoffen. Vor ein paar Jahren hatte man ihn bei fünf Grad im Wald gefunden. Mit einer Axt in der Hand hatte er auf einem Baumstumpf neben sinnlos gefällten Bäumen gekauert. Laut der Polizei hatte er sich beschwert, dass der Traktor nicht zum Holzrücken rausgefahren war.

Jan war damals davon ausgegangen, Gunvald habe sich schlicht den Verstand weggesoffen, nachdem Frau, Sohn und Job weg gewesen waren. Später – nachdem sein alter Herr versucht hatte, das Haus anzuzünden, und Jan sich überwunden hatte, mit ihm zu reden, ja, sogar für zwei Nächte bei ihm unterzukommen – hatte er sich für all seine Unterstellungen geschämt.

Geweckt durch das typische Fluchen seines Vaters, hatte er ihn am zweiten Morgen seines Besuchs orientierungslos im verwahrlosten Beet hinter dem Haus vorgefunden, wo er nach den Hühnern gesucht hatte, die schon seit Jahrzehnten verschenkt worden waren. Diesen Mann, den er meist tobend und brüllend erlebt hatte, dessen Arme wie aus starkem Holz geschnitzt zu sein schienen und dessen Blick, wenn auch oft wütend, so doch immer klar gewesen war, plötzlich ganz eingefallen und über sich selbst fluchend im taufrischen Gras sitzen zu sehen, hatte Jan zutiefst verunsichert. Gunvald, der stets so bestimmend gewesen war, der dunkle Fels, an dem man sich rieb und aufschlug, war bloß noch ein Geist im überwucherten Beet hinterm Haus. Selbstmitleidig und wissend, dass er sich zusehends im Labyrinth seiner Gedanken verlor.

Dieser Anblick hatte Wochen in Jan nachgehallt.

Es gab ein Altenheim in Uddevalla, das ihn hätte aufnehmen können, doch seinen Vater allein in Schweden zurückzulassen, hatte Jan trotz ihrer belasteten Vergangenheit nicht übers Herz gebracht. Ein langes Telefonat mit Hannah und ein paar Drinks später hatte Jan vor vier Jahren den Entschluss gefasst und ihn nach Deutschland geholt. Immerhin sprach Gunvald dank Jans Mutter ganz passabel deutsch. Zumindest, wenn er wollte.

»Es ist wirklich wichtig«, betonte die Leiterin des Altenheims eindringlich und holte ihn in die Gegenwart zurück.

»Natürlich. Aber es geht nicht früher. Ich … komme vorbei.«

»Aber wirklich, Herr Nygård. Gestern hat er in seinem Zimmer randaliert und einen Mitbewohner geschlagen. Kennen Sie einen Lias Backlund? Den scheint er nicht zu mögen.«

Lias Backlund war früher einmal der Chef von Gunvald gewesen, ein unangenehmer Kerl, der vor Jahrzehnten mit Jans Mutter hatte anbandeln wollen.

»Scheiße.« Jan stöhnte. »Es tut mir leid, wenn er Unannehmlichkeiten ...«

»Die sind wir ja gewöhnt. Das wird schon. Es täte ihm nur gut, wenn er ein bekanntes Gesicht sehen würde. Noch erkennt er Sie ja, Herr Nygård.«

Wie sie das *noch* betonte. »Ich sehe zu, dass ich so schnell wie möglich komme. Versprochen.«

»Wenn Sie sich ...«

Jan legte schweren Herzens auf. Er hatte keine Ahnung, wie es mit Gunvald weitergehen sollte.

Schnaufend nickte Jan zwei Beamten zu, die vor ihm in die Kantine traten, dann folgte er ihnen. Der Saal war gerammelt voll, gedämpfte Stimmen hingen mit dem Geruch von Schweiß und Essen in der ungewöhnlich schwülen Luft.

Das Lachen einiger Kollegen vom LKA Abteilung 3 – Kriminalwissenschaften – drang zu Jan, während er sein Tablett mit Essen von der Anrichte nahm und durch den Saal zu einem halb besetzten Tisch unweit der Fensterfront ging. Der Himmel hinter den teils beschlagenen Fenstern war immer noch bleiern, aber es fiel kein Schnee mehr.

Eine Zeit lang hatte er überlegt, zu seinem Chef zu gehen und ihn zu bitten, eine Pause einlegen zu dürfen – vielleicht musste er wirklich *in Therapie*, wie Dieck sagte. Dann hatte er sich jedoch dagegen entschieden. Es gab Tote und trauernde Angehörige, und es gab einen abartigen Mörder zu stellen – seine Befindlichkeiten hatten gefälligst hintanzustehen. Also war er lieber mit Riya die Vermisstenanzeigen der letzten Monate durchgegangen und hatte gecheckt, ob sie die beiden Opfer in Verbindung bringen konnten. Fehlanzeige.

Im letzten halben Jahr waren mehr als siebzehn Frauen

als vermisst gemeldet worden, und obwohl sie die meisten ausschließen konnten, blieben noch immer fünf übrig, die vom Alter und der Statur her zu den Leichen im Schnee passten.

Er würde wohl bis vierzehn Uhr warten müssen, dann hatte Dieck eine Sitzung angekündigt, bei der sicher auch sein Freund Harald Brandt mehr zum Stand der rechtsmedizinischen Untersuchungen beisteuern würde.

Jan aß sein Essen und bemerkte, dass seine Gedanken wieder zum Supermarkt abschweiften – so, wie sie es vor allem im ersten Jahr nach Hannahs Tod getan hatten. Die ewige Grübelei hatte ihn oft tagelang hinabgezogen, sodass er kaum den Weg aus dem Bett gefunden hatte. In all den Monaten hatte Jan vor allem eins gelernt: Grübelei brachte Depressionen, und dagegen half nur, irgendetwas zu unternehmen. Etwas zu tun, am besten mit den Händen, um nicht wieder in das Loch aus Erinnerungen, Vorwürfen und nicht enden wollenden Prügeleien zu versinken.

Seufzend nahm Jan sein Handy und rief seine Tochter an. Während es auf der anderen Seite klingelte, sah Jan sich um und entdeckte die neue Psychologin. Sie reihte sich gerade in die Schlange zur Essensausgabe ein.

Wie hieß sie noch?

Hatte sie sich überhaupt vorgestellt?

Irgendwas mit A … Er versuchte, sich zu erinnern. Anna.

Ohne dass er es wollte, schlich sich ein Lächeln auf seine Lippen, als er beobachtete, wie sie relativ forsch mit einem der Köche zu diskutieren begann. Egal, worum es ging, ihrem Ausdruck nach zu urteilen meinte sie es verdammt ernst.

Eigentlich gefiel ihm, was er sah, er mochte ihre freche Art. Sie ließ sich nicht herumkommandieren, sondern packte den Stier bei den Hörnern.

Einen Moment überlegte er, ob er hinübergehen und sich entschuldigen sollte, doch da nahm seine Tochter ab.

»Leonie? Wie geht's dir?«

Keine Antwort.

»Hast du für Holztechnik geübt?« Etwas Besseres fiel ihm auf die Schnelle nicht ein.

Sie lachte. »Seit wann interessiert dich das?« Ihre Stimme klang gereizt.

»Na, hör mal, du bist meine Tochter. Klar interessiert's mich, wie es im Job läuft. … Hör mal, ich dachte, wir könnten nach deiner Schicht … Du bist doch heute im Café, oder? Ich dachte, ich hol dich ab, und wir nehmen was zu essen mit …«

»Ernsthaft? Du willst dir nach dem ganzen Scheiß gestern 'n netten Abend mit mir machen? Ist das dein Ernst?«

»Ich … ich dachte nur, es würde uns ganz guttun, wenn wir mal ein bisschen sprechen …«

Sie unterbrach ihn. »Ich muss zur Arbeit. Wirklich, Papa. Tschüss.« Sie legte auf.

»Shit«, murmelte er und steckte das Handy wieder ein. Er machte sich Sorgen um sie, aber Leonie schien das in letzter Zeit ständig in den falschen Hals zu bekommen. Als er aufblickte, war die Psychologin nicht mehr zu sehen. Wahrscheinlich saß sie hinter einem der Pfeiler auf der anderen Seite.

Jan blickte sich zu den Fenstern um. Es schneite noch immer nicht, aber dafür hatte Wind eingesetzt. Unten auf den Gleisen der U1 konnte er zwei Plastiktüten sehen, die quer über die Schienen Richtung Haltestelle Alsterdorf getrieben wurden. Die Streifenwagen und Zivilfahrzeuge auf der Hindenburgstraße sahen aus, als hätte jemand Puderzucker drauf gestreut. Weihnachten war nicht mehr weit.

Das letzte Mal hatte er mit Hannah gefeiert – seit ihrem Tod hatte er Weihnachten ausfallen lassen. Weder ihm noch Leonie war danach gewesen. Außerdem war sie schon zu alt für ein echtes Weihnachtsfest, behauptete sie. Sie zog meistens am frühen Weihnachtsabend los und traf sich mit Freunden. Er blieb zu Hause, hörte seine Klassik-CDs und sah sich den Ficus an, in den er aus Alibigründen jedes Jahr eine einzige Lichterkette hängte. Der Gedanke an Weihnachten war ehrlich gesagt furchtbar, und es hätte ihm wohl das Herz zerrissen, an einem prächtigen Weihnachtsbaum mit seiner Tochter und Geschenken zu sitzen und zu wissen, dass der Platz neben ihm für immer leer bleiben würde.

»Hier sind Sie.« Anna riss ihn aus den Gedanken. »Ich hab versucht, Sie auf dem Handy zu erreichen.«

»Tatsächlich?« Er sah kurz nach. Keine Nachricht. »Das Scheißteil ist irgendwie kaputt. Klingelt einfach nicht. Aber an meiner Meinung hat sich nichts geändert.«

Sie sah ihn fragend an.

»Den Sitzungen? Darüber reden wir später. Dieck hat mich angerufen. Ihre Kollegin kümmert sich mit ein paar Mann wohl um die Vermissten. Aber die Rechtsmedizin hat Neuigkeiten.«

»Ja?«

»Ich soll Sie begleiten.«

»Begleiten?« Jan lachte auf.

»Seien Sie mal nicht so abfällig, Herr Nygård.«

»Das ist ein Witz, oder?«

8

»Du bist noch im Dienst. Wie schön.« Professor Harald Brandt, Rechtsmediziner am Universitätsklinikum Hamburg-Eppendorf, empfing Jan an der Treppe zur Leichenhalle. Sein Haar, das er zu einem Zopf geflochten hatte, war schlohweiß, und sein Gesicht ähnelte Jahr für Jahr mehr einer schrumpeligen Rosine. Der Arzt ging auf die siebzig zu.

Jan trat durch die Tür und folgte Brandt durch den Gang zu den Sektionssälen. Ihn erinnerten die Räume weniger an Säle denn an fensterlose Garagen.

Der Gestank des Desinfektionsmittels war scheußlicher als der Geruch der Leichen, wie Jan jedes Mal feststellte. Er hasste Desinfektionsmittel. Vielleicht, weil er als Kind seine Mutter zu oft zum Arzt begleitet hatte. Dr. Viklund war ihr Freund gewesen und hatte geholfen, wo er nur konnte. Vor allem aber war er verschwiegen gewesen und hatte seiner Mutter gutgetan.

Im Gegensatz zu seinem Vater. Mit ihm zu leben war Jahr für Jahr schwerer geworden – und das, obwohl Jan und seine Mutter ihn kaum gesehen hatten. Gunvald hatte morgens um fünf das Haus verlassen und war meist erst spät abends wiedergekommen. Er hatte als Holzrücker gearbeitet und war bei jedem Wetter zwischen Vänern und der Ostsee im Wald gewesen. Harte, körperliche Arbeit, die man ihm auf den ersten Blick nicht angesehen hatte. Im Gegensatz zu seinen bärtigen Kollegen war er feingliedriger gewesen. Sein lichtes Haar, die schmale, lange Nase und die wachen Augen hatten Jan eher an einen Bankangestellten, an einen Doktor oder Richter als an einen Waldarbeiter erinnert. Dennoch hatte Gunvald zupacken und leider auch zulangen können. Und Letzteres hatte er oft getan … Keine Woche, in der es keinen Streit, keine Tränen, Striemen und blaue Flecke gegeben hätte.

Jan schüttelte die Erinnerung ab, die der Geruch des Desinfektionsmittels in ihm ausgelöst hatte.

»Wegen der Sache in der Marina?«, fragte er, während er Brandt hinterherlief. Vor einem Sektionstisch blieben sie stehen. Die Leiche darauf war unter einem grünen Tuch verborgen. »Oder wie kommst du drauf, dass ich nicht mehr im Dienst bin?«

»Ja. Hab gedacht, jetzt verpasst der Chef dir wirklich 'ne Zwangspause.« Brandt blickte demonstrativ auf Jans verletzte Hand und zog sich seine Atemschutzmaske über.

»Ist noch nicht raus, ob die Roger überhaupt ein Verfahren einleitet.«

»Ach, wirklich?«

»Ja.«

»So wie ich die Frau einschätze, wird sie auf jeden Fall aktiv. Mit der ist nicht gut Kirschen essen.«

»Ich weiß«, brummte Jan. »Immerhin ist die Interne noch nicht bei mir aufgekreuzt.« Unwillkürlich sah er sich zu Anna um, die gebeten hatte, am Eingang zum Sektionssaal warten zu dürfen.

Brandt streifte sich Einweghandschuhe über und trat zum Kopfende des Tisches. »Ist die neu? Auch LKA?«

Anna starrte auf ihr Smartphone und wischte monoton darauf herum.

Wahrscheinlich checkt sie Instruktionen von Dieck, dachte Jan. Kommt ihr sicher ganz recht, muss sie sich die Toten nicht ansehen.

»Äh. Ja. Meine neue Kollegin«, meinte er ausweichend. »Anna Wasmuth.«

»Kollegin? Aha. Und dann kann sie nicht mit Leichen?«

»Na ja, sie ist keine Kommissarin.«

»Aha.«

»Sie …« Er brach ab. »Das ist kompliziert.«

»Aha.«

»Jetzt hört doch mal mit dem *Aha* auf, Harald. Die hat mir Dieck als Anstandsdame zugeteilt. Der glaubt, Riya schaut zu oft weg.«

Brandt schob demonstrativ seine Brille auf die Nasenspitze und schielte über seine Gläser. »Aha«, meinte er grinsend.

Jan kratzte sich die Nase. Er hatte sich weigern wollen, Anna mitzunehmen, doch Dieck hatte darauf bestanden.

Ihr erster Fall. Und dann gleich mehrere Leichen und mich am Bein, dachte er. Ausgerechnet. Wenn er sie wäre, hätte er auch Abstand gehalten.

Brandt schlug das Tuch beiseite, und Jan erkannte auf dem Edelstahltisch eine der toten Frauen aus dem Wald.

»Sabine Lohse, zweiunddreißig Jahre alt. Eine allein lebende Büchernärrin, die seit sechs Monaten als vermisst gilt«, sagte er.

Brandt brummte etwas, von dem Jan nicht wusste, ob es zustimmend oder ablehnend gemeint war. »Ich bin noch nicht fertig mit dem Obduktionsbericht«, sagte er. »Du kriegst lediglich eine erste Einschätzung, verstanden?«

»Du bist der Doc, Doc.«

»Ja, aber leider fehlt mir 'ne Zeitmaschine. Hast du mal mein Gesicht gesehen? Sieht aus wie eine verdammte Rosine.«

»Ach? Jetzt, wo du es sagst … Ist mir noch nie aufgefallen.« Jan trat näher an den Sektionstisch heran.

Brandt zögerte einen Moment. »War nicht leicht, dich herzubekommen«, sagte er schließlich. »Dieck wollte Ralf und Sadik auf den Fall ansetzen.«

Überrascht zog Jan die Stirn kraus. »Fy fan!«

»Hä?«, machte Brandt.

»Mein Ruf ist echt im Arsch.«

»Was soll ich sagen? Klares Ja …« Brandt seufzte. »Ich fürchte, diesmal hast du's übertrieben.«

»Die haben Leonie angemacht. Was glaubst du, was die mit ihr angestellt hätten?«

»Ich weiß ja. Aber der Sohn der Staatsanwältin. Jan!«

»Woher sollte ich das wissen. Der sah aus wie 'n ganz normales Arschloch.« Er überlegte einen Moment, ob er sich ernsthaft rechtfertigen sollte, und entschied sich dann gegen alle weiteren Erklärungen. Wie so oft schluckte er seinen Ärger lieber herunter. »Lassen wir das. Zeig mir, was du hast, okay.«

Brandt hatte Sabine Lohse mit einem Y-Schnitt Brustkorb und Bauch geöffnet und die Hautlappen zurückgeklappt. Wie Jan erkennen konnte, hatte er ihr die inneren Organe entnommen und in metallenen Schüsseln zwischengelagert.

»Sie ist erschossen worden. Aus nächster Nähe.«

»Aufgesetzt?«

»Nein. Ich tippe auf eine Pistole. Ein Projektil habe ich keins gefunden. Hier ist der Eintrittspunkt …« Er zeigte auf die linke Wange beziehungsweise auf das, was davon noch übrig war. »Das Projektil hat das Os sphenoidale durchschlagen, also durchs Auge durch, schräg hoch ins Hirn. Den genauen Abstand muss ich noch bestimmen, ich schätze aber nicht mehr als ein Meter.«

»Der Schütze war kleiner? Ich meine, weil er schräg von unten ins Auge …?«

»Das kann man so nicht sagen. Der Schütze kann den Arm ja frei im Raum bewegen und selbst unterschiedliche Körperhaltungen einnehmen. Aber Professor Brandt wäre nicht Professor Brandt, wenn er es nicht trotzdem wüsste.« Er machte eine dramatische Pause. »Du hast recht. Der Schütze war kleiner. Und zwar siebzehn Zentimeter.«

»Siebzehn?« Perplex sah Jan seinen Freund an. »Genauer hast du's nicht? Du verarschst mich doch.«

Brandt nickte zur zweiten Leiche, die auf dem Sektionstisch daneben lag. »Die Ergebnisse der Röntgenmikroanalyse der Schmauchpartikel sind eindeutig. Kamen vor einer halben Stunde. Sie hat Schmauchspuren an beiden Händen.«

»Warte. Sekunde. Du willst mir sagen, dass diese Frau …«, Jan deutete auf die Blonde, die nackt auf dem Nachbartisch lag, »… diese hier erschossen hat?«

»Sabine Lohse. Exakt. Davon gehe ich erst einmal aus, ja.«

»Die eine Frau erschießt die andere. Durchs Auge. Und die Ösen? Die Platte in der Brust?«

»Ich muss das noch validieren, aber die Ösen – in Händen, Füßen, Oberschenkel und selbst die im Kopf – sind ihr sehr wahrscheinlich appliziert worden, als sie noch lebte.«

Jan brauchte einen Herzschlag, um Brandts Aussage zu begreifen. »Verstehe.« Beiden Frauen waren bei lebendigem Leib Löcher in den Körper gebohrt und Ösen eingesetzt worden.

»Die Öse beim Schädel ist äußerst kritisch anzubringen, aber das muss der Täter gewusst haben. Er kannte sich aus.« Brandt nickte zum Kopf der Toten, und als Jan einen Schritt näher trat, sah er, dass der Rechtsmediziner ihr bereits die Schädelplatte weggesägt hatte. Das Gehirn war entnommen worden. »Er hat Holzschrauben benutzt und sie stumpf geschliffen, um nichts zu verletzen.«

»Holzschrauben?« Jan nahm kurz Blickkontakt mit der

Psychologin auf und bedeutete ihr, herzukommen, aber Anna schüttelte den Kopf.

»Er hat sieben Millimeter links und rechts neben der Sutura sagittalis gebohrt«, fuhr Brandt fort. »Da ist der Knochen verdickt. Zwei Mal fein vorbohren, Schrauben abgeschliffen, reingedreht. Mit den Schrauben hat er das Plättchen mit der Öse fixiert. Hier oben.« Er zeigte mittig auf sein weißes Haupt. »Sehr stabil.«

»Und die Metallplatte? In der Brust?«

»Da kommen wir zu einem weiteren interessanten Detail.«

Jan sah Brandt fragend an, der es zu genießen schien, ihn ein bisschen zappeln zu lassen. Schließlich meinte er: »Es handelt sich um keine.«

»Was?«

»Um keine Platte.«

»Sondern?«

Brandt strich ein kleines Tuch auf dem Seziertisch glatt und wandte sich um. Er nahm etwas von einer der Ablagen und bettete es auf das Tuch, geradewegs neben das noch immer geschminkte, halb zerfetzte Gesicht der Toten.

Jan erkannte sofort, was es war.

»Eine Taschenuhr?« Er streifte sich ebenfalls Gummihandschuhe über und nahm sie ganz behutsam auf.

»Aus Edelstahl«, erklärte Brandt. »Vielleicht eine Art Signatur.«

Die Uhr war überraschend schwer, schwerer jedenfalls, als Jan angenommen hatte. Der Knauf zum Aufziehen und der Bügel, um sie an einer Kette zu befestigen, waren unverkennbar. Solche Taschenuhren kannte Jan bloß aus alten Filmen, aus Kostümschinken oder Western.

»Darf ich?« Anna hatte sich durchgerungen und war

zu ihnen getreten, vermied es jedoch geflissentlich, zu den Leichen zu sehen.

»An den Anblick gewöhnt man sich«, meinte Brandt väterlich.

»Der Anblick ist es nicht … Ich muss immer dran denken, was für ein Leben sie wohl gehabt haben. Waren sie glücklich? Welche Geschichten sie einem wohl noch hätten erzählen wollen …«

Jan nickte. Er kannte das Gefühl. »So viele Möglichkeiten und Chancen. Alle weg. Das lässt einen nicht unberührt.«

Er reichte ihr Einmalhandschuhe und dann die Taschenuhr, und sie musterte sie gründlich. Sie ließ den Deckel aufspringen und sah sich das Ziffernblatt an. Die Schrift war leicht verschnörkelt, und die Zeiger hatten einen antiquierten Touch.

»Was meinen Sie?«, fragte Jan.

»Ein besonderes Stück. Die Details sind kunstvoll ausgearbeitet.«

Brandt und Jan sahen sie überrascht an.

»Mein Vater hat Uhren gesammelt. Sehen Sie das Ziffernblatt? Das ist handbemalt, und die Zeiger sehen mir auch nicht nach Massenanfertigung aus. Das ist eine hervorragende Arbeit. Suchen Sie nach einer Gravur, irgendein Kürzel. Vielleicht kriegen wir raus, wo der Mörder sie hat anfertigen lassen.« Während sie die Uhr sanft zudrückte und wieder aufspringen ließ, ergriff Brandt das Wort.

»Er hat sie ihr mit der Rückseite nach oben unter die Haut des Brustkorbs eingesetzt.«

»Dort, wo das Herz ist?«, wollte Jan wissen.

»Das sitzt ja tiefer im Körper. Aber an der Stelle darüber, sozusagen. Ja, da hast du recht.«

»Post mortem?«

»Soweit ich das bisher eruieren kann, nein.«

»Nein? Sie ... Sie meinen ... Sie hat sie schon getragen, als sie noch lebte?« Anna war die Farbe aus dem Gesicht gewichen. Sie gab die Uhr an Jan zurück und streifte die Handschuhe ab.

Brandt nickte. »Der Eingriff war blutig und sehr schmerzvoll, aber nicht tödlich. Das vorhandene Narbengewebe um die Uhr zeigt, dass sie in ihrem Körper steckte, als sie noch am Leben war. Und zwar recht lange.«

»Wie lange?« Jan drehte die Uhr in den Händen. In seinen zweiundzwanzig Dienstjahren bei der Hamburger Polizei hatte er so einiges gesehen, aber das hier war extrem skurril.

»Kann ich noch nicht genau sagen. Sicher länger als zwei Wochen. Die Wunde ist erstaunlich gut verheilt, und die Struktur des Narbengewebes lässt auf mindestens vierzehn Tage schließen. Wahrscheinlich länger. Die gesamte Forensik ist dran. Dieck weiß Bescheid. Wir registrieren die Uhren, nehmen Abstriche vom Innenteil, das ganze Programm, dann kannst du sie mitnehmen.« Er räusperte sich. »Das andere Opfer wurde im Hals getroffen, kurz unterhalb des Unterkiefers. Das Projektil ist beinahe waagerecht ein- und hinten ausgetreten.« Brandt legte eine zweite Uhr auf das Tuch. »Der Rest verhält sich bei dem anderen Opfer similär. Bohrungen, Ösen und eine Uhr.«

Die Uhr war baugleich, soweit Jan das auf die Schnelle erkennen konnte. Er drehte sie um und hielt sie ins Licht der LED-Röhren.

Auf der Rückseite war eine Nummer eingeritzt. Jemand hatte mit einem spitzen Gegenstand kaum drei Millimeter hohe Ziffern ins Metall geschabt. Sie wirkten krakelig.

Spitz wie Speere, dachte Jan bei ihrem Anblick. Sie standen zackig und krumm da, als könnte der Graveur keine Kurven zeichnen. Allerdings bezweifelte Jan, dass hier irgendetwas aus Unfähigkeit geschehen war.

28 34 77

9

»28 34 77 und 30 20 88 – das kann alles Mögliche sein«, stellte Anna fest, als sie zurück im LKA waren. Jan eilte mit ihr durch die Flure zum Besprechungsraum, in dem Dieck die frisch gegründete Soko versammelt hatte.

»Auf beiden Uhren sechs Ziffern jeweils in drei Zweiergruppen«, meinte Jan. »Vielleicht der Code für einen Computer? Kombis für Schlösser? Oder die Zahlen müssen kombiniert werden. Vielleicht hat es etwas mit den Uhren selbst zu tun?«

»Das ist alles Stochern im Dunkeln. Viel spannender ist die Frage, *warum* er die Zahlen eingraviert. Will er uns etwas mitteilen? Oder ein Spiel spielen? Was ist sein Bedürfnis?«

»Sie sind der Seelenklempner.«

»Rin.«

»Was?«

»Seelenklempne-rin.«

»Natürlich. ’tschuldigung.« Er öffnete ihr die Tür zum Büro. Das Zimmer C501 war voll mit Beamten. Riya stand mit Sadik, Ralf und weiteren Ermittlern vor einem Monitor und sah sich die Aufnahmen aus dem Callshop an.

»Der grinst.« – »Siehst du den Blick?«, hörte Jan Ralf und Sadik murmeln.

Der Mann mit den beinahe schwarzen Augen starrte sie an. Fasziniert blieb Anna stehen und musterte das Videobild.

»Den Typen sollten wir an den Eiern aufhängen«, knurrte Ralf und zog demonstrativ die Hosenträger straff.

»Schön ruhig«, tadelte Dieck, der mit einigen Mappen und einem alten Ordner das Büro betrat. »Wir wissen nicht, ob das unser Täter ist. Er hat angerufen, um uns zu sagen, wo wir die beiden Frauen finden können. Alles andere ist Spekulation.«

Ralf und Sadik warfen sich einen amüsierten Blick zu, und diesmal gab Jan ihnen recht: Auch er ging davon aus, dass der Mann auf dem Video in die Tat verstrickt war.

»Was sagen Sie dazu?«, richtete sich Dieck an Anna. »Frau Wasmuth? Eine Einschätzung?«

»Kein Problem. Haben Sie einen großen Kessel und ein paar Kräuter vom Friedhof?«

Dieck sah sie fragend an.

»Ich bin Psychologin und keine Hexe, Dieck.«

Jan konnte sich ein amüsiertes Lächeln nicht verkneifen. Ihre Schlagfertigkeit gefiel ihm.

»Im Ernst. Anhand eines einzelnen Videos kann ich Ihnen kein psychologisches Profil erstellen.«

»Wieso schützt er sich mit dieser Skimaske vor Blicken und starrt uns dann trotzdem an?«, warf Jan ein.

»Das ist eine interessante Frage«, stimmte Anna ihm zu. Sie trat zum Monitor und scrollte noch einmal zu der Stelle, an der der Mann die verspiegelte Sonnenbrille abnahm. »Wenn Sie eine Ad-hoc-Einschätzung möchten, und die gebe ich nur sehr ungern, dann lassen Sie uns Folgendes durchdenken. Er ist tatsächlich unser Täter. Er hat mindestens zwei Frauen umgebracht und ruft uns von diesem Spätkauf an, um uns zu sagen, wo die Leichen sind. Dafür hat er sich … sagen wir, getarnt …«

»Vermummt«, half Jan.

»Gut. Vermummt. Er hat sich extra versteckt, aber zeigt uns trotzdem seine Augen. Das, worüber man normalerweise einen Balken legt, um jemanden *nicht* zu erkennen. Da kämpft etwas in ihm. Er will sich uns zeigen. Deswegen auch der Anruf. Er will, dass wir seine Opfer finden. Zumindest uns, der Polizei gegenüber, versteckt er sich nicht groß, er weiß, dass die Kamera da ist. Sie wollen meine Einschätzung?«

Dieck nickte. Sie alle hingen an Annas Lippen.

»Wahrscheinlich war er schon einmal in diesem Spätkauf. Und er sucht unseren Blickkontakt … Direkt, hart, konfrontierend. Bei Raubtieren sind die Augen nach vorne gerichtet, um Bewegungen und Entfernungen gut abschätzen zu können. Der direkte Blick hat immer etwas Intimes. In diesem Fall ist sein Blick sehr intensiv. Er starrt. Und zwar lange. Sicher über fünf Sekunden. Ab drei Sekunden wird es unangenehm für das Gegenüber. Er will seine Dominanz demonstrieren. Er ist das Raubtier, er hat uns im Auge. Nicht andersherum.«

»Er verhöhnt uns«, brummte Jan.

»Ja. Vielleicht auch das. Er weiß, dass wir alle das sehen. Dass wir ihn sehen. Wir sollen wissen, dass er da draußen ist. Und dass wir die Leichen nur gefunden haben, weil er uns angerufen hat«, fuhr sie fort. »Wir haben es bei ihm mit einem dominanten Mann zu tun, der gern an der Spitze der Nahrungskette stehen würde. Er hält sich für was Besonderes. Für ein Genie. Und er ist eine extreme Spielernatur.«

Dieck ließ mit einem Seufzer die Akten auf den Tisch gleiten. »Genau das ist auch meine Einschätzung.«

Jan trat näher. Während sein Chef Fotos und Berichte der Rechtsmedizin aus den Mappen fischte, erkannte er, dass einer der Ordner über zwanzig Jahre alt war.

»Ösen? Durch die Hände? Und Oberschenkel?« In Ralfs Stimme schwang eine gehörige Portion Bestürzung mit, nachdem er mehrere Fotos der Leichen gesehen hatte.

»Scheiße, das gibt's doch nicht«, warf Sadik ein. »Dieck? Das kann doch nicht sein, oder?«

»Doch. Leider.«

»Habe ich irgendwas verpasst?« Jan beobachtete, wie die beiden ungläubig die rechtsmedizinischen Berichte durchblätterten.

Seufzend warf Dieck Jan den alten Ordner zu. »Ich sag ja, wir haben ein Problem. Das war erst der Anfang. Wir werden auf noch mehr Leichen stoßen.«

Jan verstand kein Wort. »Wieso?«

»Wir haben einen Trittbrettfahrer.« Sadik nahm sich noch einmal die Fotos von Doktor Brandt vor und ging sie genauer durch. »Aber nach all den Jahren …?«

Jan schlug die alte Akte auf. Sie war noch mit Schreibmaschine geschrieben. Seiten voller Verhöre und Protokolle. Tatortfotos. Eine Frau hing nackt unter einer Decke. Sie hatte Ösen in den Händen, den Oberschenkeln, dem Kopf und dem Kreuzbein. »Was zum Teufel …?«

Die Straßenaufnahme eines Hinterhofs. Ein verfallener Gewerbehof, aufgegeben. Ein Neonschild wies zu einem Bondage-Keller. Stufen führten hinab zu einem Laden. Fotos aus dem Innern zeigten einen ranzigen Empfang, Käfige, ein Lattenkreuz, diverse Folterstühle.

Anna und Riya traten zu Jan, der weiterblätterte. Die drei sahen, wie Beamte eine geheime Tür zu einer Art Verlies öffneten.

Es folgten Fotos von zwei aufgehängten Frauen – ihre nackten Leiber eingefallen, blass, tot. Sie hingen von der Decke wie Marionetten. Eine junge Frau, schwer verletzt, wurde auf einer Trage abtransportiert, während zwei Hundertschaften den Tatort absperrten. Das Foto eines Polizeiausweises wies die Frau als LKA-Mitarbeiterin aus.

Als Nächstes folgte das Foto eines vielleicht vierzig Jahre alten Mannes.

»Karl Achten«, erklärte Dieck.

Seine Wangen waren eingefallen, die Augenbrauen buschig, die Lippen schmal. Er trug einen schmalen Schnauzer, und sein Blick war genauso kalt wie der des Fremden im Spätkauf. Er starrte mit einem feinen Lächeln in die Kamera.

»Karl Achten hat vor dreiundzwanzig Jahren mindestens sieben Frauen bestialisch ermordet. Du warst noch nicht hier im Revier.«

»Das Ding mit diesem Sadomaso-Laden?«, fragte Jan, der sich nur dunkel daran erinnerte. »Da war was in der schwedischen Presse, aber …«

Dieck begann weiter auszuholen. »Karl Achten hat ein Bondage-Studio betrieben, aber die Frauen zu fesseln und ein bisschen zu quälen hat ihm nicht gereicht.«

»Er hat ihnen bei lebendigem Leib Löcher in den Körper gebohrt«, warf Sadik ein. »Ösen, Seile … Scheiße.«

»Er hat seine Opfer aufgehängt«, fuhr Dieck fort. »In einem geheimen Raum unter seinem Club. Dort hat er tagelang seine perversen Fantasien an ihnen ausgelebt. Die beiden Frauen auf den alten Fotos … verdurstet. Wir haben diesen perversen Arsch nur geschnappt, weil eins seiner Opfer eine Polizistin war. Sie konnte schwer verletzt Hilfe rufen.«

Anna sog hörbar Luft ein. »Und jetzt mordet jemand genau wie er? Nach so langer Zeit?«

»Davon gehe ich aus. Ja«, antwortete Dieck.

Sadik klatschte die Leichenfotos der im Wald gefundenen Frauen auf den Tisch. »Die Presse hat Karl Achten damals einen liebreizenden Namen gegeben, nicht wahr, Chef?«

Fragend blickte Jan in die Runde. »Namen?«

»Ja«, antwortete Dieck trocken. »Sie haben ihn den Puppenmacher genannt.«

10

Der Wind hatte zugenommen. Schneidend fuhr er über den Parkplatz des Gefängniskomplexes, der sich hinter die mit Stacheldraht bewehrte Mauer duckte.

Jan hatte seine Handschuhe im Büro liegen lassen, und obwohl er vor dem Wärterhäuschen einigermaßen geschützt stand, spürte er die Kälte in seine aufgeplatzte Haut schneiden. Er drückte das Handy fester ans Ohr.

»Ich scanne, was wir hier noch in den Papierakten haben, und schick's zu dir rüber.« Riya klang müde. Er hörte sie an ihrem Kaffee nippen.

»Gut.« Jan bekam von einem Beamten ihre Ausweise zurück und gab Anna ihren, dann entriegelte der Mann ein schweres Drehkreuz, durch das sie das Gelände betreten konnten. Die Anstalt hatte nicht den besten Ruf, immer mal wieder war sie in den letzten Jahrzehnten in Skandale verwickelt gewesen. Die meisten saßen wegen Sexualstrafdelikten hier ein. Erst vor einem halben Jahr hatte die Anstalt Kritik auf sich gezogen, weil ein Insasse noch am Tag seiner Entlassung vergewaltigt und gemordet hatte.

»Hast du irgendwas über die Uhren rausbekommen, Riya? Steht von denen was in Karl Achtens Akten?«

»Nein. Da ist nichts drin.«

Jan zog seine klobige Fellmütze zurecht und packte die Akte, die er aus dem Büro mitgenommen hatte, fester. Er folgte Anna über den schmucklosen Plattenweg zum Eingang des Gefängnisses.

»Okay. Such weiter … Und was ist mit dem Anruf? Hat sich der Puppenmacher damals auch bei euch gemeldet?«

»Glaub nicht. Kannst ihn ja gleich selbst fragen. Aber, Jan …«

»Ja?«

»Tu mir 'n Gefallen und sei vorsichtig, okay?«

Unwillkürlich musste Jan lächeln. Mit der Zeit waren sie gute Freunde geworden und wären vor anderthalb Jahren nach einer feuchtfröhlichen Tour beinahe im Bett gelandet. Es hatte sie beide große Kraft gekostet, die Sache in letzter Sekunde abzublasen und sich lieber für ihre Freundschaft als für einen One-Night-Stand mit peinlichen Büromomenten zu entscheiden. Nachdem Hannah über achtzehn Monate nicht mehr bei ihm gewesen war, hatte er sich nach weiblicher Nähe gesehnt. Und Riya hatte zu der Zeit eine On-off-Beziehung mit ihrem jetzigen Mann geführt, einem Software-Entwickler aus Bangalore.

»Laut den Unterlagen hat der Typ die toten Frauen nicht nur wie Marionetten aufgehängt, er scheint wohl auch mehrere Tage mit ihnen gespielt zu haben.«

»Gespielt? Vergewaltigt?«

»Ziemlich heftig. Haufenweise Verletzungen im Vaginal- und Analbereich. Dieck war leitender Ermittler. Er schreibt hier von massiver Gewaltanwendung, und zwar über Tage. Aber mit *gespielt* meinen sie hier was anderes.« Er hörte sie blättern. »Was ist das für ein perverses Zeug. Shit. Ich muss das alles erst mal genau durchsehen, aber anscheinend hat er mit den Opfern primitive Theaterstückchen aufgeführt. Sein ganz persönliches Marionettentheater.«

»Lebenslänglich und besondere Schwere der Schuld.«

»Das hat er auch verdient, wenn du mich fragst. Hier steht, er hat nach fünfzehn Jahren das erste Mal einen Antrag auf Haftentlassung gestellt und dann regelmäßig wieder. Alle abgelehnt.«

Höflich hielt Jan Anna die Tür zum Hauptgebäude auf und schenkte ihr ein Lächeln, als sie durch die Tür ins Foyer traten.

»Riya«, wandte er sich noch einmal an seine Mitarbeiterin. »Setz alles dran, rauszufinden, ob er in seiner Haftzeit Briefe oder Anrufe von jemandem erhalten hat. Gab es damals einen Mann, der öfter bei den Ermittlungen aufgetaucht ist? Am Tatort. Oder vielleicht sogar in den Verhören? Jemand, der häufig mit dem Puppenmacher gesprochen hat? Frag noch mal Dieck. Wenn der die Sache geleitet hat, fällt ihm vielleicht ein, wer Karl Achtens Nähe gesucht hat. Oder der womöglich sogar behauptete, selbst der Mörder gewesen zu sein.«

»Ich check das.«

»Irgendwer läuft da draußen rum und hat sich dran ergötzt, was der Puppenmacher damals getan hat.«

Im Foyer roch es nach Bohnerwachs, allerdings sah der hundertzwanzig Jahre alte Terrazzoboden nicht danach aus, als wäre er frisch geputzt worden, denn Matschspuren führten quer vom Eingang bis zur Security. Dreckiger Schnee war zu schwarzen Pfützen geschmolzen, nachdem zahlreiche Schuhe ihre Abdrücke hinterlassen hatten.

Im Foyer war es still, nur ganz leise plärrte ein Radio. Jan meinte, aus der Ferne einen Schlagbohrer zu hören. Als Anna und er näher kamen, erhoben sich zwei Sicherheitsleute aus ihren Drehstühlen und traten an den Metalldetektor, der den Eingang zum hinteren Teil der Halle hin abgrenzte.

»Ich werd mir mal alle Akten kommen lassen, Jan«, sagte Riya. »Aber das meiste ist noch in Papierform und alles über zwanzig Jahre her. Das kann dauern.«

»Häng dich rein. Wenn Dieck recht hat und unsere Morde mit denen zu tun haben, finden wir eventuell einen

Hinweis. Vielleicht hat der Puppenmacher damals etwas gesagt, was uns weiterhilft.«

Die zwei Männer von der Sicherheit wollten nochmals ihre Papiere sehen. Während Jan und Anna sie vorzeigten, hörte er Riya tippen.

»In den Vernehmungen?« Sie lachte. »Das sind Seiten über Seiten krude Theorien, was der da abgesondert hat. Und dann die ganzen psychologischen Gutachten. Im Ernst, die Verhörprotokolle mit diesem Achten muss sich deine Psychologin mal durchlesen.«

»Sie ist nicht *meine* Psychologin.« Jan trat vor und packte seine Habseligkeiten in eine Plastikschüssel. Seine Dienstwaffe landete neben seinem Apartmentschlüssel und der Brieftasche. Anna tat es ihm gleich, nur dass sie statt einer Waffe einen fingergroßen Anhänger eines Heiligen hineintat.

Jan hatte nicht gedacht, dass die Psychologin gläubig war. Er warf ihr einen verwunderten Blick zu, doch sie bemerkte es nicht.

»So wie's aussieht, hatte er diese Polizistin drei Tage in seiner Gewalt. Ihr Bruder kannte wohl Karl Achten. Er war auch Polizist. Ist bei dem Einsatz gestorben, und aus ihr hat er auch eine Marionette gemacht. Zumindest begonnen, bevor sie um Hilfe rufen konnte … Hat ein Riesenglück gehabt. Barbara Rütters. Was für 'ne Scheiße … Jan?«

»Ja?«

»Sei bitte vorsichtig.«

»Bin ja nicht mit dem allein im Wald. Er ist im geschlossenen Vollzug. Jag är vara gammal i gården.«

»Wer gammelt im Garten?«

Jan lachte. »Bin ein alter Hase, Riya. Bis nachher.« Er legte auf.

Die Beamten tasteten die beiden ab. Jan konnte das herbe Aftershave des Dickeren riechen und bemerkte, wie unrein seine Haut war. »Die Direktorin empfängt Sie gleich.«

»Gut.« Als Jan seine Waffe nehmen wollte, zog der Dicke die Plastikwanne weg. »Tut mir leid, Herr Nygård. Hier drinnen nicht.«

Jan knurrte, gab aber nach.

Geduldig warteten die beiden auf die Direktorin.

»Macht einen auf wichtig«, sagte Anna leise. Da gab Jan ihr recht. Er musterte sie einen Moment und stellte überrascht fest, dass er nicht wusste, ob Anna ein wenig naiv war oder ob sie sich tatsächlich so gut mit psychisch kranken Kriminellen auskannte und deswegen keine Angst vor der Begegnung mit Achten hatte. Oder überspielte sie ihre Gefühle einfach nur gut? Er für seinen Teil hatte einen verfluchten Respekt vor gestörten Perversen, vor allem vor Tätern von Achtens Kaliber. Er konnte sie nicht einschätzen – und das hasste er. Nicht erst seit der Sache im Supermarkt wollte er lieber alle Fäden in der Hand halten.

Sein Blick schweifte zur Eingangshalle und durch die Tür ins Freie. Üppige Schneeflocken stoben über den grauen Parkplatz, und er wünschte sich, trotz der Kälte dort draußen eine zu rauchen. Zwei halb verweste, geschminkte Frauenleichen im Wald, ein Spielertyp, der sie durch eine Kamera anstarrte. Und ein Mann, der Frauen zu Marionetten machte …

»Sie sollten besser nicht mit reinkommen«, rutschte es ihm heraus.

Anna sah ihn überrascht an.

»Ich meine, zu Karl Achten …«

»Der ist sicher kein angenehmer Gesprächspartner, aber ich war öfter in einer JVA, als Sie vielleicht annehmen. Ich kann auf mich selbst aufpassen, Herr Nygård.«

»Sicher. Hab's nur gut gemeint.«

»Ihr Beschützerinstinkt in allen Ehren, aber darauf kann ich gut verzichten«, entgegnete sie, um dann hinzuzufügen: »Ich hoffe, deswegen haben Sie zugeschlagen.«

»Was?«

Statt sofort zu antworten, hockte sie sich hin und band sich ihre Sneakers zu. »Aus Sorge um Ihre Tochter. Oberflächlich betrachtet, scheinen Sie den Tod Ihrer Frau zu kompensieren – durch Angriff aus Sorge. Aber da kann man leider nichts mehr gutmachen. Und ich bin weder Ihre Tochter noch Ihre Frau.«

Ihre direkte Art machte ihn sprachlos. Was sollte er dazu sagen?

»Wir werden dem beim nächsten Gespräch auf den Grund gehen«, meinte sie lächelnd und richtete sich wieder auf.

Jan wollte etwas erwidern, aber da hörte er eine Tür zuschlagen. Im nächsten Moment näherte sich eine hagere Gestalt. Die Direktorin trug einen schwarzen Jumpsuit und eine weiße, schmale Kunstlederkrawatte. Ihre Haare waren beinahe weiß gefärbt und mit Gel zu einem strengen Seitenscheitel gekämmt. Ihr Make-up wirkte dezent, genau wie ihr hartes Lächeln.

»Willkommen! Ich freue mich, dass Sie zu uns gefunden haben. Frau Wasmuth, Herr Nygård.« Sie sprach akzentuiert und strich dabei ihre Krawatte glatt. »Doktor Tabitha Gruber. Wenn Sie mir folgen wollen …«

Jan warf einen letzten Blick auf seine Dienstwaffe. Es fiel ihm nicht leicht, sie zurückzulassen.

Gemeinsam folgten sie der Frau tiefer in das Gebäude hinein. Jan fielen die hochhackigen Schuhe auf, die bei jedem Schritt klackten. Anna warf Jan angesichts der gestylten Gefängnisdirektorin einen amüsierten Blick zu, den er mit einem Schmunzeln quittierte. Dr. Gruber passte in einen schrillen Film aus den Neunzigern.

Sie liefen ihr stumm weiter nach, da fiel Jans Blick im Vorbeigehen durch eins der vergitterten Fenster, das zum Hof zeigte. Ein Schrank von einem Kerl mit kurz geschorenen Haaren und zwei langhaarige, dürre Gestalten schoben Schnee. Das Kratzen ihrer Blechschaufeln hallte im Innenhof wider und drang wie ein markerschütterndes Gewittergrollen zu ihnen in den Flur.

Im Großen und Ganzen erinnerte Jan der Bau an ein Krankenhaus. An das Backsteinmonster vom *sjukhus* in Uddevalla, in dem er als Kind wegen eines Autounfalls mehrere Wochen gelegen hatte. 1984 hatte er den nigelnagelneuen Volvo seines Vaters gestohlen. Er hatte unbedingt vor seinen Freunden angeben müssen und sich in seinen zwölfjährigen Schädel gesetzt, aus Jux bis zum Polarkreis raufzufahren. Schon auf dem Weg zu seinem besten Kumpel Niclas Sjögren, den er unbedingt mitnehmen wollte, war er von der überfrorenen Straße abgekommen und fünfzehn Meter in ein Flussbett gekracht.

Auch hier in der JVA roch es wie im *sjukhus* nach Desinfektionsmitteln und zu vielen ungewaschenen Menschen. Es kam Jan beinahe so vor, als könnte er das Leid und die verstörenden Gedanken der Insassen riechen. Während sie der Direktorin folgten, musterte er noch einmal Anna, doch sie verzog keine Miene.

Die Direktorin fischte einen schweren Schlüsselbund aus der Tasche. Sie waren vor einer Tür stehen geblieben, auf der jemand den nüchternen Schriftzug *Bücherei* mit mehreren bunten Bildern von Büchern überklebt hatte. Ein Hauch von Kreativität auf der Insel der Tristesse.

»Karl leitet den Buchdienst. Und zwar schon seit Jahren«, meinte sie und öffnete. »Und, wenn ich bemerken darf, sehr pflichteifrig.«

Jan sah sich sofort um. Es war ein gewöhnlicher Raum, die Auslegeware in die Jahre gekommen, die Fenster vergittert. An der Decke hing eine Überwachungskamera, und die Wände, deren Farbe bereits allerorten abgewetzt war, wurden von Metallregalen voller Bücher gesäumt. Zwei Regalreihen, die in den Raum ragten, versperrten Jan die Sicht auf den Rest.

Kurz hörte er das Quietschen von Rädern, dann sah er jemanden um die Bücher spähen.

Das Erste, was ihm auffiel, war Karl Achtens Alter. Er hatte sich den Mann jünger vorgestellt, wahrscheinlich, weil er bloß die über zwanzig Jahre alten Fotos aus den Akten und die Zeitungsbilder kannte: Aufnahmen eines stoisch dreinblickenden, geradezu unbeseelt lächelnden Mannes. Eines Mehrfachmörders, der verhaftet wird, im Gerichtssaal sitzt, abgeführt wird. Hier im schneegrauen Licht, das durch die Fenster sickerte, wirkte der Mann jedoch wie ein Greis. Seine Haut war bleich, Altersflecken hatten sein Gesicht übersät. Die Wangen seines fast runden Schädels waren eingefallen und pergamentartig. Blaue Adern zeichneten ein wirres Muster auf seinen Unterarmen. Er trug keine Insassenkleidung, sondern ein Hawaiihemd, das nicht nur farblich unpassend war, sondern wie seine Bundfaltenhose von seinem drahtigen Körper runterhing. Er und die Direktorin gaben zusammen ein schillerndes Bild ab.

Mit kaltem Blick musterte der Puppenmacher Jan durch seine unmodische Brille.

Er schürzte die Lippen wie jemand, der neugierig in einen Topf voll leckerer Suppe schaute. Hungrig auf neue Informationen, um ein bisschen Würze in seinem Leben zu bekommen.

Als Achten hinter dem Regal hervortrat, entging es Jan nicht, wie geschmeidig der Puppenmacher trotz seines Alters war.

Aus dem Boxring kannte Jan solche Typen. Sie wurden oft unterschätzt, weil sie nicht die klassische Athletenfigur oder den muskelbepackten Körper eines Fitnessfanatikers aufwiesen. Aber diese Art von Gegner war zäh und konnte, wenn es darauf ankam, extrem hart zuschlagen.

»Karl.« Die Direktorin bedachte ihn mit einem Lächeln. »Die beiden Beamten vom LKA sind da. Frau Wasmuth und Herr Nygård. Sie möchten dir ein paar Fragen stellen.«

Prüfend ließ der Puppenmacher den Blick über Anna schweifen, während seine schlanken Finger auf dem Deckel des Buchs trommelten, das er an die Brust drückte. Seine Nägel und Fingerkuppen waren gelb von Nikotin. Wie es aussah, rauchte er gerne Filterlose. Er zwinkerte kaum, legte den Kopf schief, als schätzte er etwas ab, während er seelenruhig Anna mit seinen Blicken befühlte. Schließlich formte sich der Anflug eines Lächelns auf seinen schmalen Lippen.

»Es geht um die beiden Frauen im Wald? Beflügelnd. Aber, ganz im Vertrauen, liebe Direktorin … Frau Doktor Gruber, ich weiß nicht …«

Jan öffnete seinen Parka. Im Gegensatz zu den kühlen Gängen der JVA war es hier gemütlich warm. »Was wissen Sie nicht?«

»Nun … Ob ich mich heute unterhalten *möchte*.«

»Karl, wir haben doch oft genug über deine Sozialbewertung gesprochen …«, setzte die Direktorin an, doch der Puppenmacher achtete nicht auf sie, sondern tauchte wieder hinter das Regal ab.

Abermals setzte die Direktorin an, diesmal jedoch mit

überraschend strengem Unterton: »Wir haben mehrfach über deine Sozialexpertise gesprochen, Karl. Es wäre hilfreich für dich selbst, wenn du die Beamten unterstützt.« Sie folgte Achten, Jan und Anna schlossen sich ihr an.

Hinter dem Regal gab es eine Leseecke, die aus einem nüchternen Tisch mit vier Stühlen bestand. Während der Puppenmacher weiter Bücher ins Regal sortierte, trat Anna vor und meinte zu Jans Überraschung: »Um ehrlich zu sein, Herr Achten, sind uns Ihre Sozialpunkte verhältnismäßig egal. Ob Sie die bekommen oder nicht, interessiert uns nicht. Was wir brauchen, ist jedoch Ihre Expertise.«

»Expertise?« Der Puppenmacher schob einen klapprigen Servierwagen, auf dem sich diverse Taschenbücher stapelten, zum nächsten Fach.

»Ihre Expertenmeinung, ja.«

»Sie hat recht«, sprang Jan ihr bei. »Wir brauchen jemanden, der sich auskennt. Einen … einen Fachmann sozusagen.«

Seelenruhig drehte sich der Puppenmacher um und musterte ihn von den Stiefeln über die waschmaschinentaube Jeans und den Parka bis hinauf zu seinem Gesicht mit offenkundiger Ablehnung. Jan ertrug es stoisch, wie der Mann ihn quasi mit seinen Blicken auszog.

»Fachmann? Aha. Einen Experten.« Er kratzte sich kurz am Unterarm und rückte seine schwere Brille zurecht. »Fragen Sie doch Ihre Rechtsmediziner, die Forensiker oder Ihre Seelenklempner.« Er richtete noch einmal den Blick auf Jan. »Außer *Ihnen* arbeiten doch sicher Experten beim LKA.«

Jan schenkte ihm ein abfälliges Lächeln.

»Ja, das stimmt. Im Gegensatz zu meinem Kollegen hier sind wir beim Landeskriminalamt ausnahmslos alle Experten«, nahm Anna die Frotzelei auf. »Allerdings kennt sich keiner von uns Spezialisten mit Marionetten aus.«

»*Spezialisten* … Beflügelnd, wie Sie mir schmeicheln. Aber sehr durchschaubar.« Seine Lippen zuckten. »Vielleicht sollten wir zwei besser alleine reden, Frau Wasmuth?« Er ließ die schlanken gelben Nikotinfinger über die Bücher im Regal gleiten, als liebkose er sich selbst.

Jan stöhnte innerlich auf. Angesichts der Opfer, die für Achtens Vergnügen hatten sterben müssen, war dieser Auftritt umso widerwärtiger. Der Typ machte ihn jetzt schon wütend. Am liebsten hätte er den Mann gepackt, ihn in eines ihrer Verhörzimmer gesperrt und durch die Mangel gedreht. Ganz nach Vorschrift selbstverständlich.

»Achten. Ist doch einfach: Sie helfen uns, oder andernfalls werde ich zusehen, dass Sie es hier drinnen ein bisschen … sagen wir … *erquicklicher* haben.«

»Herr Nygård«, tadelte ihn Dr. Gruber.

Jan ließ sich nicht beirren. »Den einen oder anderen hier kenne ich ganz gut. Und bei einigen – das kann Ihre Direktorin sicher bestätigen – ist Ärger nicht auszuschließen. Stimmt's?«

»Also bitte«, mischte sich Dr. Gruber ein und trat einen Schritt näher zu Achten. »Das will ich mal überhört haben.«

Der Puppenmacher dachte einen Moment nach, dann meinte er leise: »Das alte Spielchen? Good Cop, bad cop? Wirklich, Frau Wasmuth und Herr Nygård … Süßholzraspelei und Drohungen?« Mit einem Mal lachte er laut und zog das Buch aus dem Regal, über dessen Rücken er so liebevoll gestrichen hatte. Er ließ es mit einem Knall auf die Tischplatte fallen.

»›Ach-Ach‹, stöhnt die Puppe. Nur immer dieses Ach-Ach. Aber Nathanaels Blick lässt sie lebendig werden. Er haucht ihr Leben ein mit seinem Blick.«

»Nathanael?« Anna trat näher und las: »E. T. A. Hoffmann. *Der Sandmann*. – Schönes Buch.«

»Sie kennen es? Er hat sich viel mit Puppen und Automaten beschäftigt, der Autor.«

»Ja. Männer erschaffen Frauen. Ohne Sex, ohne Fortpflanzung. Sie werkeln sich ihre Frauen zusammen. Und sie schnitzen sich eindeutig immer Idealweiber.« Anna seufzte. »Wenn Sie mich fragen: Fantasien eines narzisstischen männlichen Verlangens.«

»Sie halten mich für einen narzisstischen Menschen?«

»Eindeutig.«

Der Puppenmacher schwieg einen Moment. »Und wenn ich Ihnen sage, dass die Schöpfungsmacht der Frau durch etwas viel Göttlicheres ersetzt wurde? Und zwar durch Kunst. Die Frau gebiert durch ihren Körper, der Mann durch Kreativität.«

Im Gegensatz zur Direktorin, die ernsthaft über die Worte nachzudenken schien, lachte Anna auf.

»Das beweist nur meine These. Sie halten sich für gottgleich, weil Sie sich eine Puppe erschaffen, einen künstlichen Menschen, dem Sie Leben einhauchen.«

»Tja, nur sind Sie nicht Professor Spalanzani. So hieß er doch«, warf Jan ein und beantwortete Annas überraschten Blick, indem er meinte: »Ja, ich lese auch ab und an.«

»Sie haben jedoch keinen künstlichen Menschen erschaffen, Achten«, fuhr Anna fort. »Sie haben Frauen zu Ihrer sexuellen Befriedigung aufgehängt und sich an ihrer Wehrlosigkeit ergötzt. Zwei sind verdurstet. Ihnen war egal, was mit ihnen geschieht.«

Zufrieden sah Jan, wie es im Puppenmacher arbeitete. Anscheinend gefiel ihm nicht, wie Anna mit ihm umsprang. »Sie haben ein freches Mundwerk, Frau Wasmuth. Aber Sie machen mich neugierig.« Er zog für sie einen

Stuhl vom Tisch. »Unsere reizende Herrin sollte allerdings draußen warten, wenn wir schon reden.« Er warf der Direktorin ein Lächeln zu.

Dr. Gruber sah fragend in die Runde, worauf Jan ihr zunickte.

»Nun denn«, willigte sie kühl ein. »Ich habe Sie im Blick.« Sie nickte hoch zu einer der Kameras.

»Wir kommen klar«, bestätigte Jan.

Da Anna den Stuhl des Puppenmachers geflissentlich übersah, zog Jan für sie einen vom Tisch – auch, um die Fronten klar zu ziehen.

Sie setzten sich, und Achten starrte der Direktorin nach, bis sie fort war.

»Ein Po wie eine wunderbare Frucht. Haben Sie ihre Formen gesehen?« Als wäre Jan nicht da, wandte er sich an Anna: »›Er meißelte weißes Elfenbein in wunderbarer Kunst und gab ihm eine Form, mit der keine Frau geboren werden kann, und verliebte sich in sein Werk. Ihr Antlitz ist das von einer wirklichen Jungfrau, du könntest glauben, sie lebe …‹«

»Noch ein Literaturtipp?« Langsam wurde es Jan zu bunt.

Der Puppenmacher ignorierte Jan und sah weiterhin bloß Anna an. »Ich habe das Beste aus ihnen gemacht, Frau Wasmuth. Aus meinen Puppen. Verstehen Sie?«

»Kein Stück. Aber über Literaturwissenschaften können wir später reden«, unterbrach ihn Jan harsch. »Von den zwei toten Frauen im Wald haben Sie in der Zeitung gelesen. Richtig?«

»Sie kommen gern auf den Punkt«, sagte Achten. »Ich gestehe zu meiner Schande, dass ich heute noch keine Zeitung gelesen habe. Es ist Dienstag. Da hole ich die Bücher ab und sortiere sie wieder ein. Bergheim aus dem Südblock hat mir von den beiden Frauen erzählt. Er hat gelacht und gefragt, ob ich heute Nacht wohl ausgebrochen sei, um mich um diese beiden zu kümmern. Um sie *kümmern.* Seine Worte, nicht meine.« Er zeigte wieder sein kaltes Lächeln. »Bin ich ausgebrochen, vor einem Monat vielleicht, Herr Nygård? Und habe ich mich um diese beiden *gekümmert*?«

»Sagen Sie es mir!«

»Der Puppenmacher kehrt zurück. Nach all den Jahren … Das ist doch wunderbar.«

»Ja. Ganz *beflügelnd*«, konnte Jan sich nicht verkneifen zu antworten.

Achten nahm seine Brille ab und wischte sie gründlich und ohne Hast an seinem Hemd sauber. »Was ist mit Ihrer Hand passiert?«

Jan antwortete nicht, sondern legte die dünne Akte vor sich auf den Tisch. Er entschied sich für ein paar Aufnahmen der Frauen im Wald und drehte sie zu Achten. »Sagen Sie uns, was Sie davon halten.«

Einen langen Moment sah der Puppenmacher sich die beiden Frauen im Schnee an, dann lehnte er sich zurück. »Als hätte Ovid ein neues Kunstwerk aus purem Elfenbein erschaffen.« Er klang begeistert und betrachtete die Aufnahmen sehr genau. »Die Frauen sind recht jung. Jung und schön. Agil, nur einem agilen Körper kann man eine Seele schenken.«

Jan warf Anna einen genervten Seitenblick zu.

»Okay«, wandte er sich wieder an Achten. »So wie bei Ihnen. Sie haben sich auch jüngere Frauen geschnappt. Und sie mit Stahlseilen unter die Decke gehängt. Und den ganzen *Scheiß* mit ihnen abgezogen.«

Der Puppenmacher strafte Jan mit einem Blick.

»Ich denke, dass ich ein bisschen von dem verstehe, was

Sie sagen wollen«, meinte Anna, um die Wellen der Feindseligkeit zu glätten. »Sie als Künstler haben Ihren Puppen Leben eingehaucht. Mehr noch. Sie haben ihnen eine Seele gegeben? Gibt er ...« Sie tippte auf eines der Fotos. »... ihnen auch eine Seele? Haben Marionetten eine Seele?«

Der Puppenmacher schwieg einen Moment. »Das sind sehr viele Fragen, Frau Wasmuth.« Er lehnte sich vor und ließ Anna nicht aus den Augen. »Wir leben alle im Bauch einer Maschine – und diese Maschine ist krank. Da ist ein Uhrwerk, eine Mechanik, die wir nicht bestimmen können, über die wir nicht Herr sind, aber wir sind darin gefangen. In dieser kranken Maschine, die wir Leben nennen. Unsere Tage bestimmen andere, Frau Wasmuth. Auch Ihr Leben wird von anderen bestimmt. Sie haben nicht die Fäden in der Hand, sondern Ihr Chef, Ihr Arzt oder die Politiker, die großen Shareholder ... Vielleicht Ihr Vater, Frau Wasmuth. Sicher Ihr Vater. Bestimmt er über Ihr Leben?«

Jan bemerkte, wie Anna kurz die Lippen schürzte.

»Ihr Urgroßvater kannte die Familie Laeisz ganz gut, und Ihr Vater hat in den Achtzigern das Geschäft übernommen. Bananentransport aus Südamerika. Und jetzt? Gas-Carrier, Containerschiffe. Selbst ein Forschungsschiff gehört der Reederei Wasmuth, richtig? Und Sie wollten nicht in das Geschäft einsteigen? Warum denn nur? Das gemachte Nest wäre doch so mollig warm.«

»Hatten Sie noch ein bisschen Computerzeit gut? Haben mich schnell gegoogelt, als Ihnen mein Besuch angekündigt wurde? Spielen Sie hier nicht den Psychologen, indem Sie irgendwelches Halbwissen vorkramen«, ermahnte sie ihn.

»Ihr Vater und das Geld«, sagte Achten unbeirrt. »Auch Sie sind eine Marionette, Frau Wasmuth. Sie wissen das.« Seine Finger waren einer Art Spiel verfallen, es sah beinahe aus, als übte er Klavier, aber Jan wusste es besser. Es waren die Bewegungen eines Marionettenspielers. Eines Mannes, der ein Spielkreuz in der Hand hielt und eine Puppe steuerte.

Letztlich drehte es sich bei allen Morden um das eine. Um Macht.

Entweder ging es darum, die Macht zurückzuerlangen und der ewigen Pein zu entkommen. Seinen Peiniger umzubringen, um sich zu befreien. Um wieder Macht über das Leben zu erlangen. Oder es ging darum, Menschen Macht spüren zu lassen.

»Nur wenige haben Macht. Sie lassen uns andere tanzen«, fuhr der Puppenmacher fort, als hätte er Jans Gedanken gelesen. »In unseren Körpern ist das Licht der Seele erloschen. Nur wenige finden dieses Licht in ihrem kümmerlichen Vegetieren, in ihrem Dahinsiechen im Bauch der Maschine, diesem Siechen, das sie Leben nennen. Die meisten sind und bleiben bis zu ihrem Tod unbeseelte Körper.«

»*Automat*, wie E. T. A. Hofmann es nannte?«

»Automat.« Der Puppenmacher nickte. »Die meisten sind Automaten. So wie Ihr Kollege, Frau Wasmuth.«

»Philosophischer Quatsch«, brummte Jan verächtlich. »Holen Sie jetzt so matrixmäßig die Pillen raus? Die blaue und die rote? Also, ich nehm die blaue und bleib im Bett … Sie wollten Macht über diese Frauen. Sie wollten bestimmen, was sie tun. Sie wollten sie beherrschen. Und das bescherte Ihnen einen Ständer. Die absolute und volle Kontrolle über junges Fleisch. Das ist doch geil.«

Der Puppenmacher dachte gar nicht daran, sich ihm zuzuwenden, und richtete stattdessen seine Worte weiter an Anna. »Ihr Kollege denkt sich die Welt zu einfach. Ich habe ihre Körper zerschlagen, um ihnen bessere zu schenken. Körper mit einer Seele.« Er leckte seine Finger an, fuhr sich über die Lippen, um sie zu befeuchten. »Denn ich war es, der ihnen nicht nur eine Aufgabe gab, sondern ich habe sie geformt und ihre Automatenleere gefüllt. In nur wenigen Tagen habe ich diesen Automaten gezeigt, was es heißt, ein ganzer Mensch zu sein.«

»*Ein ganzer Mensch*«, brummte Jan angewidert.

»Zu leiden, zu lieben, Angst zu verspüren, Trauer, Freude. Ich habe sie an Abgründe gebracht – und ich habe sie darüber hinweggeführt! Ich habe ihnen Ekstasen beschert, die sie in ihrem ganzen armseligen Automatenleben niemals erlangt hätten. All das habe ich ihnen geschenkt.« Jetzt wandte er sich doch Jan zu. »Sie wissen nicht, was das ist, Herr Nygård – aber ich habe diesen jungen Frauen eine Seele gegeben.«

Von draußen drang das unheilvolle Grollen der Schneeschieber zu ihnen.

Du Arschloch hast die Frauen aufgehängt und sie zu deinen willenlosen Puppen gemacht, dachte Jan und hatte Mühe, es nicht laut herauszuschreien. Was soll das mit der Seele? Er schüttelte den Kopf. Perverses Arschloch …

»Na gut. Sie haben den Frauen eine Seele geschenkt, wie dieser Ovid seiner Elfenbeinfrau. Aber was ist mit unserem Täter? Glauben Sie, dass er seinen Opfern eine Seele eingehaucht hat?«

»Jeder, der eine Puppe hat, versucht, ihr eine Seele zu geben. Jedes Kind tut das.«

»Aber es gibt auch Kinder«, warf Anna ein, »die ihre Puppen über das Feuer halten und gerne zusehen, wie sie verbrennen, wie sich ihre Haut abschält …«

»Das sind keine wahren Puppenmacher.« Achten lehnte sich zu Jan vor und sah ihm fest in die Augen. »Ihr Täter hingegen vollbringt eine wundervolle Tat. Hat *er* seinen

Puppen ins Gesicht geschossen?« Der Mann musterte Jan lange. »Nein, hat er nicht. Sie haben es selbst getan. Richtig?«

Jan antwortete nicht, aber ihm wurde klar, dass Achten auch so alles wusste.

»Das tut er seinen Kunstwerken niemals an«, fuhr dieser fort. »Dazu ist er ein zu großer Meister. Er vollendet sein Werk, indem er seine Kreationen sich gegenseitig aus dem Bauch der Maschine befreien lässt.«

Es gefiel Jan ganz und gar nicht, wie die Augen des Puppenmachers leuchteten. Er roch dessen süßliches Aftershave. »Der Schüler übertrumpft den Meister. Das gefällt Ihnen, hm? Hey, wie ... *beflügelnd* ... Er ist noch irrer als Sie! Das geilt Sie auf, richtig?«

Seufzend verschränkte Achten die sehnigen Arme vor der Brust. »Sie provozieren gerne. Habe ich recht, Herr Nygård? Sie sind der Typ, der stichelt, der andere beleidigt, bis denen die Nerven durchgehen.« Er nickte zu Jans zerschundenen Händen. »Nur dann spüren Sie sich.«

Achtens gespenstisch blasse Augen starrten durch die schweren Brillengläser und fixierten ihn, als wollte er ihn mit seinem Blick erdolchen.

Jan atmete durch und nahm, ohne es zu wollen, die Hände unter den Tisch.

Ja, er provozierte gerne, um sein Gegenüber herauszufordern, um zu sehen, wie der andere reagierte, um ihn einschätzen zu können. Wer zögert, verliert.

»Frau Wasmuth, Ihr Kollege versteht es nicht. Er sollte sich lieber wieder mit jemandem schlagen, um ein bisschen Leben zu spüren. Um den Geschmack der Freiheit zumindest ein wenig auf die Zunge zu bekommen. Auch wenn die Freiheit bei ihm nach Blut schmecken muss. Er braucht es, um zu wissen, dass da mal ein Flämmchen war. Dass doch noch etwas drin sein könnte, irgendwo in ihm. Ganz tief verborgen. Das letzte glühsame Glimmen einer Seele.«

Nur das Beste für sie!

Das blaue Licht der Neonreklame sticht in seine Augen.

Jan spürte ein Kribbeln im Rücken. Er rieb sich die Lider und tat cool, aber für eine Schrecksekunde beschlich ihn die Angst, der Puppenmacher könne recht haben. Fühlte er sich etwa nur lebendig, wenn er um sich schlug?

Wen oder was wollen Sie damit beschützen?, hatte Anna ihn gefragt.

Mich selbst.

Statt eine Reaktion zu zeigen, zog er sich die Akte heran, fischte das Foto des Kapuzenmanns heraus und hielt es dem Puppenmacher vor. »Das ist Ihr Schüler. Hübsch, oder? Schon mal gesehen, den Freak?«

Als Achtens Blick auf das Foto fiel, kam es Jan so vor, als wäre er für einen Augenblick verwirrt. Vielleicht sogar enttäuscht. Lag es an der Sturmmaske? Achtens feistes Lächeln gefror.

»Haben Sie mit jemand anderem gerechnet?«, wollte Anna wissen, die es wohl ebenfalls bemerkt hatte.

»Ich? Nein … nein …« Grübelnd sah der Puppenmacher auf das Foto. »Darf ich?«

Jan nickte, woraufhin Achten es entgegennahm und eindringlich studierte. Seine Augen sprangen hin und her, er schien das Bild Millimeter für Millimeter abzutasten.

Anna lehnte sich vor. »Kennen Sie ihn?«

Achten antwortete nicht.

»War der Typ mal hier in der Anstalt?«, fragte Jan. Er war sich sicher, dass Achten etwas wusste. »Hat er Ihnen geschrieben? Oder anderweitig Kontakt aufgenommen?«

Schließlich räusperte sich Achten. »Ich muss Sie enttäuschen«, sagte er und schob das Foto zurück.

Du weißt doch etwas!, dachte Jan. Entweder, Achten kannte den Mann – oder er hatte eine andere Kleinigkeit entdeckt. Etwas, das ihnen bisher entgangen war.

»Ihr Schüler – und Sie kennen ihn nicht? Na ja, er führt ja auch nur die alte Leier auf. Die Leier seines gescheiterten Lehrers. Er trägt die ausgelatschten Turnschuhe weiter. Den muss man nicht kennen.« Achtens rechtes Auge zuckte kurz. Jan spürte, dass seine Beleidigung diesmal gesessen hatte. Doch dieser verfluchte Mörder schwieg weiterhin beharrlich. »Sie wollen eine bessere soziale Einschätzung? Dann reden Sie mit uns, verdammt! Seien Sie kooperativ!« Jan ließ die Hand auf das Foto niederfahren. »Wer ist das! Reden Sie!«

Achten sah ihn an. Stumm, überheblich lächelnd. Das selbstgefällige Grinsen brachte Jan zur Weißglut.

»Machen Sie den Mund auf!« Er zog ein Foto der Uhren aus der Akte und klatschte es vor Achten hin. »Was ist hiermit?«, fuhr er den Mann an. »Sie sind doch so schlau. Er hat sie ihnen eingesetzt.«

Achten schwieg und schwieg, lächelte und lächelte.

»An der Scheißstelle, wo das Herz ist.« Jan wurde lauter. »Kommen Sie! Achten!« Der reagierte noch immer nicht.

»Jan«, mischte sich Anna ein und bedeutete ihm, sich wieder zu setzen. Knurrend gehorchte er.

Sichtlich zufrieden nahm Achten die Brille ab, putzte sie und setzte sie sich in aller Seelenruhe wieder auf die Nase. Es dauerte, bis er sich zu einer Art Antwort durchrang.

»Sie sind zwar ein sehr dummer Mensch, Herr Nygård«, meinte er gelangweilt. »Aber ich denke, da sind Sie auf der richtigen Spur. Herz, Uhr, Lebenszeit.«

»Die Uhren waren präpariert.« Anna nickte Jan zu,

dessen Zorn nur langsam verflog. Sie suchte ein weiteres Foto heraus und schob es über den Tisch. »Eine eingravierte Zahl.«

Der Puppenmacher rückte seine Brille zurecht.

Grübelte er wirklich? Oder war das auch wieder nur Show? »Und? Können Sie mit der Zahl etwas anfangen, Sie Genie?«, knurrte Jan. »Ist Ihnen so etwas schon mal untergekommen?«

Achten kratzte sich mit seinen nikotingelben Fingern und grinste schief. Er schüttelte langsam, ganz langsam den Kopf. »Das fragen Sie einen ausgelatschten Turnschuh?« Achten lachte lauthals, aber da sprang Jan auf, packte ihn jäh am Haiwaiihemd, wollte ihn über den Tisch ziehen und ihn schütteln, bis ein paar Infos aus ihm herausfielen, aber …

»Ich würde gerne Ihr Zuhause sehen«, stoppte Anna Jan geistesgegenwärtig und legte die Hand auf seine Schulter. »Das wäre doch interessant, oder? Nygård?«

Sauer ließ Jan Achten los, der die Arme hob, als wäre er die Unschuld vom Lande. »Mein *Zuhause*?« Sein Sarkasmus war nicht zu überhören. »Zuhause! Sie sind ein schräges Duo.«

Wenig später standen sie zu viert vor einer massiven Tür im zweiten Stock. Aus einem der Räume drang ein schrilles Lachen, während irgendjemand sein Radio zu laut aufgedreht hatte. Entschuldigend wandte sich Dr. Gruber an Anna.

»Wenn sich die Insassen gut machen, erlauben wir diverse Entlastungen. Auch im geschlossenen Vollzug.«

»*Gut machen.* Sagt meine Herrin«, meinte Achten und warf der Direktorin einen schnellen Blick zu, den Jan nicht zu deuten wusste. »Ich arrangiere mich in der Bücherei.

Mache mich für den Chor stark und in der Fertigung. Aber unserem Engel ist es nie genug.«

»Unsere Insassen stellen unter anderem Grills her«, erklärte die Direktorin kühl. »Sehr beliebt. Und nicht ganz preiswert.«

»Ich weiß, warum ihr meine Gesuche auf Haftlockerung stets abschmettert … Ihr habt Angst. Ihr habt Angst, ich könnte euch im Bauch der Maschine stören. In diesem Uterus, in dem ihr vegetiert.« Er lächelte Jan bösartig an. »Ich könnte ja eure automatisierten Tage durcheinanderbringen.«

War das eine Anspielung? Was, verflucht noch mal, wollte Achten damit sagen?

»Karl, über deine Anträge sprechen wir noch«, meinte die Direktorin beschwichtigend und ließ den Wachmann aufschließen. »Ich habe dir schon einige Lockerungen zukommen lassen, wie du sehr wohl weißt.«

Die Zelle war schmal. Achten durfte nicht einmal seine eigene Bettwäsche benutzen. Die einzigen Farbtupfer waren ein paar Plakate von Popsängerinnen in sexy Pose.

Jan trat als Erster ein, gefolgt von Anna, die wie er alles genauestens musterte.

Jans Blick fiel auf ein Regal, in dem eine Puppe saß, nicht größer als sein Unterarm. Eine Gliederpuppe in Uniform, wie er feststellte. Die Marionette einer Polizistin. Gespenstisch starr und ungelenk saß sie da, ihr Spielkreuz mit den Fäden sorgfältig hinter ihr drapiert. Arme und Beine waren aus Holz gefertigt. Sie trug eine Waffe im Holster, die zwar winzig, aber echt aussah. Alles an ihr saß perfekt: die Uniform, die Mütze, selbst die Krawatte und die Armbanduhr. Ihre winzigen Hände und Arme waren liebevoll bemalt worden, sie trug sogar Nagellack. Allerdings konnte Jan erkennen, dass ihre Hände schon sehr abgegriffen waren. Das Holz und der Lack schienen durch unzählige Berührungen abgewetzt. Als seine Tochter noch klein gewesen war, hatte sie Kuscheltiere gehabt, die genauso *abgeliebt* waren wie diese Marionette.

Neugierig ging Jan zu ihr. Am eindrucksvollsten war das abwesend lächelnde Gesicht der Gliederpuppe. Der Kopf aus Modelliermasse war handgefertigt und vermutlich in stundenlanger Feinarbeit bemalt worden. Fältchen um die Augen, Rouge. Die Lippen, sie wirkten feucht, wie geküsst. Die Puppe sah selig drein, absolut verzückt.

Als hätte sie einen Orgasmus, dachte Jan.

Jans Blick wanderte noch einmal zu ihren Augen. Der Puppenmacher hatte nicht nur die Pupillen und die Iris gemalt, sondern außerdem einen farblosen Lack verwendet, sodass auch sie feucht zu schimmern schienen. Es war gespenstisch. Diese Augen blickten ihn aus ihrer Ekstase direkt an.

»Haben Sie die selbst gemacht?«, wandte sich Jan an Achten, der in der Tür stand.

»Sie ist wunderschön, nicht wahr? Die Augen sind das Wichtigste, weil man darin die Seele sieht.«

»Hat sie einen Namen?«, fragte Anna, die die Marionette ebenfalls aufmerksam betrachtete.

»Sie heißt Barbara. Alle meine Figuren haben Namen und …«

Jan stutzte. »Barbara Rütters? Wie die junge Polizistin, die Sie damals in Ihrer Gewalt hatten?«

»Gewalt …? Sie war bei mir *zu Gast*. Und für mich ist es wie gestern.« Er ging zu seinem Bett und lüpfte ein Stück die Matratze, zog dann einige Papiere hervor und legte sie auf die Bettdecke. Es waren alte Zeitungsausschnitte, Fotos vor dem Gerichtssaal, Aufnahmen sowie Skizzen, die allesamt Barbara Rütters zeigten.

»Haben Sie noch mehr Puppen?«, wollte Anna wissen und sah sich die Skizzen an.

Als wollte er um Erlaubnis fragen, warf Achten der Direktorin einen Blick zu und antwortete dann: »Ich hatte sie alle hier. Aber es ist wohl besser, sich von ihnen zu trennen. Sie waren bloß Kinderspielzeug. Nicht wie Barbara. Nur sie ist mir geblieben.«

Jan fing Annas Blick auf.

»Wenn das andere Kinderspielzeug war, was ist Barbara Rütters dann für Sie?«, fragte sie und sprach damit aus, was Jan dachte.

Achten legte die Stirn in Falten, schien nachzudenken, jedoch kam Jan die Geste zu aufgesetzt vor. Genau wie dieses penetrante Lächeln. Seelenruhig nahm der Puppenmacher seine Brille ab, klappte sie zusammen und legte sie zur Marionette auf das Regal.

Er beugte sich zu Anna und flüsterte: »Sie ist meine Freundin. Man wird hier drinnen einsam. Manchmal, da tanze ich noch mit ihr. Wie damals. Mit meiner Barbara, meiner Olimpia.« Ehe Jan sich's versah, hatte der Puppenmacher Annas Hand gepackt. Anna schrie vor Schreck auf, wollte zurückweichen, aber der Puppenmacher zog sie eng an sich. Er legte den Arm um sie, wirbelte sie herum und begann plötzlich mit ihr in der winzigen Zelle zu tanzen.

Es dauerte lediglich eine Schrecksekunde, aber Jan sah die Angst in ihren Augen. Bevor er selbst begriff, was er da tat, war er vorgesprungen und riss den Mann um. Ein schneller Jab. Jan holte aus, schlug dem Mann in den Magen, das Hawaiihemd riss, Achten taumelte zurück, fiel rittlings auf sein Bett. Und lachte.

Der Puppenmacher lachte lauthals.

Es hallte in Jans Schädel wider. Am liebsten hätte er sich dieses Arschloch zur Brust genommen und …

»Hör auf!« Anna packte ihn bei der Schulter und riss ihn zu sich herum. »Komm runter! Es ist alles gut! Nygård …? Lass ihn! Alles gut. Es ist nichts passiert. Durchatmen … Okay?«

Bebend stand er da, versuchte zu schlucken.

»Jan, hörst du mich?« Sie umfasste seine Wange. »Ist alles okay?«

Er nickte.

»Verflucht noch mal! Sind Sie von Sinnen?!« Die Direktorin schob sich an ihnen vorbei, um sich um Achten zu kümmern, der inmitten seiner Skizzen lag und noch immer aus voller Kehle lachte.

11

Ihm war kalt, aber er hatte noch keine Lust, seine Arbeit weiterzuführen. Er setzte sich vor der Werkhalle auf einen rostigen Metallschwimmer, der von einem Hausboot stammte, und sah dem Naturschauspiel zu.

Es schneite derart stark, dass er kaum die Stahlwände sehen konnte, die das Grundstück abriegelten. Was für ein Anblick. Milliarden von Flocken, weiß auf schwarz, die herbeitrieben, sich überall niederließen und alles begruben, so als schickten sie die Welt in einen traumlosen Schlaf.

Er ließ den Blick über das Sammelsurium an ausrangiertem Kram gleiten. Unter der wachsenden Schneeschicht stachen hier und da vereinzelt Gebilde hervor. Ein paar ausrangierte Jollen, zehn Rasenmäher, irgendwelche Stahlstangen, eine uralte Mulde mit Schrott, sechs Motoren, achtlos hingeworfen, und die Autos. Irgendwann würde er die Wagen zerschneiden und verschrotten müssen. Stück um Stück. Es wurden langsam zu viele. Ein paar von ihnen hatte er abgedeckt. Die Planen und der Schnee bildeten eine hübsch anzusehende, geschwungene Landschaft, eine Schneewüste mit feinen Hügeln. Nur der gestohlene Rettungswagen stach hervor, war aber für Unbeteiligte nicht zu erkennen.

Frierend rieb er sich die Arme und nippte an seinem Tee.

Er würde gleich hineingehen und weitermachen. Er wusste nicht, warum, aber er sehnte sich nach einer Zigarette. Das Rauchen hatte er seit dem Medizinstudium aufgegeben. Doch immer häufiger musste er an den herben Geschmack des Tabaks auf der Zunge denken.

Er rubbelte ein bisschen getrocknetes Blut von seiner Hand und roch daran.

Es duftete metallisch.

Wenn man die Puppen öffnete, dann rochen sie immer wunderbar metallisch.

Sein Blick glitt über den Hof und blieb an einer Handvoll Zahnräder haften, die im Schneematsch lagen. Vielleicht waren es Teile eines Getriebes oder eines Flaschenzugs. Mit Dieselmotoren und schwerer Technik kannte er sich nicht aus.

Allerdings wusste er, wie Zahnräder funktionierten.

Vater hatte Zahnräder geliebt.

Er hatte Vater ein paar zum Essen gegeben.

Vater …

Er blickte auf die Zahnräder im Schnee. Die Feuchtigkeit glitzerte auf ihnen, weil etwas Licht aus der Werkhalle durch die schlecht verhangenen Fenster fiel. Wie hingeworfen lagen sie da. Als hätte jemand sie voller Wut runtergefegt. Die Erinnerung sog ihn zurück in die Vergangenheit.

Dutzende Male war er, noch ein Kind, in die Werkstatt seines Vaters gegangen und hatte gefragt, ob er helfen könne. Er wusste ja, dass es dem Laden nicht gut ging. Wer kaufte schon Uhren, wenn es Handys gab? Die Laufkundschaft blieb von Jahr zu Jahr mehr aus, aber auch die zahlungskräftigen Uhrenliebhaber kamen immer seltener in den winzigen Ein-Mann-Handwerksbetrieb.

Eigentlich hielt sich der Laden seines Vaters nur mehr wegen vier oder fünf Kunden. Gut betuchte Hamburger, die sich noch in das Viertel trauten, um ihre sündteuren Uhren warten zu lassen oder Spezialaufträge zu erteilen.

Einen Uhrenmacher mit eigenem Laden? Das brauchte kein Mensch mehr.

Vielleicht hätte sein Vater Karriere machen können, wenn er in die Schweiz gegangen und dort bei einer renommierten Firma angefangen hätte. Doch er hatte sich für seinen Laden entschieden und damit sein eigenes Grab geschaufelt.

Das wusste Daniel jetzt, aber damals als Kind wollte er seinem Vater unbedingt helfen.

Wie oft bettelte er, ob er kleine Arbeiten übernehmen könnte … Er wollte bei seinem Vater sein. Ihm unter die Arme greifen und ihm zeigen, was er konnte. Was er sich selbst angeeignet hatte.

Aber sein Vater sagte immer: »Du bist zu dumm, Junge.« Und wenn er nicht augenblicklich verschwand, dann holte sein Vater den Gürtel.

Trotz all der Schläge wusste Daniel, dass er es konnte. Dass er ein besserer Mechaniker war, als sein Vater jemals werden würde. Er wusste es einfach.

Er war elf Jahre alt, als sein Vater für ein paar Tage auf eine Messe fuhr.

Bereits Wochen vorher hatte er einen Plan gefasst. Er würde seinem Vater beweisen, dass er ein würdiger Uhrmacher war. Kaum war der Alte aus dem Haus, schlich er hinab in die Werkstatt und sammelte zusammen, was er brauchte. Er nahm sich Ersatzteile, die Setzkästen, ein paar der besten Uhren und schleppte alles auf sein Zimmer.

Seine Mutter merkte nichts, sie saß sowieso die meiste Zeit in der Küche und weinte wegen jeder Scheißkleinigkeit.

Er aber begann sein Werk. Feilte, schleifte, zeichnete, führte aus und werkelte Tag und Nacht. Sein Ziel war keine simple Armbanduhr, sondern er verband mehrere Uhrwerke zu einem komplexen Ganzen. Hunderte Teile, die ineinandergriffen, die er anpasste und umgestaltete, die perfekt miteinander harmonierten.

Er hatte Federn neu gebogen, hatte Zahnräder geschliffen, Gravuren angebracht und alles hergerichtet. An jenem Morgen, als er endlich fertig mit seinem Werk war, jedes mechanische Teil auf Hochglanz poliert und alles geölt hatte, kam sein Vater zurück. Daniel hatte seine Uhr – ein offener Kasten, in dem sich die Zahnräder und Federn gut sichtbar bewegten – auf ein selbst gebasteltes Podest gestellt und die alte Decke aus dem Wohnzimmer darüber gebreitet.

Alles war bereit.

Diese Uhr kannte den Lauf der Gestirne. Sie konnte Mond- und Sonnenfinsternisse voraussagen!

Er öffnete seinem Vater in freudiger Erwartung die Tür, präsentierte wie ein Kinderzauberer seine Erfindung und zog mit heißen Wangen die Decke beiseite.

Für eine Sekunde blickte sein Vater schweigend auf das Kunstwerk, dann begann er zu brüllen. »Du Dummkopf! Du Bastard!« Ein Dieb sei er, ein unfähiger Idiot und Versager! Außer sich vor Wut packte sein Vater den Kasten, schmiss ihn auf den Boden und trampelte brüllend vor Zorn darauf herum. Teile für Tausende von Mark – und Daniel hatte sie zerstört.

Und er stand fassungslos da.

Ein paar Zahnräder sprangen über den Boden, rollten ins Dunkel und unter sein Bett. Die meisten aber blieben auf dem abgetretenen, billigen Teppichboden liegen; das Sonnenlicht des anbrechenden Tages spiegelte sich in ihnen. Glitzerte viel zu hübsch auf dem Metall. Seine Finger rochen nach Eisen. Und seine Tränen kurioserweise auch.

Die Tränen tauchten alles in diffusen Nebel, wie ein Weichzeichner in alten Filmen. Die Schrauben, die Rädchen, die Schwungräder und Federn …

Zerbrochen. Alles zerbrochen.

Er weinte, wie er es niemals zuvor getan hatte. Und er fühlte sein Herz. Es war leer. So leer.

12

Mareike spürte den eiskalten Fahrtwind der Fähre. Sie blickte sich zu ihrer Freundin um, die an der Reling stand. Sybille lächelte. »Ein bisschen frische Luft tut dem Gehirn gut. Wirst sehen«, meinte sie und grinste seltsam steif.

Skeptisch trat Mareike einen Schritt zurück und stieß mit dem Hintern gegen eine der Sitzreihen. Das Plastik der Hartschalensitze war zu sprödem Eis gefroren. Es zerbrach jäh in tausend Scherben.

Sie hörte es brechen, hörte das Plastik wie dicke Eisplatten zerplatzen. Der Lärm war markerschütternd. Als sie sich wieder zu ihrer Freundin umdrehte, erschrak sie, denn Sybille war auf die Reling geklettert. »Du wirst eine gute Puppe sein. Du bist so makellos, so rein«, sagte sie und winkte.

Mareike wollte zu ihr rennen, sie irgendwie festhalten, doch sie konnte sich nicht bewegen. Abermals hörte sie das kräftige Knacken, als würden Knochen anstatt Plastik bersten, und dann sah sie, wie sich ihre Freundin in die bitterkalte Elbe stürzte.

Mareike schrie, doch über ihre Lippen kam kein Laut. Dafür wurde der frostige Wind stärker, der ihr ins Gesicht wehte, über ihre Wangen streifte und eiskalt über ihre Lider fuhr.

Flatternd öffnete sie die Augen. Nur einen Spalt, nicht zu viel, denn sie wusste nicht, ob er anwesend war. Und er sollte nicht merken, dass sie aus diesem Albtraum erwacht war. Mareike konnte nicht sagen, wie lange sie bewusstlos gewesen war, doch kaum war sie einigermaßen wach, dachte sie nur mehr an eins: die Klinge unter ihrem Verband. War das scharfe Plastikstück noch da?

Probehalber bewegte sie die Hand ein wenig, und tatsächlich! Sie spürte das scharfe Plastik unter der Mullbinde. Er hatte ihre Hände nicht gefesselt. Aber dafür fühlte sie, wie ihr Kopf in einer Art Schraubstock feststeckte.

Sie lag auf einer Liege, in ihrem Arm war ein Venenkatheter, und auf ihrer Brust spürte sie Elektroden mit Kabeln. Aus dem Augenwinkel konnte sie ein Gestell mit einem EKG sehen, an das sie angeschlossen war, und eine Art Regal mit Kolben drin, in die Spritzen eingesetzt worden waren. Wohl zur Dosierung.

Sie meinte, Veilchenduft zu riechen. Der Mann stand hinter ihrem Kopf.

Als sie das nächste Brechen und Knacken hörte, spürte sie es am ganzen Körper. Als splitterte ihr Innerstes entzwei. Schlagartig wurde ihr bewusst, woher es stammte.

Er brach ihren Schädel auf.

Schlagartig wurde ihr übel. Alles in ihr wollte aufbegehren, weg, nur weg … Doch ihre Glieder gehorchten ihr nicht. Gelähmt, sie war wie gelähmt! Eine Welle der Panik ergriff sie, untermalt von ihrem rasenden Puls. Im nächsten Moment sah sie ihn an den Infusionen hantieren und dann … Ihre Sicht verschwamm. Während ihr Herzschlag sich verlangsamte, erfasste sie eine tiefe Resignation, und alles verlor an Bedeutung. Das nächste Brechen und Knacken spürte sie nicht. Da war nur ein dumpfes Drücken, das ohne den Schmerz noch eindringlicher war. Sie wollte sich nicht ausmalen, was er gerade hinter ihr mit ihrem Kopf trieb. Nicht dran denken. Nicht dran denken … Doch die Angst war übermächtig.

Mareike begann still zu weinen, während er weiter Stückchen aus ihrem Schädelknochen brach.

Sie versuchte, gleichmäßig ein- und auszuatmen, und begann zu beten. Es nutzte nichts. Die Angst ließ ihre Hände zittern.

Du kommst hier raus! Du überlebst das alles!

Noch einmal konzentrierte sie sich auf die Plastikscherbe. Die Klinge gab ihr neuen Mut.

Wenn der Moment kommt, schlägst du zu! Du schlägst so hart zu, wie es geht. Keine Gnade.

Da hörte sie den Akkubohrer aufheulen.

Als er ihn ansetzte, bemerkte sie den Windhauch der Maschine auf ihren Wangen.

Vielleicht hat er nicht gewollt, dass ich wach werde, dachte sie. Er weiß nicht, dass ich bei Bewusstsein bin. Ich kann ihn überrumpeln.

Hatte er sich mit dem Betäubungsmittel verschätzt? Sie betete, dass zumindest das Schmerzmittel weiterhin wirkte.

Sollte sie wirklich Schmerzen verspüren, sollte sie fühlen, was er mit ihrem Schädel trieb … Sie wusste, dass sie den Verstand verlieren würde.

Wahrscheinlich würde sie für immer auf die Fähre zurückkehren und sich wie ihre Freundin in die klirrend kalten Fluten stürzen. Und niemals wieder auftauchen. Für immer im dunklen, eiskalten Wasser der Elbe schwimmen. Einem eingebildeten Strom, aus dem sie niemals mehr an Land klettern konnte.

Während der Akkuschrauber keine zehn Zentimeter von ihrem Ohr entfernt behutsam hoch und runter fuhr, spürte sie das Rattern in ihrem Schädel. Sie wusste, dass er hoch konzentriert war. Er wollte sie jetzt nicht töten.

Noch nicht.

Aber sie wollte *ihn* töten.

Tu es jetzt!

Er war so beschäftigt, dass er es vielleicht nicht merken würde …

Behutsam, ganz behutsam griff sie unter ihren Verband, spürte den Plastiksplitter zwischen Daumen und Zeigefinger.

Endlich setzte er den Akkubohrer ab. Sie hörte ihn nach etwas kramen.

Jetzt!

Nein, ihr Kopf! Er steckte noch immer in der Befestigung.

Konnte sie ihn herausziehen und …?

Mit etwas Druck versuchte sie, sich von den Schenkeln zu befreien, die sie einklemmten.

Es gelang.

Und er kramte gerade herum. Das war ihre Chance.

Jetzt oder nie!

Just in dem Moment, als er sich wieder über sie beugen wollte, schnellte sie mit der Kraft der Verzweiflung empor, wandte sich um und riss den Splitter hoch.

Der Angriff kam überraschend. Genau, wie sie es sich flehentlich gewünscht hatte.

Für den Bruchteil einer Sekunde konnte sie das Weiße in seinen Augen sehen. Die Überraschung, als er versuchte zurückzuweichen. Sie wollte mit voller Wucht zuschlagen, wollte ihm den Splitter in den Hals ram…

Sie konnte nicht.

Nein …

Sie hatte ihn bloß oberflächlich geritzt, irgendetwas in ihr hatte sie gestoppt. Und es war nicht der Schwindel, der sie bei ihrer Bewegung ergriff, nicht die Schwäche oder der Druck in ihrem Kopf. Der nicht fühlbare Schmerz.

Sie konnte einfach nicht töten.

Als er sie packte, riss sie noch einmal hilflos ihre lächerliche Klinge hoch. Die Scherbe bohrte sich in seine rechte Hand. Wütend schrie er auf, griff nach Mareikes Arm, riss ihn herum. Der Splitter flog zu Boden.

»Du Miststück!«, schleuderte er ihr voller Zorn entgegen. Unbarmherzig drückte er sie hinab. »Die Puppen haben sich nicht zu wehren! Hast du verstanden?!«

Sie wollte ihn kratzen, ihn beißen, wollte um sich schlagen, ihre Fingernägel durch sein Gesicht ziehen und …

Doch das waren nichts als Wunschvorstellungen … Erneut spürte sie einen Druck in der Seite. Wieder eine Spritze.

»Wir sind noch nicht fertig!«, sagte er, und sie spürte, wie ihre Kräfte schwanden, wie sie zurückgezogen wurde, zurück auf die Fähre 62 – in die Kälte der Nacht, in der er sie überwältigt hatte.

Unermüdlich kämpfte sie dagegen an, doch es war hoffnungslos.

Mareike starrte ihn an, blickte ihm in die Augen. Erschrocken musste sie feststellen, wie kalt sein Blick war. Es dauerte nur wenige Herzschläge, bis sich das Gift in ihren Adern verteilt hatte. Dann glitt sie fort.

»Sybille«, hörte sie sich sagen und stand wieder auf der Fähre, sah ihrer Freundin zu, die lächelnd winkte.

13

Wütend stieg Anna zu Jan in den Dienstwagen und musterte ihn grimmig. Während er den Motor anließ, suchte sie nach Worten. »Die Direktorin hat recht. Das war schon die richtige Frage: Sind Sie von Sinnen?! Im Ernst!«

Jan überlegte, ob er sich eine Zigarette anzünden sollte, entschied sich aber dagegen. In aller Seelenruhe setzte er zurück und steuerte die Ausfahrt des Parkplatzes an. Mittlerweile war es dunkel geworden.

»Eben gerade waren wir noch beim Du«, antwortete er schließlich und sah zu, wie der Backsteinbau verblasste und hinter den Schneeschwaden verschwand.

»Ein … ein Notfall-Du. Ja. So würde ich das deklarieren wollen.«

»Ist auch ein Du … War also doch ein Notfall.«

»Jetzt überspielen Sie das nicht mit … mit Heiterkeit. Ich oder du oder Sie oder … Es hätte gereicht, ihn festzuhalten, anstatt auf ihn einzuprügeln. Die Konsequenzen sind Ihnen völlig einerlei. Kann das sein?«

Jan wollte etwas erwidern, aber er musste plötzlich an seinen Vater denken. An die aufgeplatzten Fingerknöchel Gunvalds, als er die derbe Holztür des Schuppens vor ihm zugestoßen hatte. Gunvalds Hände, die vom Schlagen aufgeplatzte Haut. Und dann umfing ihn wie so oft die Dunkelheit des Schuppens. Dieser Schuppen, den er so gehasst hatte, die Dunkelheit, die Kälte, die Geräusche. Er hatte darin ausharren müssen, bis Gunvald mit seiner Mutter *fertig* gewesen war. Hinter ein paar ausgedienten Benzinkanistern hatte er die alte Fellmütze seines Vaters versteckt. Sie war das Einzige, was etwas Wärme gab.

Jan sah auf seine Hände, und eine Welle aus Scham traf ihn. Dieselben Hände wie sein Vater.

Sein Hals wurde schlagartig trocken, aber er ließ sich nichts anmerken. Brummend schaltete er die Scheinwerfer ein und versuchte, etwas durch das Schneetreiben zu erkennen. Die schweren Flocken klatschten auf die Windschutzscheibe. So stark, dass der Scheibenwischer Probleme bekam, sie wegzuschieben. Schweigend lenkte er den Wagen durch die schneegraue Dämmerung.

Auf ihrem Weg hingen beide ihren Gedanken nach, starrten stur in den Schnee, der im Scheinwerferlicht wie Funken aufleuchtete. Grelle Schlaglichter, die heranpeitschten und sich wieder in der anbrechenden Winternacht verloren.

Zwei Räumfahrzeuge mit übermannshohen Schneeschildern fuhren hinter ihnen. Im Augenwinkel bemerkte Jan, wie Annas Gesicht in das rhythmische Aufglimmen ihrer gelben Rundumleuchten getaucht wurde. Er hätte gerne vernünftig mit ihr geredet, doch er wusste nicht so recht, wie er ein Gespräch in Gang bringen sollte.

Ja, das hatte selbst Hannah ihm immer gesagt. *Small Talk ist nicht dein Ding*. Und tatsächlich hatte er auf Partys immer wie ein sturer Bock dagestanden. Hatte sich an sein Bier oder den Sekt geklammert und stoisch in die Runde geblickt, während seine Kollegen über Gott und die Welt schwadroniert hatten.

Quatschen war tatsächlich nicht sein Ding.

Für diejenigen, die ihn mochten, was das irgendwie normal. Da war er eben der schweigsame Schwede, und er hatte nicht vor, das Klischee zu brechen.

Noch einmal musterte er Annas Silhouette im Licht der vorbeiziehenden Laternen und der Räumfahrzeuge, und ihm gefiel, was er sah, auch wenn sie die Lippen geschürzt hatte und mit gerunzelter Stirn nach draußen stierte. Wahrscheinlich ging sie im Kopf ihren Bericht über ihn durch. Er hätte sein Motorrad verwettet, dass er nicht gut dabei wegkommen würde.

Bisher hatte er sie schonungslos ehrlich und kompromisslos in ihren Einschätzungen erlebt, und sie würde für ihn sicher keine Ausnahme machen. Er konnte nur hoffen, dass diese Direktorin ihn nicht beim LKA meldete.

Was bin ich für ein Vollidiot, dachte er und holte schwer Luft. Er entschloss sich, die Stille endlich zu brechen und über seinen Schatten zu springen.

»Was hat das zu bedeuten? Ich meine, die kleine Figur.«

Anna wurde aus ihren Gedanken gerissen. »Was? Beim Puppenmacher? Die Marionette?«

»Nein, deine kleine Heiligenfigur. Bist du sehr gläubig?«

»Warum willst du das wissen?«

»Interessiert mich eben. Bist du's?«

»Ich bete, ja … Wenn es das ist, was dich interessiert. Die Figur, das ist der heilige Christophorus.«

»Aha.«

Sie zog die Figur aus ihrer Winterjacke. Und legte sie wie etwas sehr Kostbares in ihre Hand. Aus dem Augenwinkel konnte er sehen, wie zärtlich sie mit dem Daumen über die Wange des Christophorus strich. »Er … er ist für meinen Bruder.«

»Du hast 'n Bruder? Was heißt denn *für*?«

Anna lachte. »Das mit dem Small Talk, das musst du aber noch üben.« Sie wandte sich ab und sah nach draußen.

Einen Moment lang dachte er, dass das Gespräch beendet sei, doch dann sagte sie ruhig: »Der heilige Christophorus ist der Schutzpatron der Reisenden. Mein Bruder hat ihn mir geschenkt. Und … na ja … irgendwie erinnert mich das Figürchen an ihn. Deswegen trage ich es immer mit mir. Ich seh ihn nicht oft. Vielleicht zweimal im Jahr.«

Jan blickte nach draußen. Blinkende Buden eines Weihnachtsmarkts, ein zugeschneites Parkdeck mit einem verwaisten Wagen.

»Wenn er Probleme hat?«, fragte er schließlich und suchte ihren Blick. Er sah, wie überrascht sie war.

»Sieht man mir das an?«

Jan hatte es einfach gespürt. Er konnte schlecht beschreiben, warum er so etwas fühlte, aber meistens lag er richtig. »Ich habe nur geraten«, behauptete er.

Sie lachte auf. »Du und raten? Dafür bist du nicht der Typ.«

»Na ja … Schutzpatron. Entweder reist dein Bruder – vielleicht im Auftrag deines Vaters? – durch die Weltgeschichte und braucht deswegen Hilfe. Oder er hat anderen Stress und sich abgewendet. Wahrscheinlich das. Wie ist er denn so, dein Bruder?«

Anna seufzte. »Ich will nicht über ihn sprechen. Und auch nicht über meine Familie. Außerdem bin *ich* die Psychologin – und nicht du.«

Er spürte, wie sie ihn musterte, und konzentrierte sich auf die Straße. Er hatte nur nett sein und sie nicht auflaufen lassen wollen.

»Du hast ein sensibles Gespür, Jan. Schade, dass du es ständig vergraben musst.«

Abermals brummte er. Sie hatte wohl recht. Vielleicht würden sie das gemeinsam in einigen Sitzungen genauer untersuchen können? Er erwischte sich dabei, dass ihm die Idee gefiel.

Eine Weile hingen beide ihren Gedanken nach und sahen dem Winter zu, durch den sie fuhren. Schweigend.

»Wo willst du eigentlich hin?« Anna rieb sich vor Müdigkeit die Augen.

Eine halbe Stunde später ließ Jan den Wagen auf einer zugeschneiten Einfahrt vor einem schlichten, aber in die Jahre gekommenen Einfamilienhaus ausrollen. Lediglich ein schmaler Streifen war frei geschoben worden und führte von der Straße an einigen zugeschnittenen und verschneiten Ahornbäumen entlang bis zum Eingang. Ansonsten lag der Schnee gute dreißig Zentimeter hoch, wie eine perfekte weiße Decke.

Jan stieg aus und erkannte die Abdrücke eines Rollstuhls auf dem gekehrten Streifen. Er zog seinen Parka zurecht und wartete, bis Anna um den Wagen und durch den hohen Schnee zu ihm gekommen war.

Hinter den von Plissees geschützten Fenstern brannte Licht, aber niemand kam, nachdem sie geklingelt hatten.

Jan drückte erneut. Maunzend spähte eine reichlich zerzauste Katze um die Ecke, kam mit argwöhnischem Blick und auf leichten Pfoten zu ihnen getappt. Ihr linkes Ohr war zerrissen und ihr Kopf an einigen Stellen von einem Kampf zerkratzt. Sie hielt lieber Abstand und wartete, dass geöffnet würde, genau wie die zwei.

Jan blies sich in die Hände. Der unüberlegte Boxhieb hatte sein Pflaster abgerissen und ein bisschen vom Schorf aufplatzen lassen. Kurz entschlossen griff er sich von einem der Fensterbretter Schnee und drückte ihn auf die Wunde.

Da wurde die Tür aufgeschlossen und zögerlich einen Spalt weit geöffnet. Der Sound eines Computers drang zu ihnen. Miauend verschwand die Katze im Inneren, während Jan und Anna vortraten und ihre Ausweise zückten.

»Ja?« Eine Frau mittleren Alters, die im Rollstuhl saß, musterte sie durch den Türspalt. Jan konnte ihr Gesicht nicht gut erkennen, weil es im Schatten lag, aber er sah ihre Augen. Nervös sprang der Blick zwischen ihnen hin und her.

»Guten Abend, Jan Nygård«, stellte er sich vor. »Und das ist meine Kollegin Anna Wasmuth. Wir sind Beamte vom LKA Hamburg. Wir …«

»LKA?«, unterbrach die Frau ihn. »Was wollen Sie?«

Der offensichtliche Argwohn überraschte Jan. »Es tut uns leid, wenn wir Sie so spät stören. Aber wir würden gern mit Ihnen sprechen.«

»In welcher Sache? … Elric, lass!« Sie schob die Katze, die versucht hatte, auf ihren Schoß zu springen, zur Seite.

»Elric? Ihre Katze? Schöner Name«, sagte Anna wohl in dem Versuch, etwas Nähe aufzubauen.

Die Frau strich sich über die kurzen, strubbeligen Haare und musterte Anna streng. Aber Jan meinte dennoch so etwas wie ein flüchtiges Lächeln im Schatten zu erkennen.

»Ein ungezogener Kater«, sagte die Frau schließlich. »Was ist denn passiert?«

»Vielleicht könnten wir reinkommen«, schlug Jan vor. »Und das mit Ihnen in Ruhe besprechen?«

Sie zog sich ein wenig mit ihrem Rollstuhl zurück, und Jan erkannte, dass es sich um ein modernes, leichtes Modell handelte. Ein Aktivrollstuhl zum schnellen Ein- und Ausstieg, der sicher nicht ganz preiswert gewesen war.

Das Gummi des Rads quietschte leise, und Jan wurde klar, dass sie damit das Türblatt blockierte. »Ich glaube nicht, dass ich das möchte«, sagte sie schließlich.

Der Geruch von Zigaretten, durchmischt mit dem Duft von frisch Gekochtem drang zu ihnen ins Freie. »Wir bleiben nur kurz. Wir haben bloß ein paar Fragen. Aber die würden wir ganz gerne nicht zwischen Tür und Angel stellen«, sagte Jan.

Die Frau zeigte keine Regung. Endlich gelang es Elric, ihr auf den Schoß zu springen. Während er sich schnurrend an sie schmiegte, streichelte sie ihn.

»Sie können gerne in der Dienststelle anrufen«, sprang Anna Jan bei, nachdem ihr Gegenüber immer noch nicht reagierte. »Ähm. Ich meine, falls Sie Angst haben, dass wir nicht echt sind. Und hier, nehmen Sie ruhig. Schauen Sie ihn genau an.« Anna hielt ihr den Ausweis durch den Türspalt hin.

Es dauerte einen Moment, dann streckte die Frau ihre Finger nach der Karte aus. Sie waren tätowiert. Muster zogen sich an ihrem Zeige- und Ringfinger entlang zur Handfläche.

Eine Tätowierung an dieser Stelle überraschte Jan, doch dann sah er, dass ihre Handfläche extrem vernarbt war. Wahrscheinlich sollten die Tattoos es kaschieren.

»Warten Sie. Draußen«, sagte sie schließlich mit strengem Ton und schob ihnen die Tür vor der Nase zu.

»Gut gemacht«, meinte Jan.

»Danke.«

»Sie macht auf. Wetten?«

»Nein. Du rätst mir zu gut«, sagte sie schmunzelnd, und er musste lächeln.

Jan blies sich in die Hände und blickte sich noch einmal zur Straße um. Das Haus stand nicht weit von der Elbe entfernt und etwas erhöht da. Man konnte den Fluss gut sehen.

Nein, eigentlich kann ich ihn gar nicht sehen. Nur weil er schwarz ist, kann ich ihn erkennen. Wie ein Schwarzes Loch. Da, wo keine *Straßenlaternen sind, da, wo* kein *Licht hinfällt – da ist der Fluss. Da liegt die Elbe.*

Ich weiß, dass ich bin, weil ich nicht bin.

Er rückte seine Fellmütze zurecht und versuchte, die Kälte von seinen Fingern zu bekommen.

Das Viertel lag etwas außerhalb von Hamburg. Wohnhäuser, Resthöfe und Scheunen wechselten sich ab. Dazwischen immer wieder kleinere Lagerhallen und Einfamilienhäuser.

Ihre Handys summten. Anna war schneller. »SMS. Die Fahndung hat nicht viel gebracht, aber jemand hat ihn in einen dunklen Van steigen sehen. Ford oder VW. Nummernschild haben wir nicht. Dieck lässt die Zulassungen von dunklen Transportern in Hamburg checken und die Halter abgleichen.« Sie klickte die Nachricht weg und blies sich ebenfalls in die Hände. Allmählich wurde die Warterei lang. »Vielleicht sollten wir sie vorladen.«

»Sie macht schon auf. Wirst sehen. Stryka någon medhårs.« Auf ihren fragenden Blick hin brummte er: »Die Haare nach dem Strich kämmen.«

»Haare kämmen?«

»Honig ums Maul schmieren. Du hast das gut gemacht, ihr zu schmeicheln, auf sie einzugehen.«

»Das ist ja auch mein Beruf. Wenn nur halbwegs stimmt, was die Akte über Achten sagt … Ich weiß nicht, ob sie darüber jemals hinweggekommen ist. Selbst wenn das alles schon dreiundzwanzig Jahre zurückliegt. Vorsichtig vorzugehen ist wahrscheinlich die einzige Möglichkeit, um überhaupt mit ihr ins Gespräch zu kommen.«

Endlich wurde die Tür wieder aufgezogen. Und die beiden Vorhängeschlösser gelöst. Barbara Rütters, ehemalige Kommissarsanwärterin des LKA Hamburg, ließ sie in die wohltuende Wärme ihres Zuhauses.

14

Die Frau war, soweit Jan das erkennen konnte, trotz ihres Rollstuhls recht sportlich. Ihre Arme waren muskulös, und ihre kurzen, schwarz gefärbten Haare betonten ihre burschikose Art noch. Mittel- und Ringfinger beider Hände waren tätowiert. Eindeutig die Narben, die entstanden waren, als Karl Achten seine Ösen in sie hineingebohrt hatte.

Statt eines Ohrsteckers trug sie rechts gleich fünf Ringe, die sich ihre Ohrmuschel hinaufzogen, und ein Piercing in der Oberlippe.

Jans geschulter Blick tastete das Wohnzimmer ab, in das Rütters mit ihrem schnittigen Rollstuhl vorausgefahren war.

Der Raum sah aus wie die Höhle eines einsamen Menschen. Rütters nutzte die Couch offenbar zum Schlafen, Essen und Leben. Und das schien vor allem aus Computerspielen zu bestehen. Bücher, Decken, Getränkeflaschen und Gamecontroller zauberten eine behagliche Ecke, die zum stundenlangen Verweilen einlud. Besonders an verschneiten Wintertagen.

Neben einem Flachbildfernseher, der in einer älteren Schrankwand Platz gefunden hatte, standen zwei Computermonitore. Ein PC und eine Spielekonsole warteten auf ihren Einsatz. Letztere lief und zeigte das Pausenbild einer ziemlich bestialischen Gameszene. Ein düsterer Held versenkte seine Kettensäge in eine Frau, die nach Zombie aussah.

Jan ließ den Blick weiter schweifen. An der Wand hingen zahlreiche Fotos von ihr, ihren Eltern und einem Mann, der ihr auffallend ähnlich war. Wahrscheinlich ihr

Bruder. In einem offenen Fach der Schrankwand stand ein weiteres Bild von ihm.

»Ist die von Ihren Eltern?«

Rütters war mit ihrem Rollstuhl zur offenen Küche gefahren. Jan erkannte sofort, dass jemand vor Jahren mit einfachen handwerklichen Mitteln für den Rollstuhl alles umgebaut hatte.

»Was?«

»Ich hab nur die solide Schrankwand bewundert. Stammt die noch von Ihren Eltern? Rotholz, oder? Brasilien?«

Die beiden Frauen warfen ihm einen fragenden Blick zu.

»Meine Tochter macht 'ne Tischlerlehre. Die kennt sich mit Holz aus. Hab mit ihr gelernt.«

»Ich habe ehrlich keine Ahnung, was für ein Holz das ist«, gab Rütters zu. »Meine Eltern sind gestorben. Ist schon länger her. Autounfall.«

»Mein Beileid«, sagte Anna.

Rütters versuchte ein Lächeln, aber Jan spürte, dass es in ihr arbeitete. Seufzend fuhr sie fort: »Meine Eltern hatten einen kleinen Betrieb, das Haus hier, das gehörte ihnen.«

»Handwerk? Logistik?«

»Nein. Ihre Tochter hätte bei ihnen anfangen können. Sie haben edle Möbel gebaut – auch maritime Ausstattungen für Jachten. Mein Vater hat den Betrieb irgendwann in den Siebzigern geerbt.« Sie rollte zum Herd, zog sich hoch und rührte Gemüse in einer Pfanne unter eine cremige gelbe Soße. »Die Werkstatt ist abgerissen worden.«

Jan musterte das Essen. Es duftete asiatisch.

»Oginome Ringo hat so 'n Curry-Tag. Na ja …« Sie nickte zum Fernsehen. »Ich koch gern was nach. Curryreis. Karē Raisu.«

»Sieht lecker aus«, stellte Anna fest.

»Das will ich hoffen.« Rütters griff nach der Pfanne und füllte mehrere Löffel voll in einen tiefen Teller. Dann setzte sie sich wieder und nahm ihn auf den Schoß. »Weswegen sind Sie hier? Wohl kaum, um mich kochen zu sehen. Also, was ist so wichtig, dass Sie bei dem Wetter hier rausfahren?« Sie rollte zu ihrer Couch, und ehe Jan sichs versah, hatte sie sich aus dem Rollstuhl gestemmt und war am Essen.

Er entschloss, gleich zum Punkt zu kommen. »Wir haben heute Morgen zwei Leichen gefunden, von denen wir annehmen, dass sie wie Marionetten …«

Rütters hielt sofort inne. »Sie sind wegen ihm …« Ihre Stimme brach, sie stellte das Essen beiseite. »Nein, oder …?«

»Wir brauchen mehr Informationen. Über das, was damals mit Ihnen passiert ist«, sagte Jan geradeheraus und erntete einen mahnenden Blick von Anna.

»Aber …«, setzte Rütters an, und ihre Augen weiteten sich. »Er … er ist doch noch im Knast! Er ist doch noch drin? Ich meine …« Die Angst in ihrer Stimme war nicht zu überhören.

»Wir wollen Sie nicht beunruhigen, Frau Rütters«, beschwichtigte Anna sie mit sanftem Ton. »Sie brauchen keine Angst zu haben, der Puppenmacher ist weggesperrt. Er ist noch immer im geschlossenen Vollzug. Er kann Ihnen nichts mehr tun.«

Rütters musterte Anna, dann schüttelte sie verständnislos den Kopf.

»So was können auch nur Sie sagen. Sie haben ihn ja auch nicht hier drin.« Sie tippte sich an die Stirn. »Er ist immer da. Verstehen Sie das? Jede Stunde!«

Anna nickte. »Es zu verarbeiten ist sicher schwer, aber es ist möglich.«

Rütters lachte auf. »Das hat der letzte Therapeut auch gesagt.« Kopfschüttelnd führte sie einen Löffel von ihrem Curryreis zum Mund, legte ihn aber angewidert zurück. Der Appetit war ihr wohl vergangen. Kein Wunder. »Ich kann Ihnen nicht helfen. Tut mir leid. Hätten Sie das sofort gesagt, ich hätte die Tür zugelassen.«

Der Kater schaffte es nach zwei Anläufen aufs Sofa, streckte sich und wollte etwas von dem Reis naschen, aber Rütters nahm ihn sanft und setzte ihn wieder auf den Boden. »Elric! Du bekommst nachher was.« Liebevoll tätschelte sie den Kopf des Katers, der beleidigt vor sich hin maunzte.

»Frau Rütters«, begann Jan. »Wir wissen, dass Sie …«

»Ich kann Ihnen nichts sagen«, unterbrach sie ihn. »Und jetzt gehen Sie! Ich will den Scheiß nicht hören.«

»Wir wissen, was für ein Leid er Ihnen zugefügt hat. Wir wissen, dass Ihr Bruder starb. Bei dem Einsatz«, führte Anna aus.

»Und wir wissen auch«, nahm Jan ihre Worte auf, »dass Sie seinetwegen im Rollstuhl sitzen.«

»Sie wissen gar nichts. Gar nichts über Karl Achten. Und über mich auch nicht. Und jetzt gehen Sie bitte.« Trotzig nahm sie den Controller und spielte weiter. Kampfgeräusche erfüllten das Zimmer.

Jan warf Anna einen hilfesuchenden Blick zu, den sie sofort verstand. Sie sollte übernehmen.

»Frau Rütters, nur eine Frage, bitte. Gab es damals jemanden, der mit dem Puppenmacher in Kontakt getreten ist?« Anna musste gegen den Spiellärm anreden. »Sie waren doch später bei den Ermittlungen gegen ihn dabei. Hat ihm irgendwer Briefe geschickt, oder ist sonst etwas Ungewöhnliches vorgefallen? Könnte er einen Gehilfen gehabt haben? Einen Verehrer?«

Vehement drückte Barbara Rütters den Controller neben sich in die Kissen. »Er hat meinen Bruder erschossen und wollte mich aufhängen wie … wie eine seiner … verfluchten Marionetten.« Mit ihren zerschundenen Händen wischte sie sich fahrig übers Gesicht. »Ich war monatelang in der Reha. Fast zwei Jahre. Und bin immer noch ein Scheißkrüppel. Selbst wenn damals jemand gewesen wäre … Sie kommen einfach so hierher und wollen von mir, dass ich mich erinnere?« Sie schnaubte abfällig. »Glauben Sie, es gibt auch nur eine einzige Nacht, in der ich nicht an ihn denke? Gehen Sie einfach und tun Sie Ihre verdammte Polizeiarbeit.«

»›Selbst wenn damals jemand gewesen wäre‹«, hakte Jan nach. »Also gab es jemanden?« Als er Rütters ins Gesicht sah, blickte sie weg. Wenn er etwas hasste, dann Zeugen, die schwiegen. Menschen, die den Mund nicht aufmachten, weil sie Angst hatten und der Polizei nicht bei den Ermittlungen helfen wollten. Auch wenn sie – wie Rütters – gute Gründe hatten. Er hasste es trotzdem, weil es jedes Mal bedeutete, dass er nicht weiterkam, obwohl jemand vielleicht etwas wusste.

»Kommen Sie. Sie waren Polizistin. Wenn Sie etwas wissen, dann sagen Sie es schon!« Jan war nicht nur wegen des Computerspiels laut geworden. Plötzlich spürte er Annas Hand auf seinem Arm. Aber er dachte nicht daran, sich unterbrechen zu lassen. »Wir haben zwei tote Frauen, und ich bin mir sicher …« Annas Griff verstärkte sich, er brach doch lieber ab und gab ihr den Vortritt.

»Frau Rütters, was mein Kollege sagen möchte, ist, dass er sich Sorgen macht. Wir machen uns alle Sorgen, dass der Täter weiter mordet. Wenn er ebenso vorgeht wie der Puppenmacher.«

Rütters schwieg.

»Vielleicht hat er noch jemanden in seiner Gewalt!

Oder er schnappt sich bald das nächste Opfer. Wollen Sie das verantworten?«, warf Jan ein und zog die Brauen zusammen.

Anna wollte ihn beiseiteziehen, aber er riss sich los, baute sich vor Rütters auf. »Das ist so viele Jahre her! Und jetzt sterben noch mehr Frauen. Wenn Sie etwas wissen, dann reden Sie! War da noch jemand, der Achten damals in der U-Haft besucht hat? Der alles von ihm wissen wollte? Irgendein perverses Arschloch, das sich bei Ihnen gemeldet hat? Kommen Sie schon, verdammt noch mal!« Aus Verzweiflung war er laut geworden.

Rütters schloss die Augen und atmete ein paarmal durch. Dann sah sie wie in Zeitlupe auf und versuchte, Jan zu fixieren – aber ihr Blick war überaus zerbrechlich. »Bitte verlassen Sie mein Haus«, sagte sie schluckend. »Gehen Sie. Sofort. Bitte.«

»Wie wäre es, wenn du draußen ein wenig frische Luft schnappst? Hm? ... Jan?«

Er war zu überrascht, um sofort zu reagieren. Riya hätte sich das nicht getraut, nicht gegenüber einem Dienstälteren. Ihm lag eine scharfe Replik auf den Lippen, aber nach einem Blick auf Anna schluckte er die Worte herunter, nickte schließlich und ging knurrend zur Tür. Als er sie aufzog, hörte er Anna sagen: »Entschuldigen Sie. Er ist ein sturer Klotz, mein Kollege. Immer mit dem Kopf durch die Wand.«

»Ja«, ätzte Rütters. »'ne echte nordische Frohnatur.«

»Er macht sich eben Sorgen.«

Jan trat hinaus. Ein eiskalter Wind hieb ihm entgegen. Er ging ein paar Schritte. Ein Containerschiff zerschnitt die schwarze Spur, die die Elbe durch die Nacht zog. Das Schiff leuchtete wie ein Christbaum und schob sich Richtung Nordsee.

Er seufzte und versuchte, zur Ruhe zu finden.

Warum regt dich das alles so auf?, fragte er sich. Wieso kannst du nicht ein Mal cool bleiben?

Aber ihm war ja klar, weswegen. Auch nach Hannahs Tod hatte er ständig Menschen befragt, die etwas wussten, jedoch schwiegen. Deswegen.

Rütters war ein Opfer, das ja, aber ihre Torturen lagen über zwanzig Jahre zurück. Da wurde es doch wohl Zeit, das Kapitel einmal abzuschließen.

Musst du gerade sagen, schalt er sich. Durchatmen und etwas abschließen, das ist ja genau deins.

Jan sah auf die Uhr. Er war seit mehr als dreizehn Stunden auf den Beinen. Er schlug den Kragen seines Parkas höher und setzte sich die Pelzmütze auf. Dann stapfte er durch den Schnee zurück zu seinem Dienstwagen und öffnete die Tür.

Noch einmal stellte er die Schärfe seines Nighthunter-Fernglases ein und versuchte, mehr zu erkennen. Der Kommissar – dieser Jan Nygård, oder wie hieß er noch? – war allein aus dem Haus gekommen. Anscheinend hatte er nicht vor wegzufahren, denn er stieg nicht in den Dienstwagen, sondern glotzte stattdessen in die Gegend.

Kurz nahm er das Fernglas von den Augen. Mit dem Finger fuhr er über den Kratzer an seinem Hals, dann zog er den Verband an seiner Hand straffer. Die Wunde brannte wie der Teufel. Dieses kleine Mistvieh! Der Stich war recht tief, und er hatte ihn gründlich mit einer Jod-Lösung ausgewaschen. Trotzdem hatte er Angst vor einer Entzündung. Er wusste nur zu gut, was eine Sepsis anrichten konnte.

Behutsam wickelte er den Verband ab und fischte ein Desinfektionsspray aus dem Handschuhfach. Gründlich sprühte er die Hand ein, bevor er den Verband wieder anlegte.

Mit einem feinen Lächeln nahm er sein Handy und kontrollierte noch einmal das Foto, das er vom Personalausweis des Kommissars geschossen hatte. Jan, ja, so hieß er. Jan Nygård. Sicher stimmte die Anschrift noch, sie war erst vor zwei Jahren geändert worden.

Abermals sah er durch das Jagdfernglas und konnte erkennen, dass Jan nun um das Haus gegangen war. Der Kommissar hatte Schutz vor dem Wind gesucht, stand da und blickte wartend in die Nacht. Schließlich holte er seine Zigaretten hervor und rauchte eine, während er mit seinem Handy herumspielte. Wahrscheinlich wartete er auf seine hübsche Kollegin.

Wir werden der Polizei zeigen, was wir Wunderbares tun, dachte er. Und dieser Kommissar ist mehr als bereit für unser Werk.

Er war ein Künstler. Genau wie der Puppenmacher. Aber er war besser als Karl Achten. Und er konnte es beweisen.

Unser Werk muss sprechen. Es braucht einen Zuhörer und jemanden, der es krönt.

Er taxierte Jan und musste innerlich lächeln.

Er denkt, er hat alles im Griff – aber wir zeigen ihm, dass wir sein Schicksal sind. Er soll es sehen – und er soll daran teilhaben.

Die Vorstellung schickte wohlige Schauer über seinen Rücken.

Schlagartig drehte der Kommissar den Kopf und sah direkt in seine Richtung. Instinktiv zuckte er zurück, rutschte im Sitz runter.

»Sei kein Idiot«, ermahnte er sich leise. Sein Fernglas hatte eine wunderbare Lichtdurchlässigkeit. Selbst in finsterer Nacht sah er gestochen scharf. Der Kommissar erkannte auf die Entfernung nicht mal, ob überhaupt ein Auto in dieser Straße stand. Tatsächlich wandte sich Jan Nygård wieder ab. Die Haustür wurde geöffnet, und seine Kollegin trat hinaus.

Er musste lächeln. »Das Schicksal ereilt uns oft auf Wegen, die man einschlägt, um ihm zu entgehen«, murmelte er.

»Jan!«, drang Annas Ruf zu ihm. Jan warf seine Zigarette in den Schnee und kam ums Haus herum. Anna war vors Haus getreten. »Du kannst schon mal fahren. Ich rufe mir ein Taxi.«

»Und?«, wollte er leise wissen.

»Ich versuche, was ich kann. Von Frau zu Frau geht es etwas einfacher.«

Ihm gefiel der Gedanke nicht, sie allein zu lassen.

»Ich kann auf dich warten. Macht mir nichts aus.«

»Musst du nicht. Ich kann wirklich ein Taxi nehmen, ist ja nicht weit bis nach Othmarschen.«

»Othmarschen? Du wohnst im Villenviertel?« Jan schmunzelte. »Ach ja. Die reiche Reederei …«

»Ein Apartment ist nicht leicht zu finden in Hamburg«, seufzte sie. Der kalte Wind hatte ihre Wangen gerötet. Sie rieb sich fröstelnd die Arme. »Keine Sorge. Ich komm schon klar.«

»Da hab ich keine Zweifel. Ich fahre noch ins LKA. Papierkram. Wenn was ist …« Er hielt die Hand ans Ohr, um ihr anzudeuten, sie solle anrufen. »Geh lieber wieder rein. Ist saukalt.«

Nachdem er sich knapp verabschiedet hatte, setzte er sich in den Wagen und sah zu, wie sie zur Tür zurückeilte und im Innern verschwand. Es fiel ihm nicht leicht, Anna allein zurückzulassen. Sie hatte sich als guter Teamplayer erwiesen und steckte ihn intellektuell sicher in die Tasche. Am liebsten hätte er die Schicht bei einem Drink mit ihr ausklingen lassen. Ein bisschen Small Talk üben in der Wärme einer Bar.

Erst willst du nicht mit ihr reden und rennst weg – und jetzt möchtest du sie näher kennenlernen?

Er musste über sich selbst schmunzeln. Allerdings verschwand das Lächeln, als er ans LKA dachte. Die Vorstellung, in das halb verlassene Großraumbüro zu fahren und danach in seine Wohnung, wo eine eingeschnappte Siebzehnjährige wartete, war nicht gerade verlockend.

15

»Was spielen Sie da?«, fragte Anna. »Sieht ja brutal aus.«

»Dabei kann ich mich abreagieren. Ich brauche das Blut und die Eingeweide.« Rütters begann diabolisch zu zischen. »Wissen Sie, Frau Wasmuth, daran erfreue ich mich.«

Das quittierte Anna mit einem Lächeln. Der Witz war angekommen. »Natürlich. Aber das analysiere ich jetzt mal nicht.«

Rütters schenkte ihr immerhin ein Grinsen. »Sie haben Ihren ungehobelten Kollegen weggeschickt, damit Sie in Ruhe mit mir sprechen können. Also wird's doch 'n Psychospiel, richtig?«

»Frau Rütters, ich möchte ganz offen zu Ihnen sein. Ich bin Psychologin, insofern wird's bei mir immer ein Psychospiel.«

»Entzückend … Reichen Sie mir mal den Tabak.«

Anna warf ihr den Beutel zu.

»Und die Blättchen … Danke.« Sie drehte sich eine Zigarette und hielt sie dann hoch. »Wissen Sie, wie lange ich gebraucht habe, um das wieder zu können?«

Anna entging nicht, dass Rütters gerade selbst von damals angefangen hatte, aber es war noch zu früh für direkte Fragen. Sie sah sich um. Obwohl im Zimmer überall Nippes herumstand und es nach Zigaretten roch, fühlte sich Anna hier wohl. Sie mochte Räume, die kein gut bezahlter Innendesigner eingerichtet hatte und die sich nicht wie die weiten, seelenlosen und blank polierten Zimmer anfühlten, in denen sie groß geworden war.

»Wollen Sie auch mal?«

»Ich? … Ich rauche nicht.«

»Nein. Daddeln. Los. Die Mission ist eh gescheitert.« Sie nickte zum Controller.

Etwas unsicher nahm Anna ihn in die Hand. Sie hatte sich aus Computerspielen nie etwas gemacht. »Ich weiß gar nicht, was ich …«

»Immer draufhalten«, unterbrach Rütters sie. »Lassen Sie einfach Ihren Frust raus.«

Zaghaft begann Anna zu spielen, starb aber bei jedem Versuch nach wenigen Sekunden. Schließlich schlich Elric miauend um ihre Beine, und Anna hielt dem Kater die Hand hin. »Was ist mit ihm passiert?«

»Elric?« Rütters winkte ab. »Der ist ein ganz Schlimmer. Geht immer rüber zum Nachbarn und fetzt sich mit dem Kater da. Haben Sie auch eine Katze?«

Liebevoll kraulte Anna Elric, der zu schnurren begann, hinter den Ohren. »Nein. Mein Vater hätte das nicht erlaubt … Und dann … Tja, dann kam das Studium … Ich hatte wohl nie Zeit für ein Haustier.«

»Dafür sollte man immer Zeit haben. Tiere schenken einem Liebe und Ruhe im Leben.«

Anna hob die Katze vorsichtig hoch und trat zu ein paar Fotos, die neben dem Fernseher hingen. Es waren Bilder aus besseren Zeiten, als Rütters noch hatte laufen können. Während sie Elric streichelte, sah Anna sich die Bilder an. Eines zeigte Rütters mit Anfang zwanzig in herausgeputzter Uniform. Als frisch vereidigte Polizistin strahlte sie in die Kamera und hielt einen jungen Mann im Arm, der ihr nicht unähnlich war. »Ist das Ihr Bruder?«

Rütters nickte stumm und steckte sich ihre Selbstgedrehte an.

»Er kam damals um, als Sie hinter dem Puppenmacher her waren, richtig?« Anna blickte sich zu Rütters um. »Er hat ihn erschossen. Und Sie in seine Gewalt gebracht. Ich … ich weiß aus den Akten, dass Sie in den ersten Jahren mehrere Anläufe gemacht haben, um mit Psychologen zu sprechen. Sie haben die Therapien aber letztlich immer abgebrochen und …«

»Haben Sie auch einen?«

Überrascht hielt Anna inne. »Einen Bruder? Ja.« Anna kam zu ihr. »Aber ich sehe ihn nicht oft. Er ist … na ja … ziemlich abgerutscht …«

»Drogen?« Rütters klopfte auf die Couch, damit Anna sich neben sie setzte. »Vielleicht sollten *Sie* zuerst erzählen.«

Anna setzte den Kater auf den Boden und gesellte sich zu Rütters. »Zu Beginn war's Kokain, dann Crack … dann Wahnvorstellungen. Er hat auch alle Therapien abgebrochen. Wie Sie. Er war immer das schwarze Schaf der Familie, musste ständig rebellieren. Rebellieren und experimentieren. Irgendwann ist er einen Schritt zu weit gegangen.« Elric sprang aufs Sofa, kletterte auf ihren Schoß und rieb den Kopf an ihrem Arm.

»Aber Sie helfen ihm. Egal ob schwarzes Schaf oder nicht«, stellte Rütters fest.

»Das können Sie wohl glauben.«

»Ihrer lebt jedenfalls noch.« Sie blies eine Wolke Qualm aus.

Er spürte, wie die kalte Luft in seine Lungen strömte und sich in ihm ausbreitete. Sein Herz raste, obwohl er sich ohne Hast dem Haus näherte. Seine ausgelatschten Turnschuhe waren binnen Sekunden durchgeweicht. Er huschte auf die Rückseite des Hauses. Ein mannshoher, blickdichter Bretterzaun schloss das Grundstück ab, aber er wusste, wo das Stöckchen klemmte, um von außen den Riegel aus der Öse zu schieben.

Routiniert fuhr er damit zwischen den Latten entlang und öffnete das Türchen. Er sah sich um. Niemand beobachtete ihn. Seinen Van hatte er zwei Straßen weiter geparkt.

Der Schnee deckte das Chaos im Garten zu. Barbara Rütters hatte ihn verkommen lassen. Büsche wuchsen wild, der Rasen hätte längst gestutzt werden müssen, und in einer Ecke verrosteten eine Hollywoodschaukel und ein, zwei Grills.

Er wischte durch die Nacht und drückte sich unter den Fenstern hindurch, während er sich dem Wohnzimmer näherte. Der Schnee fiel auf seine dunklen, krausen Haare. Als er die Flocken wegwischte, schmolzen sie. Das eiskalte Wasser rann seine Wange hinab.

Es tat gut. Er mochte die Kälte.

Geräuschlos drückte er sich neben dem erleuchteten Fenster ans Haus und lauschte. Durch den Wind meinte er entfernt, die Stimme der Polizistin zu hören.

Er benetzte seine Lippen, fühlte die eisige Kälte auf der Haut und gleichzeitig die Hitze in sich. Das Feuer des Produktiven. Er mochte es, die Opfer auszuspähen, alles vorzubereiten, die Zahnräder zu berechnen, die ineinandergreifen würden.

Ein Zahnrad ist nichts. Erst zusammen sind sie das Uhrwerk. Das hatte sein Vater immer gesagt. *Begreifst du das? Du bist nichts!*

Und die Schnalle des Gürtels riss seine Haut auf.

Du bist nichts!

Und die Wut seines Vaters hallte bei jedem Schlag in seinen Ohren.

Ich zeige es dir, Vater! Ihr alle habt keine Ahnung. Ihr alle nicht! Ich zeige es euch.

Er würde sich diesen Kommissar vorknöpfen, aber jetzt war er zu neugierig auf seine neue Partnerin. Wieso hatte er diese pummelige Schlampe nicht mitgebracht, die sonst immer an seiner Seite war?

Er wagte einen Blick unter dem Plissee hindurch.

Die Polizistin sah gut aus. Sie gefiel ihm.

»Mein Bruder und ich hatten keine gute Kindheit. Steht wahrscheinlich alles sowieso in den Akten.« Barbara Rütters zerwedelte die Luft. »Mein Vater war sehr gewalttätig. Sie kennen so was sicher als Psychologin … Na ja, ich wollte zur Polizei, um Täter wie meinen Vater zu verhaften. Und mein Bruder … Ich glaube, er wusste nicht viel mit sich anzufangen. Der hat schon mit vierzehn im Rotlichtviertel rumgelungert. Er fand das faszinierend. Die ganzen Clubs, die Bordelle, die Drogen …«

Anna verstand nur zu gut. Auch bei ihrem Bruder war es eine Mischung aus Drogen, Sex und schnellem Geld …

»Es gefiel ihm, Menschen zu schlagen, zu erniedrigen. So wie meinem Vater. Wissen Sie, was ich meine? Da konnte er es ausleben.«

»Kannte er den Puppenmacher?«

Rütters sah einer Wolke Rauch nach und nickte schließlich. »Er kannte seinen SM-Laden. Und letztlich bin ich so auf … auf …« Sie fand das richtige Wort nicht.

»Den Täter«, schlug Anna neutral vor.

»Täter. Sagen wir Täter. Ja … auf den Täter damals gestoßen.« Hörbar sog sie die Luft ein. Es fiel ihr offensichtlich schwer, weiterzusprechen. »Mein Bruder ist da wohl sehr oft gewesen, im SM-Club, und das war mein Glück.« Sie sah sich suchend nach einem Aschenbecher um. Anna reichte ihr einen. »Als ich in seiner Gewalt war, da … Ohne meinen Bruder wäre ich wohl nicht entkommen. Haben Sie schon eine Ähnlichkeit zwischen den entführten Frauen gefunden?«, fragte sie.

»Nur Alter und Aussehen. Aber wir sind dran. Hat sich denn damals wirklich niemand gemeldet? Bevor Sie ihn gestellt haben – oder nachdem?«

Rütters schüttelte den Kopf. »Sie sind doch beim LKA. Wollen Sie sehen, wie's früher da aussah?«

Anna bejahte, und Rütters schickte sie zur Schrankwand. In einem der Fächer lag ein schweres Fotoalbum.

»Wir sind damals zeitgleich zum Dienst gekommen. Michael und ich. Und leider auch noch in dieselbe Abteilung. Ich kann Ihnen sagen, das war nicht immer einfach, mit dem eigenen Bruder zusammenzuarbeiten.«

»Das kann ich mir vorstellen.« Anna setzte sich wieder und begann zu blättern. Ihr Blick fiel auf ein Bild, das Rütters beim Polizeisport zeigte. Damals konnte sie noch gehen. Sie hörte, wie schwer die Frau atmete, als sie zögerlich zu erzählen begann.

»Ich habe über zwei Monate im Krankenhaus gelegen damals ... Und dann kam die lange Reha.« Sie wischte sich die feuchten Augen. »Er ... er ist doch wirklich noch im Knast?«

»Achten? Ja. Keine Sorge.«

Wie abwesend starrte Rütters auf die Sportaufnahmen. Sie und ihr Bruder bei Übungen mit den anderen aus dem Polizeikader. Lachend, feixend. Es dauerte lange, bis sie weitersprach.

»Ich sehe oft Achtens Gesicht vor mir ... Jede zweite Nacht, Frau Wasmuth, jede zweite Nacht lächelt er mich an ... Und sein Lächeln. Es ... es ist so ... so furchtbar offen. Da ist dieser brutale Mörder, aber er lächelt so offen und blickt so tief in meine Augen. Er schaut mir bis tief ins Innerste. Als ... das klingt verrückt, aber es ist so ... Als würde er dort meine Seele suchen.«

»Er sitzt immer noch im geschlossenen Vollzug«, beruhigte Anna sie und bemerkte, wie der Frau eine Träne über die Wange lief. Mit einem aufbauenden Lächeln reichte sie ihr ein Taschentuch. »Sie brauchen keine Angst zu haben, Frau Rütters.«

»Sie sind ein guter Mensch, Frau Wasmuth. Elric mag Sie.«

»Mag er nur gute Menschen?«

Rütters nickte.

Er versuchte, all ihre Regungen aufzunehmen, sich ihre Züge einzuprägen. Konzentriert beobachtete er, wie die Beamtin lachend den Controller an Barbara Rütters weitergab. Die beiden Frauen schienen sich gut zu verstehen.

Rütters. Was für eine starke Persönlichkeit. Er wusste so einiges über die ehemalige Polizistin. Schließlich war er schon oft hier gewesen. Überhaupt hatte er alles, was es über den Puppenmacher gab, sorgfältig studiert. Doch Rütters fand er besonders faszinierend. Achten saß seit über zwanzig Jahren im Knast – sie aber lebte. Und wie sie lebte … Sie war der freieste Geist von allen. Ihre Fäden hatte der Puppenmacher nie in Händen gehalten. Bis heute nicht.

Irgendwann würde er sie küssen dürfen.

Er würde ihr zeigen, dass er der Richtige war.

Und dann …

Durch die Fensterscheibe meinte er zu sehen, wie Barbara Rütters eine Träne über die Wange lief. Sie blickte eher geschockt als traurig. Irgendetwas hatte die blonde Polizistin gesagt, das Rütters aufwühlte.

Mucksmäuschenstill suchte er einen besseren Winkel und sah zu, wie die Polizistin Rütters' Hände nahm und tröstend mit ihr sprach. Er traute sich, das Ohr ans Fenster zu legen, und bemerkte, wie sein Atem auf der Scheibe kondensierte.

»Eine Puppe? Von mir?«, fragte Barbara Rütters entsetzt. »Das … das ist pervers!« Sie wischte sich die Tränen weg. »Keine Ahnung … Ich weiß nicht, warum er eine Puppe von mir in seiner Zelle hat.«

»Vielleicht projiziert er seine Fantasien von damals in diese Puppe.«

»Und hängt mich als Spielzeug unter die Decke?« Sie strich sich über die Narben in ihren Händen. Im nächsten Moment hielt Anna sie noch einmal tröstend fest.

»Achten stellt keine Gefahr mehr dar. Glauben Sie mir …« Sie hatte es kaum ausgesprochen, als ihr Gewissensbisse kamen. Sicher konnte sie nicht sein. Wenn wirklich ein Nachahmungstäter unterwegs war, hatte er womöglich Rütters auf seiner Liste. Für Trittbrettfahrer war es nicht ungewöhnlich, die Nähe zu den Opfern der angehimmelten Täter zu suchen. Und ein Opfer, an dem der ursprüngliche Täter gescheitert war, mochte einen besonderen Reiz ausüben. Anna würde mit Jan sprechen. Vielleicht war es möglich, einen Beamten zu Rütters' Schutz abzustellen, hilflos, wie sie war.

»Hat er eine Marionette von mir, weil ich … weil ich besser war als er?« Ein Lächeln durchbrach kurz, wie hingehaucht, Rütters' erschöpftes Gesicht. War es Stolz? »Vielleicht, weil ich die Fäden in der Hand gehalten habe. Damals. Und er nicht, nicht mehr. Wenn ich das so sagen kann. Schließlich bin ich ihm entkommen.«

Sie hatte tatsächlich allen Grund, auf sich stolz zu sein. Das Martyrium hatte sie, obwohl sie durch die Narben und den Rollstuhl jede Minute daran erinnert wurde, nach Annas Einschätzung einigermaßen gut weggesteckt. Das gelang nur wenigen. »Wie meinen Sie das? *Die Fäden in der Hand?*«, hakte sie nach, um mehr zu hören.

»Ich liege oft wach, und da musste ich oft dran denken … dass ich sozusagen *seine* Puppenspielerin geworden bin. Das kann doch sein?«

»Sie meinen, weil Sie ihm die Stirn geboten haben und er Ihretwegen seit über zwei Jahrzehnten im Gefängnis sitzt?«

»Er fristet sein Leben in einer Zelle – nur wegen mir.« Sie lächelte dünn. »Ich habe sein Schicksal in der Hand.«

»Deswegen hat er von Ihnen eine Marionette gemacht?«

»Ich weiß nicht. Klingt das verrückt?«

Anna schüttelte den Kopf und sah zu Rütters. Sie schien ganz in Gedanken versunken. »Was bewegt Sie, Barbara?«, fragte Anna vorsichtig.

»Ich … Das hört sich jetzt wahrscheinlich schräg an, aber ich … Ich war ein paarmal bei ihm.«

Was? Anna horchte auf.

Endlich fand Rütters' Blick den ihren.

»Bei ihm in der JVA?«

»Ja. Erst letztes Jahr.« Sie holte hörbar Luft, als machte sie sich Mut, weiterzusprechen. »Ich dachte … Ich habe einfach gedacht, dass mir das hilft. Irgendwie … Die ganzen psychologischen Sitzungen …« Sie brach ab, setzte neu an. »Wissen Sie, dieses ewige Gerede in Gruppen oder mit meiner Therapeutin, das hat nicht funktioniert. Ich musste ihn sehen … Ich musste ihm in die Augen schauen. Verstehen Sie?«

Anna war bekannt, dass Opfer oft den dringenden Wunsch verspürten, ihre Peiniger noch einmal zu sehen. Sie zur Rede zu stellen, um zu begreifen, warum sie Angst, Leid, die Torturen hatten durchstehen müssen. Es war mutig von Rütters, aber Anna wusste ebenso aus Studien, dass solch eine Konfrontation die seelischen Gräben oft noch weiter aufriss, anstatt sie zu heilen. Nicht immer, aber oft.

»Ich musste mit ihm reden. Ich musste einfach. Ich wollte seine Stimme hören und sein Lächeln sehen. Ich musste sein Lächeln ... *spüren.*«

»Hat es Ihnen geholfen?«

Barbara überlegte und nickte schließlich schwach. »Ein wenig, ja ... Können Sie mir wohl etwas zu trinken bringen?«

Anna sah sich zur Küche um. »Wasser?«

»Wollen Sie mich vergiften? Wie wär's mit Schnaps?« Sie versuchte so etwas wie ein Lachen. »Meine Pflege bringt mir ab und an was hoch. Ist ein bisschen kompliziert für mich, da runterzukommen.«

»Von wo? Aus dem Keller?«

Eine schmale Treppe führte nur wenige Stufen hinab, denn der Keller lag im Souterrain. Anna öffnete eine Metalltür und trat ein. Eine alte Neonröhre kämpfte sich ab, zündete aber nicht. An der Abdeckung klebte ein Nachtfalter, kroch wie in Zeitlupe über das Licht, während Anna ihr Handy zückte, um zusätzlich zu leuchten.

Es herrschte Chaos. Der Eindruck, Barbara Rütters lebe bloß noch in ihrem Wohnzimmer, verfestigte sich angesichts der unaufgeräumten Ansammlungen von Altglas und ausrangierten Elektrogeräten. Auf einem verrosteten Trockner standen zwei Staubsauger aus vergangenen Tagen, Papiere und Unterlagen waren irgendwann wegsortiert, aber wieder aus den Regalen gerissen und niemals zurückgeräumt worden. Schränke voller Konserven, das meiste uralt und wahrscheinlich noch von Rütters' Eltern, verdeckten die Sicht.

Anna trat tiefer in den Raum und leuchtete.

Der Schein einer Lampe wischte durch die staubigen Fenster nach draußen. Sofort hielt er inne. Er hatte gesehen, wie die Beamtin den Raum verlassen hatte.

Nachdem der Schein weitergezogen war, schlich er sich an, ging auf die Knie und versuchte, etwas durch die dreckige Scheibe des Kellers zu erkennen. Der Raum war unübersichtlich, aber er konnte ihren Schatten hinter den Regalen ausmachen. Sie suchte anscheinend nach etwas.

Sein Herz begann zu rasen. Er spürte, wie ihm die Spucke wegblieb, und er genoss das Gefühl. Er liebte es, wenn die Aufregung in ihm anbrandete und langsam, aber sicher zu einer gewaltigen Woge anwuchs.

Konnte er es wagen?

Er beantwortete sich die Frage, indem er leise versuchte, das Fenster aufzudrücken. Es war nicht sehr groß, würde ihm aber genug Platz bieten, um geräuschlos ins Innere zu gleiten.

Tatsächlich war es nicht verschlossen, der Holzrahmen alt und morsch. Wenige Herzschläge später gelang es ihm, es gänzlich aufzudrücken.

Noch einmal tauchte er draußen in den Schatten des Hauses ab. Er zog sein Skalpell.

Das ist zu spontan, ermahnte er sich. Was willst du tun? Sie von hier entführen? Du hast deine Arbeit an Mareike noch gar nicht fertiggestellt. Und eigentlich sah deine Reihenfolge anders aus. Halte dich an den Plan …

Auf der anderen Seite … Wenn er dem Kommissar das hier zeigen könnte. Wenn dieser Nygård sehen könnte, dass er seine Partnerin bereits in seiner Gewalt hatte … Sein Blick, der Schock in den Augen … das wäre es wahrscheinlich wert.

Er horchte auf sein Herz, das ihm bis zum Halse schlug,

und betrachtete sein Skalpell. Wenn er sich um diese Polizistin kümmerte, musste er sofort zuschlagen.

Endlich hatte Anna das Fach mit den Spirituosen gefunden. In dem verrosteten Metallregal wartete eine stattliche Ansammlung von billigen Supermarktweinen, Korn, Cognac und drei Pullen Wodka. Sie zog einen der Schnäpse heraus, egal, was für einer. Sie hatte eh nur vor, ein Glas mit Rütters zu trinken. Nicht mehr. Als vertrauensbildende Maßnahme.

Rütters war schneller aufgetaut, als sie gedacht hatte. Sie ahnte, dass die Frau ihr etwas mitteilen konnte, was wichtig war. Allerdings wusste sie nicht genau, wonach sie suchen sollte.

Sie wollten einen Trittbrettfahrer aufspüren. Jemanden, der den Täter verehrte, der dessen Taten nachahmte. Der sie wiederaufgenommen hatte und eine neue Handschrift hinzufügte.

Gut möglich, dass die Uhren etwas mit der Vergangenheit des Täters zu tun hatten. Ein Fetisch, eine Kompensation – so oder so, es war eine persönliche Note, die Würze eines überaus blutigen Gerichts …

Vielleicht würde Rütters etwas zu den Uhren einfallen, zu Mechaniken und Achtens damaligem SM-Club. In den Akten hatte gestanden, dass Achten einen Kellerraum erweitert hatte. Er hatte wohl monatelang gegraben und eine Art Verlies unterhalb seines Ladens angelegt.

In Gedanken versunken, trat Anna den Rückweg an.

Gab es damals vielleicht einen Uhrenladen ganz in der Nähe des Clubs? Einen Kunden von Achten, der Uhren liebte? Einen Sammler? Anna beschloss, die ehemalige Polizistin in diese Richtung auszufragen.

Kaum war sie hinter dem Regal hervorgetreten, hielt sie

inne, weil sie plötzlich fröstelte. War da ein Windzug? War es kälter geworden, oder bildete sie sich das nur ein?

Anna horchte und spürte in sich hinein, während sie das Licht des Handys kreisen ließ.

Der Raum lag unberührt da, Schatten duckten sich weg, flossen im scharfen Licht ihrer LED-Lampe zusammen, zuckten und splitteten sich auf. Da war niemand. Oder? Nein …

Plötzlich meinte sie abermals, einen kalten Windzug zu spüren. Sie sah sich zu den Fenstern um. Eines stand offen.

Hatte es das vorhin schon getan? Hatte sie es nur nicht bemerkt? Aber hätte es dann nicht kälter sein müssen?

Als kleines Mädchen hatte sie ihren Bruder ab und an nachts zu Mutproben überredet, ihn zu Expeditionen in das dunkle Anwesen angestachelt. Meistens hatte sie die Ausflüge in die weiten Räume, auf den Dachboden und in den Keller schnell bereut und war noch vor Thomas zitternd und verängstigt unter die Bettdecke gekrochen.

Sie ging ein paar Schritte auf das Fenster zu und leuchtete … Tatsächlich. Es stand offen. Auf dem Boden lag ein wenig Schnee, der hereingerieselt war. Sie bekam eine Gänsehaut, als sie sich vorlehnte, um hinauszusehen. Der Wind fuhr herein, und draußen schälte sich das Mondlicht durch die Wolken. Dicke Flocken trieben herbei und ließen die mondblaue Nacht wie feines Fernsehrauschen aussehen. Kurioserweise lag auf dem Kellerboden nicht viel Schnee – lange konnte es nicht reingeschneit haben … Nur Minuten.

Die Erkenntnis schnürte ihr den Atem ab.

Das Fenster war geschlossen gewesen, als sie hereingekommen war. Ganz sicher. Aber wer hatte es geöffnet?

Mit einem Mal wurde ihr bewusst, wie ungeschützt sie war, denn sie trug keine Dienstwaffe.

Starr vor Schreck sah sie sich wieder zu den Schatten um, musste sich anstrengen, den Kopf zu bewegen. Millimeter für Millimeter …

Du bist nicht mehr acht!, schalt sie sich. Du bist Polizistin. Eines Abends war sie als Kind im Anwesen dem Hausmeister begegnet. Er hatte die Tür hinter ihnen geschlossen und sie so merkwürdig angesehen. Das Gefühl von Hilflosigkeit hatte sie völlig übermannt, die Vorstellung, er könne ihr etwas antun, hatte sie erstarren lassen. Er hatte dagestanden und sie aus dem Dunkeln angestarrt … Genau wie jetzt hatte sie Blicke auf sich gespürt und …

Der Strahl ihrer Handylampe wischte durch den Keller … Die Schatten wichen, tauchten wieder auf. Sie zuckten im Licht der flackernden Neonröhre …

Da!

Auf dem Trockner!

Dort hockte ein Mann und … Nein. Es waren nur die Staubsauger. Ihr Verstand spielte ihr einen Streich.

Anna meinte, ihren Herzschlag zu hören, das Pochen zog sich bis in ihre Stirn und ließ ihre Ohren rauschen. Sie konnte sich kaum konzentrieren.

War da ein Atmen?

Nein, das bildete sie sich sicher nur ein. Sie fixierte die Tür. Es waren lediglich zehn, zwölf Schritte, dann würde sie wieder im Flur sein und kurz darauf im warmen Wohnzimmer.

Das Handy wie eine Waffe haltend, nach rechts und links schwenkend, fasste sie sich ein Herz und rannte zur Tür. Sie riss sie auf.

Der Nachtfalter flog erschrocken auf, klatschte gegen die Wand und glitt wie tot hinunter. Anna achtete nicht auf ihn, sah sich nicht um, nahm die paar Stufen mit einem Satz und riss die andere Tür zum Hausflur auf.

Die Geräusche des Videospiels schwappten ihr entgegen, Wärme, Licht.

Sie atmete schwer, ihr Herz raste – aber sie traute sich nicht, sich umzudrehen, obwohl da sicher nur die Tür war, die gerade mit einem satten Klacken zufiel.

Entkommen, dachte sie. Eigentümlicherweise schoss ihr dieses Wort durch den Kopf. *Entkommen*.

Zitternd trat Anna ins Wohnzimmer.

16

Als Jan zum LKA zurückkehrte, sah er im dichten Schneetreiben seinen Chef, der eilig ein paar Kartons voller Akten in seinen BMW lud. Ein gelber Ordner mit angesengtem Etikett rutschte in den Schnee. Fluchend hob Dieck ihn auf und warf ihn schnell in den Wagen. Jan wollte seinen Chef grüßen, aber der fuhr in Gedanken versunken an ihm vorbei und verschwand in der Nacht.

Der Hausmeister schob mit einem Räumfahrzeug den Schnee zusammen, und Jan hob, wie er es immer tat, die Hand zum Gruß. Auch der alte Herr – eingepackt in zwei Jacken, die Mütze tief ins Gesicht gezogen – bemerkte ihn nicht.

Schließlich suchte Jan einen Parkplatz in Sichtweite seines Motorrads, raffte die Akte sowie seine Sachen zusammen und eilte durch den Schnee zum Eingang.

Eigentlich hatte er vorgehabt, einen Bericht über ihre Befragung von Karl Achten zu schreiben – aus seiner Sicht, bevor diese JVA-Direktorin noch irgendwelche Abhandlungen einreichte. Doch kaum aus dem Fahrstuhl getreten, fand er lediglich Ralf und Sadik im Großraumbüro vor. Er entschied sich anders, holte seinen Helm und den Motorradrucksack und verzog sich in den Besprechungsraum, den Dieck für die Soko Marionette eingerichtet hatte.

Er hatte es sich zur Gewohnheit gemacht, möglichst proteinreich zu Mittag zu essen, und weil er zu faul für den Herd war, kochte er sich für die Woche Eier vor, aß in der Schicht fünf Stück und Kesella mit Nüssen. Quark ging auch, war aber nicht das Gleiche. Während er aß, fischte er seinen in die Jahre gekommenen Discman aus dem Rucksack und setzte sich die schweren nagelneuen Hightech-Kopfhörer auf, die Leonie für ihn ausgesucht hatte. Schicke Teile mit zu viel Neon, aber einem unübertroffenen Sound.

Er legte eine CD von Vivaldi ein, löffelte seinen Spezialquark und begann, am Bericht zu arbeiten.

Während er nach einer treffenden Formulierung suchte, blickte er noch einmal zur Pinnwand mit den Fotos aus der Rechtsmedizin, die Brandt hiergelassen hatte. Es waren auch welche von den Uhren dabei. Laut der Forensik waren die Gravuren mit einem Dremel erstellt worden, wie man ihn in jedem Baumarkt bekam.

Anscheinend hatte, wie eine Notiz verriet, Lyn Petermann aus der Computerforensik versucht, den Zahlencode zu knacken. Doch sie hatte nur Wahrscheinlichkeiten angeben können, worum es sich bei den Zahlen *nicht* handelte. Zum Beispiel ein schlichtes Datum. Ein wenig wahrscheinlicher war, dass die Ziffern verschlüsselte Buchstaben waren – doch auch da war sie sich nicht sicher. Sie tappten im Dunkeln.

28 34 77 … 30 20 88 …

Er las die Reihenfolge laut vor. Sinnlos, darin ein Muster oder einen Sinn zu suchen.

Jans Blick glitt zu den Standbildern, die seine Kollegen vom Video genommen hatten. Noch einmal sah er dem Fremden in die kalten, fast schwarzen Augen.

Er starrt uns an. Er weiß, dass wir hinter ihm her sind. Und er hinterlässt Ziffern auf Uhren, die er in Leichen einsetzt … Anna hat recht. Er will mit uns spielen. Er will uns etwas sagen.

Jan stand auf, um sich die Zahlen genauer anzusehen, da riss ihn eine Stimme aus den Gedanken.

»Ihre Kollegen sagten, dass Sie hier sind.« Staatsanwältin Roger stand in der Tür. Sie sah abgekämpft aus. Ihr Haar, das sie gewöhnlich zu einem Dutt hochgebunden hatte, fiel offen auf ihre Schultern. Ihr Anzug saß durch die stundenlangen Sitzungen und Pressekonferenzen schlecht.

»Hej«, begrüßte er sie knapp und biss von seinem gekochten Ei ab.

»Guten Abend.« Sie trat ein, stellte ihre Aktentasche auf den Tisch.

Wie immer war sie ein wenig zu stark geschminkt, obwohl sie es gar nicht nötig hatte. Das harte Neonlicht des Besprechungsraums ließ sie bleich und noch strenger als sonst wirken.

Ohne auf sie einzugehen, aß Jan in aller Ruhe weiter. Wenn sie ihm etwas zu sagen hatte, dann nur zu. Aber er würde kein Süßholz raspeln.

»Ich halte Sie für einen kompetenten und sehr guten Ermittler«, begann sie. »Aber Sie haben sich zu wenig unter Kontrolle, Herr Nygård.«

»Mit der Tür ins Haus … Ich habe psychologische Sitzungen.«

»PSNV-E? Bei der Neuen? Glaubt Dieck wirklich, das beeindruckt mich?«

Einen Lidschlag lang überlegte er, ob er auf Roger zugehen und ihr die Hand reichen sollte. Aber dazu war er noch nicht bereit. »Was zum Teufel wollen Sie?«, fragte er stattdessen.

»Was auf der Party in der Marina vorgefallen ist, ist indiskutabel und verlangt nach Konsequenzen, Herr Nygård. Sehen Sie, ich kann verstehen, wenn ein Vater überreagiert. Gerade Sie, nach der Sache mit Ihrer Frau.«

»Überreagiert?« Jan räusperte sich, versuchte, möglichst ruhig zu bleiben. »Ihr Sohn und sein feiner Freund haben im Jachthafen Kokain vertickt. Und sie wollten, dass meine Tochter mit ihnen auf ihr Schiff kommt. Die beiden wollten meine Tochter mit Drogen abfüllen und sicher keinen Kochkurs abhalten. Sie wollten sonst was mit ihr machen und wahrscheinlich noch ein Video davon …«

»Hören Sie auf, Tim zu beschuldigen«, unterbrach ihn die Staatsanwältin. »Sie haben keinerlei Beweise und waren außerdem nicht im Dienst.«

»Ja, da hat Ihr Sohn Glück gehabt. Wäre ich im Dienst gewesen, hätte ich ihn verhaftet.«

»Ach! Und er soll Glück haben«, zischte sie, »weil Sie ihn krankenhausreif geschlagen haben?«

»*Krankenhausreif* … Ich habe ihm einen Schlag verpasst. Einen einzigen. Als er Leonie nicht loslassen wollte. Wer redet denn da von *Krankenhaus*.« Allmählich hatte er es leid, sich diesen Scheiß anhören zu müssen. »Was wollen Sie wirklich, Frau Staatsanwältin?«

Sie überlegte nur kurz. »Ich möchte, dass Sie sich entschuldigen. Bei mir und bei meinem Sohn.«

»Weil er gemeinsam mit seinem Freund meine Tochter auf ihr Scheißboot locken wollte? Vergessen Sie's.«

Sie nickte stumm.

Wahrscheinlich hatte sie genau das von ihm erwartet. Sei's drum.

»Passen Sie auf, zeigen Sie mich einfach an. Machen wir's auf dem Dienstweg. Ich suche mir ein paar Zeugen für den Abend, und meine Tochter sagt für mich aus. War es das?« Er wartete nicht auf ihre Antwort, sondern widmete sich wieder seinem Essen.

Roger baute sich vor seinem Tisch auf. »Ihre Tochter, ja?«

»Ja.«

»Leonie sagt für Sie aus? Na, das will ich sehen.« Sie zog ein Diktiergerät aus der Tasche und drückte auf Play.

Jan brauchte eine Sekunde, um zu begreifen, dass es seine Tochter war, die er da hörte.

»Hallo? … Äh, Frau Roger … Es … es tut mir echt leid, was da los war«, hörte er sie reden. Leonie sprach wohl auf einen Anrufbeantworter. »Ich … mein Vater … Also … Was er mit Tim gemacht hat, war so scheiße! Ich hab mich mit Tim nach der Party auf der Jacht verabredet. Klaus wollte nur kurz mitkommen. Und dann platzt er da in die Marina, auf die Party und … Also … Bitte sagen Sie Tim, dass es mir voll leidtut. Sie können sich gar nicht vorstellen, was die Kollegen alles über meinen Vater …« Sie brach ab. Ein zweiter Anruf. Jan meinte, sie weinen zu hören. »Tim wollte nicht mit mir reden. Aber vielleicht können Sie ihm sagen, dass ich ihn unbedingt wiedersehen muss. Würden Sie ihm sagen, er soll mich anrufen?«

Wie vom Schlag getroffen, stand Jan auf. In seinem Kopf wirbelten die Gedanken. Er konnte es nicht fassen.

»Ich möchte eine Kopie von dem Gespräch«, meinte er kalt.

»Von meinem privaten AB?« Sie setzte ein falsches Lächeln auf. »Selbstverständlich. Das haben Sie und Dieck gleich morgen früh auf dem Schreibtisch. Wenn Sie es so wollen, bitte.« Sie wandte sich ab und ging.

Jan sah ihr einen Moment nach und lauschte dem aufgewühlten Schlagen seines Herzens.

Er musste dringend mit Leonie reden.

17

»Leonie!« Jan betrat seine Wohnung. Im Flur standen noch immer Umzugskartons, die ihnen als Ablage für ihre Schuhe dienten. Er streifte die Stiefel ab, und weil sie zu nass und dreckig waren, stellte er sie auf den Abtreter. Erst als er den Motorradhelm ablegte, bemerkte er, dass Leonies Schuhe fehlten.

»Leonie!«, rief er. »Schatz?«

Ein ungutes Gefühl, ein empfindliches Kribbeln kroch von seinem Magen bis in seinen Nacken hoch. Er sah auf die Uhr. 21:14. Normalerweise saß seine Tochter um die Zeit in ihrem Zimmer, übte noch für ihre Ausbildung oder schaute Netflix, chattete mit ehemaligen Schulkameradinnen oder diesem Tim.

Noch einmal rief er nach ihr, aber das Einzige, was er hören konnte, war der zu laut gestellte Fernseher aus der Nachbarwohnung.

Misstrauisch spähte er in die Küche.

Leer.

Das dreckige Geschirr stapelte sich in der Spüle, sein Frühstück – die halb ausgetrunkene Kaffeetasse – stand noch unangetastet auf dem Tisch.

Jan ging in Leonies Zimmer. Auch hier war niemand, dennoch überraschte ihn, was er sah: Auf ihrem Bett lagen mehrere Jeans und zwei Pullover. Hingeworfen, als ob sie etwas zum Anziehen gesucht hätte. Der Schrank stand offen und war eindeutig geplündert worden.

»Ach nee …« Er sah sich nach der Tür um, an die seine Tochter für gewöhnlich ihren Rucksack hängte. Der Haken war leer.

Zehn Minuten später nahm Jan den Helm ab und sah durch die beleuchtete Scheibe des *Balzacs*, in dem seine Tochter oft aushalf, um neben ihrer Ausbildung ein bisschen Geld zu verdienen. Die Wärme und die Stimmen umschlangen ihn wie eine Umarmung, als er das gut gefüllte Café betrat. Es roch nach Essen, und er bekam Lust auf ein Bier.

»Wo ist sie?«

Die junge Servicekraft hinter der Bar nickte Richtung Küche. »Soll ich sie herholen, Herr Nygård?«

»Das wäre nett, ähm … Tina, richtig?«

Sie schenkte ihm ein entwaffnendes Lächeln.

»Ich warte hinten – im Chillbereich, okay?«

Kaum hatte er sich in dem abgetrennten, mit Kissen, Palmen und Sand dekorierten Raum in einen der Liegestühle gesetzt, als Leonie hereinkam.

»Oh, nee. Du?«

»Auch schön, dich zu sehen.« Er deutete vor sich auf den leeren Liegestuhl, während sie haderte, ob sie wirklich Platz nehmen sollte. »Ich hatte heute ein nettes Gespräch mit der Staatsanwältin. Mit Frau Dr. Roger. Du kennst sie ja.«

»Echt? Und? Hast du dich entschuldigt?«

»Entschuldigt? Wofür? Nein. Nein, hab ich nicht. Diese zwei Vollidioten wollten …«

»Scheiße! Bitte, Papa!«, unterbrach sie ihn.

Jan atmete durch. Er holte seine Zigaretten raus und steckte sich eine an. »Hör mal, Leonie. Ich habe doch nur so reagiert, weil die beiden …« Es war zum Verrücktwerden. »Leonie. Die wollten dich zu zweit auf das Boot locken. Ich hab's doch gehört.«

»Von Tim? Wer's glaubt. Und deswegen brichst du ihm die Nase!«

»Was denkst du, was die auf der Jacht mit dir gemacht

hätten, hm? Was meinst du, wie viele Pornos von minderjährigen Mädchen im Netz kursieren? Die füllen dich ab, und dann …«

Kopfschüttelnd stand sie auf, musterte ihn voller Wut. »Du kommst echt hierher und sagst mir, *ich* hätte Mist gebaut? *Du* hast Mist gebaut! *Du!*« Mit einem Mal begann sie zu weinen. »Er will nicht mehr mit mir reden. Wegen dir! Kapierst du's überhaupt? Das war alles total perfekt, und dann …« Sie wischte sich die Tränen weg, aber es kamen immer neue.

Jan drückte seine angefangene Zigarette am Tischbein aus, stand auf und trat unbeholfen zu ihr. Tröstend wollte er sie in den Arm nehmen. »Das wird schon wieder …«, setzte er an, aber sie riss sich los und sah ihn vorwurfsvoll an.

»Leonie. Schau mal. Für Jungs hast du doch noch Zeit. Mach erst mal deine Ausbildung, und dann, wirst sehen, kommt schon der Richtige …« Kaum ausgesprochen, biss er sich auf die Lippen. Wie konnte man nur so … Ihm fiel kein passendes Wort für seine ungelenke Art ein.

»Hör endlich auf, immer für mich zu entscheiden!«, zischte sie. »Du kannst mich! Das ist mein Ding. Mein Leben. Ich weiß, was gut für mich is'!« Sie wandte sich ab und eilte hinaus.

»Wo willst du denn jetzt schlafen?«

»Geht dich gar nichts an«, rief sie wütend, ohne sich umzudrehen. Dann war sie im Café verschwunden.

Jan schloss die Augen. Er lauschte der wattigen Kaffeehausmusik und atmete durch.

Der Boxsack wurde von harten Schlägen erschüttert, begann zu pendeln, als Jan auf ihn eindrosch.

Er hatte sich die Hände bandagiert, aber auf Boxhandschuhe verzichtet. Außer ihm trainierte niemand im *Keller*, denn der Laden hatte bereits geschlossen. Allerdings besaß er seit Monaten einen Schlüssel und konnte kommen und gehen, wann er wollte.

Der Schweiß lief ihm über die Stirn und in die Augen. Es brannte, doch er hieb unablässig weiter, versuchte, seine ganze Kraft, seine ganzen Emotionen in die Schläge zu legen und dadurch die Streitereien für ein paar Minuten zu vergessen.

Es wollte nicht klappen.

Die Schläge taten gut, aber trotzdem blieb das beklemmende Gefühl im Bauch. Sobald er ein wenig nach Luft schnappte, war es wieder da.

Das Gespräch mit der Staatsanwältin hatte ihn aufgewühlt, aber noch mehr ging ihm der Streit mit seiner Tochter an die Nieren. Er hatte nicht die Ruhe gefunden, wieder nach Hause zu fahren.

Diese verdammte Anna Wasmuth mit ihrem glasklaren Blick und ihrem frechen Lächeln – sie hatte so was von recht. Er war einsam. Er war verletzlich. Und er hatte Scheiße gebaut. Aber wie hätte er reagieren sollen? Zwei Kerle, ein Boot, das Kokain.

Vielleicht einfach professioneller, schalt er sich. Irgendwie mehr wie ein Vater.

Schlägst einfach zu. Du Vollidiot.

Unablässig ließ er die Fäuste gegen den Sandsack krachen.

»Jan, komm, hör auf. Deine Hände sind schon ganz blutig.« Tonia, die Besitzerin des Boxschuppens, kam die Wendeltreppe herunter. Ihre Haare standen wild ab, und sie trug ihr schlabberiges Schlafshirt. Sie war barfuß, hatte sich aber eine Jeans übergestreift.

»Nur noch ein paar Seitwärtshaken.«

Tonia tappte zur Ladentür und vergewisserte sich, dass abgeschlossen war.

»Lass gut sein.« Sie trat zu ihm und stoppte ihn, indem sie ihren tätowierten Arm um ihn legte. Er spürte ihre Schlafwärme und konnte das halb verflogene Patschuli-Parfüm riechen. In ihrem Haar hing der Geruch von Pot. Sie nahm seinen Kopf in ihre Hände und drehte ihn zu sich. »Wieder Stress auf der Arbeit?«

»Arbeit und Tochter.« Seine Hände brannten. Tonia hatte recht, die Wunden waren wieder aufgerissen, immerhin blutete es nicht stark. »Ich weiß auch nicht. Ich weiß echt nicht, was mit ihr los ist.«

»Wahrscheinlich geht es ihr genauso scheiße wie dir.« Tonia begann, seinen Hals zu küssen. Sie schmiegte sich fester an ihn, und er spürte ihre Brüste, die sich gegen ihn drückten. Als sie sein Ohrläppchen küsste und mit ihrer Zunge umspielte, schoss ihm ein Kribbeln bis unter die Schädeldecke.

Ohne viel Aufhebens umfasste er ihren Kopf mit seinen bandagierten Händen und küsste sie leidenschaftlich.

»Hast mich geweckt, Jan. Das Bett ist schön warm.«

»Da hab ich ’ne bessere Idee.« Kurzerhand hob er sie hoch, trug sie zwischen den Sandsäcken hindurch und am Ring vorbei. Er setzte sie vor sich auf eine schmale Ablage zwischen den Metallspinden. Papiere, Boxhandschuhe, Stifte – er schob alles ruppig zu Boden.

»Da ist aber einer stürmisch!« Tonia lachte, nachdem sie wieder zu Atem gekommen war. »Ja! Komm! Besorg’s mir gleich hier! Los! Komm!«

Jan musste auch lachen. »Ich weiß nicht, Tonia, ob der Porno-Style so gut zu dir passt.«

»Da stehst du doch drauf.« Sie schlang die Beine um seine Hüften. Ihre Hände wuselten an seinem Reißverschluss herum, und er spürte, wie sein Schwanz gegen seine Lederhose drückte. Sie schob sie ihm mit den Füßen ein bisschen runter, während er gierig ihre Jeans packte und sie ihr einfach in die Knie zog, ohne sie zu öffnen. Dann beugte er sich vor, atmete ein paarmal durch …

»Warte mal«, sagte er und öffnete ihre Bluse, übersäte ihren Hals mit Küssen. Sie roch so wundervoll. Er stand auf dieses Patschuli. Langsam ließ er die Küsse zu ihren gepiercten Brüsten gleiten und bemerkte, wie sie sich den Slip abstreifte.

Nach dem Mord an seiner Frau hatte Jan begonnen, jede Woche zwei Mal im Boxkeller zu trainieren. Auch etliche Stunden mit Tonia, doch es war nie etwas zwischen ihnen gewesen. Erst letzten Juli, als die Tage das Leben durch Hitze und Schwüle hinabgedrückt hatten, war er noch nach Ladenschluss geblieben, hatte sich ausgepowert und versucht, den Kopf freizubekommen. Da waren sie sich nach dem Training nähergekommen.

Sie brauchten sich, um sich zu spüren. Sie trainierten, und sie vögelten hin und wieder. Das war's.

Er packte ihren Hals, weil sie es mochte, und drückte sie härter gegen die Wand. Sie fasste ihn am Hintern und zog ihn noch näher an sich. Er spürte, wie feucht sie war. Mit einem Mal hielt er jedoch inne.

»Was ist los?«, wollte sie wissen.

»Ich …«, begann er und spürte seinen pochenden Schwanz. »Ich kann irgendwie nicht …«

Sie sah ihn verdattert an. »Du kannst nicht, oder du *willst* nicht?«

»Ich … ich kann einfach nicht. Ist heute alles zu schnell und … und zu viel.« Er zog sich die Hose hoch. »Mir geht grad zu viel im Kopf rum, tut mir leid.« Es war das erste Mal, dass er sich bei Tonia für irgendetwas entschuldigte.

Das Kuriose daran war: Er konnte nicht einmal genau sagen, wofür er sich entschuldigte. Auf der einen Seite hätte er gerne mit ihr geschlafen, aber andererseits war es irgendwie … nicht richtig.

Es fühlte sich falsch an.

Er nahm ihre Hand und zog sie von der Ablage. »Mit mir stimmt gerade so einiges nicht.«

Abermals musste sie lachen. »Nygård, bei dir stimmt so ziemlich *alles* nicht. Wird mal Zeit, ein bisschen ins Reine zu kommen.«

»Hört, hört«, frotzelte er und grinste schief. »Von der Nutte zur Prophetin.«

Sie las ziemlich sexy ihren Slip auf. »Du weißt doch, das ist der Zauber-Boxkeller der weisen Tonia, der Hexen-Zarin aus Nischni Nowgorod … Und die liebt dein Grinsen und deinen Schwanz. Und deine kaputte Art auch.«

Er nickte und half ihr in die Hose, küsste dabei ihren gepiercten Bauchnabel.

»Du kannst noch mit raufkommen. Ich hab Wodka da, hat mir mein Bruder mitgebracht. Den guten aus Mariinsk. Wir trinken einen, und vielleicht kann ich dich doch noch rumkriegen.«

Er schüttelte lächelnd den Kopf. »Klingt gut.«

18

Wachsam näherte er sich der Wohnungstür von Jan Nygård und blickte sich im Gang um. Der Flur, von dem zwei weitere Wohnungen abgingen, war leer, und er bezweifelte, dass zu so später Stunde noch jemand aufkreuzte. Sanft legte er den Kopf ans Türblatt und lauschte. Von innen war nichts zu hören, kein Fernseher, keine Stereoanlage, kein Computerspiel. Gut.

Ohne zu zögern, holte er seinen akkubetriebenen Lockpicker, ein Gerät, so groß wie eine elektrische Zahnbürste, aus seinem Rucksack, klemmte den kleinen Spanner ins Schloss und setzte den Picker an.

Zwei Sekunden später gab die Tür geräuschlos nach.

Er wischte hinein, schloss so vorsichtig wie möglich die Tür und sah sich um. Der Flur lag im Dunkeln. Er spürte sein Herz hämmern und atmete ein paarmal leise ein und aus.

Er meinte, die Heizung knacken zu hören, das entfernte Atmen des Hauses, aber ansonsten war es vollkommen still.

Das überraschte ihn. Eigentlich hätte er angenommen, ein Bett quietschen zu hören, vielleicht das Schnarchen des Kommissars – aber die Wohnung lag wie unbewohnt da. Er zückte seine Rotlicht-Taschenlampe. Sofort dimmte er sie, so weit es ging, damit sie nicht zu auffällig strahlte. Vor allem wollte er nicht, dass jemand aus der Wohnung auf der gegenüberliegenden Straßenseite misstrauisch wurde.

Er hatte lange genug im Dunkeln gestanden, sodass sich seine Augen an den Schein gewöhnt hatten und er gut sehen konnte.

Leise öffnete er die erste Tür. Eine winzige Küche. Ein schmaler Tisch vor der Zeile. Kaum Platz für zwei. Er trat ein. Sein Lichtkegel strich über die Spüle, sie war voll dreckigem Geschirr. Das feine Ticken einer Uhr erregte seine Aufmerksamkeit. Neben der Tür hing ein Plastikding mit einer bunten Comicfigur, eher ein Modell für ein Kinderzimmer als für eine Küche. Die Augen der Figur leuchteten merkwürdig im Rotlicht.

Er lauschte einen Moment dem Ticken und sah dem Sekundenzeiger zu, der zitternd von Ziffer zu Ziffer sprang.

Die letzte Stunde bestimmen wir, dachte er. Wir allein werden bestimmen, wann dein Stündchen geschlagen hat, Jan Nygård.

Behutsam nahm er die Uhr von der Wand und löste die Batterie heraus. Augenblicklich kehrte Ruhe ein.

Er musste schmunzeln. So war es besser.

Die Zeiger standen still. Die Zeit stand still.

Als er die Uhr zurückhängte, lief ein Tropfen Blut seinen Finger entlang und hinterließ eine Spur auf dem Ziffernblatt.

Erstaunt kontrollierte er seinen Verband. Seine Wunde hatte wieder zu bluten begonnen und das Pflaster durchtränkt. Das Blut sah im roten Licht wie schwarze Tinte aus.

Lächelnd drückte er darauf herum und beobachtete, wie sich ein zweiter Tropfen bildete. Er stippte seinen Finger hinein und verpasste der Uhr einen zweiten Tropfen. Langsam rann er hinunter, zog eine Linie über die fröhliche Comicfigur.

In aller Seelenruhe sah er zu, bevor er ohne ein Geräusch die Küche verließ und sich dem nächsten Raum widmete.

Die typische Couch mit dem Fernseher gab es nicht, dafür zwei Stühle an einem alten Küchentisch. Jemand hatte

Plakate an die sonst kahlen Wände gepinnt, um den Raum irgendwie wohnlich zu machen. In einer Ecke stapelten sich gut hundert Bücher fast bis zur Decke. Wahrscheinlich, weil noch keine Regale aufgebaut waren. In der Mitte des Raums stand ein Wäscheständer, und neben einem Schrank wartete ein schmales Bord auf seinen Aufbau. Die Bretter lehnten an gut einem Dutzend Umzugskartons. Sie waren staubig. Er ließ den Kegel der Taschenlampe durch den Raum gleiten, entdeckte aber nichts, das ihn wirklich interessierte. Er würde gleich noch einmal wiederkommen und den Schrank absuchen.

Als Nächstes schlich er den Flur entlang, löschte die Lampe und öffnete die Tür zu einem der Zimmer. Es war eindeutig ein Mädchenzimmer und wesentlich wohnlicher. Nach den Plakaten sowie dem Schmuck auf dem Schreibtisch zu urteilen, war das Kind nicht mehr so jung. Nygårds Tochter war sicherlich ein Teenager, wenn nicht schon erwachsen.

Lautlos schob er sich in den schmalen Raum und leuchtete erneut.

Das Bett war leer. Er ließ eine Hand über das Kissen und unter die Decke gleiten. Alles kalt. Auf dem Nachttisch sah er einen Digitalwecker. Er schaltete ihn aus und erfreute sich daran, dass auf dem Knopf auch ein wenig Blut von ihm zurückblieb. Sicher würde das LKA alles analysieren und in sämtlichen Datenbanken nachsehen, die sie anzapfen konnten. Allerdings war er sich sicher, dass sie nichts finden würden.

Er widmete sich dem Schrank, ließ das Licht seiner Lampe über T-Shirts, Pullover und schließlich über Slips sowie BHs gleiten. Einen mit Spitze hob er hoch und befühlte im Schein des roten Lichts den Stoff, dann legte er ihn zurück.

Nachdem er ein wenig in den Schubladen des Schreibtischs gewühlt und herausgefunden hatte, dass sie Leonie hieß und eine Lehre als Tischlerin machte, verließ er das Zimmer.

Er wandte sich der letzten Tür zu. Abermals schaltete er seine Taschenlampe aus. Lautlos lugte er durch den Türspalt und stellte enttäuscht fest, dass auch dieses Zimmer leer war.

Im Schein seiner Lampe huschte er als glühender Schatten durch das Schummerlicht. Durch runtergelassene Jalousien fiel spärlicher Lampenschein aus dem Hinterhof herein und mischte sich mit dem Lichtstrahl seiner Taschenlampe. Anstelle eines Nachttisches gab es nur einen Umzugskarton. Auch dieses Zimmer war erst halbwegs eingerichtet. Immerhin zeigte ein altertümlicher Analogwecker mit wunderbar schlanken Zeigern die Zeit. Er ging fünf Minuten vor. Mit einem zufriedenen Seufzen stoppte er auch ihn, wischte eine Linie mit seinem verschmierten Finger aufs Ziffernblatt und stellte ihn akkurat zurück.

Wir bestimmen, wie die Zeit vergeht. Wir sagen dir, wann eine neue anbricht, Nygård.

Nachdem er sich umgesehen hatte, öffnete er die Kartons und durchstöberte Nygårds Kleiderschrank.

Unter ein paar Bikerklamotten strich sein Licht über einen Gegenstand, der im roten Schein funkelte. Erst dachte er an einen mit Nieten besetzten Gürtel, doch es war eine verzierte Schachtel. Fröhliche Muster aus Strass, aufgemalte Ranken und Herzen schmückten mehrere aufgeklebte Fotos. Leonie hatte sie wohl mit Aufnahmen ihrer Mutter und ihres Vaters beklebt.

Er wandte sich zum Doppelbett um und ließ das Licht wandern. Die rot glühenden Täler und Berge des Bettzeugs zeigten ihm, dass Nygård alleine schlief. Keine Spur von einer Frau – auch nicht im Zimmer. Es gab nur einen einzigen Nachttisch, und im Schrank hingen bloß zwei Kleider. So hingeschoben, als wären sie seit Monaten, vielleicht seit Jahren nicht herausgenommen worden.

Er setzte sich aufs Bett und öffnete die Schachtel. Unter einigen Kettchen und Ringen, die alle nicht viel wert zu sein schienen, lag ein dickes Fotoalbum. Behutsam zog er es heraus und begann zu blättern.

Es waren Aufnahmen aus einem fremden Land. Die Küste und die Nummernschilder sprachen jedenfalls dafür. Vielleicht stammten sie aus Finnland, Norwegen oder Schweden. Eine glückliche Familie Ende der Siebziger-, Anfang der Achtzigerjahre. Drei Kinder, zwei Töchter und ein Sohn, von dem er annahm, dass es sich um den Kommissar handelte.

Bilder einer paradiesischen, ungestörten Kindheit. Sie zeigten Jan Nygård beim Angeln, im hohen Schnee, auf flachen Felsen, die in ein ruhiges Meer ragten. Die meisten Fotos waren das übliche Trara. Weihnachtsfeste, Osterfeiern und ein Fest, bei dem Jungen und Mädchen, allesamt in Trachten und herausgeputzt, um einen aufgestellten Baum tanzten. War das eine Sonnenwendfeier? Wie hieß das noch? Mittsommer? Er hatte sich stets mehr für die südlichen Länder interessiert, für Italien, Südfrankreich, Spanien und niemals für den Norden. Der Norden war ihm zu kalt, zu dunkel und zu schroff. Er brauchte Wärme, Kunst und Kultur und das Lebensgefühl des Südens.

Er blätterte weiter. Im Schein der Taschenlampe tauchten interessantere Fotos auf, denn der Junge wuchs zu einem Teenager heran und schließlich zu einem jungen Mann. Die Familie trat in den Hintergrund, es folgten intimere Aufnahmen, die den Kommissar alleine zeigten. Nachdenklich an der Küste, lachend wohl in seinem ersten Auto. Schließlich sah er ihn, wie er ein junges Mädchen küsste und mit ein paar anderen dumme Faxen machte. Dann die Aufnahme an der Polizeischule, die erste Wohnung.

Nach sieben Seiten brachen die Aufnahmen ab, und ein paar leere Seiten folgten, bevor es mit einem anderen Lebensabschnitt weiterging. Es war, als hätte jemand bewusst ein neues Kapitel aufgeschlagen, indem er ein paar Leerzeilen eingeschoben hatte.

Jan heiratete eine Frau mit ausdrucksstarken Gesichtszügen. Den Fotos nach zu urteilen war sie jemand, der das Heft in der Hand hielt. Sie sah durchsetzungsfähig aus, ohne herrisch zu wirken. Dafür lachte sie zu viel und zu offen. Eine Hochzeit in Weiß, romantische Bilder mit Motorrad. Die Geburt der Tochter Leonie.

Ihm wurde langweilig. Er schlug Seite um Seite um. Die Harmonie zwischen dieser Frau, dem Kommissar und seiner Tochter wollte nicht enden.

Das letzte Foto war ein Bild mit Trauerflor und einem Sterbedatum. Es erklärte, weswegen nur eine Decke auf dem Bett lag: Es zeigte Nygårds Frau, lächelnd. Und seiner Schätzung nach höchstens Mitte vierzig.

Das Datum sagte ihm, dass ihre Zeit vor drei Jahren ein für alle Mal abgelaufen war.

Ihr Uhrwerk stand für immer still.

19

Jan ließ sein Motorrad die letzten Meter ausrollen und stellte es vor den schneebedeckten Büschen ab. Nach ein paar Schritten war er auf der Böschung. Vor Jahren hatte er durch Zufall dieses Plätzchen gefunden, von dem aus man wunderbar über die Elbe blicken und – von aller Welt ungestört – zusehen konnte, wie sich der breite Strom in einer sanften Biegung gen Nordsee wälzte.

Er spürte den guten Beluga-Wodka. Er hatte ein paar Gläschen zu viel davon getrunken und sich mit Tonia tatsächlich über Leonie unterhalten. Über ihre Tischlerlehre und über ihren Streit. Es hatte gutgetan, mit ihr zu reden, aber es hatte auch Fragen aufgeworfen: Wie sollten Leonie und er sich jemals vertrauen, wenn er ihr keine Luft zum Atmen ließ? Aber wie konnte er – der er nicht mal in der Lage gewesen war, ihre Mutter zu beschützen – sie ziehen lassen?

Obwohl er hundemüde und angetrunken war, hatte er kein Taxi kommen lassen, sondern sein Motorrad genommen. Er war ohne Hast durch den Schnee gefahren, hatte gebetet, dass ihn keine Streife anhielt, und sich entschieden, noch an die Elbe zu fahren.

Er musste weiter runterkommen, entspannen und nachdenken.

Irgendetwas musste geschehen. Musste einfach. So konnte es nicht weitergehen – er musste seine innere Mitte finden. Zurück zu sich und zurück zu seiner Tochter.

Ihm war klar, dass er Leonie seit Jahren verloren hatte, seit dem Abend in diesem Supermarkt.

Nur das Beste für sie!

Ihm war bloß nicht klar, wie er sie wiederfinden sollte. Leonie hatte verdammt recht. Noch zweieinhalb Monate, und sie würde achtzehn sein. Sie hatte seit einem knappen halben Jahr ihren Schulabschluss und war äußerst eigenständig – auch, weil er so oft Überstunden machte. Irgendwie musste er es schaffen, sie ihr eigenes Leben leben zu lassen …

Nur das Beste für sie!

Er seufzte, kramte aus seinem Bikerrucksack den alten Discman, setzte sich die schweren Kopfhörer auf und stellte die Lautstärke auf volle Pulle.

Während Mahlers Siebte langsam und schwer heranrollte, sah er dem Fluss nach und drehte sich eine Zigarette. Adagio. Adagio.

Auch Annas Worte hallten in ihm nach. War er tatsächlich so unbeherrscht und wütend, nur um sich zu schützen? Um nicht einsehen zu müssen, dass er einsam war? Zurückgezogen und extrem verletzlich?

Er nahm einen ersten Zug und spürte, wie der herbe Geschmack seinen Mund füllte und der Rauch durch den Hals bis in die Lungen strömte. Auch so ein Laster.

Harte Schale, weicher Kern. Was für ein Schwachsinn.

Aber als dieser Tim ihm auch noch frech gekommen war, Leonies Hand gegriffen und sie auf den Steg zum Boot hatte ziehen wollen, da hatte Jan keinen Ausweg mehr gesehen.

Er hatte schon einmal zu viel diskutiert. Damals. In diesem Supermarkt. Zu viele Worte und Blut hatten sich schließlich mit billiger Limonade vermischt. Dieses Zögern würde er sich niemals verzeihen.

Sei schneller als die bösen Jungs, sagte er zu sich. Jan, du musst schnell und hart sein. Lass den Gegner nicht kommen.

Deswegen hatte er zugeschlagen?

Er nahm noch einen Zug.

Oder weil … Ja, Anna hatte recht … weil er sich so hilflos gefühlt hatte, weil es ihm Sicherheit gab. Der Schlag ins Gesicht dieses Milchbubis hatte ihn wieder leben lassen, zumindest eine Sekunde lang. Für einen verdammten Lidschlag hatte er Boden unter den Füßen gehabt. War die Gewalt nichts als der hilflose Versuch, Kontrolle zu erlangen?

Gunvalds Hände. Die gleichen Hände wie seine. *Er zieht die Tür zu. Die Kälte in der Hütte und die Dunkelheit stürzen auf Jan ein.*

Kontrolle. Gunvald hatte immer Kontrolle gewollt. Er hatte ihn und seine Mutter kontrollieren wollen, doch alles verloren.

Und er hockt da im Dunkeln zwischen den Gartengeräten und der Werkbank. Und holt die Fellmütze heraus. Sie ist gut gegen die Kälte, und wenn er die Ohrenklappen losbindet und fest auf die Ohren drückt, dann hört er seine Mutter nicht länger schreien, während Gunvald zuschlägt und …

Jan atmete aus und sah der Wolke aus frierender Luft zu, wie sie in den Himmel stieg.

Es hatte Tage gegeben, da hatte er sich nur in Tonias Boxkeller lebendig gefühlt. Schlag um Schlag, Hieb um Hieb, ein Stückchen lebendiger. Ein paar Monate lang hatte er gedacht, so seine Wut unter Kontrolle zu bekommen. Indem er sie einfach hinausboxte, hinausschwitzte, sie ins Leben und in diese Boxsäcke hieb. Er wollte sie mit Schweiß und Sport ertränken. Aber es hatte nicht funktioniert. Der Vorfall mit Tim Roger war ein bitteres und eindeutiges Indiz dafür, dass seine Boxkeller-Therapie für den Orkus war.

Er zog an der Zigarette und sah der Elbe zu. Die Celli setzten ein.

Es kann nicht sein, dass ich mich nur dann lebendig fühle, wenn ich jemand anderen schlage. Das darf nicht passieren. Dieser Mensch bin ich nicht.

Als er den Rauch ausblies, verteilte er sich grazil zwischen den schneebedeckten Ästen einer jungen Esche. Er sah einen Moment lang wie eine gezeichnete Wolke aus, die schließlich zu einem diffusen Nebel wurde und verblasste.

Vielleicht sollte er tatsächlich mit Anna reden. Möglicherweise konnte er alles loswerden, indem er endlich mit jemand anderem, einem Profi, ehrlich über die Nacht im Supermarkt und seine Ängste sprach. Sehr viel intimer mit jemandem sprach als mit Tonia.

Der Gedanke, mit Anna Wasmuth zu reden, fühlte sich mit einem Mal gar nicht so schlimm an. Außerdem musste er sich eingestehen, dass er ihre direkte Art mochte. Sie ließ sich von niemandem etwas sagen. Das gefiel ihm. Er kannte sie erst seit wenigen Stunden, aber er fand, sie hatte sich bisher wacker geschlagen.

Mit einem Mal bemerkte er, wie er bei dem Gedanken an sie lächeln musste. Ein feines, nachdenkliches Schmunzeln.

Seltsam, dachte er. Das ist dir seit Hannahs Tod nicht mehr passiert. Dass du lächeln musst, wenn du an eine Frau denkst.

Jäklar! Ich brauche echt professionelle Hilfe.

Sein Lächeln wurde breiter.

Professionelle Hilfe. Vielleicht bei einem Glas Rotwein?

Die Wolken rissen ein wenig auf, und ein paar Sterne, nur eine Handvoll, funkelten auf der Elbe.

Du bist gut, dachte Jan. Du weißt gar nicht, ob du das noch kannst. Flirten. Dich auf eine Frau einlassen.

Er holte tief Luft.

Vielleicht hast du das für immer verlernt?

Jan fror trotz Tonias Wodka, als er eine halbe Stunde später die Treppe zu seiner Wohnung nahm. Er streifte die feuchten Motorradhandschuhe ab und wollte seine Tür entriegeln, aber die war bloß ins Schloss gefallen. Wahrscheinlich hatte er sie nicht abgeschlossen, als er, aufgebracht wegen Leonies Verschwinden, losgeeilt war.

Im Eintreten streifte er den Helm ab und merkte, dass er wegen des Alkohols viel zu polternd herumhantierte. Da fiel sein Blick auf die Küchentür.

Sie stand offen.

»Leonie?«, flüsterte er, in der Hoffnung, sie könne zurückgekehrt sein.

Niemand antwortete. Jan zog seine Jacke aus und warf sie zum Helm auf die Umzugskiste im Flur, dann streifte er sich die nassen Stiefel ab und betrat die Küche. Alles sah aus wie immer.

Neben der Mikrowelle hing das Medizinschränkchen. Er holte eine Packung Aspirin heraus und goss sich ein Glas Wasser ein. Dann nahm er prophylaktisch schon mal zwei für den morgigen Kater.

Plötzlich schmetterte etwas gegen seinen Kopf. Jan wurde zur Seite geschleudert, die Beine wurden ihm weggetreten. Er krachte gegen die Kante der Küchenzeile, rammte sich das Glas halb in den Mund. Seine Oberlippe platzte. Blut spritzte bis in seine Augen. Bevor er begriff, was geschah, spürte er etwas um seinen Hals. Jemand zog mit brutaler Kraft …

Gürtel. Was …?

Jans Blut tropfte auf die Fliesen, er ließ den Ellbogen nach hinten schnellen. Daneben.

Der Zug wurde noch stärker, die Schlinge schnitt in seinen Hals. Knie im Rücken, jemand stemmte sich mit aller Kraft in den Zug. Jan schlug um sich.

Wichser! Du …

Die Luft blieb ihm weg. Er griff mit der Linken in den Gürtel, wollte die Finger darunterschieben, versuchte verzweifelt, mit der Rechten den Angreifer zu packen und …

Leonie, schoss es ihm durch den Kopf. Wenn er keine Kraft mehr hatte, wenn er starb, was würde dieser Kerl mit seiner Tochter anstellen? … Leonie!

Jan stieß sich von der Küchenzeile ab, stemmte sich mit all seiner Kraft gegen den Angreifer. Sie prallten gegen den Tisch, er riss ihn zu Boden. Endlich etwas Luft. Sein Kopf fuhr herum.

Da! Ein Schatten. Ein Mann mit krausen Haaren würgte ihn noch immer.

Jan verpasste ihm einen Schlag. In die Seite. In den Magen. Noch mal. Der Typ stöhnte auf.

Mit aller Kraft riss Jan sich los, warf den Mann zu Boden. Der Gürtel rutschte weg. Atmen. Endlich! Da. Er war über ihm, über diesem Krauskopf! Jan hustete, rang nach Luft.

Arschloch! Komm!

Keuchend und spuckend packte er den Angreifer, drosch ihm mit der Rechten an die Schläfe, ins Gesicht. Da spürte er etwas in seiner Seite. Ein Messer?

Es drang tief ein. Ein Stich bis in die Rippen. Warmes Blut und …

Mit aller Kraft packte er das krause Haar, donnerte den Schädel dieses Arschlochs auf den Boden, griff sich das Messer, das in seiner Seite steckte und …

Mit einem Mal blieb Jan die Spucke weg. Er spürte keine Schmerzen. Nur die Wärme seines Blutes. Es lief an der Seite hinab, tränkte sein Hemd. Er wollte noch einmal den Kopf des Angreifers auf den Boden schmettern, aber sein Arm war ganz taub, seine ganze Seite wurde gefühllos und …

Es war kein Messer, das in ihm steckte. Es war eine stattliche Spritze.

Ihm wurde schwarz vor Augen. Seine Hände gehorchten ihm nicht mehr. Jan konnte den Arm nicht heben, spürte ihn nicht länger. Wo war der Schmerz in seinem Hals? Das Pochen seiner Oberlippe? Das Brennen des Einstichs?

Da war nichts mehr. Alles fort.

Da waren nur kurze Blitze. Licht tanzte vor seinen Augen, und dann war auch das weg. Einfach fort.

Betäubt kippte Jan zur Seite, blieb schwer atmend liegen.

20

Lichtinseln wuchsen zusammen, Schatten zeichneten sich ab. Das Farbgemisch eines irren Malers vor Jans Augen wurde mit jedem Atemzug mehr zu dem, was er für real hielt.

Er zitterte am ganzen Körper. Verzweifelt versuchte er, etwas im Raum zu fixieren. Aber alles drehte sich und kippte weg. Keuchend und hustend kam er zu Bewusstsein, doch auch die Wand neben ihm war aus dem Lot, türmte sich auf und krümmte sich wie eine Welle über seinem Kopf. Er sah immer noch verzerrt, oder …?

Endlich wurde das Kreiseln langsamer und hörte schließlich ganz auf. Die Schemen und Linien versuchten nicht länger, in einem irren Reigen zu entkommen, sondern zeichneten sich allmählich klarer ab.

Erst jetzt bemerkte er, dass die Wand neben ihm tatsächlich gewölbt war. Es war der Rumpf eines Bootes, dessen Deck mit dicken Plastikplanen abgedeckt war. Sie bauschten sich an einigen Stellen auf, hingen vom Deck herab und formten gischtende Kronen stürmischer Wellen. Dem abblätternden Anstrich des Rumpfs nach zu urteilen, handelte es sich um ein älteres Schiff. Ein Segelboot wahrscheinlich.

Jans Kopf dröhnte, und als er über seine Lippen leckte, spürte er getrocknetes Blut. Nur fragmentarisch tauchten vor seinem inneren Auge Erinnerungen auf. Sand. Palmen. Das Café. Er hatte mit Leonie gestritten, ja … Und dann … Boxen und abreagieren, ja.

Er horchte in sich hinein, aber da war nichts mehr. Keine Bilder, bloß Ahnungen, die nicht zuzuordnen waren.

Wo war er?
Wie war er hierhergekommen?
Wieso saß er auf dem Boden?

Er versuchte, sich zu bewegen, aber seine Arme und Beine wirkten wie festgeklebt. Sie waren vollkommen taub.

Sein Blick glitt hoch zu den Fenstern. Draußen war noch immer Nacht. Wie spät war es? Jan hatte keine Ahnung, ob er nur wenige Sekunden oder gar Tage bewusstlos gewesen war. Schwer zu sagen, ob er in einer anderen Stadt war. Er lauschte und versuchte zu ergründen, ob er etwas hören konnte – ein Schiff, das bekannte Glockenspiel eines Kirchturms, Flugzeuglärm … Irgendetwas, das ihm verraten konnte, wo genau er steckte.

Durch die teils zerstörten Scheiben fiel leichter Schnee.

Sein Gesicht brannte wie nach einem Boxkampf.

Er wollte sich aufrichten, aber ein Schmerz durchzuckte seine Seite. Blut hatte sein Hemd getränkt, seine Lederhose war auch voll davon. Als er nach der Wunde tasten wollte, gehorchten ihm zwar endlich die Muskeln, allerdings war er festgebunden. Jemand hatte ihm die Arme hinter dem Rücken gefesselt.

Jäklar!

Er horchte. Ein Radio spielte leise. Im Hintergrund meinte er Stimmen auszumachen.

Ein Mann. Er sprach mit einer Frau. Ja. Da war eine Frau, oder?

Sie gab Anweisungen … Jetzt meinte Jan, sie deutlicher zu hören – oder spielten seine Sinne ihm nur einen Streich? Sprach der Mann mit sich selbst? Schwer zu sagen. Ein Wimmern setzte ein. Da war tatsächlich noch jemand. Eine weitere Frau, sie schien Schmerzen zu haben …

Plötzlich wurden Strahler angeschaltet. Licht und Hitze

brannten auf seinem von Schlägen malträtierten Gesicht und stachen wie Dornen in seinem Kopf. Stöhnend schloss er die Augen, doch er zwang sich, gegen den Schmerz anzukämpfen und sich weiter umzusehen.

Eine Werkhalle. Lange Plastikplanen waren nicht nur über das Deck des Bootes gebreitet, sondern hingen von der Decke und trennten den Raum in der Mitte ab. Unterhalb der Fenster konnte er einen Brückenkran erkennen. Der Stahlträger, der auf Schienen die ganze Länge der Halle abfahren konnte, sah aus, als wäre er Jahrzehnte alt. Die Farbe war abgeblättert, und überall hatte sich der Rost wie Pockennarben auf das Metall gesetzt.

Jan konnte niemanden sehen. Doch er war nicht allein.

»Herr Nygård«, hörte er eine freundliche Stimme sagen, und ein Schatten schob sich vor das grelle Licht. »Wie schön. Wie geplant sind Sie rechtzeitig zurück.«

Jan sparte sich eine Antwort. Fieberhaft suchte er nach einem Weg, sich zu befreien. Womit war er festgebunden? Ein Seil? Nein. Wie er es ertasten konnte, hatte man ihm wie in einem mittelalterlichen Kerker Eisenringe um die Handgelenke gelegt. Immerhin konnte er die Füße bewegen. Vielleich bot ihm das eine Möglichkeit.

»Warum so still?« Keinen Meter entfernt vor Jan erschien ein starr lächelndes Gesicht. Es war der Typ in dem roten Hoodie, der mit der verspiegelten Brille. Die starrende Fratze aus Naims Callshop.

Allerdings sah er sehr viel *mitgenommener* aus als auf dem Video. Jemand hatte ihm hart zugesetzt.

War ich das? … Ja. Sehr gut.

Anscheinend hatte er ihm die Nase gebrochen, denn der Typ hatte sie mit starren Pflastern stabilisiert. Jan konnte sich nicht mehr wirklich erinnern. Die Oberlippe des Mannes war aufgeplatzt, ebenso die linke Wange.

Der Typ legte den Kopf schief und lüpfte seine verspiegelte Brille. Seine Augen waren blutunterlaufen. Eine komplette Blutung des Bindegewebes. Wahrscheinlich, so hatte es Jan schon selbst erlebt, infolge des Nasenbeinbruchs.

»Ich weiß, ich mache nicht den besten Eindruck – aber bei einer Vorführung kommt es nicht darauf an, wie der Regisseur aussieht. Es kommt auf seine Darsteller an und auf seine Kreativität. Es kommt darauf an, ob er alle Fäden in der Hand hält und sein Publikum begeistern kann. Ich habe doch recht?«

Jan dachte gar nicht daran, zu antworten. Fieberhaft sah er sich im Raum um, suchte nach einem Ausweg.

Der neue Puppenmacher bemerkte seine Blicke. »Wie ich sehe, sind Sie schon gespannt, Herr Nygård. Das freut uns. Die Vorstellung beginnt in wenigen Minuten.«

»Warum bin ich hier?«, keuchte er schließlich, wenngleich es ihn anwiderte, auch nur ein Wort mit diesem Verrückten zu wechseln. Andererseits wusste er, dass Reden die beste Möglichkeit war, etwas über den Täter herauszufinden. Und er konnte ein bisschen Zeit schinden, um hier rauszukommen …

Auf dem Boden um ihn herum war getrocknetes Blut zu sehen. Nicht seins. Jan war eindeutig nicht der Erste, den man hier gefesselt hatte. Weiter hinten stand eine Liege. Dunkle Flecken auf dem aufgerissenen Betonboden ließen nichts Gutes ahnen. Er verengte die Nasenflügel. Der Geruch von Blut und Urin hing in der Luft …

Wo waren die Frauen?

Hast du Wichser noch mehr Opfer in deiner Gewalt?

»Seit Langem bewegt mich der Gedanke, jemand sollte unserer Darbietung beiwohnen.«

»Darbietung?«, brachte Jan stöhnend hervor. »Sie meinen Ihre Morde? Wo ist Ihr Opfer? Oder sind es mehrere?«

»Das werden Sie gleich sehen. Wie der Baron de Montesquieu schon sagte: ›Die Erwartung ist eine Kette, die alle unsere Freuden verbindet.‹« Lächelnd ging er ein paar Schritte nach rechts und blieb vor einem Gestell mit mehreren Apparaten stehen. Jan vermutete, dass es sich um medizinische Geräte handelte. Soweit er es erkennen konnte, hatten sie Schläuche, Kabel und simple Displays zur Überwachung von Patienten.

»Wir wollen es doch nicht zu übereilt angehen.« Der Mann schob das Rack beiseite, um dem Licht eines weiteren Strahlers Platz zu machen.

»Wieso seit Langem?«

Der Mann hielt inne. »Was meinen Sie?«

»Sie sagten, dass Sie lange überlegt haben, ob Sie jemandem Ihre ... *Darbietung* ... zeigen sollten.«

Noch einmal baute sich der Mann vor Jan auf und blickte eisig auf ihn hinab. »Ich glaube, dass echte Kunst nur dann zu Kunst wird, Herr Nygård, wenn andere daran teilhaben dürfen.« Für den Bruchteil einer Sekunde huschte sein Blick über ihn hinweg, als suchte er jemanden im Dunkeln. »Doch es gibt auch Menschen, die das ganz anders sehen.«

»Wer sieht es denn anders?« Jan gelang es, mit der einen Hand die Fessel der anderen abzutasten. Es gefiel ihm nicht, was er da spürte. Die Metallringe waren massiv und schlossen sich perfekt um die Handgelenke. Vielleicht würde es ihm gelingen, die Kette aus der Halterung an der Wand zu reißen – wobei er die Befestigung noch nicht gesehen hatte.

Aber dafür würde er Zeit brauchen. Sehr viel Zeit.

Mareike sah an sich hinab. In ihren Oberschenkeln hatte er Ösen angebracht. Dünne Seile führten hinauf zum Kran an der Decke. Ein extrem reißfestes Material.

Die Verbände um ihre Hände hatte er entfernt. Ein Blick auf ihre Linke zeigte ihr, dass die Wunde noch nicht verheilt war. Blut und Wasser – oder was immer es war – tropften bei jeder noch so kleinen Bewegung hinab auf den Betonboden.

Sie wünschte sich so sehr, dass sie endlich aus diesem Albtraum erwachte. Aber er ließ es nicht zu. Mit jeder Minute wurde es schlimmer. Sie meinte, weitere Ösen an ihren Schultern zu spüren. Und sie trug eine Art Korsett. Er hatte ihr etwas unter die Achseln geschoben und sie daran aufgehängt.

Mareike hing, an den Fäden aufgeschnürt, gute drei Meter über dem Boden.

Sie horchte, versuchte, den Kopf schiefzulegen, aber etwas hakte … Ihr Kopf hakte. Ja, ein besseres Wort fiel ihr nicht ein. Er hakte. Der Kopf.

Das liegt an der Öse. Das liegt an der Öse in deinem Kopf!

Oh Gott! Das war so krank … Wie gestört muss jemand sein, drang es durch ihre vernebelten Gedanken, der anderen so etwas antut. *Dir* so etwas antut …

Was er in den letzten Stunden mit ihr angestellt hatte, das hätte sie nie im Leben für möglich gehalten. Sie war ein vollkommen anderer Mensch. Sie war … Mareike spürte Übelkeit in sich aufsteigen und sah an sich hinab.

»Schau, wie wunderschön du angezogen bist, so perfekt«, hatte er zu ihr gesagt und ihr das Dekolleté zurechtgerückt. Dann hatte er ihr bunte Schleifen ins Haar gebunden. Hübsche Zöpfe. Sie wippten, wenn sie sich bewegte.

Er hatte sie in ein rosarotes Ballettkleidchen voller Rüschen gesteckt, ihr knielange schwarze Nylonstrümpfe angezogen und auffallende Sandaletten in neongelber Farbe. Als er ihr einen Spiegel hingehalten hatte, war Mareike kurioserweise ganz entzückt gewesen.

Entzückt … und gleichzeitig hatte sie gespürt, dass sie sterben würde. Nachdem sie ihn nicht hatte töten können, war ihr schnell bewusst geworden, dass sie ihm niemals entkommen würde.

Zu ihrer Verzweiflung und all den Schmerzen war in den letzten Stunden etwas Neues hinzugekommen.

Etwas, das Mareike nie für möglich gehalten hätte.

Das Gefühl, wahnsinnig zu werden.

Ein Abgrund hatte sich in ihr aufgetan. Und sie blickte in diesen Abgrund, in die Schwärze, die sie unaufhörlich anzog und ihr zuflüsterte: *Komm zu mir, wirf dich in mich hinein, und du wirst für immer verschlungen werden. Dein Horror wird ein Ende haben. Du wirst nicht mehr leiden. Du musst nur nachgeben, Mareike …*

Er hat dich angezogen wie ein Manga-Mädchen, dachte sie, als sie an sich hinabblickte. Als müsstest du mit ihm auf ein Cosplayer-Treffen gehen. Haha. Wenn dich der Prinz küsst, gehst du mit ihm auf diese Messe, wo lauter verkleidete Freaks rumlaufen. Versuch doch mal zu kichern. Versuch doch mal zu kieksen, so wie diese Girls in den japanischen Comicfilmen.

Jetzt tat sie es tatsächlich. Mareike kicherte ein paarmal und hörte ihrer seltsam fremden Stimme zu, wie sie zwischen den Plastikplanen hin und her geworfen wurde.

Du hast nicht mehr alle Tassen im Schrank – aber dafür eine Öse im Kopf. Haha, dachte sie. Lustig. Und du kannst fliegen. Vielleicht bist du wirklich eine Comic-Heldin.

Was für hübsch lackierte Nägel du hast. Ein bisschen zu

grob über den Rand gepinselt. Da muss er noch üben, der Prinz.

Ihr Blick fiel auf ihre rechte Hand. Auch hier hatte er den Verband entfernt, dafür hatte er Draht um ihre Finger gewickelt.

Damit ich meinen Zeigefinger gut sehe, dachte sie. Damit ich …

Mareike musste wieder kichern. Sie spürte ihren Finger nicht, genauso wenig wie ihre Hand, aber sie erkannte endlich, was sie umfasst hielt: eine schwarze, kalte Pistole.

Und ihr Zeigefinger, der mit dem schlecht lackierten dunkelblauen Nagellack, er lag auf dem Abzug.

Um ihren Finger, der mit Draht etwas versteift war, hatte er ein Stück Anglerschnur geknotet. *Er braucht bloß zu ziehen, und …*

Für einen winzigen Moment weigerte sich ihr Verstand, den Gedanken zu Ende zu führen. Dann spürte sie erneut den Sog des Abgrunds.

Ich bin hier, Mareike …

Vielleicht hast du Glück, Mareike, und er will, dass du dich selbst erschießt, dachte sie. Wäre doch ein feines Spielchen. Das Mangamädchen hält sich die Pistole an den Kopf und drückt ab.

Ich warte hier … Hier im schwarzen Schlund … Dann hat der Wahnsinn ein Ende. Stürz dich einfach rein ins Dunkel. Siehst du mich? Ich bin hier unten.

Ich … ich sehe dich, flüsterte sie lautlos.

Komm zu mir ins Dunkel, Mareike! Ich bin die Tür, die man nur zu einer Seite aufstoßen kann. Bei mir bist du in Sicherheit. Er wird dich nicht bis ins Dunkel verfolgen können. Wenn du hindurchtrittst, wenn du in den Schlund gehst, dann bist du für immer vor ihm verborgen. Und alle

Schmerzen enden. Egal, ob du dir eine Kugel in den Kopf jagst oder nicht … Komm näher.

Sie starrte auf die Plane, die vor ihr hing, und versuchte, sich auf die verschwommenen Farben dahinter zu konzentrieren. Denk nicht an die Schwärze, ermahnte sie sich mit dem letzten Rest Verstand, der ihr geblieben war.

Sie wollte schlucken, aber ihr Hals war viel zu trocken. Ein letztes Mal versuchte sie, ihre Beine zu bewegen, die Arme. Es gelang ihr nicht. Er hatte ihr irgendetwas gespritzt – oder hatte er gar ihre Bänder und Sehnen durchtrennt?

Wozu brauchst du die? Wenn er mit dir spielt, helfen dir keine Muskeln. Komm hier runter zu mir!

Ja, dachte sie. Er spielt mit mir … Er spielt doch mit mir?

Natürlich, Dummerchen. Du bist doch seine liebste Puppe. Schau dich an, wie hübsch du bist.

Ja … Ich … ich bin hübsch.

»Wer sieht es denn anders?«, rief Jan, so laut er konnte. Selbst das Rufen strengte ihn an. Der Mann im roten Hoodie, der mittlerweile zu einem dicken Plastikvorhang getreten war und vor dem Lichtstrahler stand, bedeutete ihm unwirsch, still zu sein. Dann richtete er den Kopf zur Decke und schien abzuwarten. Als horchte er auf ein fremdes Signal, auf einen Startschuss oder auf irgendetwas, das nun folgen sollte.

Jan zog an den Ketten, aber sie saßen zu fest. Das Metall drückte sich in seine Handgelenke. Er versuchte, all seine Kraft zu bündeln, riss und zerrte … vergeblich. Die Ösen in der Wand schienen sich nicht mal einen Millimeter zu lockern.

Verdammte Scheiße! Das darf nicht sein. Das darf ein-

fach nicht passieren … Du musst hier raus! Jan! Achte nicht auf ihn. Achte nicht auf diesen Verrückten vor dem Vorhang. Der erzählt nur Mist. Du musst hier raus!

Er riss an der Kette. Wieder und wieder und …

Plötzlich setzte Musik ein. Jan kannte sie. Es war der Walkürenritt von Wagner.

Statt Todesengeln oder waffenstarrenden Helikoptern flog Licht herbei. Mehrere Strahler drehten sich zu dem Mann um, der noch immer, einem Zirkusdirektor gleich, vor der Plane stand. Und genussvoll der Musik lauschte, während das Licht auf den Gläsern seiner Sonnenbrille glitzerte.

Er wartete den Höhepunkt ab, selig lächelnd … Und als die Trompeten, Hörner und Posaunen erschallten, riss er die Plane beiseite.

Der Anblick war schockierend und faszinierend zugleich.

Unter der Hallendecke hingen zwei Frauen.

Die eine Frau war nackt. Er hatte sie komplett rasiert, sodass sie überhaupt keine Haare mehr aufwies. Dafür war sie wie für einen Bühnenauftritt geschminkt. Sie hielt etwas in der Hand, das wie ein totes Tier aussah. Eine Katze?

Die andere Frau vor ihr sah noch verstörender aus. Sie trug Zöpfe, Kniestrümpfe und grellfarbene Schuhe zu einem seltsam mädchenhaft-fröhlich wirkenden rosa Rüschenkleid. Sie erinnerte ihn an ein Schulmädchen aus den Fünfzigerjahren, wenn nicht die Neonschuhe und die eher aufreizenden Strümpfe gewesen wären.

Wie Heldinnen in japanischen Comics, schoss es Jan durch den Kopf.

Mit einem Mal ging ein Ruck durch die Frauen. Sie bewegten sich, sie zogen die Beine an und streckten sie wieder, als würden sie rennen, ein abartiges, groteskes Rennen, denn sie traten in der Luft. Sie erinnerten Jan an die Käfer im schwedischen Wald, die er als Kind mal auf den Rücken gelegt hatte.

Er sah sich nach dem Puppenspieler um, aber der Mann war verschwunden. Ihr Peiniger hatte die Kontrolle über die Frauen übernommen und hielt sprichwörtlich die Fäden in der Hand.

Plötzlich sah er, wie die Frau im Rüschenkleid den Arm hob. Er sah sogar ihr Gesicht. Ihr Blick war seltsam entrückt, als bekäme sie gar nicht mit, was sie tat.

Aber sie zielte. Sie zielte direkt auf die nackte Frau vor sich.

»Nygård, schau es dir an. Ist es nicht wunderschön?«

Jan blickte sich zu der Stimme um. Er meinte, einen Schatten in einem Sessel zu erkennen. Sah noch jemand der Vorführung zu? Sicher war es nicht der Puppenspieler selbst, denn vom Sessel aus würde er nicht die Fäden führen können … Oder hatte er bloß eine weitere Puppe dort hingesetzt?

Nein, dachte Jan. Sicher keine Puppe, sondern ein weiteres Opfer. Er führt sein bizarres Theaterstück auf, und jemand muss zusehen.

Aber was war seine eigene Rolle in diesem absurden Theaterspiel? Wahrscheinlich hat es diesem Kerl nicht gereicht, dass seine Opfer zusehen, dachte Jan. Sicher bin ich als Polizist viel reizvoller.

»Sie sollen hingucken!«, ermahnte der Mann ihn. »Tick-tack geht die Uhr, und die Zeit ist abgelaufen. Was ist befriedigender, als zuzusehen, wenn ein Kunstwerk vollendet wird? Wenn die Visionen, die man hat, perfekte Wirklichkeit werden? Sehen Sie doch, Nygård, ich habe die Macht, diese Wesen zu erschaffen. Und ich habe die Macht, ihr neues Leben zu beenden. Das ist göttlich, wissen Sie? Ich erschaffe, und ich nehme. Und jetzt ist es an der Zeit. Die Stunde hat geschlagen.«

In Jan zog sich alles zusammen. Was hatte das Arschloch vor?

Die Frau im Rüschenkleid hob die Waffe und zielte auf den Kopf der nackten Frau. Die beiden waren kaum fünf Schritte voneinander entfernt aufgehängt.

Jan sah schiere Todesangst in den Augen der nackten Frau. Sie wollte den Kopf wegdrehen, sich ducken, aber sie konnte nicht. Auch sie war wie eine Marionette aufgehängt. Der Puppenspieler hob jetzt ihre Arme an, fuchtelte mit ihnen herum, als wollte er in einem Kinderstück das schiere Entsetzen eines Kasperls zeigen.

»Sie perverses Schwein!«, schrie Jan. »Hören Sie auf!«

Das Rufen eines fremden Mannes drang zu ihr. So entfernt, dass sie die Richtung nicht ausmachen konnte, aber es riss sie für einen winzigen Moment ins Hier und Jetzt zurück.

Plötzlich sah sie die andere Frau vor sich. Fassungslos registrierte Mareike durch ihren gesplitterten Verstand die Angst der anderen. Für einen Lidschlag spürte sie ihren Blick, der sich tief in sie bohrte. Und sie wehrte sich, sie wehrte sich dagegen, abzudrücken und diese nackte Frau zu töten und …

Sie konnte nichts tun! Die Angelschnur spannte sich. Ihr Zeigefinger gehorchte ihr nicht länger, er gab nach wie ein nutzloses Stück Fleisch und …

»NEIN!«, brüllte Jan. In diesem Moment drückte die Rüschenfrau ab. Der Puppenspieler zog am Faden. Ein ohrenbetäubender Knall ertönte. Der Schuss war laut, hallte wider. Sie hatte der nackten Frau direkt ins Gesicht geschossen … Nein! Irgendwie hatte sie es geschafft, die

Waffe zu verreißen. Nur ein winziges Stück, ein paar Grad. Das Projektil hatte nicht den Kopf des Opfers erwischt, sondern den Hals.

Gurgelnd und keuchend spuckte die nackte Frau Blut. Sie zuckte wie ein Fisch am Angelhaken, aber Jan war sich sicher, dass es nicht ihre Muskeln waren – sondern der Puppenspieler, der ihre letzten Atemzüge genüsslich ausspielte.

Es dauerte nur wenige Sekunden, dann war die Frau tot. Hingerichtet.

Das Manga-Mädchen begann zu weinen. Jan konnte sehen, wie Tränen, schwarz von der Wimperntusche, über das geschminkte Gesicht rannen und das rosafarbene Ballettkleidchen besudelten. Die Tropfen zogen ihre Bahnen hinab, färbten den Stoff …

In Jan kochte die Wut, als der Puppenspieler vor ihm erschien.

»Hat Ihnen unsere Aufführung gefallen?«

Jan riss an den Fesseln.

»Nun … ich denke, beim nächsten Mal können wir es noch spannender machen.«

Ich werde dich kriegen, du perverses Arschloch. Und ich glaube nicht, dass du eine Festnahme überlebst …

»Sie wollen mich erschießen?«, sagte der Puppenspieler, als hätte er Jans Gedanken gelesen. Er lächelte nachdenklich. »Sie wollen mich abknallen. Aber Herr Nygård!« Er hob mahnend den Zeigefinger und deutete ein Du-Du-Du an. »So viel Wut. Steht Polizisten gar nicht gut, dieser brennende Zorn. Sollten Sie nicht rational vorgehen? Ist es denn im Sinn des Gesetzes, dass Sie richten? Ich glaube kaum.«

»Scheiß aufs Gesetz. Ich bring dich um.«

»Ach, Herr Nygård. Sie sollten Ihre Wut wirklich im

Zaum halten. Sehen Sie denn nicht, wie perfekt mein Plan ist?«

Der Zorn peitschte Jan, aber es gelang ihm zu schweigen, auch wenn es ihn unendliche Mühe kostete.

»Ich denke, es wäre gut, Sie noch mehr teilhaben zu lassen an unserem Werk. Ich werde Sie einspannen. Und glauben Sie mir, ich habe schon ganz wunderbare Pläne für Sie. Sie werden ein Zahnrädchen sein, das haargenau in meine Puppensammlung passt, in das Gefüge, das nur ich mir ausdenken konnte. Sie werden großartig sein, Herr Nygård.«

»Das LKA wird Sie jagen und zur Strecke bringen, wenn Sie mich jetzt töten.«

Der Mann zog seufzend eine Spritze auf. »Dann wollen wir mal sehen, wie sich alles fügt. Nicht wahr?«

Jan versuchte, sich zu wehren, versuchte, nach diesem Wahnsinnigen zu treten, ihn irgendwie anzugreifen – doch die Fesseln ließen ihn ebenso hilflos wie die Marionetten sein.

Es gab kein Entkommen.

»Schhh … Ich bin ein Künstler, Herr Nygård.«

Bevor er etwas entgegnen konnte, drang die Nadel tief in seinen Arm.

Präg dir die Halle ein! Präge dir alles ein! Du musst wissen, wo du bist. Du musst das hier wiederfinden, wenn er dich nicht umbringt! … Das Dach ist mit Glas bedeckt, die Halle ist so groß wie eine halbe Turnhalle. Ungefähr. Da ist ein Kran, die Werkbank, das Boot … Präge dir alles ein. Jan! Komm schon. Nicht das Bewusstsein verlieren. Du musst …

21

Jan erwachte schleppend. Er versuchte sich aus einem wirren Traum zu befreien, der ihn immer wieder hinabzuziehen drohte. Eine nackte Frau, deren Gesicht bloß ein Klumpen war – kein Mund, keine Nase, keine Augen –, tauchte mehrmals vor seinem inneren Auge auf. Eine mädchenhafte Gestalt tänzelte wie eine Ballerina herbei und riss mit einem Mal eine Waffe hoch.

Ein Schuss.

Jan öffnete die Augen.

Die Gestalten verblassten, während er stöhnend an die Decke starrte. Die Schmerzen in seinem Kopf hämmerten brutal, zogen sich bis in seine Brust und drückten ihn zurück ins Kissen. Einen Moment lag er reglos da und fühlte dem Pochen in seinem Schädel nach.

Wo bin ich?

Zimmerdecke. Ja. Das ist meine Zimmerdecke. Liege ich auf dem Rücken?

Was zum Teufel …?

Er versuchte, sich zu erinnern, aber da waren nur Fetzen der letzten Stunden. Tonia … Der Boxkeller. Ja, ihm fiel ein, dass er dorthin gefahren war. Hatten sie getrunken? Er wusste es nicht mehr. Seinem Schädel nach zu urteilen eine ganze Menge.

Eine Frau in einem Ballettkleid tänzelte auf ihn zu und grinste ihn plötzlich höhnisch an.

Stöhnend kam er hoch.

Er wollte sich aufsetzen, aber die Kopfschmerzen zwangen ihn zurück aufs Bett.

Mein Bett. Das ist mein Bett.

Das war sein Bett. Er lag angezogen da, die Decke zur Seite geschlagen. Gegen die Schmerzen im Schädel ankämpfend, drehte er den Kopf. Da waren sein Nachttisch, das Fenster zum Hinterhof, das fünfzehn Jahre alte Bild von Hannah, die die kleine Leonie auf dem Rücken trug, und …

Ihm wurde schlagartig schlecht.

Nur das Beste für sie!

Jan wollte aufspringen, aber es gelang ihm wegen der Schmerzen nicht. Er kugelte sich auf die Bettkante, übergab sich. Die Anstrengung ließ seinen Schädel zerspringen. Keuchend und fluchend wartete er, fand endlich ein wenig zu sich, wischte sich die Hände am Laken ab.

Du musst aufstehen! … Komm! Was ist los mit dir?

Nach dem zweiten Anlauf gelang es ihm.

Er kämpfte sich bis zur Küche vor, wo die Medikamente waren.

Stöhnend vor Übelkeit warf er einen Blick in den Raum. Alles war sauber. Selbst der Tisch war abgeräumt und die dreckigen Teller im Geschirrspüler. War Leonie nach Hause gekommen?

Seine Kehle war staubtrocken. Wie ein Schwerkranker musste er sich an der Spüle festhalten, bis er endlich die Tür des Medizinschränkchens öffnen konnte. Jan nahm die stärksten Schmerztabletten, die er finden konnte, und griff nach einem Glas. Als er es voll Wasser laufen ließ, bemerkte er etwas Glitzerndes in der Spüle.

Es waren …

Sind das Sandkörner?

Er strich mit dem Finger darüber und betrachtete es.

Scherben. Winzige Reste von Glasscherben.

Seltsam.

Da war ein eigentümliches Nachhallen in seinem Schädel, als suchte er ein Wort, auf das er partout nicht kam. Wie ein Geschmack, den er kannte, von dem er aber nicht sagen konnte, woher er stammte.

Ihm wurde wieder flau im Magen. Ein paarmal atmete er durch, dann trank er das eiskalte Wasser. Es tat gut, betäubte seine geschundene Lippe und unterdrückte die Übelkeit. Kaum hatte er das Glas weggestellt, hielt er inne, denn sein Blick war auf die billige Uhr gefallen.

Hannahs unpassende Comicuhr, die sie vom Flohmarkt mitgenommen und in der Küche aufgehängt hatte. In jeder Wohnung hatte Jan sie die letzten Jahre wieder angebracht.

Die Uhr stand still.

Blut war über die grellbunte Comicfigur gelaufen, senkrecht übers Ziffernblatt.

Fragend trat er näher, scheute jedoch davor zurück, die Uhr zu berühren.

Kurz entschlossen zückte er sein Handy.

»Harald«, keuchte er.

»Jan?« Dem Geräusch nach zu urteilen, ließ Harald Brandt etwas Metallenes auf einen seiner Bestecktische in der Rechtsmedizin fallen. »Bist du das?«

»Ich … Ja. K.-o.-Tropfen, die …«

»Was ist denn los? Alles okay?«

»Jaja«, stammelte Jan und setzte noch mal an: »K.-o.-Tropfen, die sorgen für Gedächtnisverlust, oder?« Mehr brachte Jan vorerst nicht heraus. Die Kopfschmerzen waren zu heftig.

»Flunitrazepam, GHB, Ketamin …? Kommt auf die Dosis an. Das ist das Trügerische an den Präparaten. Ist etwas mit Leonie?«

Jan atmete durch, drückte den Schmerz weg: »Nein. Ich. Nicht sie.«

»Hat dir jemand etwas verabreicht?«

»Bin mir nicht sicher.«

»Koch eine Flasche aus und pinkel rein. Oder nimm dir ein bisschen Blut ab.«

»Du untersuchst das?« Die Schmerzen wurden ein wenig dumpfer, das Hämmern ließ nach.

»Wenn du möchtest. Kann aber ein bisschen dauern.«

»Egal.« Jan erzählte Harald von den Glaspartikeln und von der blutigen Uhr, von der er auch eine Analyse wollte.

»Wenn du willst, dann kann ich das checken. Ich prüf das für dich. Glaubst du, jemand hat dich ausgeknockt?«

Jan antwortete nicht.

»Was ist denn passiert?«

Ich glaube, ich habe gekämpft und bin entführt worden, dachte Jan, sprach es aber nicht aus. Es klang einfach zu fantastisch.

»Keine Ahnung. Ich fahr jetzt ins LKA. Ich pack alles in mein Schließfach«, sagte er stattdessen. »Schlüssel liegt drauf.«

»Wieso reichst du es nicht offiziell ein? … Jan?«

Darüber hatte er auch schon nachgedacht. »Nein«, antwortete er. »Dieck hält mich schon für psychotisch genug.«

»Bist du ja auch.«

»Danke, Doc.«

»Immer gern.«

Wenigstens entlockte das Gefrotzel Jan ein Schmunzeln. Er legte auf, holte einen Gefrierbeutel und schob die Uhr hinein. Dann nahm er sich eines der Steakmesser und ritzte sich den Daumen leicht an, drückte Blut in eine Tupperdose.

Kurz darauf rief er seine Tochter an. Ein Glück, dass sie woanders übernachtet hatte. Während er die Motorradstiefel anzog, wartete er darauf, dass sie abnahm.

Sie tat es nicht. Verdammt. Er sprach auf die Mailbox.

»Leonie? Pass auf. Komm nicht heim. Verstanden? Egal, bei welcher Freundin du steckst, bleib da! Ich erklär's dir später. Ich hab dich lieb, Leonie. Ich hoffe, das weißt du.«

Er legte auf. Hoffentlich hörte sie die Nachricht ab. Was, wenn nicht?

Zur Sicherheit schickte er Leonie eine Nachricht hinterher.

DRINGEND. Komm NICHT heim. Hör deine Mailbox ab!

Mehr konnte er für den Moment nicht tun.

Und wenn er sich das Ganze doch nur einbildete? Grübelnd sah er auf den Gefrierbeutel mit der Uhr.

Da war nur Dunkelheit in seinem Kopf. Er konnte sich an nichts erinnern, und sein Schädel fühlte sich an, als würde er gleich platzen.

Wenig später gab er Gas, jagte die Maschine hoch. Die eiskalte Morgenluft Hamburgs vertrieb seine Übelkeit.

22

Das Anwesen der Rogers lag hinter schneebedeckten Platanen am Ende einer gekiesten Einfahrt. Drei trotz des Schnees glänzende schwarze BMW waren akkurat vor dem futuristisch anmutenden Windfang geparkt und warteten auf ihren Schlaf in der überbreiten Garage.

Jan ließ sein Motorrad ausrollen und stellte die Harley direkt vor der ausladenden Steintreppe ab, die mit wenigen Stufen zur Haustür führte.

Nachdem er die Proben für Harald wie vereinbart im LKA deponiert hatte, war er zu seinem Chef gegangen. Einen kurzen Moment hatte er im Aquarium gestanden und überlegt, ob er Dieck von seinem merkwürdigen Gefühl, von seinen verstörenden Träumen und der Gedächtnislücke erzählen sollte. Doch dann waren Sadik und Jochen hereingekommen. Die nächste Pressekonferenz stand an, und die ganze Abteilung summte aufgeregt wie ein Bienenstock, in dem man herumstocherte.

Vielleicht würde es eine andere Gelegenheit geben. Er mochte Dieck, und sie hatten viel miteinander durchgemacht. Nach dem Tod seiner Frau war Dieck ihm eine Stütze gewesen. Er hatte es zumindest versucht, während er seinen Laden am Laufen hielt. In seiner Trauer hatte sich Jan in die Suche nach dem Mörder seiner Frau stürzen wollen, aber Dieck hatte ihn mit allen Mitteln von dem Fall ferngehalten. Um ihn zu schützen. Auch wenn Jan das anfangs nicht hatte glauben wollen.

Ein paarmal hatten sie sich getroffen, waren einen trinken gegangen. Vielleicht würde ja irgendwann eine echte Freundschaft daraus werden … dann, wenn Jan sich wieder besser im Griff hätte. Denn klar war, dass Dieck es nicht leicht mit ihm hatte, mit seinen gelegentlichen Aussetzern. Er war ein guter Chef, aber seelische Leiden und komplizierte Gefühlslagen seiner Mitarbeiter stellten ihn vor eine Herausforderung.

Bei dem unzusammenhängenden Zeug, das Jan ihm erzählen konnte, würde er ihn stante pede zu Anna schicken.

Nachdem Jan erfahren hatte, dass die Staatsanwältin nicht bei der Pressekonferenz anwesend sein würde, hatte er den Entschluss gefasst, direkt zu ihr zu fahren. Schließlich hätte Dieck nichts anderes getan, als Roger um Hilfe zu bitten. Das konnte er auch selbst übernehmen.

Jan schluckte sämtliche Animositäten herunter und versuchte all das, was gerade zwischen ihm und der Staatsanwältin stand, zu vergessen. Hier ging es um Leonies Sicherheit, und er hielt Roger für professionell genug, um das ebenfalls so zu sehen.

Er klopfte den Schnee von seinem Parka und klingelte. Es dauerte einen Moment, bis die Tür geöffnet wurde.

Es war nicht die Staatsanwältin, sondern ihr Sohn. Der Junge sah gut aus. Frisches Hemd, gegelte Haare. Ein ausgeprägtes Veilchen, dessen Blau langsam ins Lila changierte, ein paar abgeschrammte Stellen an der Wange und die professionell getapte Nase. Alles in allem erweckte Tim nicht den Eindruck, als trüge er bleibende Schäden davon. In drei, vier Wochen würde nichts mehr von den Blessuren übrig sein.

Tim schien das weniger entspannt zu sehen. Entsetzt starrte er Jan an.

»Sie … Sie haben hier nichts zu suchen!« Er wollte die Tür schließen, aber Jan stellte seinen Stiefel dazwischen.

»Das ist Hausfriedensbruch!«

»Dann ruf doch die Polizei, Tim.«

»Sie können mich mal! Nehmen Sie Ihren Fuß da weg.«

Jan seufzte. »Warte mal. Lass uns noch mal von vorn anfangen. Ehrlich. Ich will nichts von dir«, lenkte er ein. »Ich will mit deiner Mutter sprechen. Es geht nicht um dich.«

Fragend sah der Junge ihn an.

»Es ist wichtig. Ich muss mit deiner Mutter reden.«

In Tim arbeitete es. »Warten Sie … hier draußen!«, befahl er bemüht streng und schloss die Tür vor Jans Nase, nachdem dieser endlich den Fuß zurückgezogen hatte.

Es dauerte glatte zwei Minuten, dann erschien Roger höchstpersönlich. Er musste sie bei der Durchsicht von Akten gestört haben, denn sie hatte sich ihre Lesebrille ins Haar gesteckt und noch einen Füller in der Hand. Wie immer war sie äußerst korrekt gekleidet, trug zu einem senffarbenen Bleistiftrock eine gleichfarbene Bluse und hatte sich eine schlichte Perlenkette umgehängt. Sie sah eher nach Theaterabend als nach Arbeit aus.

»Mein Sohn sagte mir, Sie seien nicht seinetwegen hier.«

»Es geht um Leonie.«

»Leonie? Der geht's gut. Da brauchen Sie sich keine Sorgen zu machen, Herr Nygård.« Sie lächelte streng.

Jan stutzte. »Sekunde. Sie ist hier?«

»Hat sie Sie nicht angerufen? Das hatte ich mit ihr vereinbart.« Sie zog eine Braue hoch. »Was die Liaison zwischen Ihrer Tochter und meinem Sohn angeht … Sie können mir glauben, mir missfällt sie genauso wie Ihnen.«

»Ich dachte, das wär aus.«

»Teenager. Sie kennen das doch.«

Das musste er erst mal sacken lassen. Seine Tochter war einfach zurück zu Tim gegangen? Jenem Jungen, der sie hatte … missbrauchen wollen?

»Verstehe«, meinte er und verstand rein gar nichts.

»Um ehrlich zu sein, glaube ich das nicht.«

»Was?«

»Dass Sie das verstehen. Herr Nygård … Aber ich habe nicht ewig Zeit. Was wollen Sie?«

»Mit … mit Ihnen reden.«

»Reden? Wenn Sie sich entschuldigen wollen … dafür ist es zu spät.«

Darauf ging er nicht ein, sondern sammelte sich und sprang schließlich über seinen Schatten.

»Ich brauche Ihre Hilfe, Roger. Deswegen bin ich hier.«

Die Staatsanwältin legte die Stirn in Falten. Skeptisch musterte sie ihn und versuchte, in seinem Blick zu lesen.

»Jetzt haben Sie mich neugierig gemacht«, sagte sie kühl, wandte sich um und ließ für ihn die Tür offen stehen.

»In Ihrem Bett aufgewacht? Und das ist alles?«, fragte Roger, nachdem Jan ihr von seiner Vermutung erzählt hatte, dass er entführt worden sei. Er hatte bereits gemerkt, wie sie angesichts seiner Worte immer skeptischer geworden war. Sie hatte sich hinter ihren schweren Mahagonischreibtisch in ihrem Arbeitszimmer zurückgezogen. Mit seinen vielen Bücherregalen und den edlen Ledermöbeln strahlte das geräumige Zimmer Erhabenheit aus und atmete das Flair alter Universitätsräume.

Jan, der lieber stand, konnte hinter eleganten Vorhängen den schneebedeckten Garten sehen. Wie das Zimmer und Roger selbst vermittelte er mit seinen in Form geschnittenen Hecken und Bäumen eine professionelle Akkuratesse. Weihnachtsschmuck leuchtete in edlem Goldweiß.

»Ja«, antwortete er. »Das ist alles. Ab und an kommen Erinnerungssplitter hoch. Kleine Fragmente, doch nicht mehr.«

»Aber Sie gehen ernsthaft davon aus, dass der Täter Sie entführt hat.«

Jan nickte. Er ahnte, worauf das hinauslief. Wie hatte er nur auf die Idee kommen können, dass sie ihm glaubte? »Hören Sie, ich kann es schwer beschreiben. Okay? Es ist aber mehr als ein Gefühl.«

»Gefühle. Ja. Die sind ja genau Ihr Ding.« Sie verzog die schmalen Lippen zu einem aufgesetzten Lächeln.

»Ich hatte Sie für professionell gehalten«, erwiderte er. »Für so professionell, dass wir einmal Ihren Sohn außen vor lassen können.«

Sie seufzte und legte den teuren Füller, den sie die ganze Zeit zwischen ihren Fingern hatte wippen lassen, beiseite. »Gut, Nygård. Sind wir professionell. Sie wollen also einen Platz im Apartment …«

»Für Leonie, ja. Ich will meine Tochter aus der Schusslinie nehmen, und ich denke, das Beste wäre es, sie in eines unserer geheimen Apartments zu stecken.«

Roger nickte und stand auf. »Das habe ich schon begriffen. Wollen Sie auch Personenschutz, wie beim Zeugenschutzprogramm?«

»Schlecht wäre das nicht. Ich meine, dieser Täter war bei mir zu Hause. Und wenn ich richtigliege, hat er mich überwältigt.«

»Sie haben meinen Respekt, dass Sie in dieser Sache ausgerechnet zu mir kommen, Nygård. Aber …«

»Sie sind mit dem Fall betraut.«

»… aber welche Fakten kann ich dem Richter nennen? Sie *wissen nicht genau* … Es ist *mehr ein Gefühl* … Können sich *nicht erinnern* …« Roger schüttelte den Kopf. »Haben Sie getrunken? An dem Abend?«

Langsam fühlte sich Jan wie ein ungezogenes Kind, das vor dem Schuldirektor stand.

»Spielt wahrscheinlich keine Rolle«, lenkte sie schließlich ein, was es noch schlimmer machte.

»Hören Sie, Roger. Wir nutzen das Hide-out seit Jahren. Manchmal nur für kleine Kriminelle. Es wären ja bloß ein paar Nächte, vielleicht eine Woche. Es ist doch für Leonie – bis sich alles beruhigt hat. Bitte. Kommen Sie.« Jan biss sich auf die Lippen. Es war schon schwer genug gewesen, den Gang zu Roger anzutreten, aber jetzt musste er auch noch betteln.

Sie überlegte. »Ob es ein paar Tage sind oder ein halbes Jahr – das spielt keine Rolle. Und das wissen Sie, Nygård. Sie wollen, dass ich professionell bin? Also bitte: Mit Ihren … Gefühlen kann ich nicht zum Richter gehen. Der zerreißt die in der Luft. Er wird einwenden, dass kein Handlungsbedarf bestehe, und mich abblitzen lassen. Zu Recht, wenn Sie mich fragen.«

»Er war bei mir zu Hause!«

»Ich bin kein Unmensch, aber die Nummer, dass Sie entführt worden sind und sich an nichts mehr erinnern können …« Sie massierte sich die Nasenwurzel. »Nein … Ich rate Ihnen inständig, geben Sie den Fall ab. Ich glaube nicht, dass Sie derzeit in der Verfassung sind, die erforderlichen Ermittlungen in einem solchen Verfahren durchzuführen und zu einem Abschluss zu bringen.« Sie hatte sich erhoben und kam um den Schreibtisch herum.

Will die mich verarschen?

Der Funken Wut in seinem Bauch war mittlerweile zu einer Flamme geworden. Und diese Flamme züngelte höher und höher. Jan spürte ihre Wärme. Die Wärme des Zorns. Es ängstigte ihn, aber die Hitze war kein unangenehmes Gefühl.

»Nicht in der *Verfassung* …?!«

»Instabil. Das wäre wohl das richtige Wort. Nach der Tötung Ihrer Frau, um genau zu sein, sind Sie nicht mehr …«

»Das war Mord«, unterbrach er sie harsch. »Das wissen

Sie genauso gut wie ich. Der Typ war nicht zufällig im Supermarkt. Er wurde beauftragt und …«

»Das glauben Sie. Genau das ist Ihr Problem, Nygård. Sie glauben immer nur, haben ein *Gefühl* … alles nur Vermutungen. Ich brauche etwas Verwertbares, wenn ich für Sie zum Richter gehen soll!«

Jan ballte die Fäuste in der Tasche. Es war unfair von Roger, die Diskussion auf die private Ebene zu ziehen. Und er war nicht so dumm, um das nicht zu bemerken.

Die Wut züngelte heiß bis in seinen Rachen. Er schmeckte sie auf der Zunge. Süßlich und scharf.

Reiß dich zusammen!

Jan atmete durch, zwang die Wut zurück in seinen Bauch.

Sein Handy begann zu klingeln, aber er nahm nicht ab. »Ich hatte mir schon gedacht, dass ich bei Ihnen an der falschen Adresse bin. Trotzdem danke für das offene Gespräch. Ich finde allein hinaus.«

Verbittert machte er auf dem Absatz kehrt und ließ Roger stehen.

Unter dem Klingeln seines Handys ging er zurück durch den großzügigen Eingangsbereich, an der Treppe zum ersten Stock vorbei und zog die schwere Haustür auf.

Die kalte Luft tat gut. Er machte ein paar Schritte bis zu seinem Motorrad und atmete durch. Sein Handy war mittlerweile verstummt. Er sah nach, wer angerufen hatte. Anna. Er drückte auf Rückruf und blickte sich noch einmal zur Villa um. Die Staatsanwältin stand gemeinsam mit ihrem Sohn hinter einem der Fenster und beobachtete ihn.

»Was gibt es denn?«, fragte er, als Anna abnahm.

»Riya hat sich gerade bei mir gemeldet. Wir haben eine neue Leiche.«

Jan horchte auf. »Wo?«

23

»Sie liegt dort erst seit ein oder zwei Stunden, soweit ich das sagen kann.« Brandt streifte sich die Plastikhandschuhe ab und machte Jan Platz, der mit Anna vor das mannshohe Betonrohr trat.

Es hatte wieder zu schneien begonnen. Diesmal waren die Flocken zierlicher und tanzten nicht so lange in der Luft wie am Abend zuvor. Vergeblich versuchte die Mittagssonne, durch die geschlossene Wolkendecke zu dringen.

Das meiste Licht, das die gepflasterte Senke vor dem Rohr beleuchtete, stammte von den Strahlern, die die Spurensicherung vor und im stillgelegten Kanal aufgestellt hatte. Weil die Leiche außerhalb der Stadtgrenze lag, war eine Absprache mit dem Landespolizeiamt erfolgt und schließlich das LKA Kiel hinzugezogen worden. Die Kollegen aus Schleswig-Holstein kannten Jan und seine Dienststelle gut und zeigten sich immer kooperativ.

»Schon freigegeben?«, fragte Jan Brandt, der stumm nickte. Unter einem von den Kollegen eilig aufgebauten Pavillon stapelten sich neben einer schlichten Leichentrage Koffer und Kisten der Spurensicherung. »Ich komme gleich nach und setz dich auf den neuesten Stand«, erklärte Brandt und wandte sich an seine drei Mitarbeiter, die Ergebnisse auf einem der Laptops sichteten.

Jan ging zu Anna hinüber, die am Einlass des Rohres wartete. Das Betonungetüm führte waagerecht aus der Erde. Es war seit Jahrzehnten nicht mehr benutzt und teilweise abgebaut worden; inzwischen reichte es nicht mehr wie einst bis zum Fluss, sondern endete gut hundert Meter vor dem Ufer.

Das Horn eines Containerschiffs ließ ihn zur Elbe blicken. Das Schiff schob sich durch dünne Eisschollen, wobei sich die Container wie Hochhäuser aus Legosteinen auftürmten. Gleichmäßig und ruhig zog es an ihnen vorbei.

»Geht's dir gut?« Besorgt trat Anna zu ihm. Bevor er zu Roger gefahren war, hatte er ihr von seiner Entführung erzählt.

»Geht. Mir ist immer noch ein bisschen übel.«

»Hat er was gefunden?« Sie nickte zu Brandt.

»In meinen Proben? Ja. GHB, das ungestreckte Zeug – aber auch Thiopental. Das wirkt wohl nur kurz. Wird verwendet als Einleitung einer Narkose.«

»Das klingt nicht gut.«

»Das klingt scheiße, ja. Kommt mir vor, als wäre ich …« Er schüttelte den Kopf. »Vergewaltigt worden.«

»Bist du ja auch. In gewissem Sinne.«

Jan knurrte und blickte den Fluss hinauf in Richtung Stadt. Entfernt meinte er, die ersten Häuser von Blankenese zu sehen, aber das war ein Trugschluss. Sie waren zu weit draußen, um markante Punkte zu erkennen. Die Bebauung war einfach zu niedrig, die Hügel an der Elbe zu flach. Keine Skyline wie in Frankfurt.

»Eine Studentin«, riss ihn Riya aus den Gedanken. In ihrer Michelin-Jacke trat sie aus dem Rohr und nickte ihm und Anna zu. »Sie liegt nur ungefähr zwanzig Meter tief im System. Hinter der nächsten Biegung.«

»Wieder ein Anruf?«, fragte Jan knapp.

»Ja. Aber lange wäre sie nicht unentdeckt geblieben. Ist ein beliebter Ort für Pärchen. Teenager. Du weißt schon.«

Jan seufzte. Ja, davon konnte er ein Lied singen. »Und die Nummer?«

»Diesmal hat er sich nicht die Mühe gemacht, finster in

Kameras zu sehen.« Statt einer weiteren Erklärung nickte Riya zum Pavillon, wo Jan zwischen einigen Plastiktüten mit Spurenmaterial auch ein antik wirkendes Klapphandy erkennen konnte. »Wir gehen davon aus, dass er von hier aus angerufen hat. Das alte Handy hat eine Wegwerfkarte. Er hat es einfach hiergelassen.«

»Und das Gitter?« Anna trat ein paar Schritte zur Seite und sah sich die abgetrennten Eisenstangen an, die als Schutzgitter das Rohr verschlossen hatten.

»Es gab eins. Ja. Aber das ist komplett verrostet und liegt da drüben. So wie es aussieht, ist es vor Jahren schon rausgebrochen worden.« Riya betrat das Rohr und ging voraus. »Wahrscheinlich von irgendwelchen Jugendlichen. Vielleicht wollten sie es ja in die Elbe schmeißen, sind aber nicht so weit gekommen.«

Jan musste sich ein wenig bücken, um nicht an die Decke zu stoßen, trotzdem war das Rohr gewaltig, es maß fast zwei Meter im Durchmesser. Feine Wurzeln, dünn wie Bindfäden, hingen bei jeder Naht der einzelnen Rohrelemente herab. Im Staub und Dreck des Bodens, zwischen den zahlreichen Fußspuren der Beamten, konnte Jan die letzten Reste einer Schleifspur erkennen. Allerdings kein Blut. Nicht so wie im Wald.

Riya führte die beiden ungefähr zehn Meter in den Tunnel, dann um die erste Biegung.

Die Zeiten, in denen es hier nach Kloake gestunken hatte, waren lange vorbei. Jetzt hing der Geruch von kaltem, nassem Beton in der Luft, der sich zu Jans Erstaunen kaum mit dem der Leiche vermischte.

Vier Beamte in Schutzanzügen nahmen noch immer Spuren und fotografierten. Sie hatten Strahler aufgestellt. Ihr Licht ließ die Graffiti auf den besprühten Wänden unnatürlich hervortreten.

Das Opfer lehnte mit dem Rücken an der Röhre. Nummernkarten der Spurensicherung standen überall herum, als hätte ein unliebsamer Partygast Namensschildchen auf einen wohldekorierten Geburtstagstisch geschmissen.

Tatsächlich fiel Jan auf, dass die Tote wie ein Geschenk platziert worden war. Sie sollte gefunden werden.

In seinen sechsundzwanzig Dienstjahren bei der Polizei – erst in Göteborg, dann in Hamburg – hatte er Tatorte gesehen, an denen Leichen wie Müll im Dreck gelegen hatten. Verbrechen, bei denen der Mörder sein Opfer sorgsam abgedeckt hatte, um ihm ja nicht in die Augen sehen zu müssen. Orte des Verbrechens, bei denen verzweifelt versucht worden war, die Leiche zu verstecken.

Die tote Studentin saß jedoch wie gebettet da. Inszeniert und hergerichtet. Splitternackt. An ihrem Körper war kein Haar mehr zu sehen. Sie war vollkommen rasiert worden. Jan musste unwillkürlich an eine Schaufensterpuppe denken. Das Auffälligste war jedoch ihr Gesicht. Glänzender Lippenstift, Lidschatten …

»Ja, sie trägt das volle Programm«, meinte Riya. »Foundation, Blush, Eyeliner, falsche Wimpern. Die Augenbrauen sind aufgemalt, die Wangen mit Highlighter hervorgehoben. Contouring … Gute Arbeit.«

»Woher weißt du das? Deine Tochter?«

»Saira läuft derzeit rum wie ’n Tuschekasten. Sie werden so schnell älter.«

»Wem sagst du das.« Er mochte Saira, die ein paar Jahre jünger als Leonie war. Er hatte ihr ein paarmal bei den Hausaufgaben geholfen, bevor Riya ihren Software-Entwickler geheiratet hatte. Im Gegensatz zu Leonie ließ sie sich noch helfen. Er wandte sich wieder dem Fall zu. »Sie ruht förmlich, oder?«, fragte er die beiden und nickte zur Toten. Als ruhte sie sich aus, als würde sie gleich ein Buch aufschlagen und lesen, so lehnte sie an der Betonwand. Ihre eine Hand lag – genau wie bei den Toten im Wald – auf ihrem Knie.

»Wie bei einem Akt«, stellte Anna fest.

»Oder im Schaufenster«, sagte er.

»Ja. Sie sitzt da wie eine Puppe. Oder wie ein Modell für eine Zeichnung. Ein Freund von mir hat Kunst studiert. Ich habe ihm ein paarmal Modell gestanden.«

»Vielleicht«, warf Riya ein, »hält er sich auch für einen Künstler …«

Ich bin ein Künstler …, echote es in Jans Kopf.

Ein merkwürdiges Bild tauchte vor seinen Augen auf, eine kurze Eingebung … Eine junge Frau wirbelte, grazil und unmenschlich, durch die Luft. Sie schoss wie eine der Heldinnen aus japanischen Comicserien auf ihn zu.

Ich bin ein Künstler, Nygård …

Verstörend hallte der Satz in Jan nach.

Wer hatte das zu ihm gesagt? Ein Schatten tauchte auf. Ein Mann? Und mit einem Mal war da wieder diese Frau. Sie sah ihn an, während eine schwarze Träne ihre Wange hinablief und ihr Rüschenkleid benetzte. Der hübsche rosafarbene Stoff hatte jetzt einen hässlichen Fleck. Er breitete sich unnatürlich weit aus, und während die Frau durch die Luft schwebte, fraß die schwarze Tinte das komplette Kleid und …

Er schüttelte den Kopf. Er konnte mit den Splittern aus seiner Erinnerung einfach nichts anfangen.

»Was hast du?«, wollte Anna wissen.

»Nichts …« Zweifelnd rieb er sich die Stirn. »Irgendeine Art Theatervorstellung … ›Ich bin ein Künstler‹, hat Riya gesagt … Ich weiß auch nicht, es erinnert mich an etwas.« Er wandte sich an Riya. »Gab es in dem Internet-Shop, dem Spätkauf, einen Comic? Irgend so einen modernen Manga?«

»Keine Ahnung, kann schon sein. Warum fragst du?«

»Wenn ich das wüsste.«

»Sag uns, woran du gedacht hast«, mischte sich Anna ein. »Rede einfach drauflos.«

Jan schüttelte den Kopf. »An Schwachsinn. Eine ... eine Zeichentrickheldin. Sie hüpft durch die Gegend. Hat ein rosa Kleidchen an und ... Ein japanisches Mädchen, glaub ich. Ich weiß auch nicht. Vergesst es.« Er ließ sich ein Paar Plastikhandschuhe reichen und kniete sich behutsam vor die Tote.

Die Frau war zierlich.

Ihr Alter war schlecht zu bestimmen, weil nur noch wenig von ihrem Gesicht übrig war. Unter dem rechten Rippenbogen, um die Stelle herum, an der sich die Galle befand, hatte sie drei kleine rötliche Narben, die wahrscheinlich von einer Operation stammten. Während Jan sie sich ansah, trugen Riya und Brandt den Stand der Ermittlungen vor. Sie hieß Maria Albas und war vierundzwanzig Jahre alt. Eine gebürtige Hamburgerin, die kurz vor ihrem Master in Soziologie stand.

»Sie gilt seit drei Wochen als vermisst.«

»Ja, ich erinnere mich«, meinte Jan. »Wir sind von einem Gewaltverbrechen ausgegangen. Wir haben nach ihrer Leiche an der Außenalster gesucht. Sie kam aus Wandsbek. Wo stammt die andere her? Sabine Lohse?«

»Aus Eimsbüttel. Ich habe das schon überprüft. Aber so, wie ich das sehe, gibt es keine Übereinstimmung. Ich habe alles gecheckt – Werdegang, Wohnung, Arbeitsweg, Vereine ... keine Treffer.«

»Er wird seine Opfer nicht zufällig aussuchen«, mischte

sich Anna ein. »Zumindest sollten wir das hoffen. Erst einmal sind es allesamt Frauen, Mitte zwanzig bis Mitte dreißig. Vielleicht haben sie zusammen Sport gemacht? Oder waren im selben Club?«

»Jaja.« Riya schenkte Anna einen Blick, als wollte sie sagen: Kleine, ich bin doch keine Anfängerin. »Das habe ich natürlich auch überprüft. Die ganze Soko hat's gecheckt. Uns ist noch nichts aufgefallen.«

»Es muss etwas geben, was die drei Opfer verbindet.« Jan sah noch einmal das Gesicht der Frau an. »Was ist mit der Schminke?«

»Das ist normale Schminke. Du kannst die überall kaufen. Nicht wirklich was Besonderes.« Riya stöhnte. »Zumindest war es bei den beiden im Wald so. Ich lass das checken.«

Jan betrachtete die Hand der Toten. Sie wies, wie die Hände der anderen Opfer, eine Bohrung auf. Eine Öse war jedoch nicht zu sehen. »Was ist das?«

Anna hockte sich neben Jan, um sich zu vergewissern, was er meinte. »Das war mal Nagellack. Sie hat welchen getragen, er wurde schlecht entfernt.«

»Sie wurde geschminkt, aber der Nagellack wurde entfernt?« Harald Brandt trat zu ihnen.

Jan spürte, wie seine Gedanken sich verdichteten. Aus einer Ahnung wurde so etwas wie eine Erinnerung. Wie ein Nebel, der sich zusammenzog. Nein, die Erinnerung war eher wie etwas Schillerndes, das zögerlich aus der Dunkelheit des Meeres auftauchte, langsam an die Oberfläche kam und Meter für Meter an Konturen gewann.

Wenn sein Vater wieder einmal betrunken nach Hause gekommen war, hatte Jan oft seine Schwimmsachen gepackt und war ans Meer geradelt. An der steinernen Küste gab es einen halb verfallenen Steg. Die Jugendlichen aus seiner Schule hatten ihn genutzt, um möglichst imposant ins Wasser zu springen. Aber Jan hatte meist geschnorchelt. Er war lieber für sich allein gewesen, da unten im Wasser. In einem Sommer, er war in der vierten oder fünften Klasse gewesen, hatte er eine Muschel gefunden. Er hatte sie an die Oberfläche gebracht und dann zurück ins Meer fallen lassen. Sie war hinabgesunken, aber aus irgendeinem Grund wieder nach oben getrieben. Es war ein seltsamer Anblick gewesen, dieses merkwürdige Tier zu sehen, wie es aus der Tiefe auftauchte, so ganz ohne Anstrengung, getragen von der Strömung des Wassers.

Die Erinnerung, oder vielmehr der Geschmack der Erinnerung, war genau wie diese Muschel. Sie tauchte aus den Tiefen auf, ganz langsam, kaum zu greifen, und gewann an Farbe und Intensität.

»Vielleicht …«, begann er. »Vielleicht hat sie mit dem Nagellack nicht in ihre … Ich weiß nicht, in ihre *Rolle* gepasst. Rolle, ja … Ich glaube, unser Täter hält sich für einen Künstler. Er muss ein Theaterstück inszenieren oder etwas Ähnliches. Eine spezielle Aufführung. Wahrscheinlich hat der Nagellack gestört.«

»Du meinst, bei dem, was die Frau darstellen sollte?«

Jan öffnete ihre Hand. An allen Fingern konnte er Einstiche sehen. »Drogen?«

»Nein, wir gehen davon aus, dass ihre Finger zusammengenäht waren«, warf Brandt ein und bat Riya, zur Seite zu treten. »Sie muss die Hand in etwa so gehalten haben.« Brandt formte mit der rechten Hand eine Mulde, als höbe er …

»Ein Tier!«, entfuhr es Jan. »Katze … Nein, Hase.«

»Was?« Überrascht von Jans plötzlicher Eingebung, fuhr Anna zu ihm herum. »Woher weißt du das?«

»Da war ein Tier. Und ich meine, sie hat es festgehalten.

Als sie erschossen wurde. Sie hat es hochgerissen, als ...« Er brach ab.

»Als was? Jan? Versuch dich zu erinnern. Manchmal hilft es, die Augen zu schließen«, munterte Anna ihn auf, während Riya die beiden verständnislos ansah.

Jan schüttelte den Kopf. Sosehr er sich auch anstrengte, es tauchten eher Gefühle als wirkliche Bilder in seiner Erinnerung auf. Immer wieder war da diese Frau in ihrem unpassenden Kleid. Und die Tote, sie war auch da, und sie trug diesen Hasen. »Ich ... ich glaube, es war ein Stofftier. Aber ... Scheiße!«

»Woher weißt du das?« Riya verstand kein Wort. »Jan?«

»Hast du es ihr nicht gesagt?«, wollte Brandt wissen.

»Was nicht gesagt?« Verständnislos musterte Riya ihren Partner. »Was hast du mir nicht gesagt?«

»Nein ... Du und Anna, ihr beide seid die Einzigen, die ...«

»Du hast Geheimnisse vor mir«, stellte Riya schmollend fest. »Na, toll.«

»Keine Geheimnisse, Riya. Ich wollte es bloß nicht an die große Glocke hängen.« Jan stand auf und trat zu ihr. Er sah sich zu den Beamten der Spurensicherung um. »Nicht hier. Ich erkläre es dir später.«

Riya kräuselte in ihrer unübertroffenen Art die Stirn. »Na, da bin ich aber gespannt«, sagte sie schnippisch, und Jan entging nicht, wie angefressen sie war.

Hatte er da einen Anflug von Eifersucht gehört?

Sicher war sie nur in ihrer professionellen Eitelkeit gekränkt, weil sie jetzt über sieben Jahre mit ihm zusammenarbeitete und er sie nicht eingeweiht hatte – nicht sofort einweihen wollte.

»Ich erzähl's dir. Später, Riya.« Beendete er die Sache abweisender, als er gewollt hatte.

Anna sah ihn mahnend an, aber er hatte keine Lust, sich zu rechtfertigen.

»Gut«, sagte sie. »Du erinnerst dich an die Frau und an einen Stoffhasen. Das heißt für mich, dass da noch mehr ist. Wenn du tatsächlich dort warst, hast du auch etwas gehört. Und etwas gesehen«, sprach sie ihm gut zu und tippte ihm an die Stirn. »Es ist sicher noch da drin.«

Brandt, der ein paar Proben der Schminke nahm, blickte zu Jan auf. »Sie hat recht. Das könnte der entscheidende Fehler sein, den er begangen hat. Dich mitzunehmen, meine ich.«

»Wohin denn!? Das ist doch das Problem.« Langsam wurde Jan sauer. War es so, wenn man dement wurde und die Gedächtnislücken immer mehr von einem Besitz ergriffen? Fühlte sich sein Vater so? Er seufzte. »Vielleicht hat er mich bloß ins Schlafzimmer geschleift! Und mir einen Film gezeigt! Vielleicht sind meine Erinnerungen fake. Vielleicht macht er sich einen Spaß draus, mich zu verwirren. Vielleicht ist das sein perverses Spiel.«

»Normalerweise sage ich, dass es hilft, darüber zu reden«, Anna legte ihm beschwichtigend eine Hand auf die Schulter. »Aber in diesem Falle hilft es nicht. Du *musst* dich erinnern. Das ist die einzige Chance, so wie ich das sehe.«

Jan biss sich auf die Lippen. »Jäklar! Das ist mir klar!« Er wusste genau, dass Anna recht hatte, dennoch sträubte sich alles in ihm, sich mit diesem schwarzen Loch in seinem Kopf auseinanderzusetzen. Ihm fiel Barbara Rütters ein, die sich auch geweigert hatte, in ihre Erinnerung hinabzusteigen. Jetzt konnte er sie verstehen.

Riya wollte etwas einwenden, aber Anna stoppte sie. »Ich weiß, was wir machen.«

»Es ist schon hunderttausend Mal erprobt worden. Hast du etwa Angst?«

»Ich?«

»Ja?«

Jan atmete hörbar aus. »Hab so was noch nie gemacht.«

»Du musst dich nur drauf einlassen. Ich kann nicht gegen dich arbeiten. Du musst schon mithelfen.«

»Ich versuche es ja.« Es fiel Jan nicht leicht, dieses Sich-drauf-Einlassen. Sie hatten sich zu zweit in eines der Polizei-Einsatzfahrzeuge zurückgezogen. Der Sprinter bot zu wenig Platz.

»Zieh deine Jacke aus.« Anna setzte sich vor ihm an den schmalen Tisch. Sie hatte die Standheizung aufgedreht, um etwas Gemütlichkeit zu schaffen.

»Okay, gut. Was muss ich tun?«

»Dich entspannen. Das ist alles.«

»Holst du jetzt ein Pendel raus oder so? Braucht man dafür keine Couch?«

»Man braucht dafür vor allen Dingen erst einmal ein wenig Ruhe. Und die hast du noch nicht. Du musst dich entspannen.«

»Sex hilft«, meinte er trocken.

Ein Lächeln huschte über ihre Lippen. »Das kann ich mir vorstellen.« Sie sah sich zum Fahrerhaus um. »Wie ist es mit Musik?«

»Klassik wäre nicht schlecht. Meine Tochter hat mal gesagt, ich bin der Mahlertyp. Stimmt wohl.«

»Mahler? Du magst es getragen, hm? Eher der Melancholiker.«

»Melancholie ist das Vergnügen, traurig zu sein.« Er lächelte blass. »Warte mal, ich habe meinen Rucksack dabei.«

»Hübsches Museumsstück«, versuchte sie die Situation aufzulockern, als er den Discman herauszog.

»Ich liebe ihn. Und die hier hat mir meine Tochter aufgequatscht.« Er stöpselte seine Kopfhörer ein.

Anna ließ ihn mit seiner Musik einen Moment allein.

Während Jan Mahler hörte, sah er aus dem Fenster. Allmählich spürte er, wie er ruhiger wurde. Die Bilder der Toten, die keine hundert Meter von ihnen entfernt im Tunnel lag, glitten davon.

Dort draußen, in der karg-schönen Landschaft vor Hamburg, hatte jemand die Bäume und Büsche, die Wiesen und Äcker mit weißen Tüchern bedeckt. Schon nach wenigen Metern war der grauweiße Himmel nicht mehr von der Schneelandschaft zu trennen. Ein paar Raben hüpften in einer Ackerfurche und stritten sich um etwas. Ihr Gekrächze drang nicht zu ihm, denn seine Gefühle und Gedanken galten der Musik.

Er musste an die schwedischen Wälder denken und an die kleinen Buchten zwischen Slätterna und Mollösund. Die Winter waren dort oben sehr viel schneereicher als hier in Hamburg. Er hatte es als Kind immer geliebt, allein durch die Winterwälder zu streifen, sich Iglus zu bauen – irgendwo mit Blick auf die eisige See.

Jan schloss die Augen und konzentrierte sich auf sein Atmen. Schließlich spürte er Annas Hand auf seiner, als sie den Discman etwas leiser stellte.

»Schau meinen Finger an«, sagte sie ruhig und hielt ihn vor sein Gesicht. Sie fuhr damit langsam zurück. Er versuchte, ihn zu fixieren. Ihre Stimme war beruhigend, gleichmäßig und schaffte Vertrauen. »Du siehst meinen Finger an und hörst die Musik. Du konzentrierst dich nur auf meinen Finger. Nur auf meinen Finger. So ist es gut. Er geht hin und her. Hin und her …«

Er folgte ihm mit dem Blick und hörte dazu Mahler, die Violinen setzten ein, und er wusste nicht mehr, wie oft Anna das Hin und Her wiederholt hatte, hatte nicht bemerkt, wie sie in einen geradezu monotonen Singsang verfallen war. Er war noch bei Bewusstsein, das schon, aber er hatte dennoch das Gefühl, als würde er schlafen. Es war seltsam.

Zum zweiten Mal innerhalb weniger Stunden war er nicht mehr Herr der Lage.

Er hatte nicht mehr die Fäden seiner selbst in der Hand.

»Du gehst zurück. Du gehst nach Hause. Du öffnest die Tür. Und siehst dich um. Was siehst du?«

»Die Küche. Die Tür ist nur angelehnt.«

»Dann geh in die Küche. Ich bin hier. Du bist sicher. Alles ist in Ordnung, so wie es ist. Was siehst du? ... Was siehst du? ... Sprich mit mir ... Du bist sicher und geborgen.«

Er erzählte ihr vom Glas, von der Spüle und vom Kampf. Auch wenn da nur Fetzen waren. Kurze Eindrücke statt wirkliche Bilder. Nach dem Kampf jedoch war der Filmriss so groß, dass er sich an nichts erinnern konnte. An gar nichts. Da war nur Schwärze.

»Irgendwann ist das Schwarz vorbei. Du erwachst. Du öffnest die Augen ... Langsam. Du öffnest ganz langsam die Augen. Wo bist du? Was siehst du?«

Er konnte es nicht sagen.

»Was schmeckst du? Wie riecht es dort?«

»Es ... es ist kühl. Es riecht nach Stein, nach Beton. Und nach ... Ich ... ich weiß nicht genau, Lacken und Öl. Wie in einer ... einer Werkstatt.«

Gemeinsam arbeiteten sie sich Schritt für Schritt vor. Es dauerte lange, bis Jan meinte, Bilder zu sehen. Die ersten kamen wie Blitzlichter, ähnlich den Erinnerungen, die er gerade bei der Leiche gehabt hatte. Sinnlose Bildfetzen, die in einer Kaskade aneinandergereiht waren, als hätte ein Cutter auf LSD sie zusammengeschnitten.

Doch schließlich wurden die einzelnen Impressionen zu Herzschlägen, immer längeren Erinnerungen.

Wesentlich klarer als vorher sah er das Opfer – die Frau aus dem Tunnel. Maria Albas. Aufgehängt. Da war wieder dieses Rüschenkleid. Eine Pistole. Ein Schuss.

»Wo bist du? Gibt es dort Fenster? Kannst du etwas erkennen?«

Im Geiste blickte er sich um. Er saß auf dem Betonboden und blickte sich um. Da war nichts. Fenster schon, aber sie waren alle hoch oben und zeigten in den Himmel. Jan schüttelte den Kopf. »Das Dach ist aus Fenstern. Da sind Tauben. Ich kann nicht mehr sehen.«

»Und er?«

»Ich bin gefesselt. Ich … sitze auf dem Boden …«

»Ist er da?«

»Er … Ja! Da! Er kommt auf mich zu. Ich kann ihn nicht gut erkennen. Ich weiß nicht, was er tut … Er kommt hierher. Er kommt zu mir!« Jans Stimme war ein wenig ängstlich, er biss die Zähne zusammen, als bereitete er sich auf einen Schlag vor.

In seinen Erinnerungen trat ein Schatten auf ihn zu und beugte sich zu ihm herab. Dieser Mann, dieser Fremde war bloß wenige Zentimeter von seinem Kopf entfernt. Aber er konnte ihn nicht erkennen. Da war nur ein Schatten anstelle eines Gesichts. Flüchtige Schemen.

»Ganz ruhig. Er kann dir nichts tun. Jan, er kann dir nichts tun … Du bist in Sicherheit … Und wenn ich es sage, dann bist du wach. Beschreibe nun, so viel du kannst.«

»Er redet mit mir. Ich … Er sagt, er wäre ein Künstler.«

»Und sein Gesicht? Wie sieht er aus?«

Der Fremde sah zu ihm herab. Er lächelte böse, aber die Gesichtszüge zitterten unscharf. Sie bildeten sich nicht heraus. Er versuchte vergeblich, alles festzuhalten.

»Er starrt mich an … Ich …«

Die Augen waren intelligent, aber eigentümlich leblos. Lag es an der beinahe schwarzen Farbe? Ja, schwarz waren seine Augen … Eckiger Schädel? Schlanker Kopf? Hohe Wangenknochen? … Und die Haare? Alles war unscharf, veränderte sich laufend.

»Krauses Haar«, brachte er hervor. »Schmale Lippen.«

Mit einem Mal wandte sich der Mann ab und nahm einen Metallwagen. Als er ihn wegrollte, klirrte Werkzeug. Er schob ihn beiseite und drehte sich noch einmal zu Jan um.

»C2 – B458 …«, grübelte Jan.

»Was heißt das? Was siehst du? Jan? Konzentrier dich. Woher kommen die Zahlen?«

»Aufkleber. Da ist ein Aufkleber am Bein eines Wagens. Eine Art … Label.«

Am Bein des Rollwagens klebte ein unauffälliger Strichcode. Es war ein Name darauf und die Zahlen. Er konnte sie nicht lesen …

»Scheiße! Er kommt zurück!«

Lächelnd kam der Mann auf ihn zu. »Siehst du, die Vorstellung ist beendet. Aber ich werde mein Programm noch erweitern, Nygård. Ich werde andere Puppen bauen, bessere. Aber alle Puppen werden hier geboren, von uns geboren. Wir erschaffen sie, und hier sterben sie. Und wir, wir bestimmen, wann. Wir bestimmen!«

Obwohl es nur eine vage Erinnerung war, verspürte Jan eine unbändige Angst. Sie packte ihn am ganzen Körper, als sich der Mann in seinem roten Hoodie zu ihm vorbeugte und er seinen Atem im Gesicht spürte.

»Geh weg! Du Arschloch!«

»Alles gut, Jan. Du bist in Sicherheit. Was siehst du? Beschreibe alles …«

Verzweifelt kämpfte Jan gegen die Angst an. Er versuchte, sich zu bewegen, aber seine Hände steckten in den Eisenringen. Panik begann ihn zu schütteln. Er wollte noch einmal an dem Mann vorbei auf den Metallwagen gucken. Wo war das verdammte Schild?

Da!

»Da ... Da ist eine Nummer. Ja. Da steht etwas ... *Kl... Kl ... Ein ... Strich, dann ... C2 ... Strich ... B4589 und noch mehr Zahlen.* Es ... eine Registrierung. Strichcode! Von einem ... Warte ... Da steht ...«

Der Atem des Mannes roch nach Tee. Er beugte sich noch näher. Sein blutunterlaufenes Auge wühlte in Jans Seele, der verzweifelt versuchte, einen weiteren Blick hinter den Mann zu werfen und ...

»Kli... *Klinikum*«, stieß Jan aus. »Klinikum.«

»Klinikum. Sehr gut.«

»Ich ... Da steht Kallisto Klinikum«, sagte er gehetzt. »C2 – B45 ... Ich weiß nicht.«

Jan zuckte zurück. Unvermittelt packte der Mann seinen Hals und hieb seinen Kopf gegen die Wand. Sein blutunterlaufenes Auge zuckte, während er Jan angrinste.

»Du verdammtes Arschloch!«, schrie Jan und riss den Discman vor Schreck herunter.

24

»Ja klar. Also Schwund is' ja immer.« Einer der Hausmeister, ein dicker Typ mit fleckigem Vollbart, trug Pappkartons zu einem Presscontainer und versenkte sie.

Jan spürte, wie erschöpft er war. Seitdem er verwirrt und zerschlagen aufgewacht war, hetzte er von Ort zu Ort. Zu wenig Essen und der verdammte Geruch des Desinfektionsmittels, den das Krankenhaus ausdünstete, ließen seinen Magen rebellieren.

Oder rührte das flaue Gefühl von der Ungeduld her, endlich den Hauch einer Fährte zu haben? Einen ersten brauchbaren Anhaltspunkt, an dem sie sich entlanghangeln konnten?

Er musste gegen das Kreischen der Hydraulik anreden: »Ihr verkauft die Rolltische und Regale also nicht, sondern verschrottet sie?«

»So isses. Entweder, es wird alles abgeholt, oder wir fahrn das Zeug zur Kippe. Da kann sich weiß wer bedien'.« Der Mann zog seine Pudelmütze zurecht und nickte über den halbwegs geräumten Vorplatz, der sich hinter dem Krankenhaus unweit der Rampe für den Warenverkehr befand. Er deutete zu einer Art Bucht aus Absperrzäunen, in der sich Metallschrott stapelte. »Und, ey, hier sind wir ja auch nich' immer. Wenn sich wer was wegholt.« Er zuckte mit den Achseln und wartete, bis das ganze Papier vom Container geschluckt worden war.

»Aber ihr markiert alles mit den Aufklebern.«

»So isses. Was angeschafft wird oder was in die Werkstatt kommt. Alles, was auf Station geht … Also das kriegt 'n Strichdings und 'n Aufkleber.«

»Verstehe. Damit keiner was klaut.«

Der Mann lachte und ging zurück zum Krankenhaus. Er öffnete mit seiner Karte eine der Türen. »Nee! Damit es kein' Streit zwischen den Stationen gibt. Was glauben Sie denn, was hier los is'? Totale Mangelverwaltung, sag ich nur. Und geklaut …?« Er winkte ab. »Hier geht am Tag 'n ganzer Hausstand weg. Die ham uns vor zwei Jahren sogar 'n Rettungswagen geklaut. Alter! Muss man sich mal reinziehen. Is' nie wieder aufgetaucht. Das ganze Medizingedöns. Gibt's bestimmt 'n gutes Sümmchen für.«

»Denk ich auch.« Jan folgte dem Hausmeister, der den Aufzug zum Keller ansteuerte. Pfleger schoben Kranke vorbei, grüßten nicht, sondern gingen ihrer Arbeit nach und verschwanden irgendwo im Bauch des riesigen Betriebs. »Danke.« Jan trat zurück, als die Fahrstuhltür sich schloss.

»Da nich' für«, hörte er den Mann noch sagen. »Schicke Mütze.«

»Ein Erbstück, sozusagen.« Jans Handy klingelte. Nachdem Anna ihn in Trance versetzt hatte, waren sie sofort zum Klinikum gefahren und hatten sich aufgeteilt. Anna sollte mit der Klinikleitung reden und herausfinden, ob irgendetwas Kurioses in den letzten Wochen vorgefallen war.

»Ja? Anna?«

»Ich hab hier was.«

»Der Klinikleitung ist angeblich nichts aufgefallen. Also hab ich die Patienten gecheckt«, begrüßte Anna Jan, als er in das Besprechungszimmer trat. Der Raum für die Übergaben und Pausen auf Station 4C war spärlich geschmückt. Nur ein paar Weihnachtsmänner aus Kunststoff und eine Schale mit Äpfeln, Orangen und Nüssen zeugten vom bevorstehenden Fest. An der Glasscheibe zum Stationsflur hangelte sich ein dicker Weihnachtsmann aus bunter Glitzerfolie am Wort *Xmas* entlang.

Anna klatschte zwei dünne Pappordner vor die Schale.

»Patienten?« Jan zog sie zu sich und begriff sofort, als er den ersten aufschlug, was sie meinte. »Sabine Lohse?«

Anna nickte. »Das Opfer aus dem Wald. Sie war hier Patientin. Ich dachte mir, das kann Zufall sein. Aber dann habe ich auch die andere gefunden …«

Er schlug die zweite Akte auf. »Maria Albas.« Es war die Frau, die sie vor wenigen Stunden im Tunnel entdeckt hatten. »Da haben wir unseren gemeinsamen Nenner. Endlich mal gute Nachrichten«, brummte er. »Auf welcher Station waren die beiden?«, fragte er, obwohl er bereits die Antwort wusste.

»Hier. Hier auf Station. 4C. Nierensteine. Operativ entfernt. Und was mit der Galle bei Maria Albas … Das ist über zwei Monate her.«

»Gute Arbeit.« Jan nahm sein Handy und wählte Brandts Nummer. Vom dritten Opfer fehlte ihnen noch immer der Name, aber vielleicht hatte der Rechtsmediziner eine Verletzung oder Anzeichen einer OP gefunden.

Brandt benötigte keine zwei Minuten, um die Daten abzurufen. »Blinddarm«, bestätigte er knapp. »Die Narbenbildung und der Zustand der Klammern im Innern sprechen dafür, dass er erst vor wenigen Wochen entnommen wurde.«

Jan bedankte sich und blickte auf. »Wir brauchen alle, die in den letzten … sechs, acht Wochen wegen einer Blinddarm-OP hier waren. Vielleicht kriegt unser drittes Opfer endlich einen Namen.«

Zehn Minuten später war die zweite Frau aus dem Wald identifiziert. In den letzten Wochen hatte es elfmal Blinddarm gegeben. Sieben Männer, fünf Frauen. Und nur drei der fünf waren annähernd im richtigen Alter. Jan ließ die Daten abgleichen und bekam von Riya die Passfotos der Personalausweise aufs Handy geschickt.

Ein Blick genügte, um die Leiche zu identifizieren.

»Christa Stadler«, sagte Riya. »Hab ich.«

»Das ist sie.«

»Hm. Na schön. Sie ist aus München. Wurde nicht als vermisst gemeldet. Keine Ahnung, was sie nach Hamburg verschlagen und warum keiner sich Sorgen gemacht hat.«

»Sie fährt von München nach Hamburg, bekommt Probleme mit dem Blinddarm, wird hier operiert, und wir finden sie im Wald. Vielleicht hat sie sich getrennt und ist abgehauen.«

»Ja, kann sein. Ich ruf gleich mal da unten an.« Er hörte Riya an ihrem Kaffee schlürfen. »Dieck ist übrigens stinksauer. Er hat irgendwelche Telefonaufzeichnungen bekommen. Von der Staatsanwältin … Und ich bin die Vermissten durchgegangen. Eine Mareike Kagel wird seit Freitag vermisst. Ihr Wagen ist auch weg. Ein roter Golf. Ich will nachher mit Sadik hin und die Eltern befragen … Sag mal, Jan, warst du wirklich bei ihr? Heute Morgen. Bei der Roger?«

»Hast du wen geschickt? Wegen Leonie.«

»Zur Staatsanwältin? Ich hab unseren Spezi im Revier gebeten, die Streifen öfter vorbeizuschicken. Mehr ist nicht drin.«

»Danke. Riya, hör mal. Ich erkläre dir alles. Versprochen. Aber … aber nicht jetzt.«

Ihr Schweigen sprach Bände.

»Ich brauche dich in dem Fall.« Er sah sich nach Anna um und entschied, lieber hinauszugehen.

Auf dem Flur sprach er leise weiter. »Meinst du, es gefällt mir, mit …« Er brach ab, weil er Anna nicht schlechtreden wollte. Außerdem hatte sie bisher wirklich gute Arbeit geleistet, und er fühlte sich wohl in ihrer Nähe. Aber er wollte Riya nicht verletzen. »Dieck lässt uns sicher bald wieder als Team ran. Wenn mein Scheiß mit der Marina klar ist. Okay? Du bist meine Partnerin. Ja?«

»Ich versauere hier vorm Rechner, Jan.«

»Ich weiß, Riya. Ich weiß das …«

Sie antwortete nicht. »Ist sie cool? Ich wette, sie ist cool!«

Er sah sich zu Anna um, die sich einen Apfel genommen hatte und hineinbiss.

»Ich muss hier weitermachen«, würgte er jedes weitere Gespräch ab. Riya war tatsächlich eifersüchtig. »Ich melde mich, wenn wir hier weiterkommen. Du bist die Beste.« Er legte auf.

Kaum war er wieder zu Anna in den Besprechungsraum getreten, als eine Frau die Tür öffnete, die Anna als Personalchefin vorstellte.

»Mein Chef hat grünes Licht gegeben.«

»Sehr gut«, sagte Anna.

»Ich habe nachgesehen, wer alles mit den drei Patientinnen hier im Hause zu tun gehabt haben könnte. Das sind natürlich nicht wenige«, erklärte sie. »Bei dreihundert Betten.«

»Und wenn's tausend wären«, warf Jan ein. »Haben Sie eine Liste?«

Sie gab ihm einen Stapel. Namen, Stellung im Haus und Passfotos. »Ärzte, Chirurgen, die Schwestern … Ich habe Ihnen alle bis zum Putzpersonal zusammengestellt.«

Gierig auf einen Treffer, ging Jan die Liste durch, brummte ein »Danke«. Die Namen interessierten ihn vorerst nicht, aber die Gesichter. »Er hatte eine Brille auf, und sein Gesicht war zerschlagen. Ich weiß nicht …«

»Ganz in Ruhe«, warf Anna ein.

Männer mit Bärten, nein ... Zu schlank. Ein Arzt mit Halbglatze ... Ein Pfleger mit eingefallenen Wangen und einem starren Blick. Zu jung. Jan blätterte weiter.

Er war beinahe auf dem letzten Blatt angelangt und hatte noch immer keinen Treffer. Langsam kamen ihm Zweifel, ob er den Mann tatsächlich identifizieren konnte.

»Lass dir Zeit. Nicht hetzen.«

Abermals fuhr Jans Blick die Gesichter ab. Krampfhaft versuchte er, sich die Bilder ins Gedächtnis zu rufen, die Annas Hypnose hervorgebracht hatte.

»Der Mann hatte dunkle Augen ... Seine Lippen waren dünn und das Haar kraus ...« Er verstummte, als einer der Männer ihn vom Blatt aus anzustarren schien. »Das ...«, sagte er tastend. »Das ist er ... könnte er sein.«

»Der hier?« Anna tippte auf das Bild.

»Ja. Der.«

»Bist du dir sicher?«

Noch einmal studierte er das Foto des Mannes, hob das Blatt ins Licht und betrachtete die Züge. Er hatte schmale Lippen, die Augen wirkten kalt, aber aufgeweckt. »Krauses Haar ...«, murmelte Jan. Ihn fröstelte, er spürte, wie seine Hände dennoch zu schwitzen begannen. Es war, als erinnerte sich sein Körper. »Ich bin mir sicher. Er ist es.«

Neugierig beugte sich die Personalchefin über das Blatt. »Oh. Der«, seufzte sie. »Daniel. Daniel Braun. Er ist seit ... Da steht's ja. Seit neun Jahren ist er hier Krankenpfleger.« Sie ging zu einem PC und öffnete eine Eingabemaske. Während sie den Lebenslauf und die Bewerbung aufrief, zückte Jan bereits wieder sein Handy.

»Riya. Ich noch mal. Ich brauche alles über einen Daniel Braun. Fünfunddreißig Jahre, geboren 17. Februar 1987 hier in Hamburg. Ich schick dir gleich 'n Foto vom

Perso.« Als er rübersah, war die Frau bereits fertig und drehte den Monitor zu ihm.

»Er hat Humanmedizin studiert bis 2011. Aber dann hat er wohl abgebrochen. Kein Staatsexamen. Er hat umgeschult zum Krankenpfleger und nach der Ausbildung hier bei uns angefangen. Ungewöhnlich.«

»Inwiefern?«

»Normalerweise wird man Arzt. Punkt. Es nicht zu werden ist schon selten, aber dass er als Krankenpfleger umschult …« Sie scrollte weiter.

»Wie ist er denn so? Sie haben geseufzt bei seinem Namen«, wollte Anna wissen.

Die Personalchefin lachte auf. »Nun, sagen wir mal so. Er ist ziemlich von seinem Können überzeugt. Vor einem halben Jahr hat er im Büro meiner Kollegin getobt, weil er mehr Nachtzuschlag wollte. Was natürlich Unsinn ist, da wir generell nach Tarif bezahlen.«

»Er hält sich für was Besseres?«, hakte Anna nach und erntete ein Kopfnicken. »Wo ist er jetzt? Welche Station?«, wollte sie wissen, woraufhin die Personalchefin sich erneut dem PC zuwandte.

»Er hat frei. Seine Schicht beginnt erst wieder übermorgen. Nachtschicht, zweiundzwanzig Uhr.«

»Gut.« Jan nahm das Handy und fotografierte den Scan des Persos aus der Akte ab. »Wo wohnt er? Welche Adresse hat dieser Daniel Braun angegeben?«

25

Seit letzter Nacht hing Mareike da, unfähig, sich zu bewegen. Sie starrte ins Leere und hatte es längst aufgegeben, ihre Muskeln spüren zu wollen. Dafür kreisten ihre Gedanken seit Stunden um sich selbst.

Sie hatte der anderen Frau ins Gesicht gesehen und dann … abgedrückt. Die Hinrichtung hatte sie weiter in die Finsternis getrieben und ihren Verstand zertrümmert.

Doch ein Fünkchen war geblieben, wenige helle Sekunden, in denen sie zurück an die Oberfläche stieß, hinaus aus der Finsternis. Diese Augenblicke kamen überraschend. Von einem Moment auf den anderen musste sie an ihre Mutter denken, für die sie noch ein Geschenk zu Weihnachten suchte. Und den Kinoabend, auf den sie sich so gefreut hatte. Der Kuschelsitz im Kino und ein bisschen Nähe, das wäre sicher schön gewesen. Doch dann hatte ihr Leben diese brutale Abzweigung genommen.

Ihr Peiniger stand vor der Werkbank, redete mit sich selbst, begann auf und ab zu tigern. Irgendetwas hatte sich in ihm verändert, das spürte sie.

In der kurzen Zeitspanne, in der sie auftauchte und ihr Verstand nach Realität schnappte wie ein Ertrinkender nach Luft, sah sie ihn vor der Werkbank stehen und emsig etwas in ein Notizbuch zeichnen. Irgendwas plante er, doch er diskutierte dabei mit sich selbst und fluchte viel.

Auch wenn sie in sich selbst gefangen war und mit sich sprach, nicht mehr wusste, was real und was eingebildet war, so sagte ein letztes Fünkchen Klarheit in ihr, dass ihr Peiniger überraschend unsicher wirkte.

Dann driftete sie abermals weg, glitt zurück in die

warme Dunkelheit, die sie schützend umfing, und lauschte ihrer Stimme.

Ist es nicht schön hier bei mir?

Ja, es ist wunderbar, dachte Mareike. Es ist so friedvoll.

Bei mir hast du keine Schmerzen. Hier kannst du friedlich einschlafen.

Das wäre gut …

Sie glitt tiefer in die Finsternis, baumelte unter der Decke und spürte weder die Ösen noch die Wunden … Sie begann sich wieder zu verlieren und …

Nein!, schalt sie sich. Du musst kämpfen.

Kämpfen. Wofür willst du denn kämpfen? Du weißt doch gar nicht mehr, wer du bist. Glaubst du etwa, du kommst jemals wieder hier heraus? Aus der Schwärze? Oder aus seinen Fängen? Du Dummerchen …

Mareike!, mahnte sie sich. Du hast dir etwas geschworen! Du hast dir versprochen, du wirst überleben! Du hast geschworen, du willst kämpfen. Also kämpfe! Verflucht noch mal, kämpfe dagegen an!

Verzweifelt versuchte ihr Verstand, einen letzten Halt zu finden. Egal welche Qualen außerhalb der Dunkelheit auf sie warteten, sie wollte zurück an die Oberfläche.

Sie wollte noch nicht sterben.

Und vor allem wollte sie nicht für immer in der Dunkelheit bleiben, auch wenn sie verlockend war. Ihr letztes bisschen Verstand sagte ihr, dass die Dunkelheit nur eine süße Versuchung war, eine Falle, an der sie kleben bleiben würde wie eine Fliege in einem Honigtopf.

Kämpfe! Mareike!, trieb sie sich an. Du schaffst es! Kämpfe verflucht noch mal dagegen an!

Du musst dich um nichts mehr sorgen, Mareike. Du wirst sterben. Du wirst einfach sterben. Du wirst einfach sterben. Du wirst einfach …

Es war nicht eine ihrer inneren Stimmen, die sprach, sondern ihr Peiniger. »Hörst du mich? Du wirst sterben, Mareike.«

Sie öffnete die Augen und sah, dass er in der Zwischenzeit zu ihr getreten war. Mit ernster Miene lüpfte er seine verspiegelte Brille und sah hoch zu ihr, in ihre Augen. »Bald ist das Spiel für dich vorbei.« In der Hand hielt er die Fernbedienung für den Kran und drückte auf einen Knopf. Langsam senkte sie sich ab, bis sie schließlich auf seiner Augenhöhe angekommen war. Er musterte sie.

»Du bist die Nächste, Mareike. Kannst du mich verstehen?«

Sie versuchte zu begreifen, was er sagte. Aber es fiel ihr schwer. Schon wieder waren ihre Gedanken abgedriftet.

Da schlug er ihr ins Gesicht, und für einen Moment fiel sie zurück ins Hier und Jetzt.

Ihr geschundenes, verzerrtes Gesicht starrte ihr entgegen, weil sie sich in seiner Sonnenbrille spiegelte.

»Ich rede mit dir. Mareike! Ich werde alles vorbereiten. Und du kannst mir dabei zusehen. Ich werde dir eine ganz besondere Puppe besorgen, die mit dir spielen kann. Das macht auch dich zu etwas Besonderem. Verstehst du? Es ist alles geplant.«

Sie driftete schon wieder ab. Da spürte sie mit einem Mal seine Hand in ihrem Gesicht. Die beinahe zärtliche Berührung tat gut.

»Mareike, bleib hier«, sagte er streng. »Du gehst erst fort, wenn wir es bestimmen. Alle Puppen bleiben bis zum Finale.«

26

»Und?« Jan stieg in den Zivilwagen zu Riya, die seit einer Stunde aus gut zweihundert Metern Entfernung einen Blick auf die Häuserzeile warf, in der Daniel Braun gemeldet war. Das Wohnhaus selbst bestand aus zwei Etagen, während sich rechts unten ein einstöckiger Laden anschloss. Beides war zwischen die anderen Häuser gequetscht worden wie ein Spaltkeil in einen Baumstumpf.

Jan schätzte, dass Haus und Laden irgendwann in den Zwanzigerjahren erbaut worden waren. Er kannte solche Gebäude aus der Vorstadt; sie waren keine wirklichen Mietskasernen und ebenso wenig frei stehende Einfamilienhäuser. Meist boten sie nicht viel Platz, lediglich ein bis zwei kleine Zimmer pro Etage.

Die ganze Häuserzeile von Straßenecke zu Straßenecke machte einen erbärmlichen Eindruck. Sie war seit Jahren, vielleicht seit Jahrzehnten nicht gestrichen worden, und das Grau des Putzes war hier und da von Schimmel und Grünspan bedeckt. Wie eine faulige Zahnreihe ragte sie in den grauen Himmel, ein Eindruck, der durch eine aufgewühlte Baubrache noch verstärkt wurde. Absperrzäune, Container und Kräne ließen das Areal der Großbaustelle wie die Bronx in den Achtzigern aussehen.

Riya nahm den Feldstecher von den Augen. »Rührt sich bisher nichts … Magst du was?« Sie deutete auf ein paar selbst gemachte indische Süßigkeiten auf der Ablage.

»Lieber dein Dum Aloo.« Er zog seine Kevlar-Weste fest und setzte sich auf den Beifahrersitz.

»Jaja. Einmal Deutscher, immer Deutscher. Hauptsache Kartoffeln.«

»Sagt die Inderin zum Schweden …« Er lachte, während sie sich einen Drops von der Ablage des Wagens schnappte und genussvoll zu lutschen begann. »Deine Freundin ist gar nicht da?«

»Ach, sieh an. Erst ist sie meine Therapeutin, jetzt schon meine Freundin?«

»Das schließt sich ja nicht aus.«

»Auch wieder wahr.« Er tastete nach seiner verletzten Lippe und kühlte sie mit den Fingern, zog dann den Gürtel aus seiner Lederhose und hielt sich die Eisenschnalle drauf.

Riya runzelte die Stirn.

»Brennt«, erklärte er knapp.

»Du siehst wie immer beschissen aus, Jan.«

Er schenkte ihr ein Lächeln. »Und sonst?«

»Ist keiner raus und keiner rein. Sein Wagen steht schräg vorm Haus. Da am Bauzaun.« Sie nickte über die Baubrache zur Straße mit den Häusern.

»Dunkler Van? VW?«

»Dunkler Van. VW.«

»Na.« Jan holte seine Pistole heraus und checkte, ob das Magazin voll war, der Schlitten gut lief. »Das SEK muss gleich da sein.«

»Und die Wasmuth? Deine Therapeutenfreundin?«

»Wollte mehr über Braun rausfinden, mal mit seinen damaligen Lehrern auf der Uni telefonieren.«

»Aha.«

»So was hier, das ist nichts für sie.« Kaum hatte er es ausgesprochen, fuhr Dieck vor. Jans Chef stieg aus und kam zu ihnen rüber. Bevor er am Wagen war, war Jan bereits ausgestiegen. Er steckte seine Waffe ein.

»SEK unterwegs?«, fragte er in seiner knappen Art. »Braun ist wahrscheinlich vor Ort. Hat sich nichts getan.«

Dieck nickte und blies sich in die Hände. Er trug bloß

eine dünne Strickjacke über seinem Hemd. Wahrscheinlich war er übereilt aus dem Büro aufgebrochen.

»Was ist?«, wollte Jan wissen, weil Dieck nicht antwortete.

»Das SEK«, begann er. »Jan, also ... Die kommen nicht.«

»Was?« Jan stutzte. »Wir brauchen den Zugriff! Jetzt! Der Typ ist gefährlich.«

Dieck fiel es sichtlich schwer, eine geeignete Antwort zu finden. Schließlich meinte er: »Bist du dir da sicher?«

»Natürlich bin ich mir sicher. Der Wagen passt, der Typ arbeitet da, wo alle unsere Opfer in den letzten Wochen waren ... Und ich habe diesen verdammten Aufkleber gesehen, als ...« Er brach ab.

»Aufkleber?«

Jan winkte ab. »Ist etwas kompliziert. Anna hat mich ...«

»Anna?«

»Frau Wasmuth. Sie hat mich hypnotisiert, weil der Typ mich unter Drogen ...« Schon wieder hielt er inne, weil er genau sah, wie überaus skeptisch Dieck ihn musterte. »Keine Sorge, Chef. Ich hätt' dir schon alles gesagt. Aber Brandt sollte erst bestätigen, dass unser Täter mir Liquid-E und Was-weiß-ich-fürn-Scheiß ...« Er brach ab, denn Dieck musterte ihn mit hochgezogenen Brauen, sah zu Riya, dann zum Haus hinter der Baustelle.

»Tonia Maximowna?«, fragte Dieck unvermittelt.

»Was?« Worauf wollte sein Chef hinaus?

»Die Komarow«, erklärte Dieck. »Du warst bei ihr? Gestern Nacht? Im Boxkeller?«

Jan war baff. »Was weißt du von Tonia?«

»Ich bin nicht nur dein Chef, Jan. Schon vergessen?«

Dieck hatte insofern recht, dass er sich nach Hannahs Tod um ihn gekümmert hatte. Er und Brandt waren ihm eine große Stütze gewesen. Sie hatten ihn aufgefangen, hatten versucht, mit ihm zu sprechen, auch wenn er sich wie ein Arsch benommen und mit seiner Harley lieber in die Nacht gefahren war, anstatt mit den beiden zu reden.

Jan hatte nun mal lieber geschwiegen und alles in sich hineingefressen, anstatt sich Brandt – oder sogar Dieck – anzuvertrauen. Keine Erklärungen, keine Trauerarbeit mit guten Freunden.

Vielleicht war es ein Fehler gewesen. Nach ein paar Monaten hatte es Probleme gegeben, weil Jan nicht hatte aufhören wollen, sämtliche Ergebnisse des Teams anzuzweifeln und sich in die Ermittlungen zu Hannahs Tod einzumischen.

Immerhin ist ihm anzurechnen, dachte Jan, dass er damals versucht hat, mit mir zu sprechen.

Dieck hatte Jan auch die erste Wohnung beschafft, nachdem er es nicht mehr in der alten ausgehalten hatte, weil dort noch immer Hannah wohnte und ihn bei jedem Schritt beobachtete, ihn berührte und mit ihm reden wollte. Sie stand zwischen den gemeinsam angeschafften Möbeln und lächelte, obwohl sie vor dem Regal mit Bier und Cola verblutet war.

In seinen Armen.

»Und mit dieser Tonia«, fuhr Dieck fort. »Da hast du doch wieder einen gekippt. Wahrscheinlich nicht zu knapp, hm? Jan?«

»Was wird denn das, Chef?« Riya war ausgestiegen. Sie hatte die letzten Sätze gehört.

»Steig wieder ein, Riya«, befahl Dieck harsch.

»Nein. Ich will das hören«, meinte sie und trat zu den beiden.

»Ich auch. Beschattest du mich, Micha?«

Dieck antwortete nicht darauf, was auch eine Antwort war.

Jan spürte, wie er wütend wurde. Da war sie wieder, diese Flamme. »Du schickst mir jemanden nach? Ernsthaft?«

»Damit das mal ganz klar ist, Jan. Das würde *ich* nie tun.«

»Aber …?« Bei Jan fiel der Groschen. »Roger? Sie hat …?«

Auch darauf vermied es Dieck zu antworten. »Du hast dir die Kante gegeben, Jan, obwohl du am nächsten Morgen Schicht hattest. Und wenn du GHB im Blut hattest oder hast … Was weiß ich? Wäre ja nicht das erste Mal, dass du mit der Komarow abstürzt.«

Jan schloss die Augen. Am liebsten wäre er seinem Chef an die Gurgel gegangen. Zornig deutete er über die Baubrache. »Der schaukelt sich die Eier, Micha! Der hat drei Frauen umgebracht.« Er wurde laut. »Und ich habe verfickt noch mal gesehen, dass er eine vierte in seiner Gewalt … Ach, fuck!«

»Mareike Kagel«, warf Riya ein. »Seit drei Tagen vermisst. Arbeitet bei Airbus. Wir nehmen an, dass sie ein weiteres Opfer …«

»Ich weiß!«, fuhr Dieck sie an. »Ich weiß das!«

Wütend zeigte Jan über den dreckigen Schnee der Brache und auf die dunklen Fenster des Hauses. »Der hat ihr ein Kleidchen angezogen und sie geschminkt. Er hat sie aufgehängt, Micha! Verfluchte Scheiße! Und sie musste eine Frau erschießen!«

Dieck rang mit sich.

»Michael!«, fuhr Jan ihn an.

»Ich hab Roger mehr als einmal gebeten, den Richter hinzuzuziehen«, antwortete der ruhig. »Für einen Durchsuchungsbescheid. Okay?«

Ein SUV fuhr vor, hielt bei den dreien und unterbrach den Streit. Roger stieg aus, strich ihren Kaschmirmantel glatt und wandte sich postwendend an Jan.

»Kriegsrat?«, fragte sie und sah in die aufgebrachten Gesichter. »Ist die Nachricht schon angekommen?«

»Dass Sie es blockieren?«, fuhr Riya die Staatsanwältin an.

Die legte die Stirn in Falten. »Blockieren? Ich? Nein … Ich habe beim Richter einen Durchsuchungsbeschluss beantragt.«

Jan warf Dieck einen fragenden Blick zu. Hatte er nicht gerade gesagt, dass Roger nichts unternehmen würde? Der sah jedoch genauso verständnislos drein.

»Was ist los?«, fragte Roger in die Runde. »Selbstverständlich reiche ich so was weiter. Aber wie ich Michael schon erklärt habe: Das ist alles zu vage. Der Richter gibt kein Go. Abgelehnt. Eine Hypnose mit der LKA-Psychologin, ein Traum, ein Aufkleber. Patientinnen aus einer Klinik …«

»Braun muss in U-Haft!«, drängte Jan. »Seine Wohnung und der Wagen auseinandergenommen werden. Und das wissen Sie!«

»Mag sein, aber die Sachlage für einen Durchsuchungsbeschluss ist zu dünn, Nygård.«

»Sachlage! Sie wollen mir eins reinwürgen! Sie können mich am Arsch lecken!«

Roger lächelte kalt. »Im Gegensatz zu Ihnen, Nygård«, antwortete sie überaus gefasst, »kann ich Arbeit und Privates trennen. Und Ihnen eins *reinzuwürgen*, habe ich nicht nötig. Mein Sohn hat heute Morgen Strafanzeige gestellt. Ach, und der Richter deutet mir gegenüber an, dass Sie potenziell in Sachen Braun ebenfalls befangen sein könnten.«

»Befangen!« Mit einem bitteren Lachen zückte Jan

seine Fellmütze und setzte sie sich auf. »Und ob ich das bin!« Er schenkte ihr einen letzten finsteren Blick, dann zog er seine Pistole und begann loszumarschieren, hielt direkt auf das Haus zu.

»Was machst du? Jan!«, ermahnte ihn Riya überrascht.

»Jan!«, hallte auch Diecks Ruf über die Brache, doch der drehte sich nicht um.

»Shit.« Riya zögerte nur einen Lidschlag, dann lief sie ihm nach.

»Verflucht noch mal. Dieser Typ … Himmel, Arsch.« Sofort zückte Dieck sein Handy. »Ich brauche die Einsatzleitung. Ja. SEK.«

»Wenn er das macht, dann …« Roger sah Jan noch einen Moment zu, wie der auf die Baumaschinen und das Haus zuhielt, dann winkte sie ab. Sich noch mehr über Jan aufzuregen war anscheinend Energieverschwendung. »Er gefährdet die Ermittlung, Dieck«, sagte sie kühl und nahm ebenfalls ihr Handy zur Hand.

Eis brach knackend unter Jans Schuhen. Die Pfützen lagen wie blinde Spiegel auf der weiten Fläche. Der schneidend kalte Wind wehte Jan entgegen, der sich im Sichtschatten der Baufahrzeuge weiter dem Haus näherte. Die schmucklosen Fenster ohne Gardinen oder Jalousien starrten auf die Baustelle wie die dunklen Augenhöhlen eines Schädels. Mit Genugtuung stellte er fest, dass Riya an seiner Seite war, und zwar wörtlich. Keine vier Meter neben ihm. Sie zog ihre pinke Steppjacke im Gehen aus, weil sie zu auffällig war, und schmiss sie auf ein paar Rohre.

»Du hast keine Weste«, stellte er fest, ohne anzuhalten.

»Nein.«

Er blieb stehen, zog seine aus und reichte sie ihr. Sein Blick sagte ihr, dass Widerworte sinnlos waren.

Riya zog sie über. »Wir brechen gerade wahrscheinlich alle Protokolle, oder?«

Jan antwortete nicht.

»Scheiße, ich mein, wenn wir nichts finden … Oder was schiefgeht … Dann können wir auch gleich beim LKA vom Dach springen … Zack, aus!«, stieß Riya hervor, während sie weiter auf das Haus zustrebten.

Sie hatte natürlich recht, aber Jan wusste, dass seine Partnerin mit ihrem Gemurre gern ihre Angst überspielte.

»Wird schon alles gut gehen«, sprach er ihr Mut zu. »Wir stürmen hinten. Und zwar zusammen. Wie beim Zoe-Ding.«

Sie nickte.

Wir sollten von zwei Seiten stürmen … Aber zu zweit? Jan schüttelte den Kopf. Strategie hin oder her, nein, er wollte nicht, dass Riya diesem Typen allein gegenüberstand. Der Kopf der Toten war durchbohrt worden, ihre Hände … Er wusste, wozu dieser Mann fähig war. Und er bezweifelte, dass ein Einziger ihn aufhalten würde, selbst wenn er bewaffnet wäre.

Sie mussten einfach schnell sein.

Den Blick unablässig auf das Haus gerichtet, erreichten die beiden die Straße. Die schwere Holztür, die mal eine schmuckvolle Eingangstür gewesen sein musste, war mit zahlreichen Lackschichten übermalt worden, die sich über die Jahre abgepellt hatten.

Daneben war das Schaufenster des einstigen Ladens zu erahnen. Irgendwann war das Fenster stümperhaft zugemauert worden. Es gab noch eine schmale Ladentür, die jedoch mit Brettern vernagelt war. Plakate klebten an ihr und der schlecht verputzten Mauer.

Der dunkle Transporter stand zwischen ihnen und dem Eingang. Kurzerhand entschloss sich Jan, einen Blick hineinzuwerfen. Er pirschte sich im Sichtschatten des Wagens an. Wenn Braun sie von dort oben aus einem der blinden Fenster heraus sah, dann war alles zu spät.

Der Wagen war alt, aber gepflegt. Die Waffe im Anschlag versuchte Jan, die Schiebetür aufzuziehen, doch sie war verschlossen.

Ein Blick durchs Beifahrerfenster …

Zwei nagelneue, sehr saubere Trainingstaschen standen anscheinend prall gefüllt im Innern – eine auf dem Beifahrersitz, die andere im Fußraum.

Ein modernes und teures Fernglas, wie Jäger es benutzen, lag auf der Mittelkonsole.

Hat wohl keine Angst, beklaut zu werden, dachte Jan bitter.

Er hätte nur zu gerne gewusst, was in den Taschen war. Auf dem Armaturenbrett konnte er Mullbinden sehen, sie waren ordentlich aufgerollt und dicht nebeneinandergelegt, als hätte Braun sie zurück in eine Packung schieben wollen.

Doch die Verbände waren blutrot.

Soweit er das auf die Schnelle erkennen konnte, gab es in diesem Auto sonst nichts, das irgendwie dreckig war. Sämtliche Oberflächen waren gründlich abgewischt, jedes Krümelchen entfernt worden. Entweder, um Spuren zu verwischen – oder einfach, weil ihr Mann ein Pedant war.

»Wir gehen hinten rein«, befahl er.

Sie nickte.

»Dann los!«

Die beiden gaben ihre Deckung auf und huschten über die Straße, behielten das Fenster und die Tür im Auge – keine Regung dort – und tauchten in den Schatten des Hauses.

Bisher hatten sie keine Menschenseele gesehen.

Ein schmaler Durchgang, nicht breiter als ein Meter,

führte zwischen den Häusern nach hinten. Kinder hatten irgendwann mit Kreide Bilder auf dem bröckelnden Putz hinterlassen. Dinosaurier bissen sich die Köpfe ab.

Jan und Riya gaben sich gegenseitig Deckung. Sie eilten durch die Passage auf die Rückseite. Hier schlossen sich schmale Gärten an, die mit Hecken und Maschendrahtzäunen abgesperrt waren. Sofort steuerte Jan den Garten von Brauns Haus an, nahm den hüfthohen Zaun mit einem Satz und duckte sich hinter die Hecke.

Riya folgte ihm keuchend.

Die eiskalte Luft brachte den Geruch von Kaminen zu ihnen. Jan fixierte die Häuserfront und die Gärten. Auf der Terrasse des Nachbarhauses stand kopfüber ein Moped. Jemand hatte daran herumgeschraubt, doch es war keiner zu sehen. An Brauns Haus waren die Vorhänge zugezogen. Die Veranda sah völlig unbenutzt aus. Es gab weder Stühle noch Blumentöpfe zum Einmotten für den Winter.

»Kameras?«, wandte er sich an Riya, nachdem auch sie die Rückfront des Hauses gecheckt hatte.

Sie hatte keine gesehen. Allerdings waren gute Bluetooth-Kameras so klein wie Fingerkuppen. Sie mussten das Risiko einfach eingehen.

»Bereit?«, fragte er, weil sie wegen der Kletterei über den Zaun noch immer hörbar Luft holte.

Zerknirscht nickte sie.

»Dann los.«

Er drückte sich durch die Büsche, hielt die Waffe vor der Brust – die Mündung schräg nach unten, von den Füßen weg, so wie sie es gelernt hatten – und eilte im Laufschritt auf die Terrassentür zu. Riya war keine vier Schritte hinter ihm. Ein Schwarm Spatzen stob auf und flatterte protestierend davon. Dutzende Vögel, die blitzschnell im bleiernen Himmel verschwanden.

Jan und Riya postierten sich neben der Glastür.

Sein Blick fiel zurück in den Garten, und er bemerkte ihre auffälligen Fußspuren im Schnee. Sie konnten nur hoffen, dass Braun nicht in den Garten sah. Stumm wandte sich Jan der Tür zu.

Drei, zwei … eins! Er ließ den Fuß mit gezielter Kraft gegen den Rahmen krachen. Die Tür war leicht, die Verriegelung gab sofort nach. Wie er gehofft hatte, tat sie es recht leise.

Die beiden verschwendeten keine Sekunde, tauchten sofort in das Innere des Hauses.

27

Jan sicherte den Raum, doch kaum war er drin, blickte er sich überrascht um.

Das Wohnzimmer sah aus wie geleckt.

Als hätte gerade die Putzfrau den Raum verlassen. Kein Krümel auf der Auslegeware, kein Staub auf dem Tisch und alle Dinge verräumt. Auch wenn die Möbel alt waren, sahen sie sehr gepflegt aus. In einer Schrankwand standen Bücher, penibel nach Farbe sortiert.

Verflucht septisch. Sieht aus, als wäre er jeden Tag am Putzen und hätte alles für ein Instagram-Selfie hergerichtet. Oder um seine Mutter zu beeindrucken.

Als hätte ... Ja, als hätte hier nie jemand gewohnt.

Er warnte Riya per Handzeichen, vorsichtig zu sein. Irgendwas stimmte hier nicht. Aber ihm blieb keine Zeit, darüber nachzudenken. Braun war anwesend, und sie würden ihn festnehmen. Er fixierte die Tür zum Flur.

Lautlos bedeutete er Riya, ihm zu folgen und ihn zu sichern.

Während er zur Tür huschte, streifte sein Blick ein paar Fotos an der Wand des Wohnzimmers.

Es waren Familienbilder. Jan erkannte das Haus. Es war gestrichen und sah sehr viel bewohnter aus als jetzt. Vater, Mutter, Kind. Nach Daniel Braun zu urteilen, der auf dem Bild vielleicht sechs Jahre alt war, musste es aus den frühen Neunzigern stammen. Die drei standen auf dem Bürgersteig vor einem Uhrenladen, der sich eindeutig hinter den jetzt zugemauerten Schaufenstern befunden hatte.

Uhrenladen, schoss es Jan durch den Kopf. Hier waren sie richtig!

Eine andere Wand war gespickt mit Urkunden. Auszeichnungen aus Brauns Leben. So wie es aussah, hatte er erfolgreich an drei Sprachkursen teilgenommen – Portugiesisch, Russisch, Japanisch –, das war über zwanzig Jahre her. Eine andere Auszeichnung stammte von einem Rettungsschwimmerkurs, eine dritte bescheinigte ihm Gold in einem Kurs für Feinmechanik.

Das Zentrum der Auszeichnungen bildete jedoch ein Brief einer Universität. Braun war für das Arztstudium zugelassen worden. Am Fachlichen, dachte Jan, wird es wahrscheinlich nicht gelegen haben, dass er nicht praktizierte. Er überflog den Brief. Anscheinend hatte Braun mal vorgehabt, Chirurg zu werden.

Jan nickte Riya zu, sich das auch kurz anzuschauen.

Jemand, der Chirurg werden wollte, arbeitete als Krankenpfleger?

Sie würden sich nach dem Zugriff das alles in Ruhe ansehen und das ganze Haus auf den Kopf stellen müssen.

Ein Geräusch ertönte.

Sofort bedeutete er Riya, in Deckung zu gehen. Sie drückten sich neben der Tür an die Wand.

Schritte? … Nein … Alles ruhig …

Er lauschte, aber es war nichts mehr zu hören.

Behutsam, die Waffe im Anschlag, öffnete er die Tür einen winzigen Spalt und spähte hinaus.

Alles war ruhig. Da war nur das Atmen des Hauses. Die Kälte, die an die Wände und auf das Dach drückte. Irgendwo knackte etwas, ein Brummen drang zu ihm. Vielleicht ein Kühlschrank?

Durch seine noch immer angeschwollene Nase konnte er nicht gut riechen. Dennoch meinte er, Reinigungsmittel und alten Teppich wahrzunehmen.

Routiniert und mit gehöriger Präzision öffnete er die

Tür und war binnen eines Sekundenbruchteils auf den Flur hinausgetreten, hatte die Lage gecheckt.

Sie waren allein.

Hier war niemand. Er sicherte jede Ecke, zielte, hielt den Flur in Sicht. Eine Treppe führte in den ersten Stock, ansonsten gingen hier im Erdgeschoss lediglich zwei Türen ab. Von irgendwoher kam ein dumpfes Brummen. Jan wollte erst einmal den ganzen ersten Stock sichern, bevor er oben nachsah.

Er konnte sich noch gut an die Zeit in der schwedischen Polizeischule in Göteborg erinnern. Sein Ausbilder hatte sich so einige Scherze erlaubt, indem er seine Schützlinge in Sicherheit gewiegt hatte. Er hatte gerne Fährten ausgelegt, die mit Schüssen in den Rücken geendet hatten.

Jan machte Riya ein Zeichen, dass er sich die erste Tür vornehmen würde. Sie legte ihm die Hand auf die Schulter und drückte ihn kurz. Dann sicherte sie seinen Rücken, die Waffe im Anschlag.

Der nächste Raum.

Die Küche. Das Brummen stammte nicht vom Kühlschrank. Aber Jan konnte nicht ausmachen, woher es kam. Dazu war es zu basslastig. Auch die Küche war vorbildlich aufgeräumt. Alle Ablagen waren geschrubbt. Im Gegensatz zu seiner eigenen Küche standen kein Essen und auch kein dreckiges Geschirr herum. Nicht einmal Brotkrümel konnte Jan entdecken. Auch der Boden sah aus, als wäre er gerade erst gewischt worden. Lediglich auf den Fliesen waren feine Schrammen zu erkennen. Ansonsten war alles tipptopp wie aus dem Katalog.

Wohnt hier überhaupt jemand?

Behutsam öffnete er den Kühlschrank. Er war ein modernes Ding, ein überbreites Ungetüm mit Eismacher und zwei Türen.

Eigentlich handelte es sich um einen Kühlschrank zum Freistehen, aber Braun hatte ihn zwischen die Ablage an die Wand geschoben. Rechts und links schlossen sich Schränke und die Arbeitsfläche an.

»Was machst du denn?«, zischte Riya.

Er legte einen Finger auf die Lippen, Riya verstand.

Oft erfuhr man eine Menge, wenn man in den Kühlschrank von jemandem sah. Der Kühlschrank und das Bücherregal ließen einen wie aus der Seele lesen.

Dieser war schlecht bestückt, nur wenig zu essen, aber dafür genauso aufgeräumt wie die Zimmer. Die Milch war noch nicht abgelaufen. Möglichst geräuschlos schloss er den Schrank wieder und schob sich an Riya vorbei zur Tür.

Abermals lauschte er. Es gefiel ihm nicht, wie ruhig hier alles dalag. Wie ein Raubtier, das kurz davor stand, anzugreifen.

Brauns Van parkte noch immer vor der Tür. Und Jan bezweifelte, dass der Mann einen Zweitwagen besaß. Er war ziemlich sicher zu Hause. Doch normalerweise hörte man dann einen Fernseher laufen, die Dusche, das Radio … irgendetwas, das nach Leben klang.

Wie Jan zu seiner Überraschung feststellen musste, fröstelte er. Dabei hatte er Fixerhöhlen hochgenommen, in denen zwanzig verwahrloste arme Seelen auf Matratzen gelegen hatten. Selbst diese Löcher hatten mehr nach Leben geschmeckt als Brauns Haus.

Nachdem sie die zweite Tür inspiziert hatten – sie führte zu einem winzigen WC –, stiegen sie die Treppe in den ersten Stock hinauf. Auch hier war alles still. Licht fiel durch offen stehende Türen.

Jan spürte, wie die Anspannung ihn packte. Sein Herz

pochte, er hörte sein Blut in den Ohren rauschen. Noch einmal griff er die Waffe fester, schob sich weiter den Flur entlang zur ersten Tür. Er spürte Riyas Hand auf seiner Schulter, als er die letzten Schritte tat und das Türblatt aufdrückte.

Der Raum ging zur Straße hinaus. Unten stand der Van.

Ein gewöhnliches Schlafzimmer. Penibel aufgeräumt.

Das Bett nahm beinahe den ganzen Raum ein. Es war fein säuberlich gemacht, wenn auch nur eine Seite. Die andere war leer.

Wie beim Militär, dachte Jan. Das Bettlaken war akkurat unter die Matratze geschlagen worden. Alles pedantisch straffgezogen.

In der nächsten Sekunde wies er Riya an, den Schrank zu sichern, während er auf alles gefasst abtauchte.

Niemand unter dem Bett.

Alles ruhig.

An der Wand über dem Kopfteil hingen zwei schmuckvoll gestaltete Uhren. Sie waren aus Holz und Messing, ihre Rahmen von Hand verziert. Jan hatte solche Uhren noch nie gesehen. Sicherlich waren sie viel wert.

Der Mann unten auf dem Foto war höchstwahrscheinlich Daniels Vater, er hatte den Uhrenladen nebenan besessen. So musste es sein. Sicher stammten auch diese älteren Exemplare von ihm …

Gemeinsam zogen sie die Schiebetüren des Schranks auf. Ein gewöhnlicher Kleiderschrank. Auf der einen Seite hingen Straßenklamotten: Jeans, leichte Jacken, Hemden, Pullover. Auf der anderen – fein säuberlich aufgereiht – Kittel. Weiße Hosen, weiße Jacken, die allesamt aus dem Krankenhaus stammten. Braun hatte sich eine beträchtliche Sammlung davon zugelegt.

»Die bekommen doch ihre Kleider da gewaschen. Im

Krankenhaus, oder?«, flüsterte Riya. »Immer schön was mitgehen lassen.«

Das sah Jan auch so.

Sein Blick fiel zurück auf den Nachttisch. Darauf lagen ein paar Fachzeitschriften über Uhren und deren Mechanik fein säuberlich gestapelt. Braun hatte Haftnotizen an mehrere Seiten geklebt. Block und Stift lagen akkurat neben der Nachttischlampe.

Vorsichtig wagte Jan einen Blick hinab auf die Straße. Dort war alles ruhig. Der Van stand noch immer am Rinnstein. Die Kräne und Baufahrzeuge schliefen auf der schneematschgrauen Baustelle.

Sein Blick glitt die Straße entlang. Er meinte, Dieck zu erkennen. Er schien sich mit Roger zu streiten. Schwer zu sagen auf die Entfernung.

Jan und Riya schlichen zurück in den Flur. Unten hatten sie alles gecheckt. Einen Weg hinab zu einem Keller hatten sie nicht gesehen. Blieben nicht mehr viele Ecken, wo Daniel Braun stecken konnte.

Sie näherten sich ihm Schritt für Schritt.

Jan meinte, ihn zu spüren, konzentrierte sich auf seine Waffe und die Tür vor sich. Er öffnete sie.

Nur ein Badezimmer. Leer.

Im Flur deutete Riya zur Decke hinauf. Hier ging es auf den Dachboden, wie eine Klappe zeigte.

Unwahrscheinlich, dass Braun dort rauf ist, dachte Jan und musterte die Klappe. Wenn er eine Leiter ausgeklappt hätte, dann hätte er sie irgendwie hochgezogen und die Klappe vom Dachboden aus geschlossen. Er spitzte die Ohren. Von dort war kein Geräusch zu hören.

Nur noch eine Tür. Der letzte Raum. Langsam streckte Jan die Hand nach dem Türgriff aus.

Die Klinke war kalt. Er registrierte es mit einer ungewohnten Klarheit. Er kannte diesen Zustand nur zu gut. Ein klares Zeichen, dass das Adrenalin ihn gepackt hatte und seine Sinne schärfte.

Wenn er da drin ist, wird er angreifen. Unerbittlich. Er ist keiner, der zögert. Du musst sofort schießen. Nicht zögern, Jan …

Ruckartig drückte Jan die Tür auf. Zielte und …

Vor ihm lag Schwärze. Der Raum besaß kein Fenster. Abgestandene Luft wehte ihm entgegen, als er eintrat. Die Pistole im Anschlag, knipste er das Licht an.

»Na, aber hallo …«, hörte er Riya raunen.

Dies musste früher einmal das Kinderzimmer gewesen sein. Jetzt sah es wie der prachtvollste Raum eines Uhrenmuseums aus.

Jan konnte nur grob überschlagen, wie viele Modelle an den Wänden hingen oder auf Auslagen drapiert worden waren. Sicher einige Hundert.

Alle Uhren standen still.

Es war vollkommen ruhig in diesem Raum – kein Klicken, kein Klacken. Keine Geräusche der Mechaniken.

Er warf Riya einen Blick zu, aber die hatte sich bereits umgewandt, um ihnen den Rücken zu decken.

Sie hat recht, schoss es ihm durch den Kopf.

Wie kurios das auch ist – er ist nicht hier. Was haben wir übersehen? Kann er an uns vorbei und hinausgelangt sein?

Er trat zu ihr in den Flur und sah noch einmal zur Dachbodenklappe hinauf. Aus irgendeinem Grund glaubte er nicht, dass Braun dort oben war.

Prüfend sah er sich den Fußboden an. Dort waren keine Abdrücke einer Leiter zu erkennen, nichts, was darauf hindeutete, dass sie vor wenigen Minuten ausgeklappt worden war.

Der Teppich war bis auf seine und Riyas Fußspuren vollkommen unberührt …

Der Boden zeigt keine Spuren.

Kaum hatte er die Worte gedacht, da fiel es ihm wie Schuppen von den Augen.

»Riya«, flüsterte er. »Die Küche. Wir müssen noch mal runter …«

Eine Minute später standen sie erneut vor dem Kühlschrank, und Jan sah sich die Spuren auf den Fliesen an. Die Kratzer auf dem Fußboden waren kaum zu erkennen, aber sie führten vom Kühlschrank zur Seite weg in Richtung der Ablagefläche.

Abermals öffnete Jan den Schrank.

Das Essen … etwas zu trinken … Nichts Ungewöhnliches. Er ließ die Tür zufallen. Grübelnd sah er sich in der Küche um.

Das konnte doch alles nicht wahr sein. Diese Spuren stammten von keinem Tisch. Es war eher …

Er öffnete noch einmal den Kühlschrank.

Ja. Da hat sich mal was unter der offenen Tür verklemmt und ist über die Fliesen geschrammt … Aber zur Seite?

Wenn er recht hatte, dann …

Er tastete die Seiten des Kühlschranks ab, zumindest die obere Hälfte, an die er herankommen konnte.

Da war nichts. Es war alles glatt.

»Was machst du denn?« Riya behielt die Tür im Auge, wurde aber zusehends nervöser. Sie traute der Ruhe des Hauses genauso wenig wie er.

»Ich weiß nicht … Ist nur so ein Gefühl …«

Enttäuscht, weil er nichts entdeckt hatte, trat er zurück. Wahrscheinlich hatte ihm seine Eingebung einen Streich gespielt. Vielleicht gab es einen Keller, einen weiteren Raum, in den sich Braun zurückgezogen hatte.

Er wollte sich schon abwenden, als er sich noch einmal dazu durchrang, den Kühlschrank zu öffnen. Konzentriert ließ er den Blick schweifen.

Wieder das gewohnte Bild …

Jetzt fiel ihm auf, dass ein Milch-Tetrapack in einer der Regalablagen stand anstatt in der Tür, bei den anderen Saft-Tetras. Dort wäre noch Platz gewesen. Vielleicht nur ein Zufall?

Er griff danach, wollte die Milchpackung herausnehmen und stellte zu seiner Überraschung fest, dass sie sich nicht bewegen ließ.

Jävla skit …

»Gibt's doch nicht!«

Der Tetrapack war aus Metall. Eine perfekte Nachahmung einer normalen Milchtüte. Beschriftet, lackiert. Und sie war an der Seite des Kühlschranks befestigt.

Jan tastete sie ab und spürte eine kreisrunde Vertiefung auf der Rückseite. Er wusste sofort, was es war.

Entschlossen drückte er mit dem Finger hinein …

Im nächsten Moment meinte er, leise Zahnräder ineinandergreifen zu hören. Das feine Rattern einer Mechanik. Er spürte, wie die Tür zugleiten wollte, und trat zurück.

Während sich der Kühlschrank sanft schloss, klappte ein Stück der Küchenablage daneben weg und schuf Platz. Wie von Geisterhand glitt der Schrank daraufhin beiseite. In der Wand hörte er die Mechanik wie ein Uhrwerk arbeiten.

Fassungslos trat Riya zu ihm, und beide sahen zu, wie der Kühlschrank Zentimeter um Zentimeter einen schmalen Durchlass freigab.

Sofort zog Jan wieder seine Dienstwaffe. Er versuchte, etwas zu erkennen, aber der Durchlass war mit Streifen einer dicken, milchigen Plastikplane verhängt. Dahinter konnte er nicht einmal Schatten erahnen, geschweige denn Formen. Allerdings drang künstliches Licht hindurch.

Wer so eine Geheimtür bauen kann, dachte Jan, der hat sicher auch dafür gesorgt, dass ein Alarm losgeht.

Der Gedanke beunruhigte ihn. Und durch diese verdammte Plane war nicht das Geringste zu erkennen. Wenn sie hindurchtreten würden, wären sie ein perfektes Ziel.

Er bedeutete Riya, zurückzubleiben. Er wollte allein hineingehen, aber sie schüttelte den Kopf. Sie würde ihm Schutz geben. Als er weiterhin zögerte, forderte sie ihn auf, endlich loszulegen.

Jan atmete durch. Der Gedanke gefiel ihm ganz und gar nicht.

»Los!«, zischte sie leise.

Er umfasste die Pistole noch fester, spürte die Riffel des Griffs in seiner Handfläche und konzentrierte sich auf den Durchlass und die Plastikbahnen. Behutsam löste er den Zeigefinger vom Lauf und legt ihn vorsichtig auf den Abzug. Auf alles gefasst.

Ein letztes Mal nickte er Riya zu, dann tauchte er beherzt durch die Folienstreifen.

Sie glitten beiseite. Stück um Stück offenbarte sich, was dahinter lag.

Es war der alte Laden der Familie. Das zugemauerte Geschäft. Die Auslagen waren längst verschwunden. Stattdessen schlug ihm der Geruch von vergammeltem Fleisch entgegen. Das Sirren eines Bohrers erfüllte die Luft.

Jan checkte sofort mögliche Gefahren, aber Braun war nicht hier. Zumindest konnte er ihn nirgends entdecken.

Er trat vollends durch den Vorhang.

Um zu begreifen, was er wirklich sah, brauchte er ein paar Herzschläge.

Der Raum maß gut hundert Quadratmeter und war vollkommen fensterlos. Modernes LED-Licht tauchte alles in kalten Glanz, strahlte jede Ecke aus. Der Gestank war auch mit lädierter Nase unerträglich. Jan konnte kaum atmen und zwang sich, nicht zu husten. Brechreiz überkam ihn. Er zwang ihn hinunter. Die Wände waren mit dickem Schaumstoff ausgekleidet, sodass kein Ton nach außen dringen konnte. Die dunkle Verkleidung verlieh dem Raum etwas Sakrales, ähnlich dem Museumszimmer im ersten Stock. Sie diente Braun auch als Pinnwand. Skizzen und Blaupausen hingen – fein säuberlich sortiert und in Reihen ausgerichtet – an den Wänden.

Jans Blick streifte sie kurz, dann wandte er sich instinktiv ab. Er wollte nicht hinsehen. Sein Körper weigerte, sich. Eiskalt lief es ihm über den Rücken, und er schwitzte dennoch. Jan zwang sich zu einem zweiten Blick. Auf Millimeterpapier waren seltsame Vorrichtungen festgehalten worden, die entfernt an mechanische Arme und Beine erinnerten. Wie es aussah, sollten seine nächsten Opfer ein mechanisches Innenleben bekommen …

Ein paar der Skizzen zeigten einen Kran, eine Laufkatze wie in einer Werkhalle.

Jans Blick blieb an einer Konstruktionszeichnung hängen. Akribisch waren die Maße der technischen Geräte eingetragen. Hinzu kamen zwei Menschen, die gepeinigten Gesichter grausam angedeutet. Seine Opfer, festgehalten mit minutiöser Linienführung, hingen wie Puppen vom überdimensionalen Spielkreuz eines Marionettenmeisters, das unter der Decke der Werkhalle an der Katze angebracht war.

Und schwarze Tränen fallen auf das hübsche rosafarbene Ballettkleidchen und ziehen besudelnd ihre Bahnen …

Hannah kniet auf dem Boden in dieser Pfütze aus Blut und billiger Limonade. Sie schreit und …

Jäklar!

Jan schüttelte die Flashs ab.

Sieben Metalltische waren fein säuberlich aufgereiht. Sie sahen wie die verdammten Seziertische von Professor Harald Brandt im UKE aus. Als Jan einen Schritt weiter in den Raum trat, konnte er eine Deutsche Dogge erkennen. Ihr dunkles Fell war aufgeschnitten worden, ihr Bauch eröffnet und …

Er konzentrierte sich auf die Tür, gab Riya sofort ein Zeichen. Als er sich zu ihr umblickte, bemerkte er, wie bleich seine Kollegin war. Sie hatte den sezierten Hund auch gesehen. Er war nicht das einzige arme Geschöpf, wie Jan nach einem weiteren Schritt in den Raum hinein feststellen musste. Auf den anderen Metalltischen lagen ebenfalls tote Tiere.

Verfluchte Scheiße. Darum mussten sie sich später kümmern. Das Sirren des Bohrers setzte wieder ein. Er klang wie das Gerät eines Zahnarztes, schwoll an und ab, drang durch eine offene Tür, die zu einem Nebenraum führte. Wahrscheinlich war es das dumpfe Brummen gewesen, das sie gehört hatten.

Ohne zu zögern, steuerte er darauf zu, doch sein Blick streifte eine weitere malträtierte Kreatur. Eine gefleckte Katze ruhte mit vier Artgenossen akkurat aufgereiht auf dem blanken Metall. Braun hatte auch sie mit chirurgischer Präzision geöffnet, und Jan meinte, eine Mechanik im Innern ihres Körpers zu erkennen, eine Art Bowdenzug, Stangen und Zahnräder.

Er baut sich seine eigenen Puppen, schoss es ihm durch den Kopf.

Die Frau gebiert durch ihren Körper, der Mann durch Kreativität …

Er hatte schon viel krankes Zeug gesehen, aber das …

Keine Flashs mehr. Kein Erinnern. Konzentrier dich! Keine weinenden Mädchen, keine Hannah mehr. Konzentrier dich!

Das Sirren des Bohrers stoppte, und er meinte, leise Musik wahrzunehmen, als hätte jemand einen Kopfhörer auf volle Lautstärke gedreht. Dann setzte das Bohren wieder ein.

Wenn er sie nicht hörte und in seine Arbeit versunken war ... Vielleicht waren sie tatsächlich im Vorteil.

Geräuschlos schob er sich zwischen den Tischen weiter auf die Tür zu, jeder Muskel angespannt. Er spürte den Abzug unter seiner Fingerkuppe, würde gleichmäßig durchziehen, wenn er gezwungen wäre, und ...

Da. Ein Schatten.

Etwas bewegte sich im Nebenraum.

Jemand bewegte sich. Jan stieß vor ...

»POLIZEI! LKA!«

Im starken Gegenlicht einer Lupenlampe war ein Schatten auszumachen. »Daniel Braun!«

Ein Mann vor einem Tisch, der mit feinen Werkzeugen und Sortierkästchen ausgestattet war. Krauses Haar, Kopfhörer auf, Feinbohrschleifer in der Hand. Glotzte durch die Lupenlampe auf irgendwas.

Jan registrierte, dass der Mann den Bohrer ausschaltete. Ganz ruhig und gefasst, als hätte er auf Jan gewartet. Er hob die Hände wie in Zeitlupe, sah zu ihm und ...

... lächelte er?

»Die Hände hinter den Rücken!« Jan trat in den Raum, eher eine Kammer. Hinter Braun trennte eine Plastikplane einen Teil des Raumes ab. »Ich werde ...«

In diesem Moment brach die Hölle los. Irgendetwas spritzte Jan ins Gesicht. Es brannte höllisch, und er realisierte im Bruchteil einer Sekunde und dennoch zu spät, dass Braun mit dem Knie irgendeinen Schalter betätigt hatte. Braun sprang auf, und Jan drückte ab.

Sein Schuss zerfetzte die Lupenlampe. Der Blitz der LEDs blendete ihn. Sein Gesicht brannte, jemand stocherte mit glühenden Nägeln in seinen Augen herum. Jan wollte schießen, doch da waren nur Tränen.

Er hörte Riya rufen, spürte, wie sie sich an ihm vorbeidrängte, nicht feuern konnte, weil er im Weg stand. Das Wasser schoss ihm in die Augen, Braun war nur noch ein verschmierter Schemen, ein Schatten in diesem Feuer und den Tränen. Und dann war der Mann plötzlich fort.

»Scheiße!« Stöhnend stürzte Jan mit Riya vor, dorthin, wo der Schatten durch die Planen gewischt war. Jan riss den Vorhang beiseite …

Was?!

Niemand.

Seine Augen. Am liebsten hätte er sie rausgerissen, so stark brannten sie.

»Riya?!«, rief er.

»Ja.«

»Ich … ich kann nichts sehen, ich …«

Nur eine nackte Backsteinmauer. Auf Kniehöhe war eine Metallplatte eingelassen. Jan taumelte darauf zu, aber da war Riya bereits an ihm vorbei, trat dagegen.

Die Platte wurde von außen blockiert, gab bloß einen Fingerbreit nach.

»Andersrum! Wir müssen zur Straße!« Riya sprintete los. »Der hat sich ’ne Katzenklappe gebaut. ’ne verfickte Katzenklappe!«

Trotz der Schmerzen zögerte Jan nicht und eilte seiner Partnerin fluchend nach. Das Tränen seiner Augen wollte nicht aufhören, während er an den Seziertischen vorbei zur Küche zurückhetzte.

Er schluckte den Schmerz runter, hastete zur Haustür. Verschlossen. Kein Schlüssel. Sofort rannte er zurück zum Wohnzimmer.

Verschwommene Welt. Der helle Schnee blendete. Riya war nur ein Schatten in den Büschen. Er rannte ihr nach, durch den schmalen Durchlass hindurch.

Er stand wieder auf der Straße, Riya keine fünf Meter entfernt. Er sah noch, wie sie zur Seite hechtete, als der Van auf sie zujagte. Hinter dem Wagen meinte er, einen Schatten im Schnee auszumachen. Dieck? Fluchend und stöhnend kam sein Chef auf die Beine. Anscheinend hatte er sie auf der Straße absichern wollen, war aber überrumpelt worden. Der Van hielt auf Jan zu. Er riss die Waffe hoch, zielte. Zu spät. Er musste sich mit einem Satz retten, dann zog der Wagen schlingernd an ihm vorbei und fuhr vom Bürgersteig zurück auf die Straße. Jan legte an, konnte aber nach wie vor kaum etwas erkennen. Er brach ab.

»Jäklar!« Grimmig sprintete er los, rannte blind hinter Braun her. Da hörte er Riya hinter sich schießen. Sie erwischte den Reifen hinten links, und der Van geriet ins Schlingern, scherte aus. Jan flankte über einen Schneeberg. Für einen Atemzug hoffte er, Braun würde gegen eine der Laternen knallen … Immerhin wurde er merklich langsamer und …

Schneller! Gleich hast du ihn eingeholt.

Jan zog noch einmal das Tempo an. Sprintete schneller, obwohl die Welt bloß ein nebliger Schleier war. Nur noch acht, fünf, drei Meter … Die Fahrertür …

Gleich hast du die Tür und …

Zugreifen war nicht möglich, aber er würde einfach durch die Tür schießen und dieses Arschloch stoppen. Er …

Da trat Braun voll aufs Gas, schlitterte zurück auf die

Straße. Der Van bekam Grip und beschleunigte. Jan rannte weiter, wollte sich nicht abschütteln lassen. Aber es war zwecklos. Er fiel zurück. Immer weiter …

In seiner Verzweiflung legte er abermals auf den Lieferwagen an, schoss. Einmal, zweimal. Seine Kugeln schlugen irgendwo im Schnee auf. Fassungslos stand er da, blickte dem Wagen nach, der um die nächste Hausecke bog und aus dem Schussfeld verschwand.

Wahrscheinlich für immer.

Jan rang nach Luft, sog die eiskalte Luft ein und musste schließlich vor Frust brüllen.

Jans Wutschrei flog über die Baustelle, verfing sich irgendwo und hallte in der Ferne wider, bevor er vom Schnee geschluckt wurde.

28

»Ich habe mich schon gewundert, warum du nicht aufgekreuzt bist«, brummte Jan ein paar Minuten später, als sie mit Dieck zurück in den Geheimraum getreten waren. Seine Augen brannten noch immer, aber wenigstens hatte er sie mit frischem Wasser ausgespült, und einer der Sanitäter hatte ihm etwas hineingeträufelt, was die Säure neutralisieren sollte.

»Muss ich mich hier rechtfertigen?«, gab Dieck zurück, dessen Platzwunde am Kopf gerade erst zu bluten aufgehört hatte. »Ich habe die ganze Zeit am Handy gehangen. Um für euch zwei Verstärkung zu bekommen.«

»Warum warst *du* nicht unsere Verstärkung?«

Die beiden maßen sich mit Blicken.

»Jetzt hört auf. Okay?«, mischte sich Riya schlichtend ein und vermied es tunlichst, auf die Tische mit den Tieren zu schauen.

Die drei machten der Spurensicherung Platz, deren Männer und Frauen sich draußen umgezogen hatten und in voller Schutzmontur eintrafen. Jan hörte sie von einem »Uhrenmacherhaus« tuscheln. So wie er das sah, hatte Dieck die ganze Abteilung mobilisiert.

Geduldig wartete er, bis sich Dieck mit dem Chef der Forensik abgesprochen hatte, fragte dann: »Was ist mit dem Van?«

»Von dem fehlt bisher jede Spur. Wir sind aber dran.« Dieck tastete nach seinem Kopf, den ein Sanitäter verbunden hatte. »Wir sollen nach draußen.«

»Ich weiß«, entgegnete Jan. »Nur noch ein letzter Blick, okay?«

Dieck schnaubte. »Würdest du es lassen, wenn ich *Nein* sage?«

»Eigentlich müsstest du mich feiern, Micha.«

»Genau, Jan. Und im Himmel ist Jahrmarkt.«

Jan trat zur Tür, die in den Nebenraum führte. Er ließ den Blick schweifen, versuchte alles in sich aufzusaugen, bevor die Spurensicherung sämtliche Sachen abgeräumt und mitgenommen hatte.

»Ich hoffe, wir können die Indizien hier überhaupt rechtlich verwerten«, seufzte Dieck leise, als er neben Jan trat und mit ihm Brauns Werktische, die ganzen Setzkästen und feinen Werkzeuge betrachtete.

»Du bekommst das schon hin mit dem Durchsuchungsbeschluss«, sagte Jan versöhnlich. »Wo ist denn eigentlich Anna?«

»Anna?«

»Meine Anstandsdame.«

Dieck sah ihn zerknirscht an. »Sie sollte dich begleiten. Mehr nicht. Von Aufpassen hat niemand geredet. Aber vor allen Dingen ist sie gar nicht für solche Einsätze geschult.«

Jan nickte, meinte dann jedoch nachdenklich: »Wer ist das schon?«

Dieck klopfte ihm auf die Schulter. »Du hast drei Minuten. Aber dann bist du hier raus.« Er reichte Jan ein Haarnetz, Plastik-Überzieher für die Schuhe und hielt ihm Handschuhe hin. Als er danach griff, zog Dieck sie kurz zurück. »Nichts anpacken, Jan. Verstanden?«

Anstatt zu nicken, sah Jan seinen Chef bloß streng an.

»Sturer Schwede!« Kopfschüttelnd klatschte Dieck ihm die Handschuhe hin. »Drei Minuten.«

Nachdem Jan alles übergestreift hatte, trat er in die Kammer, aus der Braun geflüchtet war, und sah sich den Schreibtisch an. Zwei Männer von der Spurensicherung waren gerade dabei, Fotos zu schießen und bereits registriertes Material in vorbereitete Tüten zu stecken.

Als Kind war Jan einmal zu einem Goldschmied gegangen, um seiner Mutter ein Geschenk zu kaufen. Er hatte ihr etwas Gutes tun wollen, nachdem Gunvald ihr wieder einmal übel zugesetzt hatte. Seine paar Kronen, die er hatte zusammenkratzen können, hatten nicht mal für einen billigen Ohrring gereicht. Doch der Goldschmied war so nett gewesen, ihn nach hinten in den Laden mitzunehmen und ihm die Werkstatt zu zeigen.

Was er hier sah, erinnerte ihn schlagartig daran.

Neben ein paar alten Geräten, von denen Jan nicht wusste, wie sie hießen – irgendwelche feinen Schraubklemmen, Kratzer und Lötkolben –, hatte sich Braun moderne Sachen angeschafft. Mehrere professionelle Feinbohrer mit jeder Menge Aufsätzen, eine Endoskopkamera samt Display, zahlreiche Skalpelle und einen 3-D-Drucker.

Jan schob sich an den Beamten vorbei, sah sich alles in Ruhe an und ließ es auf sich wirken. Der Anblick musste einsickern, tief in die Seele dringen.

Wobei hatte er Braun gestört?

Dieser Freak hatte gerade etwas gebohrt … Jans Blick fiel auf eine Uhr. Es war eine Taschenuhr, genau wie diejenigen, die in den Leichen steckten.

Nein, nicht gebohrt. Er hat sie graviert.

So wie es aussah, hatte Braun der Uhr gerade den letzten Schliff gegeben, hatte mit dem feinen Bohrer etwas hineingekratzt.

Es war eine Ziffernfolge, wie bei den anderen Uhren auch.

»Haben Sie etwas zu schreiben?«, wandte sich Jan an einen der Forensiker. Als der nicht sofort reagierte, zückte Jan sein Handy und schoss ein paar Fotos.

»Hier sind noch jede Menge andere«, meinte der Beamte und zeigte Jan einen der Setzkästen. In den Fächern lag je eine Uhr. Es waren über zwanzig Stück.

»Jede Menge? Hm … Da waren Sie noch nicht im ersten Stock«, raunzte Jan und fotografierte auch den Kasten. »Haben Sie sonst noch was gefunden?«

»Sie meinen, außer den sezierten Tieren und den ganzen Apparaten? Und dem kranken Scheiß, den man ihnen eingebaut hat?«

»Genau.«

»Da sind noch Stapel von Akten … Gerd?«, wandte er sich an seinen Kollegen.

Kurz darauf öffnete der für Jan eine Plastikbox, die bereits mit einem LKA-Aufkleber markiert war. Die Box war voller Mappen.

»Darf ich?« Neugierig zog Jan eine heraus und ging den Inhalt durch, blätterte weiter. Das meiste waren Patientenakten aus dem Krankenhaus. Vermutlich hatte Braun sie bei seinen Schichten heimlich auf einen Kopierer geschoben oder abfotografiert.

Er entdeckte die Namen der beiden Frauen, die sie im Wald gefunden hatten. Lohse und Stadler. Braun hatte ihre gesamte Krankengeschichte archiviert. Zwischen den Papieren steckten Ausdrucke von Personalausweisen. Es waren allesamt Persos von jungen Frauen.

Außer einem.

Jan stockte. Es war seiner. Braun hatte ihn wie die anderen abfotografiert, vergrößert und ausgedruckt.

Vor seinem inneren Auge tauchte der Dachboden auf.

Eines der alten Dachfenster ist zerschlagen … Jemand hat dicke Plastikplanen draufgeklebt …

Plastikfolie. Wie hier und … auf einem Boot. Ja, er hatte die Plane auf einem Boot gesehen.

Er hat alles sorgfältig vorbereitet.

»Ich möchte das Passwort für den Server, wenn ihr das Zeug aufspielt. Ich will vollen Zugriff auf alles.«

»Selbstverständlich.«

Jan warf einen Blick in die restlichen Unterlagen, aber der Stapel war zu umfangreich. Krankenakten, immer wieder Personalausweise und ein paar Urkunden von verschiedenen Hamburger Standesämtern. Skizzen, die Familienzugehörigkeiten zeigten. Tabellen mit Uhrzeiten.

Er hatte alle Opfer professionell ausspioniert.

»Und ich will, dass sich einer um die ganzen Namen kümmert. Die müssen alle mit den Vermisstenlisten abgeglichen werden. Und zwar sofort. Verstanden?«

Der Mann sah ihn fragend an.

»Es kann sein, dass es noch mehr Opfer gibt.«

Der Mann stimmte sofort zu, zückte sein Handy und gab die Infos weiter.

Es fiel Jan schwer, all dem Material den Rücken zu kehren, aber Dieck hatte ihm einen klaren Befehl erteilt, und für heute hatte er genug gegen Regeln verstoßen. Nachdem er noch ein paar Fotos von den Akten, dem Werkzeug sowie den Uhren und schließlich auch von den Seziertischen und den Skizzen an den Wänden geschossen hatte, machte er sich auf den Weg nach draußen.

Im Garten stand Riya bei Sadik und Jochen. Die drei rauchten, die Schultern eingezogen und fröstelnd wegen der Kälte. Sie unterhielten sich lebhaft über das, was sie in diesem Horrorhaus gesehen hatten.

Jan hatte keine Lust, sich dazuzugesellen und bei Sadik und Jochen Schönwetter zu machen. Er verabschiedete sich knapp. Riya löste sich von den Kollegen und folgte ihm.

»Wie geht's dir?«

»Geht«, antwortete er. »Und dir?«

Ihr gelang ein Lächeln. »Ich denke, da werden wir wochenlang Material von der Forensik kriegen.«

Nickend stimmte er ihr zu. »Danke dir«, sagte er schließlich und rieb ihre Arme. Dann blies er sich in die Finger und ging.

»Du solltest dich ausruhen«, rief sie ihm zum Abschied hinterher. »Leg dich mal ein bisschen hin, Jan. Du siehst schrecklich aus.«

»Ja. Beschissen wie immer!« Er lächelte schief.

»Nee, beschissenererererer als sonst!«, frotzelte sie und sah ihm besorgt nach.

29

Der Abend hatte sich über Hamburg gesenkt, so lautlos wie ein Dieb auf Beutezug. Unauffällig, als hätte die kommende Nacht etwas zu verbergen.

Es war übergangslos dunkel geworden, ohne ein Fünkchen Sonnenuntergang. Die Schneeflocken hatten sich in die Finsternis zurückgezogen und tanzten nur noch in den Lichtkegeln der Straßenlaternen und Autoscheinwerfer.

Jan sah ihnen zu, wie sie aus dem Licht auf die dunkle Elbe hinaustrieben und für immer verschwanden.

»Hier.« Anna reichte ihm ein Bier. »Wollen wir wirklich nicht reingehen?«

Er sah vom Steg mit dem rot getünchten Bootshaus auf das Anwesen der Wasmuths, das durch zahlreiche Strahler in goldenes Licht getaucht wurde. Die Villa war atemberaubend. Eine weiße Trutzburg, die mit ihren Säulen, den alten Erkern und einem imposanten Glasanbau Epochen einer Handelsdynastie mit der Moderne verband.

Selbst vom Ufer aus, zu dem ein geschwungener Kiesweg zwischen wohl gepflegten und für den Winter eingeschlagenen Pflanzen führte, roch das Anwesen in Othmarschen nach Einfluss und Geld.

»Ist dir kalt?« Er nahm einen Schluck vom Bier.

Obwohl sie den Kopf schüttelte, schlug sie ihren Mantel fester um sich. Anna hatte sich auch eine Flasche vom verschneiten Tisch genommen, der mit zusammengeklappten Stühlen auf dem Steg stand. »Du hast mich gefragt, ob du das Richtige getan hast, als du da reingegangen bist.«

Ja, dachte Jan, das hab ich gefragt. Aber eigentlich habe

ich nur einen Vorwand gesucht, um nicht einsam zu sein. Um nicht zurück in meine Wohnung zu müssen.

»Was sagt denn die Therapeutin?«

Um ehrlich zu sein, habe ich einen Grund gesucht, um dich zu sehen.

»Ich bin Psychologin, keine Therapeutin. Und die sagt, dass du aufhören solltest, mit dem Kopf durch die Wand zu rennen. Du setzt immer alles auf eine Karte – das kann schnell nach hinten losgehen.«

»Das heißt ...?«

»Du solltest dich entschuldigen. Selbst wenn du im Recht sein solltest. Mit diesem Jungen.«

Er ließ ihre Worte einen Moment sacken.

Zu Roger fahren? Und sich entschuldigen? Ein paar Atemzüge lang und den Blick auf die Elbe gerichtet, versuchte er, sich das vorzustellen. Es wollte ihm nicht gelingen.

Anna lachte. »So, wie du schaust, war das wohl eine dumme Idee. Das Entschuldigen.«

Jan schwieg.

»Ist nicht deine Stärke, hm? Vielleicht täte es dir aber gut, dich zu ändern.«

»Ändern ...?« Er sah sie fragend an. »Ich bin Schwede. För sjutton gubbar. Was heißt *ändern*?«

Sie musste schmunzeln. »Überleg es dir. Auch Leonie zuliebe. Sie hat nicht nur ihre Mutter verloren, Jan.«

»Was?« Wovon sprach Anna? Leonie konnte tausend Prozent auf ihn zählen.

»Sie hat auch dich verloren«, erklärte sie ernst. »Leonie hat dich ein Stück weit verloren, weil du dich verloren hast. Nicht, weil du nicht auf sie aufpassen würdest, sondern weil du seit dem Tod deiner Frau nicht mehr genau weißt, wer du bist.«

Er biss die Zähne zusammen.

»Du hast dich verloren. Wie soll sie dich da haben, und wen wundert's, wenn sie neue Bezugspersonen sucht? Jemanden, der sie liebt? Lass ihr Zeit, und gib dir Zeit, Jan.«

Nachdem er seine Mütze gerichtet hatte, nickte er, und sie wechselte das Thema.

»Du kannst von Glück sagen, dass wir mit Daniel Braun recht hatten, Jan. Stell dir vor, ihr wärt da rein und nichts wäre gewesen … Ich habe mit Dieck gesprochen.«

»Und?«

»Wir fahnden nach Braun. Und er meint, er könne das mit eurem *Zugriff* schon irgendwie deichseln. Viel Papierkram, aber er wird es so drehen, dass Gefahr im Verzug war.«

»Wenn die Roger mitspielt …« Das glaubte Jan nicht. Sie war keine schlechte Staatsanwältin, eigentlich eine sehr gute, wie er ihr zugestehen musste. Aber sie war genauso störrisch wie er. Er wechselte halbwegs das Thema: »Ist ein guter Mann, der Micha.«

»Er hat aber auch gesagt, dass du von Glück sagen kannst, dass du und Riya etwas gefunden habt. Sonst hätte er – und das ist jetzt O-Ton, dir ›den Kopf abgehackt, mit Labskaus gefüllt und dann in die Elbe geschmissen‹.«

»Nicht so schlimm. Ich mag das Wasser …« Er zeigte mit seinem Bier über die Elbe. Auf der anderen Seite des Ufers konnte er das Airbusgelände erahnen, und weiter flussabwärts leuchteten unübersehbar die riesigen Kräne des Burchardkai Container Terminals in die Nacht.

»Ja, das ist nett«, stellte sie angesichts des Flusses schlicht fest.

»Nett?« Er kräuselte die Stirn. »Klingt aber wenig nach alter hanseatischer Familie.«

»Das Hanseatische kannst du streichen.« Sie seufzte leise. »Und die Familie auch«, fügte sie verbittert hinzu.

Er war ein wenig verwundert, denn sie wohnte noch immer hier bei ihren Eltern, aber er schwieg, um ihr ein bisschen Raum zu geben.

»Mein Vater wollte, dass ich die Reederei übernehme«, sagte sie schließlich. »Er hat schnell erkannt, dass mein Bruder nicht dazu in der Lage war, und mich umso härter rangenommen. Ausbildung im Hause Wasmuth, BWL-Studium … Na ja, und ich …« Sie winkte ab.

Er spürte, dass sie für den Augenblick nicht mehr preisgeben wollte, und bohrte nicht weiter, nahm stattdessen einen Schluck. »Du hast gute Arbeit heute geleistet.«

»Danke.« Sie nahm einen alten Enterhaken von der Wand des Bootschuppens und stocherte ein wenig in den Eisschollen herum. »So, wie ich dich einschätze, ist der Tag aber noch nicht vorbei.«

»Was hältst du von diesem Sandmann-Gefasel? Das mit den Puppen und den Seelen?«

»Schwer zu sagen. Seelen schenken … Hm. Klingt, als müsste er sich im Nachhinein rechtfertigen für seine Taten.«

Der Haken durchbrach eine Scholle, sie brach knackend in drei Teile. »Ich habe ein paar der Aussagen von Karl Achten durchgelesen. So wie ich das sehe, leidet er unter einer psychotischen Störung. F65.5. ›Es werden sexuelle Aktivitäten mit Zufügung von Schmerzen, Erniedrigung oder Fesseln bevorzugt …‹ Fantasien von totaler Kontrolle und Dominanz. Er ist ein Sadist.«

»Lustgewinn, wenn er andere quälen kann?«

»Ja. Ich denke, da war es nur logisch, dass er vor gut dreißig Jahren einen SM-Laden aufgemacht hat.«

»Ich kenne ein paar aus der Szene. Die hängen aber nicht gleich Leichen an die Decke.«

»Die süße Pein, das Hinauszögern des Höhepunkts, das Bestrafen, das Spiel mit der Dominanz und der Unterwerfung. Und dann die lustvolle Erlösung. Jeder von uns hat diese Ideen und Fantasien, aber die meisten von uns ziehen ihren Lustgewinn aus harmlosen Spielen – das Fesseln ans Bettgestell, ein paar explizite E-Mails, verbundene Augen ... Ein bisschen Würze im Alltag. Bondage, Anketten, Züchtigung – totale Unterwerfung. Alles in Absprache. So sollte es sein. Die süße Qual, das lustvolle Bestimmen. Aber es kann eskalieren. Zerstörerisch wird es, wenn der Sadist keinen Lustgewinn mehr durch die Lust des Unterworfenen erfährt, sondern seine Lust nur noch durch das Leid des Gegenübers gestillt wird. Ein Teufelskreis aus Abwehr von Scham und Lustgewinn entsteht, der bis zum Mord führen kann. BDSM ... Bondage and discipline, dominance and submission, sadism and masochism – all das hat nichts mit pathologischem Sadismus zu tun. Das stimmt. Da gibt es nur wenig Überschneidung. Aber es gibt sie. Da sind ähnliche Fantasien, die Brücken bauen können. Und bei extrem persönlichkeitsgestörten Personen kann es zu forensisch bedeutsamem Sadismus werden.«

»Forensisch bedeutsam. Lustgewinn durch Tötung.«

»Selten, aber ja. Der Machtgewinn der Dominanz, die Tötung als letztes Zeichen der Macht, als kompletter Lustgewinn und Vernichtung der eigenen Scham. Achtens Veranlagung muss durch einen Auslöser getriggert worden sein. Er hat einen Push erhalten. Irgendein einschneidendes Erlebnis, das ihn zum ersten Mord gebracht hat.«

»Und dann konnte er nicht mehr aufhören?«

»Es hat ihn fasziniert, es hat ihn gekickt. Dieses erste Mal. Wie ein Schuss. Wie das erste Mal Crack.«

»Wie bei Daniel Braun?«

»Wer weiß das schon. Aber es liegt nahe, weil er ihn nachahmt …«

Jan stimmte ihr zu. »Also ein zweiter Sadist, der dem ersten nacheifert.«

»Insofern hat Achten mit seinem Lehrer-Schüler-Gefasel durchaus recht.«

»Mein Gefühl sagt mir, dass Braun und Achten unter einer Decke stecken.«

Anna horchte auf.

»Achten hat uns was verschwiegen. Ich glaube, er kennt Braun. Wenn Braun wirklich sein Schüler ist und Achten der Meister, dann … Ich wette, sie hatten häufig Kontakt. Verschlüsselte Briefe, vielleicht übers Internet … irgendwie.«

»Ich weiß, was du meinst. Der Schüler muss sich mit seinem Lehrer austauschen.«

»Ja. Genau.«

»Achten ist aber im geschlossenen Vollzug … Vielleicht übermittelt ein Mithäftling Informationen zwischen den beiden«, meinte Anna.

»Ein Mittelsmann zwischen Achten und Braun, hm … Oder eine Mittelsfrau.«

»Jemand aus der JVA … Gruber?«

»Die Direktorin?« Jan war erstaunt, dass Anna diesen Namen ins Spiel brachte. Er hatte auch an Gruber gedacht.

Sie zuckte mit den Achseln. »Nur ein Gefühl. Sie hat ständig Kontakt zu Achten, hat ihm sogar erlaubt, diese widerliche Marionette zu basteln …«

Jan dachte darüber einen Moment nach. »Wir sollten sie durchleuchten …«, stimmte er schließlich zu. »Und was ist mit den toten Tieren? Mit diesen Zahnrädern und dem ganzen Uhrenkram?«

»Kann ich noch nicht einschätzen. Wahrscheinlich ist es

Brauns Art, sich Puppen zu erschaffen. Anstatt bloße Marionetten haben sie bei ihm eine Art Mechanik. Die Uhren sind sicher seine Handschrift.« Anna ließ das Stochern bleiben. »Ich denke, er leidet wie Achten unter einem gestörten Empathie-Empfinden. Er kann sich nicht in die Gefühlswelt anderer hineindenken. Er braucht dringend Anerkennung.«

»Anerkennung?«

»Ja. Ich bleibe dabei: Er hat sich bei uns gemeldet. Ich glaube aber nicht, dass er gestellt werden will. Er will es uns *zeigen*. Für ihn ist das ein Spiel. Ich denke, deswegen hat er auch dich entführt. Er braucht Anerkennung, jemanden, der sein Werk … genießt. Mangelnde Empathie, Selbstüberschätzung, Grandiositätsempfinden.«

»Grandiositätsempfinden? Na, das ist ja mal ein Wort.« Jan band sich die Mütze zu. Das Fell war unglaublich weich, kaum zu spüren. »Wenn er sich selbst überschätzt, dann kriegen wir ihn.«

Sie nickte tonlos. »Er will dir sein Werk zeigen und hat dich herausgefordert. Auf kurz oder lang verrät er sich, weil er zu viel preisgibt und sich für unbesiegbar hält. Er hat dir sein Theater gezeigt. Du durftest einen Blick in sein Innerstes erhaschen.«

Jan wandte sich zu Anna um. »Wir müssen herausfinden, wo diese Halle ist. Wenn auch nur ein bisschen von dem stimmt, an das ich mich erinnern kann, dann … dann hat er noch eine Frau in seiner Gewalt. Dieses Mädchen mit dem Rüschenkleid … Vielleicht solltest du mich noch mal hypnotisieren?« Lächelnd suchte er ihren Blick und sah ihr in die Augen.

Es schien Anna zu gefallen, denn sie musste schmunzeln. »Hast du davor nicht ein bisschen zu viel Angst?«

»Ich?«

»Ich könnte dir alles Mögliche einreden.«

»Vielleicht hast du das ja schon?«, meinte er und legte den Kopf schief.

Sie zögerte einen Moment. »Vielleicht. Kann sein. Ja …«

Er ließ das so stehen und horchte seinen Gedanken nach.

Was tust du hier, Jan? Du flirtest mit der neuen LKA-Psychologin?

»Ich glaub, du hast mich schon hypnotisiert«, wagte er sich vor und meinte, ihr Parfüm in der klaren Nacht zu riechen.

Sie beugte sich etwas näher, und er sah ihre Iris, ein changierendes Grün, das ihn an das Meer oben bei Slätterna erinnerte. Unergründliches Schimmern, wie Wellen in der Nacht. Ein schmaler Kranz in ihrer Regenbogenhaut sandte Goldsprengsel aus und bescherte ihm einen wohligen Schauer. »Oder sind es nur Grandiositätsempfindungsgedanken?«, fragte er verschmitzt.

»Vielleicht. Kann sein.« Sie schürzte die Lippen und sah ihn prüfend an. Ihre Wangen waren von der Kälte rot. »Rauchst du noch?«

Er nickte, ohne zu wissen, worauf sie hinauswollte.

»Magst du Schwedenpullis? Bunte?«

Wollte sie ihn verarschen? Kopfschüttelnd zog er die Stirn in Falten.

»Wie sieht es mit Discomusik aus? Abba? Wie steht's mit alten Saabs?«

»Äh …«

»Hm … Shit. Es hat nicht funktioniert.«

Er lachte, hielt dann aber inne. War der Witz ein gutes oder schlechtes Zeichen? Was hieß das, nicht funktioniert? War der Flirt beendet – oder war er gar nicht angekommen bei ihr?

Etwas verwirrt stand er da.

Du hast es echt verlernt, Jan. Du kannst bei Frauen gar nichts mehr deuten.

Furchtbar, dachte er, meinte dann aber charmant: »Du wolltest aus mir einen Abba liebenden, Schwedenpulli tragenden Saabfahrer machen? Echt?«

»Als Gegenpol. Um dein Grandiositätsempfinden ein bisschen einzudämmen. Zusammen mit der ganzen Wut.«

Das wäre schön, wenn's so einfach ginge.

Ohne es zu bemerken, kratzte er wieder an seiner Hand herum.

»Ich denke, ich sollte jetzt lieber gehen«, sagte er und merkte, dass er tatsächlich verlegen wurde. Er schenkte ihr ein Lächeln. »Danke fürs Bier.«

»Immer gern.«

»Das Abba-Konzert geht gleich los, und mein Saab muss noch warm werden, weißt du. Bis morgen«, meinte er lächelnd.

30

»Du machst dir immer nur Sorgen. Den Transporter habe ich hinten bei den anderen Fahrzeugen. Neben dem Rettungswagen unter der Plane. Der ist gut versteckt … Sag doch was.«

Normalerweise hätte sie ihm zugestimmt, hätte ihn vielleicht gelobt, aber jetzt war da einfach nur Stille. Er spürte ihre Blicke im Nacken und traute sich nicht, sich umzudrehen.

Die Ketten, an die er die Angelschnüre mit Seemannsknoten gebunden hatte, klirrten. Ein paar Tauben gurten, und er meinte, das leise Reiben der baumelnden Plastikbahnen zu hören. Ansonsten war alles ruhig in der Werkhalle.

Er konnte ihren stechenden Blick noch immer spüren. Den spürte er ständig. Selbst wenn sie nicht da war. Sie war immer in seinem Kopf.

»Du hättest ihn nie herbringen dürfen«, flüsterte sie.

Er räusperte sich nervös, denn er spürte ihren Atem an seinem Ohr.

»Es wird alles wunderbar. Das wird mein wunderbarstes Werk«, sagte er leise. »Ich tue das nur für dich.« Die Schauer, die seinen Rücken hinunterliefen, waren erregend und beängstigend zugleich. »Nygård ist Teil meines Plans – du wirst sehen, wie wunderbar sich alles fügen wird.«

»Du spielst mit dem Feuer. Du bringst meine Puppen in Gefahr.«

»Nein! Nein-nein!« Er war lauter geworden. Wieso stellte sie sich plötzlich gegen ihn? Sah sie nicht, wie genial er war? Wie perfekt sein Plan war? Bisher hatte es sie immer befriedigt, zuzusehen, wenn er die Frauen gequält hatte – und jetzt hatte sie … Ja, sie hatte Angst. Er meinte, es in ihrer Stimme herauszuhören. War es das? Konnte sie überhaupt so etwas wie Angst empfinden? Wo sie doch von Angst und Leid und Unterdrückung lebte.

Noch immer meinte er, ihren Atem an seinen Ohren zu spüren. Dann legten sich ihre kalten Finger von hinten um seinen Hals. Es war wie ein Liebkosen, doch er wusste, wie hart sie zudrücken konnte. Manchmal so lange, bis es ihm kam und er bewusstlos wurde.

»Du gehörst mir, und du gehorchst mir. Verstanden? Daniel!«

Er spürte, wie ihre Berührung ihn erregte. Sie war so wundervoll. Bald würde sie sich lossagen von Achten, würde diesem alten Stümper von Puppenmacher sagen, wie grandios *er* war. *Er!*

Sein Werk war wahre Kunst. Schon die Leichen in den Wald zu legen und nicht wie früher zu verbrennen, war der erste Schritt gewesen, die Polizei einzubinden. Die Bullen sollten ein Zahnrädchen in seinem Katz-und-Maus-Spiel werden. Und Nygård hatte er sich auserkoren, weil der sich für einen besonders schlauen und unerbittlichen Typen hielt. Er würde ihn brechen. Er würde ihn zu seiner Puppe machen, ohne dass sie ihn aufhängen und rasieren und umkleiden und schminken mussten. Eine neue Art von Marionette.

Er spürte ihre Fingernägel in seinem Hals, und ein Schauer der Lust übermannte ihn. Sie drückte zu.

»Wenn du mit Achten sprichst, sag ihm, wie grandios ich bin. Du sagst es ihm doch?« Er bekam kaum Luft mehr. »Ich werde neue Puppen erschaffen, raffiniertere, die wir besser steuern können. Mit einer Mechanik. Ihre Qualen …«

Ihr Griff war unbarmherzig, und er spürte, wie er hart wurde. Wie es ihn aufgeilte.

Einen Moment später brach er bewusstlos im Schnee zusammen und blieb in der Kälte zwischen dem Schrott, den Rasenmähern und den Schiffsteilen liegen. Der Schnee tanzte in der Luft, und sein Herz hämmerte.

Der Schnee fiel lautlos.

31

Als er die Tür zu seiner Wohnung aufschloss, war ihm, als öffnete er einen schwarzen Schlund. Die Räume empfingen ihn kalt und dunkel. Hier drinnen war es noch eisiger als draußen auf der Straße.

Und sehr viel kälter als bei Anna auf dem Steg.

Hatte er sich jemals hier zu Hause gefühlt?

Nein. Aber jedes vorsichtige Aufkeimen eines solchen Gefühls war durch seine Entführung gänzlich vernichtet worden. Er wusste schon jetzt, dass er bald wieder umziehen würde.

Einen Moment stand Jan im Flur und sah ins Dunkel – unfähig, sich zu bewegen.

Du bist auf der Flucht, dachte er. Du bist die ganzen Jahre schon immer auf der Flucht gewesen.

Du fliehst vor ihr. Du fliehst vor Hannah.

Nein, du fliehst vor der Vergangenheit. Du fliehst davor, dich mit ihrem Tod endlich auseinanderzusetzen, ihn zu akzeptieren. Oder gefällt dir einfach nur, an der Melancholie zu ertrinken?

Melancholie ist das Vergnügen, traurig zu sein.

Riya war einmal zu ihm mit Bhangra gekommen, um ihn auf andere Gedanken zu bringen. Statt immer diese schwermütige Klassik sollte er mal »Sonne in sein Herz lassen«. Ja, so hatte sie sich ausgedrückt. Ihr zuliebe hatte er es zwei Wochen ausprobiert. Wenn er mit Riya dazu tanzte, war es nett gewesen, aber alleine indische Discomusik hören? Nein. Musik hatte schwer zu sein wie guter Whisky.

Du bist ein Idiot, Jan.

Seufzend zog er den Parka aus, nahm sich den CD-Player und seine Kopfhörer.

»Leonie?«, rief er und wusste, sie würde nicht antworten. Nach dem, was sie heute bei Braun entdeckt hatten, würde Roger hoffentlich anders über den Unterschlupf für seine Tochter denken. Morgen würde die Hölle los sein und die Staatsanwältin sicher mehrere Pressekonferenzen abhalten müssen. Er würde sie morgen früh gleich noch einmal beiseitenehmen und wegen des Hide-outs nerven. Und er würde diesmal auch Dieck hinzuziehen, egal, was der über ihn dachte.

Ein paar Minuten später klappte er seinen Laptop im kahlen Wohnzimmer auf und loggte sich beim LKA ein.

Nachdem er Haralds Akten quergelesen und die neuesten Berichte der Forensik über die Funde im Uhrenmacherhaus durchgesehen hatte, nahm er sich die Handyfotos von Brauns Hinterzimmer vor. Er sah sich alles genau an, druckte dann die Bilder von der Uhrennummer und die Aufnahmen der anderen Zahlengravuren von der Forensik aus.

Karl Achten hatte seinen Opfern niemals Uhren eingepflanzt. Den SM-Schuppen hatte er 1991 eröffnet, da war Daniel Braun vier Jahre alt gewesen. Und Achten war einige Jahre seinem Geschäft nachgekommen. Ohne große Beschwerden. Er hatte sich erst kurz vor der Jahrtausendwende zum bestialischen Killer entwickelt.

Karl Achten tat schlau, las viel und hielt Reden über Literatur und die Seele. Aber ob er wirklich etwas draufhatte, das bezweifelte Jan stark. Seine Menschenkenntnis sagte ihm, dass Anna recht hatte und Achten bloß ein Blender war.

Kaum zu glauben, dass dieser drahtige Mann all die Morde geplant und ausgeführt hatte.

Braun erschien Jan da schon wesentlich intelligenter. Immerhin hatte er ein paar Semester Humanmedizin studiert und Auszeichnungen in diversen Sprachen erhalten. Er experimentierte und schien seine Intelligenz und Energie in seine … *Werke* zu stecken. Er hängte zu seiner Befriedigung nicht bloß Frauen an die Decke und machte sie zu Marionetten, er hatte auch begonnen, ihr Innenleben umzugestalten. Er pflanzte ihnen Uhren ein, und wie die schaurigen Tierversuche zeigten, wollte er ihnen wohl noch mehr Mechaniken einsetzen.

Aus irgendeinem Grund, den Jan nicht kannte, verehrte Daniel Braun dennoch Karl Achten. Sah er ihn wirklich als seinen Meister an? Wenn man die Parallelen der Fälle betrachtete, machte es ganz den Anschein.

Jan sah sich die Ausdrucke der Ziffernfolgen an. Von der Computerforensik hatte er erfahren, dass sie nicht weiterkamen. Alles schien festzustecken, wie ein Lkw in einem Blizzard.

Die Zahlen gehörten höchstwahrscheinlich zusammen, denn sie wiesen die gleiche Anzahl an Stellen auf. Das war aber auch schon die einzige Gemeinsamkeit. Jan kritzelte die Ziffern auf einen Block und starrte eine Weile darauf. Er hatte sich nie groß für Mathematik interessiert.

Gedankenverloren schenkte er sich einen seiner Lieblingswhiskys ein, einen High Coast Berg Whisky aus Kungsgarden, und betrachtete einen Moment lang dessen dunkles Funkeln. Der Sherry schmeckte leicht rauchig und besaß eine wunderbare Bourbon-Note. Genau das Richtige, um sich zu konzentrieren. Er streifte sich die Kopfhörer über, drehte die Musik auf und begann damit, sich alles ein weiteres Mal anzusehen.

Die Uhren waren allesamt sehr teuer, handgefertigt – wahrscheinlich schon von seinem Vater.

Wenn du sie den Frauen einsetzt, dann schenkst du ihnen etwas … Aber was hat die Zahl zu bedeuten?

Er druckte die Personalausweise der Opfer aus und ordnete sie den jeweiligen Zahlen zu.

Die Uhr, die sie heute gefunden hatten, war noch keinem Opfer zugewiesen, weswegen Jan ein großes Fragezeichen auf ein Blatt malte und es neben den Ausdruck legte.

Er verglich die Namen mit den Zahlen, konnte aber auf keine Kombination von Buchstaben und Zahlen kommen. Wahrscheinlich hatte die Computerabteilung des LKA 3 diese billigen Taschenspielertricks längst versucht.

Da bemerkte er, dass er die Opfer in die falsche zeitliche Reihenfolge gelegt hatte.

Noch einmal gruppierte er die drei Fotos um.

Harald hatte gesagt, dass Christa Stadler verwester gewesen war und Sabine Lohse sie erschossen habe. Also kam Stadler nach ganz oben, es folgte Lohse. Die sie auch im Wald gefunden hatten.

Schließlich Maria Albas, die Frau aus der Betonröhre.

Und dann das Fragezeichen.

Gehörte diese Uhr zu der seltsamen Frau im rosaroten Kleidchen? Die Frau mit der Pistole? War sie Mareike Kagel?

Er meinte sich zu erinnern, dass die Frau eine Pistole in der Hand gehalten und geweint hatte. Die Schminke war ihr die Wangen hinabgelaufen und hatte ihr Kleid benetzt.

Nein. Wenn Braun die Frau in seinem … seinem *Theater* hatte, dann trug sie eine Uhr in sich. Er hatte bereits die Ösen angebracht und gleichzeitig die Uhr eingesetzt. An dieser Stelle war der gerichtsmedizinische Bericht eindeutig.

Das hieß, sie hatten Mareikes Uhr bisher nicht gefunden, weil sie noch in Mareike war. Und die Uhr, die Braun gerade gravierte, musste zu einem neuen Opfer gehören. Tatsächlich zu diesem Fragezeichen, das Jan anstarrte.

Seufzend schenkte er sich noch einen Whisky ein und lauschte Mahler, diesmal der 5. Sinfonie. Das Adagietto. Sehr langsam bauten sich die Streicher auf, rollten wie Wellen auf ihn zu und durch ihn hindurch.

Nachdem er die Todesdaten eingesehen hatte, schrieb er sie jeweils auf einen Zettel und legte sie daneben.

Die Uhrenzahlen wurden der Reihe nach nicht größer, sondern schienen ganz individuell angelegt zu sein. Jedes Opfer hatte seine Zahl, sie schien nichts mit der Größe, dem Gewicht oder der Reihenfolge der Tode zu tun zu haben.

Maria Albas war mit einundzwanzig gestorben …

»Einundzwanzig sind abgerundet zwanzig. Zwanzig mal zwölf sind zweihundertvierzig Monate. Zweihundertvierzig mal dreißig Tage sind …« Jan holte sein Handy raus und gab die Zahlen in der Taschenrechner-App ein. »Siebentausendzweihundert Tage. Nein.« Er tippte es etwas genauer ein … Einundzwanzig Jahre mal dreihundertfünfundsechzig Tage. 7665. Er goss sich den dritten Whisky nach.

Sabine Lohse war zweiunddreißig Jahre oder etwa 11.680 Tage alt geworden …

Christa Stadler hatte ungefähr 12.410 Tage gelebt, bevor sie ermordet worden war.

Die Zahlen auf den Uhren waren viel größer. Jan nahm sich einen weiteren Zettel und begann zu rechnen. Sie waren gut um das Zwanzig- bis Dreißigfache größer.

Abermals stutzte er. Zwanzig, dreißig … Die Mitte davon war fünfundzwanzig. Jahre, Monate, Tage … *Stunden.*

Vierundzwanzig Stunden hat der Tag, grübelte er.

Er fing noch einmal von vorne an, trank den vierten Whisky und rechnete nach. Diesmal nahm er nicht einfach die Jahre und rechnete die Tage aus, sondern er zählte die tatsächlichen Tage zwischen ihrer Geburt und ihrem Tod ab, indem er sein Handy befragte. Der Todeszeitpunkt war vage, aber sicher lagen Haralds Untersuchungen nahe dran.

Er multiplizierte alles mit vierundzwanzig, um zumindest grob auf die Stunden zu kommen, die die Frauen gelebt hatten. Nach wenigen Sekunden hatte er ihre Lebensspanne errechnet, die Stunden von ihrer Geburt bis zu ihrem Tod.

283.413 bei Sabine Lohse.

Die Zahlen stimmten nicht mit denen auf den Rückseiten der Uhren überein, weil sie die genaue Todesstunde nicht kannten – trotzdem lief es Jan eiskalt über den Rücken. Seine Berechnungen kamen extrem nah an die Zahlen auf den Uhren heran.

Das alles konnte doch kein Zufall sein. Er zog die Fotos aus der Gerichtsmedizin heran.

28 34 77

Bloß ein Unterschied von vierundsechzig, dachte er und schluckte.

Bei Maria Albas lag seine errechnete Zahl im Vergleich zu der auf der Uhr, die Harald aus ihrer Brust entfernt hatte, lediglich um zwölf daneben.

»Das ist gerade mal ein halber Tag«, murmelte Jan.

Braun gravierte in die Uhren die Anzahl der Stunden, die die Opfer zu leben hatten?

War das möglich?

Fassungslos starrte Jan auf die vor ihm ausgebreiteten

Fotos der Uhren und seine Berechnungen. Sie stimmten beinahe überein.

Anscheinend plante Braun genau, wann er die Frauen tatsächlich töten wollte. Im Voraus. Und er pflanzte ihnen diese Uhren nicht nur als eine Art Markenzeichen ein, sondern auch als eine klare Botschaft.

Seht her! Ich bestimme, wie viele Stunden sie leben werden. Ich bestimme, wann die Uhr abläuft. Und ich weiß es vorher, ich lege es fest.

Deswegen die Unterlagen aus dem Standesamt, die sie bei ihm gefunden hatten. Sicher war er auf die Tour an die genaue Geburtsstunde gelangt.

Jan wusste, dass die Hürden bei Standesämtern sehr niedrig lagen. Wahrscheinlich hatte Braun sich einfach als Vater ausgegeben, die korrekten Persodaten und die richtige Ausweisnummer durchgegeben und die Geburtsurkunden nach der Bezahlung erhalten. Wenn nicht sogar zugeschickt bekommen.

Aus Interesse rechnete Jan das Datum der vierten Uhr zurück, an der Braun kurz vor ihrem Zugriff gearbeitet hatte. Die Zahl des Fragezeichens. Hier hatte er eine Stundenzahl, aber kein Opfer.

Wenn er recht hatte, dann würde sein nächstes Opfer gerade einmal siebzehn Jahre, neun Monate, zwölf Tage und ungefähr sechs Stunden zu leben haben. Insgesamt.

Wahrscheinlich lag die Zahl einige Stunden oder Tage in der Zukunft, denn Braun hatte sie gerade erst eingraviert und musste die Uhr dem Opfer noch einpflanzen. Oder es überhaupt erst entführen.

Ohne wirklich zu verstehen, was er gerade aufgeschrieben hatte, starrte Jan auf seine Berechnung. Er nippte am Whisky, spürte dem dunklen Geschmack nach und grübelte.

Das Opfer war ungefähr so alt wie Leonie. Das Jahr und der Monat stimmten auf jeden Fall. Er nahm sich Leonies Geburtstag und ihre Geburtsstunde vor, die er auswendig kannte, und rechnete zurück.

Ihm wurde schlagartig schlecht.

Hastig riss er sich den Kopfhörer runter.

Konnte das sein?

Konnte es wirklich sein, dass Braun jemanden zufällig ausgewählt hatte, der am selben Tag, beinahe zur selben Stunde wie seine Tochter geboren worden war?

Nein.

Das war alles Absicht. Braun hatte Leonie auserwählt, und der Zeitpunkt ihres Todes lag bloß wenige Stunden in der Zukunft.

Panisch sprang er auf, spürte, wie ihm schwindelig wurde, und kämpfte dagegen an.

Die Zahl auf der Uhr konnte nur eins bedeuten.

Leonie war das nächste Opfer.

Und wenn er sich nicht verrechnet hatte, sollte sie in elf Stunden sterben.

32

Es schneite keine Flocken, sondern winzige weiße Sprengsel, die wie nervös hin und her wehten. Unter den Laternen schienen sie zitternd zu stehen, bevor eine unsichtbare Hand sie verscheuchte.

Daniel Braun machte sich nicht die Mühe, sich an das Anwesen heranzupirschen, sondern schritt geradewegs die Auffahrt zwischen den Platanen hindurch und auf das Haus zu.

Aufgewühlt vom Streit mit ihr und voller Gedanken war er losgezogen. Wie konnte sie ihn derart kritisieren? Wie konnte sie seine Genialität nicht erkennen? Und das, wo sie ihn doch schon so lange kannte?

Er hatte sich gezwungen, nicht mehr wütend auf sie zu sein, sondern ihre Kritik als Anregung zu nehmen. Auch wenn er nicht verstand, was es an seinem Tun auszusetzen gab. Schöpfe aus dem Streit Kraft, hatte er sich gesagt.

Er war der Erschaffer, der Macher, der das Uhrwerk am Laufen hielt. Er bestimmte, welches Zahnrad griff, welche Feder sich spannte und welche Unruh in Bewegung versetzt wurde.

Er würde ihr schon zeigen, was für ein außergewöhnlicher Mensch er war. Welches Genie in ihm steckte. Dann würde sie ihn noch mehr als sonst loben, noch mehr anerkennen.

Daniel Braun wusste ja, dass sie es liebte, ihn ein bisschen baumeln zu lassen. *Baumeln* … Bei dem Wort musste er schmunzeln. Während er sich nach Anerkennung sehnte, brauchte sie eine andere Bestätigung, um noch zu wissen, dass sie lebte.

So tickte sie.

Er wusste, wie die Menschen tickten.

Sie musste den Schmerz der anderen sehen, besser noch, musste ihnen Leid zufügen, um selbst noch Lust zu empfinden. Ja, sie liebte es, anderen Qualen zuzufügen. Das war ihr Elixier, Macht über andere, das Degradieren und Bestimmen, das Herrschen über all diese durchsichtigen Kreaturen. Das qualvolle Unterwerfen und die Angst der anderen war ihr Nektar, war ihre Aufzugsfeder, die die Maschine am Laufen hielt. Nur so ging ihre zarte Flamme nicht aus.

Wie hatte es der Puppenmacher in einem alten Interview mal genannt?

Wir leben im Bauch der Maschine und klammern uns alle an unsere winzigen Kerzen mit den zierlichen Flämmchen.

Sie klammerte sich auch an ihr Flämmchen. Flammen, die er mit seinen Puppen auflodern ließ. ER! Er konnte alles beschaffen. Die Werkhalle, das medizinische Gerät. Er kannte sich mit dem Körper aus, den Muskeln, den Knochen, dem Bohren und Schneiden. Er war ein Konstrukteur. Er bestimmte, wie die Uhren tickten.

Er bestimmte über das Leben.

Und darüber, wann die Uhr ablief.

Er sehnte sich nach ihren warmen Worten, nach dem bittersüßen Raunen an seinem Ohr, wenn sie ihn küsste, wenn sie sein Ohrläppchen in den Mund nahm und … Er sehnte sich vor allem nach ihren schmeichelnden Worten, die ihn wärmten und die ihn ihr folgen ließen wie ein Verdurstender dem Eimer voll Wasser.

Außer ihr verstand ihn niemand.

Niemand auf der Welt hatte jemals erkannt, wie außergewöhnlich er war. Nur sie.

Die anderen waren schon immer blind gewesen. Ob in der Schule, auf dem Campus, im Krankenhaus! Sie sagten, er könne kein Mitgefühl empfinden, sich nicht in fremde Köpfe hineindenken. Aber er dachte die ganze Zeit. Er dachte und er wusste, dass sie in Wahrheit nur Lämmer waren. Sie redeten ihn schlecht, weil sie ihn fürchteten. Denn er war besser als sie alle zusammen! Das hatten sie erkannt, daher rührte ihre Angst. Das war es.

Er hatte es im Studium gemerkt, als seine Antworten immer besser als die seiner Prüfer gewesen waren. Wie so oft im Leben, hatte er es auch damals in ihren Augen gesehen: die Ablehnung, weil er besser war als sie.

Schneller, extremer … *wissender*.

Selbst die Professoren und Doktoren hatten ihn abgelehnt, hatten ihn ausgegrenzt und behauptet, er sei egomanisch und empathiegestört.

Er sei nicht für den Beruf des Arztes geeignet.

Lächerlich. Er war für alles geeignet. Was sollte er auf andere eingehen? Auf diese Vollidioten? Wen interessierten die anderen schon?

Sie war da ganz anders.

Sie saß in seinem Kopf. Und sie sprach mit ihm, sie umhüllte ihn mit lobenden Worten. Sie trug ihn auf Händen und erkannte, dass er derjenige war, der wusste, wo es langging.

Sie war die Einzige, die an ihn glaubte.

Aber nun hatte er sie – wie lautete das alte Wort? – *erzürnt*.

Braun versuchte, die schlechten Gedanken abzuschütteln, und wischte sich den Schnee vom Gesicht. Beim Anblick der imposanten Villa musste er lächeln.

Ich werde ihr ein für alle Mal beweisen, dass ihre Liebe nicht umsonst war.

Sie wird mich auf Händen tragen.

Ohne zu zögern, ging er die wenigen Treppenstufen hinauf und klingelte.

Während er wartete, richtete er sein Haar, strich abermals die Schneeflocken fort und bemühte sich um ein offenes Lächeln. Er hatte sich wieder die verspiegelte Brille aufgesetzt, obwohl das wahrscheinlich egal war. Jetzt, wo die Beamten sein Haus und seinen Laden gestürmt hatten.

Ein junger Typ mit gebrochener Nase öffnete ihm.

Bis auf die Nase war der Junge ganz ansehnlich.

In amerikanischen Filmen hätte er sicher den Champion im Football-Team gespielt, von allen gefeiert, beliebt, dachte Daniel Braun verächtlich. Seine blonden Haare waren kurz geschnitten, die Zähne perfekt gebleacht.

»Guten Abend«, grüßte Braun artig.

Das Handy am Ohr, rannte Jan zu seinem Motorrad. »Ich weiß, wie spät wir's haben! Scheiße! Gib sie mir!«

»Riya sitzt noch am Papierkram. An *eurem*! Die ist voll geladen, weil du wieder einen zwitschern bist statt im Büro.« Sadik lachte dreckig.

Jan hatte keine Lust, sich zu rechtfertigen. Besonders nicht Sadik gegenüber. Er stopfte seine Pelzmütze in die Satteltasche. »Los! Gib sie mir endlich«, befahl er streng und stieg auf.

»Schön, dass du dich mal meldest«, hörte er Riya reichlich genervt. Sie seufzte müde. »Häuserstürmen geht zu zweit, aber Durchschrift nur allein, oder wie habe ich das zu verstehen?«

»Ja«, brummte er und zog seinen Halsschal bis übers Kinn. »'tschuldige. Riya, aber es ist wichtig. Du musst für mich die Tatortfunde der Forensik checken.«

»Was?«

»Der Kram, den wir bei Braun gefunden haben. Da waren Unterlagen bei. Auch Geburtsurkunden.«

Er hörte förmlich, wie sie die Stirn in Falten legte.

»Riya, ich muss wissen, ob da irgendetwas über Leonie dabei ist.«

»Leonie? Wieso?«

»Ich hab's auf dem Server versucht, aber die haben erst ein paar Sachen katalogisiert.« Er streifte sich die Handschuhe über. »Klingel wen aus dem Feierabend. Ich brauch die Info!«

»Ich …« Riya wirkte vollkommen überfahren. »Wieso denn Leonie?«

Er hatte keine Zeit für Fragen. Er hatte bei Leonie angerufen, aber sie hatte ihn weggedrückt. Dann hatte er es auf Rogers Handy probiert, aber sie war nicht drangegangen. Beim Hausanschluss hatte sich auch nur der AB gemeldet.

»Jan? Bist du noch dran?«

»Check die Unterlagen. Ich fahr zur Roger.«

Er legte auf und setzte im selben Atemzug seinen Helm auf. Dann gab er Gas, schlitterte von der verschneiten Parkbucht auf die Straße und schaltete hoch.

Der Schnee klatschte gegen sein Visier, und er spürte die Kälte trotz des Helms und des Halswärmers, den er sich bis unter die Nase gezogen hatte, im zerschundenen Gesicht.

Bis zu Rogers Villa waren es zehn Minuten, mit Abkürzungen vielleicht sieben.

»Leonie?« Der Junge musterte ihn skeptisch, sah die dunkle Einfahrt hinunter. »Wer sind Sie denn?«

»Es ist unhöflich, eine Frage mit einer anderen zu beantworten. Hat man dir das nicht beigebracht?« Braun setzte sein charmantestes Lächeln auf, aber dieser junge Kerl war drauf und dran, die Tür zu schließen. »Hol sie doch bitte einmal her. Ich komme von ihrem Vater. Von Jan.«

Der Blick des Jungen wurde schlagartig feindselig. Damit hatte Braun nicht gerechnet.

»Aha. Ich denke nicht, dass Leonie mit Ihnen sprechen will«, sagte der junge Mann und wollte ihm dreist die Tür vor der Nase zuschlagen.

Mit einer ansatzlosen Bewegung ließ Braun sein Skalpell vorschnellen. Die extrem scharfe Klinge fuhr durch den Hals seines Gegenübers wie durch Butter.

An seinen Augen konnte er sehen, dass der Junge gar nicht begriff, was geschehen war. Verdattert starrte er ihn an, versuchte Luft zu holen, verschluckte sich jedoch am Blut, das in seinen Hals und gleichzeitig daraus hervordrang. Er wollte schreien, etwas sagen, aber jeder Laut ging in einem gurgelnden Würgen unter.

Braun stieß den Jungen, der sich mit beiden Händen den Hals hielt und irgendwie die Blutung zu stoppen versuchte, mit einer leichten Bewegung nach hinten. Die Augen vor Entsetzen aufgerissen, stolperte der Kerl gegen ein Gemälde und rutschte die Wand hinunter.

Ohne eine Regung zu zeigen, trat Braun ein. Er schenkte der Überwachungskamera, die er mit einem Blick an der Decke ausgemacht hatte, ein feistes Lächeln und schritt zielstrebig durch die Lobby.

Es roch nach frischen Blumen und dem unverkennbaren Geruch von Geld.

Er mochte diesen Geruch, denn er hatte etwas Ordentliches, etwas Sortiertes. Der Geruch von Geld ließ ihn immer an poliertes Metall erinnern.

Und blankes Metall fühlte sich gut an. Kalt, so schön glatt und eben. Man konnte daraus perfekte Mechaniken herstellen. Tick-tack. So perfekt.

Von der Lobby aus blickte er in eine großzügige Küche mit Theke und Essecke. So wie es aussah, hatte der Junge gerade etwas zum Naschen geholt. Auf der Anrichte stand ein Tablett mit Tapas, eine Weinflasche und zwei Gläser. Es sah alles recht erlesen aus, der Wein teuer, die Tapas exquisit.

»Leonie?«, rief er und lauschte.

Das Gurgeln des Jungen ließ ihn noch einmal zurückblicken. Er lag auf dem Rücken, hatte sich halb zur Tür herausgeschoben und war dabei, im Schnee zu sterben.

Soweit er das einschätzen konnte, war nicht ganz klar, ob der Junge erst ersticken oder verbluten oder in seinem Blut ertrinken würde.

Weil Nygårds Tochter nicht antwortete, öffnete Braun die erste Tür. Nur ein luxuriöses Badezimmer. Er nahm sich den nächsten Raum vor und gelangte in ein großzügiges Arbeitszimmer.

Es war modern eingerichtet, atmete aber dennoch den Hauch einer ehrwürdigen Universitätsbibliothek. Wahrscheinlich lag es an den hohen massiven Buchregalen, die mit allerlei erlesenen Exemplaren bestückt waren.

Am Fenster, den Blick auf den verschneiten Garten gerichtet, stand eine Frau. Sie hatte ein Handy am Ohr und diskutierte lautstark. Sie hatte nicht einmal mitbekommen, dass er eingetreten war.

Er schätzte sie auf ungefähr eins fünfundsiebzig bei siebzig Kilo, konnte ihre Kraft aber nur schlecht einordnen. In ihrem Designeranzug wirkte sie äußerst schlank.

»Sie haben Glück, Dieck, dass Nygård etwas gefunden hat. Aber ich bin nicht bereit, ihn vollkommen aus der

Schusslinie zu nehmen!«, sagte sie bestimmt. »Das hätten Sie gerne, ich weiß. Aber soll ich Ihnen mal etwas sagen …«

Er trat näher, während sie auf eine Antwort lauschte.

»Nein! Das sage ich nicht wegen meines Sohnes. Um den geht es hier nicht, und das ist Ihnen auch bewusst. Egal, was in Ihrem Bericht steht, ich werde veranlassen, dass die Interne sich um Nygård kümmert.«

Braun war nur noch drei Schritte hinter ihr, als sie ihn wohl in der Scheibe sah und sich umdrehte. Sie erschrak, aber bevor sie wirklich reagieren konnte, war er bereits vorgesprungen und hatte ihr heftig gegen den Kopf geschlagen. Ein einziger Hieb reichte aus, um die Frau gegen ihren Stuhl zu schleudern und zu Boden zu schicken.

Ihr Telefon rutschte über den teuren Marmor und blieb vor einem der Bücherregale liegen.

Sie hatte noch gar nicht begriffen, was mit ihr geschah, da war er schon bei ihr, packte ihren Kopf und schlug ihn gegen den Schreibtisch.

Benommen sackte sie zusammen. Sofort las er ihr Handy vom Boden auf und drückte es aus.

Die Frau sah gut aus. Zu alt für eine Puppe, doch sicher würde es *ihr* gefallen, auch sie leiden zu sehen.

Aber deswegen war er nicht gekommen. Sie war nicht Teil seines Werks.

Er zog die Frau an den Haaren hoch. Kaum hatte er sie gepackt, spürte er ihre Kraft und drückte fester zu, auch um ihr zu zeigen, dass Widerstand zwecklos war.

Sie wimmerte, Blut lief ihr aus der Nase, aber sie machte keine Anstalten, sich weiter zu wehren.

Wahrscheinlich war sie zu überrumpelt, denn sie starrte ihn völlig fassungslos an. Da war kaum Angst, sondern einfach nur totale Hilflosigkeit. Nett. Er packte sie mit der Linken am Hals und drückte zu.

»Wenn du dich wehrst, bist du tot …«, zischte er.

Von einer Sekunde zur anderen ging sie zum Kämpfen über. Er spürte ihre Muskeln sich anspannen und sah in ihren Augen den Willen zu überleben. Er kannte das. Und er wusste auch, dass sie seinen letzten Satz nicht gehört hatte. Er war untergegangen in ihrer Angst und ihrer Panik.

Manchmal halfen Worte, aber hier nicht.

Er ließ das Skalpell sprechen, zog es mit seiner Rechten über ihr Gesicht.

Sie schrie auf, aber er stoppte jeden Laut, indem er ihr mit einem Schlag die Nase brach und das Skalpell in ihren Arm rammte.

»Ich sagte, du sollst dich nicht wehren. Tut das weh? Ja? Halt still!«

Wimmernd gehorchte die Frau. Sie wollte nach ihrem Gesicht greifen, aber er drückte ihren Hals noch fester zu.

»Nicht bewegen!«

»Was wollen Sie?«, brachte sie keuchend hervor. Sie blutete jetzt stark. Das Zeug lief ihr vom Gesicht hinab auf die Brüste, tränkte ihren sauteuren Maßanzug.

»Leonie.«

»Sie ist nicht da. Sie ist mit meinem Sohn …«

»Lüg nicht! Wo ist sie?«, zischte er und hielt ihr das Skalpell vors Gesicht.

Jan hielt an einer Kreuzung, die Ampel war auf Rot. Von hier aus waren es noch gut fünf Minuten bis zur Staatsanwältin. Er klappte den Helm auf, zückte sein Handy und versuchte es abermals bei Leonie. Das Telefon klingelte gar nicht erst. *Der Teilnehmer ist zurzeit nicht zu erreichen …*

Er wählte Rogers Festnetznummer, bekam aber bloß ein Besetztzeichen. Kaum aufgelegt, klingelte sein Smartphone.

Riya. Sie klang aus der Puste. »Haralds Leute machen Überstunden, hab mit denen gechattet. Du hattest recht. Da gibt es eine Geburtsurkunde von Leonie in Brauns Unterlagen. Aber, Jan, das …«

Er hatte keine Zeit zum Plaudern. »Peil sie an!«, unterbrach er sie. »Ich muss wissen, ob sie wirklich bei der Roger ist. Wenn nicht, check Tim Rogers Handy!«

Bevor Riya etwas sagen konnte, hatte er schon aufgelegt. Er schoss über die rote Ampel, schnitt einen SUV. Das Hupen verhallte hinter ihm, er war längst weiter, ließ den Schneematsch spritzen und ging im Kopf eine Abkürzung durch.

Hart riss er den Lenker herum, steuerte den Fußweg an und setzte mit der Harley zwischen zwei Pollern hindurch. Er fixierte eine schmale Treppe an, die hinab zum Elbufer führte.

Daniel Braun betrachtete sein Werk. Er hatte die Staatsanwältin gefesselt und auf den Boden geworfen. Auch sie würde verbluten und hatte keine Chance, um Hilfe zu rufen. Er kontrollierte seine Umhängetasche. War sein spezieller Cocktail noch in Ordnung?

Die Spritze mit dem Betäubungsmittel war unbeschadet. Er schnappte sich das Klebeband.

Zeit, sich Nygårds Tochter zu widmen.

Auf seine Frage hin, wo Leonie steckte, hatte die Frau für einen Sekundenbruchteil zur Decke gesehen. Wahrscheinlich hatte der Junge für Leonie und sich ein bisschen Essen holen wollen, und sie befand sich im ersten Stock der Villa.

Er war kaum die geschwungene Treppe hochgeschlichen, als er die Geräusche eines Computerspiels hörte.

An seiner Jeans wischte er die blutigen Hände ab, strich auch das Skalpell sauber und näherte sich der Tür. Sie war bloß angelehnt, und er konnte einen Blick durch den Türspalt erhaschen. Das Zimmer war eine Art Medienzimmer. Leinwand, schwere Ledercouch und Equipment vom Feinsten.

Das Mädchen saß auf dem Fußboden vor der Couch. Er konnte ihr ebenmäßiges Profil erkennen, das vom zuckenden Licht des Videospiels erhellt wurde. Leonie, den Controller in der Hand, war voll und ganz in das Game vertieft, das auf einem Laserbeamer lief.

Als er Nygård ins Café gefolgt war und Vater und Tochter hatte streiten sehen, war ihm gar nicht aufgefallen, wie gut sie aussah. Im Café hatte sie abgearbeitet und so schrecklich genervt ausgesehen.

Hier wirkte sie entspannt, und ihre Züge, vom Flimmern des Lichts umschmeichelt, waren geradezu traumhaft. Der Junge schien ihr gutzutun.

Der Junge *hatte* ihr gutgetan. Jetzt lag er da unten und blutete aus.

Geräuschlos öffnete er die Tür und schob sich in den Raum. Leonie war so gefesselt vom Spiel, dass er sich unbemerkt Zentimeter für Zentimeter hinter sie schieben konnte. Trotz des Lärms versuchte er, keine Geräusche zu machen.

Er spürte das Skalpell in der Hand, fühlte, wie ihn eine freudige Leichtigkeit durchströmte. Er kannte dieses Gefühl. Es war die Leichtigkeit, die ihn stets überkam, wenn ein Plan aufging, wenn das letzte Zahnrad ins Gehäuse passte.

Erst das Ende krönt das Werk, Daniel.

Für ihn war das Einsetzen des letzten Elements der Höhepunkt seines Schaffens. Das Aufziehen der Uhr, die Spannung, die ihn durchfuhr, wenn er die Uhr an sein Ohr presste und horchte, ob sein Werk auch funktionierte …

Es war wie eine Befreiung. Ein bisschen so wie Fliegen, so als wäre man nicht mehr von dieser Welt. So hatte es ihm auch sein Vater einmal beschrieben, als er aus der Grundschule gekommen war und ihn ganz entzückt über den Uhren hatte sitzen sehen. Ein seltener Moment, den sein Vater gleich wieder zunichtegemacht hatte, als Daniel darum gebeten hatte, mit an den Uhren arbeiten zu dürfen.

Sein Vater hatte nie verstanden, wie begabt sein Sohn war.

Sein Vater hatte den Gürtel genommen.

Sein Vater hatte seine Uhr zerschlagen.

Sie würde seine Kreationen niemals zerstören.

Wenn er sich etwas Kompliziertes ausdachte und diese Idee dann plötzlich real wurde – wenn Gedanken Realität erschufen … Das war ein Gefühl, besser als jeder Orgasmus.

Und wenn *sie* sich daran dann auch noch ergötzte …

Braun trat hinter Leonie.

Er würde seiner Geliebten sein bestes Kunstwerk präsentieren.

Geradezu zärtlich strich er Leonie das Headset vom Kopf.

»Ich sterbe vor Hunger! Hast du …« Sie schrie auf, als sie sich zu ihm umsah.

Jan gab Gas. Er folgte dem Fußweg, trat die Maschine hoch und fuhr kurzerhand über eine Grünfläche. Der Schnee stob auf, als er hindurchpflügte und die Villen anpeilte, die sich auf dem leicht geschwungenen Hügel aufreihten.

Er konnte bereits Rogers Anwesen sehen.

Sekunden später schlitterte er zurück auf den Bürgersteig und passierte die Einfahrt zum Anwesen der Staatsanwältin. Er gab noch einmal Gas, ließ den Kies der Einfahrt spritzen und setzte zwischen den Platanen hindurch.

Da sah er einen Schatten in der Einfahrt. Jemand lag auf den Treppenstufen. Jan bremste ab. In seinem Scheinwerferlicht tauchte für einen Herzschlag Tims Gesicht auf. Es war blutverschmiert. Sofort sprang er ab und riss im Laufen den Helm herunter.

In wenigen Schritten war er bei dem Jungen. Eine breite Blutspur zog sich vom Eingang des Hauses bis über die Stufen. Jan checkte den Puls, konnte aber nichts spüren. Tims Blut war noch warm, aber der Junge tot. Schnell rief er Riya an.

»Ich brauche Verstärkung. Sofort! Unser Killer ist bei Roger! Und Krankenwagen. Das ganze Programm.« Er wartete nicht auf ihre Antwort, hatte bereits aufgelegt und zog seine Pistole. Entschlossen eilte er die Stufen zum Haus hinauf.

Nach einem kurzen Kontrollblick trat er ein.

Er unterdrückte den Drang, nach Leonie zu rufen. Mit etwas Glück, wenn Braun sein Motorrad nicht bemerkt hatte, war er im Vorteil.

Jan checkte die Küche … niemand. Da meinte er etwas zu hören. Ein Stöhnen, ein unterdrücktes Wimmern. Es kam aus Rogers Arbeitszimmer.

Langsam näherte sich Jan der Tür. Hier in der offenen Lobby bot er ein gutes Ziel. Es gab keine Deckung. Er versuchte, durch den Türspalt etwas zu erkennen, doch auf den ersten Blick konnte er niemanden ausmachen.

Er hatte die Lobby zur Hälfte durchschritten, als er mit

einem Mal eine Bewegung auf der Treppe wahrnahm und herumfuhr.

Daniel Braun! Und Leonie!

Für den Bruchteil einer Sekunde konnte er sehen, wie der Mörder überrascht zögerte, doch sofort hatte er sich wieder unter Kontrolle.

»Leonie!«, entwich es Jan. Er versuchte, auf Brauns Kopf zu zielen, aber der zog Leonie vor sich. Jan sah, dass er ihr die Hände auf dem Rücken mit Klebeband gefesselt hatte. Jetzt bemerkte er auch die schmale Klinge, die Braun seiner Tochter an den Hals drückte.

Er drückte sie in ihren Hals. Die Klinge, der Lauf der Pistole. Leonie, Hannah …

Der Unbekannte presst Hannah den Lauf seiner Waffe an den Hals. Das Neonlicht des Kühlregals schneidet Schatten auf ihre Wangen. Sie wimmert, sie starrt Jan an, hebt die Hände. Er will etwas sagen, will sie beruhigen …

Gunvald schließt die Tür. Die Finsternis verschluckt Jan. Das Wimmern seiner Mutter dringt zu ihm. Hannahs Wimmern, das Wimmern von Leonie …

Nur das Beste für sie!

Der Gedanke riss ihn zurück aus der Schockstarre ins Jetzt. Da! Leonie und Braun. Er war bereits mit ihr in die Lobby getreten, hielt ihr immer noch das Skalpell an den Hals und benutzte sie als Schild. Die Spitze hat sich in ihre Haut gebohrt.

Leonies panischer Blick war kaum zu ertragen.

Hannahs panischer Blick war kaum …

Jan drohte, erneut in die Vergangenheit katapultiert zu werden. Zu Hannah. Zurück in den Supermarkt. Zurück zu jenem Mann mit dem Tattoo. Dem Schuss, der sein Leben, der ihn zerrissen hatte.

»Nein!«, schrie er, schüttelte alles ab und zielte auf Braun. So gut es ging.

»Schön ruhig, Nygård. Bleiben Sie ruhig. Legen Sie die Waffe weg.«

Weil Jan ihm den Weg nach draußen versperrte, trat Braun, Leonie an sich gepresst, einen Schritt zurück in Richtung des Arbeitszimmers.

»Wenn Sie schießen, werden Sie Ihre Tochter treffen. Und wenn Sie tatsächlich mich erwischen sollten – ritsch. In dem Moment, wo Sie abdrücken, wird das Skalpell ihren Hals bis zum Rückgrat durchtrennen. Die Zeit bleibt mir auf jeden Fall.«

Jan dachte gar nicht daran, die Waffe zu senken, sondern versuchte noch immer, Brauns Gesicht im Schussfeld zu behalten. Er wusste, dass es Wahnsinn war, abzudrücken. Auch wenn er ein guter Schütze war und nur wenige Meter entfernt stand …

»Nehmen Sie mich! Lassen Sie sie gehen.«

Braun lachte. »Das würde den Spaß verderben.«

Jan spürte, wie die Anspannung sein Herz griff und zudrückte. Seine Lippen wurden taub, sein Atem ging flach. Er ermahnte sich zur Ruhe, hoffte, keinen weiteren Flashback zu erleiden.

Atme durch! Beruhige dich.

Jan zitterte jetzt am ganzen Körper. Er starrte Braun an, unfähig abzudrücken. Er ging einen Schritt auf Braun zu, der weiter zurückwich.

»Ich habe gesagt: Waffe weg!« Braun drückte noch fester zu, ließ die Klinge in Leonies Hals schneiden. Blutstropfen rannen über ihre Haut.

Sie schrie vor Angst auf. »Papa!«, keuchte sie. »Bitte. Tu, was er sagt! Bitte!«

Zögern. Zögern ist fatal. Zögern hat Hannah das Leben

gekostet. Zuschlagen, schneller sein als das Gegenüber – das rettet Leben. Das weißt du!

Tu es! Schieß diesem Bastard in den Kopf.

Daniel trat einen weiteren Schritt zurück. »Ich kann mit dem Messer umgehen! Das weißt du! Ich schneide ihr mit einem Schnitt nicht nur die Halsschlagader durch, sondern auch die Luftröhre.«

Sie sagen, du gehst zu sehr mit dem Kopf durch die Wand. Doch du hast zu lange gezögert. Deswegen ist Hannah jetzt tot. Aber Leonie, sie wird nicht sterben … Sie …

Seine Tochter starrte ihn voller Todesangst an. »Tu es nicht, Papa«, bettelte sie.

Sein Zeigefinger zog den Abzug durch … Langsam, ganz behutsam. Ertastete den Druckpunkt.

»Nein! Papa!«

Der Schweiß lief ihm die Stirn herab, tränkte seinen Halswärmer. Er hatte gelernt, gleichmäßig durchzuziehen. Seine Hände waren noch immer voller Blut von Tim. Er stand da, zitterte und war unfähig zu handeln, während seine Gedanken rasten.

Tu es! Zögern ist ein Fehler. Tu es jetzt!

Jan schießt. Der Knall zerfetzt die Stille und sirrt in seinem Kopf. Er sieht, wie die Kugel Leonies Schädel zerschlägt und …

Nein. Sie hatte recht. Er durfte sie nicht in Gefahr bringen. Nicht schießen. Nein. Langsam nahm er den Finger vom Abzug, löste den Griff und hielt Braun die Waffe am Lauf hin.

»Weg damit, Nygård! Schmeißen Sie sie weg!«

Leonie sah ihn flehentlich an.

Widerwillig gehorchte Jan, legte die Pistole auf den Boden und trat sie zur Seite. In dem Moment ließ Braun die schwere Arbeitszimmertür vor sich und Leonie zufallen.

Jan sprang vor, hörte, wie Braun abschloss, und krachte gegen das Türblatt. Er riss am Knauf. Nichts zu machen.

»Jäklar!«

Mit einem Satz war er bei seiner Waffe, verlor wertvolle Zeit, weil er sie halb unter einem Sideboard herausfischen musste. Glas splitterte. Er hörte Leonie schreien.

Sofort schoss er auf den Knauf, trat gegen die Tür. Sie war aus massivem Holz, gute vier Zentimeter dick. Fluchend schoss er ein weiteres Mal. Endlich brach das Blatt nach innen.

Jan rannte los.

Die Panoramascheibe war gesplittert. Kühle Nachtluft wehte herein, im Schnee konnte er Fußspuren erkennen. Braun hatte sich mit Leonie anscheinend durch die Scheibe gestürzt, war in den Schnee gefallen und hatte sie mit sich gezerrt.

Da! Ein Schatten. Zwischen der Weihnachtsbeleuchtung. Die beiden. Beinahe bei den Büschen, die zur Straße hin standen.

Er zielte, aber Braun und Leonie waren viel zu weit weg. Ohne zu überlegen, rannte Jan los. Sein Blick glitt zur Seite. Da an der Scheibe lag Roger. In ihrem Blut. Sie starrte ihn flehend an, wimmerte vor Schmerz.

Jan hatte keine Zeit. Er musste Leonie aus den Fängen dieses Wahnsinnigen befreien!

Er sprang in den Schnee, sprintete so schnell es ging durch den Garten. Braun und Leonie waren zwischen den Büschen verschwunden. Er tauchte hinein, riss die Waffe hoch. Äste schlugen ihm entgegen. Andere Richtung: Auch hier war niemand zu sehen.

Die Straße. Schneebedeckt. Autos. Irgendwo wurde ein Motor angelassen. Er riss den Kopf herum.

»Leonie!«, rief er. »Leonie!« Aber er erhielt keine Antwort. Jan spähte in die Nacht, nach rechts, nach links, versuchte, jemanden zu erkennen. Vergeblich.

Sie waren fort.

Aus weiter Ferne meinte Jan, die Sirene eines Rettungswagens zu hören. Ihr Klang vermischte sich mit dem Heulen mehrerer Polizeifahrzeuge.

33

»Jan? Du hast Roger das Leben gerettet. Und Leonie … He, Jan? Hörst du? … Wir finden sie. Okay?«

Jan reagierte nicht auf Dieck, sondern starrte weiter auf das Monitorbild, auf Leonies Entführer, der ihn höhnisch angrinste. Stumm.

Genauso stumm wie Jans Gedanken. Er schloss die Augen und versuchte vergeblich, sich auf das Rauschen und die springenden Lichtpunkte zu konzentrieren. Aber dieses Spiel vom letzten Licht war wie seine Gedanken und Gefühle: nicht greifbar, wirr und vollkommen sinnlos.

Alles war sinnlos. Jan fand nicht mal mehr Wut in sich. Selbst das Feuer des Zorns war verglüht. Übrig geblieben war er. Nackt und ohne Gedanken.

Was sollte er nur tun?

Endlich öffnete er die Augen, brauchte aber eine Weile, um zu Dieck hinüberzusehen, der mit zwei Kaffeebechern zu ihm in das Besprechungszimmer getreten war.

Auch Jans Chef sah fertig aus. Das Hemd zerknittert, Schweißflecken unter den Armen, die spärlichen Haare zerzaust. Sein Headset, in das er die letzte Dreiviertelstunde ununterbrochen gesprochen hatte, hing schief, und der Akku meldete sich unablässig mit einem nervenden Piepsen.

»Er kann nicht weit sein. Wir haben jeden Mann auf ihn angesetzt«, begann Dieck. »Niedersachsen und Schleswig-Holstein unterstützen uns. Ringfahndung läuft. Die Straßen sind dicht. Der kommt aus Hamburg nicht raus.«

»Der kommt überallhin …«, brummte Jan leise. »Der ist doch nicht dämlich und fährt noch mit dem Van rum.«

Dieck stellte Jan den Kaffee hin, aber der nahm ihn nicht, sondern starrte wieder apathisch auf Braun und sein Grinsen. »Riya und Sadik sind dabei, Zeugen zu suchen und den Wagen zu identifizieren, den er benutzt haben könnte«, erklärte Dieck. »Wir finden Leonie schon.«

»Ich … ich habe sie allein gelassen, Micha.« Er spürte Diecks Hand auf der Schulter, aber er entwand sich der Geste und stand auf. »Ich habe sie einfach gehen lassen, Micha. Verfickte Scheiße! Ich hab sie …« Jan konnte nicht weitersprechen.

»Du hast Roger das Leben gerettet. Und wir finden deine Tochter«, sagte Dieck erneut, aber Jan schüttelte bloß den Kopf.

Wo sollten sie ansetzen? Welche Spuren hatten sie überhaupt noch?

»Er ist weg, Micha. Dieser Wichser ist weg. Und ich kann mich nicht erinnern. Ich kann mich einfach nicht erinnern!«

Da riss Riya die Tür auf. »Jemand hat einen Mann mit einem Mädchen in ein Auto steigen sehen. Er meinte, es sei braun gewesen, ist sich aber nicht ganz sicher. Keine hundertfünfzig Meter vom Tatort entfernt. Nebenstraße. Das Mädchen wirkte benommen, wie betrunken.«

Dieck reagierte sofort: »Kein *brauner* Wagen! Es ist der rote! Der Golf.«

Endlich erwachte auch Jan aus seiner Energielosigkeit. »Der von Mareike Kagel?«, fragte er. »Den haben wir nicht gefunden.«

»Das könnte sein, ja!« Sofort drückte Dieck das Headset ans Ohr, aber der Akku war endgültig leer. Fluchend sprang er zu einem der normalen Telefone und riss den

Hörer ab. Er setzte seine Beamten in Kenntnis. Währenddessen trat Riya zu Jan, und während Dieck auf Antworten wartete, senkte sich Stille herab.

»Nein! Rot … Was?« Dieck drückte den Hörer an sein Ohr. »Welche Sperre? …« Seine Stimme klang immer niedergeschlagener. »Ja? Verstehe. Ja.«

Jan warf ihm einen fragenden Blick zu.

»Die haben 'n roten VW Golf gecheckt. Älteres Modell … Vor fünfzehn Minuten.«

»Und?«

»Die haben ihn durchgelassen.«

»Durchgelassen!« Jan ballte die Fäuste. »Was heißt denn hier durchgelassen. Fuck!«

»Auf der Sülldorfer, Richtung Rissen und …«

Mit einem Mal war Jan wieder da. Mehr als das. Er spürte, wie ihn der Zorn übermannte, ihn durchströmte wie brennendes Benzin. Jan packte Dieck jäh am Kragen. »Verfickt! Micha! Das war unsere Chance!«

»Ich …«

»Scheiße!« Jäh riss Jan seinen Chef herum und ließ ihn gegen den Monitor krachen. Das Ding flog rückwärts vom Wagen und fiel auf den mit Unterlagen übersäten Boden.

Von dort unten starrte Leonies Entführer ihn noch immer an, grinste unter seiner Brille hervor, während seine Konturen flackernd verschmierten und sich neu zusammenbauten.

»Jan! Hey!«

»Verdammt!«

»Jan!«, fuhr Dieck ihn an. »Es reicht! Es reicht jetzt.«

Blind vor Wut, wollte Jan ihn erneut packen … Aber da hielt Riya seinen Arm fest. Als er ihn wegriss, traf er mit dem Ellbogen ihr Gesicht. Fluchend und stöhnend wich

Riya zurück. »Verflucht! Scheiße! Jan!« Sie hielt sich die Nase. Blut lief heraus.

Jan hielt schlagartig inne, sah entsetzt, was er angerichtet hatte, während Riya ihn beiseitestieß und zur Tür eilte.

Im nächsten Moment sah Jan, dass sämtliche Kollegen, die um diese späte Stunde im Büro waren, pikiert durch die Scheibe starrten. Auch Anna. Ihre Blicke trafen sich, und er erkannte für einen Atemzug, wie besorgt sie um ihn war.

»Wir sind hier fertig«, knurrend fischte Dieck sein Headset vom Boden auf. »Verlass bitte das Büro. Geh nach Hause.« Er musterte ihn streng. »Verstanden? Hast du das verstanden?«

»Gib mir die Kollegen, die aus Rissen. Die müssen … Ich fahr da hin. Nach Rissen und …«

»Du machst gar nichts, außer deinen Rucksack zu nehmen und nach Hause zu fahren. Wir haben es im Griff. Verstanden?«

Jan nickte brummend. Als er hinausging, trat Anna zu ihm und wollte ihm gut zureden, aber er drückte sich an ihr vorbei und eilte Richtung Ausgang.

Ich muss was tun! Nach Hause fahren … Quatsch! Ich …

Anna holte ihn bei seinem Schreibtisch im Großraumbüro ein. »Was hast du jetzt vor?«, fragte sie sanft, während er seine Sachen in den Bikerrucksack stopfte.

»Ich fahr nach Rissen. Ich … ich finde diesen verfickten Golf, und wenn ich ganz Norddeutschland absuche.« Etwas musste er unternehmen. Irgendetwas. Egal, wie unsinnig es war. Er nahm den Parka und seinen Helm. Sie wollte ihn tröstend festhalten, aber er entwand sich ihr, wie zuvor bei Dieck. »Leonie braucht mich. Und ich brauche sie … Verstehst du …«, sagte er, holte schwer Luft und eilte zum Fahrstuhl. Sie folgte ihm schweigend.

Jan hielt Anna die Tür zum verschneiten Parkplatz auf. Der Hausmeister drehte seine Runde, doch kaum hatte er ein wenig geräumt, bedeckten die feinen Flocken erneut die Gehwege und Parkbuchten.

Die frische Luft, die Jan entgegenschlug, tat gut. Aber sie konnte seine Verzweiflung nicht verwehen. Er sah sich nach seinem Motorrad um und bemerkte, dass Anna neben ihn getreten war. Ohne Ankündigung startete sie einen zweiten Versuch und umarmte ihn. Er wollte sich wieder losmachen, aber dann merkte er, wie gut es tat.

»Ich weiß nicht mal annähernd, wie du dich fühlst, Jan. Aber eins weiß ich. Du darfst dir nicht die Schuld geben.«

Er antwortete nicht, sondern starrte schweigend auf den Hausmeister und seine Kehrmaschine.

»Ich weiß, das klingt … klingt nach einem Standardsatz. Erstes Semester Psychologie. Aber er ist wichtig, Jan. Du hast keine Schuld.«

Er ließ die Worte sacken, spürte ihnen nach, wie sie in ihm hinabsanken, in das, was von seinem Herzen noch übrig war. Er verstand, was sie ihm sagen wollte, sah es jedoch leider vollkommen anders.

Leonie wurde von einem Serientäter gequält, und es war seine Schuld. Seine verdammte eigene Schuld.

Wenn er abgedrückt hätte, wäre Braun jetzt vielleicht tot.

Und Leonie hier.

Und Leonie hier!

Und …

Ihm wurde schlecht. Er löste sich aus der Umarmung.

»Wenn ihr etwas passiert, dann … Ich werde mir was antun. Das weiß ich. Ich werd's nicht verhindern können, das weiß ich«, sprach er mehr zu sich als zu Anna. »Wenn ich nur wüsste, wo ich anfangen soll zu suchen.«

Sie sah ihn prüfend an, und wie so oft, seit sie sich kannten, hatte er das Gefühl, sie wolle aus seinen Zügen etwas lesen. Nach einer Weile – ihm kam es wie eine halbe Ewigkeit vor – stellte sie eine Frage.

»Es ist nicht das erste Mal, oder?«

Er wusste sofort, wovon sie sprach.

»Nein«, antwortete er.

»Bei deiner Frau, da war es auch so, richtig?«, tastete sie sich weiter vor. Der Schnee schmolz auf ihren Gesichtern und lief hinab.

Er nickte. Bisher hatte er mit niemandem darüber gesprochen. Es war nicht nur der Verlust seiner Frau, der ihn so oft nachts aus dem Bett riss. Sondern auch die Tatsache, dass sie den Täter nie gefunden hatten.

Der Mann mit dem Tattoo auf dem Handrücken war wie vom Erdboden verschluckt.

Damals hatten die meisten Jan für paranoid gehalten, als er laut überlegt hatte, dass der Mann nicht zufällig in diesem Supermarkt erschienen sei, sondern ganz gezielt. Sicherlich gab es Tausende von Erklärungen, warum der Täter nie wieder aufgetaucht und alle Ermittlungen ins Leere gelaufen waren.

Aber eine Erklärung hatte sich immer weiter und tiefer in Jans Bewusstsein gefressen, wie ein tödliches Krebsgeschwür: Der Mann mit dem Tattoo wurde geschützt. Er war von jemandem gezielt geschickt und dann geschützt oder beiseitegeschafft worden.

»Wir haben alles versucht, was in unserer Macht stand. *Ich* habe es versucht … Aber der Täter blieb verschwunden. Es war wie bei einem billigen Zaubertrick. Er tauchte auf, tötete meine Frau und verschwand. Als hätte es ihn nie gegeben. Verstehst du?«

Jan hatte damals an mehreren Fällen von Clankriminalität gearbeitet. Die Albaner hatten Probleme mit drei armenischen Großfamilien, die sich immer schneller immer mehr vom Hamburger Kuchen einverleibten. Er hatte zwei volle Jahre damit verbracht, um eine Verbindung zwischen Hannahs Mörder und dem Kirakosyan-Klan herzustellen.

All seine Spuren waren jedoch im Sande verlaufen.

»Du musst deinen Weg finden, wie du deine Frau im Herzen behalten und trotzdem dein eigenes Leben führen kannst. Die Gewalt, Jan, ist nur ein Ventil. Kein Ausweg.«

Er wollte etwas erwidern, ließ es jedoch bleiben. Alles, was er hätte sagen können, wären nur Ausflüchte gewesen. Sie hatte recht. So simpel war es.

»Meinst du, du kannst mir dabei helfen?«

»Einen Ausweg zu finden? Ja. Das ist mein Job.«

»Vielleicht kannst du mich noch mal hypnotisieren. Mich befragen über die Sache mit Hannah. Mich zurück in diesen verfluchten Supermarkt bringen.«

»Das halte ich in diesem Fall für die falsche Vorgehensweise. Ich glaube, es würde dir mehr schaden als nutzen.«

»Und Leonie? Kannst du mich nicht zu ihrer Entführung zurückschicken?«

»Gib es da denn Erinnerungslücken?«

Er schüttelte den Kopf. Eigentlich sah er jede Sekunde haargenau vor sich.

»Wir sollen alles so noch einmal durchgehen. In Gedanken.«

Sie liefen ein paar Meter über den schmucklosen Parkplatz. »Ich habe mir seine ganzen Unterlagen angesehen. Daniel Braun ist ein Einzelkind, 1987 geboren. Seine Mutter starb vor fünfzehn Jahren. Sein Vater hatte die Uhrenwerkstatt. Er ist vor sechs Jahren verstorben. Auf ziemlich mysteriöse Art.«

Jan horchte auf.

»Er ist bei einem Segeltörn ums Leben gekommen. Sie haben ihn aus der Nordsee gefischt und doch tatsächlich mehrere Zahnrädchen in seinem Magen gefunden. So wie's aussieht, hat er sie wohl geschluckt. Ob freiwillig, aus Versehen oder unter Zwang …«

»Unter Zwang«, meinte Jan kühl.

»Du meinst, es war Mord? Braun?«

Jan nickte. »Nur so ein Gefühl.«

»Sie haben seine Magenwände aufgerissen. Aber daran ist er nicht gestorben.«

»Sondern?«

»Er hat sich in einem Seil verheddert, ist von Bord gestürzt …«

»… und hing dann da, im Wasser?«

Sie nickte.

»Hing da wie eine Marionette«, brachte Jan Annas Überlegung zu Ende. »Ich bleibe bei Mord. Vielleicht war das seine Initialzündung?«

»Gut möglich, ja.«

»Selbst wenn er seinen Vater umgebracht hat, bringt uns das irgendwie weiter? Ich muss rausfinden, wohin er Leonie und die anderen Frauen gebracht hat. Wir haben etwas übersehen. Irgendeinen Hinweis muss es geben!«

»Wir finden sie.« Sie musterte ihn einen Moment, und er war sich nicht sicher, ob er etwas sagen oder weiterhin in die Dunkelheit starren sollte.

»Ich nehme an, du fährst nicht nach Hause, hab ich recht?«, fragte Anna schließlich.

»Ja«, brummte er. »Was soll ich da.« Er blickte sich zum LKA-Gebäude um. Die Beleuchtung der Lobby färbte den Schnee im Eingangsbereich blau. Alles wirkte noch kälter als sonst. Jan kam sich verlassen vor, abgeschnitten. Dieck hatte ihn rausgeworfen, und irgendwie hatte er das Gefühl, als sei er außen vor. Egal, was er gerade durchmachte, er war sich nicht sicher, ob die anderen zu ihm halten würden, wenn er wieder seinen Dickschädel durchsetzen sollte.

Der Schnee tanzte im Licht der Laterne, und Jan zündete sich eine Zigarette an, um zumindest ein wenig zu entspannen.

»Wir könnten zusammen die Unterlagen durchgehen, die wir bei ihm gefunden haben«, schlug Anna vor. »Bestimmt hat die Forensik mittlerweile alles auf den Server gepackt.«

Die Vorstellung, mit Anna den restlichen Abend zu verbringen, zu fachsimpeln und dabei vielleicht einen Wein zu trinken, wäre unter anderen Umständen verlockend gewesen. Er schüttelte den Kopf. Irgendetwas sagte ihm, dass es nichts brachte, diese ganzen Personalausweise, Geburtsurkunden und Krankenakten seiner Opfer zu sichten. Sein Blick glitt die parkenden Autos entlang, die vom Schnee gepudert waren, und blieb an den Laternen hängen, in deren Lichtkegeln die feinen Flocken tanzten.

Ihm kam eine andere Idee.

»Tu mir einen Gefallen«, bat er sie. »Versuch, Einzelheiten über den Tod des Vaters rauszufinden. Ich glaube, wir müssen mehr über Braun selbst herausbekommen … wissen, wie er tickt.«

Sie versicherte ihm, das Beste zu tun, dann verabschiedeten sich die beiden. Er sah ihr nach, wie sie zu ihrem Wagen ging und aufschloss.

»Warte!«, rief er mit einem Mal und eilte zu ihr. Sie verstand erst nicht, was er wollte, aber dann riss er die Tür auf und kontrollierte die Rückbank. Er checkte ihren ganzen Wagen. »Tut mir leid … ich …«, rechtfertigte er sich, nachdem er nichts gefunden hatte.

»Du denkst, er ist auch hinter mir her? Du glaubst, er hätte hier auf der Rückbank auf mich lauern können?«

»Nein. Das glaube ich nicht. Nein«, log er.

»Trotzdem nett«, sagte sie schmunzelnd und gab ihm einen schnellen Kuss auf die Wange.

Ehe er reagieren konnte, war sie schon eingestiegen und hatte die Tür zugezogen.

34

Braun zog Leonie durch den Schnee bis in die Halle. Die junge Frau rührte sich nicht. Sein Cocktail wirkte.

Eigentlich hatte er geplant, Leonie in der Nacht zu holen, aber dann war Nygård bei ihm zu Hause aufgekreuzt und hatte alles durcheinandergebracht. So durcheinander, dass er Streit mit *ihr* angefangen hatte.

Allein das war Grund genug, um Nygård zu zeigen, wer intelligenter und besser war. Er, Daniel Braun, oder dieser renitente schwedische Bulle.

Er ließ Leonie auf dem dreckigen Boden liegen und eilte zur mobilen Trage, die, wie vieles von seinem Equipment, aus dem geklauten Rettungswagen stammte.

Auf dem Weg kam er bei Mareike vorbei, die noch immer von der Decke baumelte. Ohne Leben, wie die Spielpuppen in einer Theaterpause, ungeliebt. Sie so schlaff da hängen zu sehen, die Arme baumelnd, der Kopf auf die Brust gesenkt, bedrückte ihn.

Die Idee, die Frauen zu Marionetten zu machen, kam von *ihr*. Er hätte lieber mechanische Puppen gehabt. Frauen, die man aufziehen konnte, die sich selbstständig bewegten und die man durch ein kompliziertes Innenleben mit Zahnrädern quasi programmieren konnte.

Diese Puppen wären ein Meisterstück, wahre Kunstwerke, die bestimmt auch sein Vater staunend betrachtet hätte.

Er hatte ein paar Katzen und Hunde getötet, um eine Mechanik auszutüfteln. Und er war sich sicher, dass er bald genug Erfahrung gesammelt hätte, um es mal bei einer Frau auszuprobieren.

Dann würde *sie* gewiss stolz auf ihn sein. Damit hätte er etwas sehr viel Grandioseres erschaffen als dieser Karl Achten. Seine mechanischen Puppen würden den alten Mann aus der JVA endgültig vom Thron stoßen, der nicht länger zwischen ihnen stehen würde. Endlich! Dann würde es für sie nur noch ihn allein geben.

Durch Nygård war er sein Labor im Laden los. Nur gut, dass er die Experimente mit den Tierkadavern gefilmt und mit seinen Konstruktionszeichnungen auf einem Server liegen hatte. So musste er nicht bei null anfangen.

Heute Nacht würde er aber erst einmal diesen hübschen Teenager zur Marionette machen. Das würde *sie* sicher wieder gütig stimmen, wenn sie mit ansah, wie ihre neue Puppe Mareike erlöste. Er würde Leonie wie diese leicht unterkühlte Hanseatin stylen, wie diese Ermittlerin. Hoffentlich gefiel ihr das.

Die Ösen anbringen, das Stylen und Herrichten, die Uhr gravieren. Ja, das musste er alles noch heute Nacht machen.

An seine Bestände kam er nicht mehr heran, und die Taschenuhr, die eigentlich für Leonie gedacht war, befand sich bestimmt längst in der Forensik. Sei's drum. Er hatte noch ein paar gute Stücke hier in einer alten Holzkiste.

Wann die Polizei wohl hinter die Zifferngravur kommen würde?

Eigentlich hatte er gedacht, es würde bloß zwei, vielleicht drei Leichen dauern, aber so wie es aussah, tappten diese Idioten noch immer im Dunkeln.

Einfältige Idioten, dachte er. Vorhin hatten sie ihn bei einer Polizeikontrolle durchgewunken. Einfach so. Sicher überlegte Nygård, sich das Hirn wegzublasen, weil er nicht mehr wusste, wo er in jener Nacht gewesen war.

Das Gesicht des Schweden hätte er gern gesehen.

Er rollte die Liege an Mareike vorbei. Die Frau hatte sich besudelt, aber das war normal. Er würde es vor der Vorführung in Ordnung bringen.

Kurz darauf packte er Leonie und zog sie gekonnt auf die Liege. Es war nicht einfach, aber nicht so schwer wie bei Lohse oder Stadler. Auch in Kilo gemessen.

Leonie war ein Leichtgewicht. Und sie schlief fest.

Hatte ich nicht gesagt, du sollst sie nicht holen!

Ihre Stimme dröhnte in seinem Kopf, und er fuhr herum. Sie saß in ihrem Stuhl. Hatte sie die ganze Zeit auf ihn gewartet?

»Nun ist sie hier«, sagte er mit Bestimmtheit. »Soll ich sie wecken, damit du zusehen kannst, wie ich die Puppe vorbereite? Du magst es doch, wenn ich die Ösen anbringe.«

Er wusste, dass sie den Anblick genoss, wenn er den Bohrer ansetzte.

Sie schien nachzudenken, denn sie blieb einige Zeit still.

Ich halte das immer noch für einen Fehler, Daniel. Aber gut, weck sie auf.

»Du wirst es lieben.« Er schob die Liege zur Werkbank, wo die Klemmvorrichtung für den Kopf und die Akkubohrer warteten.

35

Jan hatte gehofft, dass es im Uhrmacherhaus ruhiger sein würde, aber trotz der fortgeschrittenen Stunde waren noch immer etliche Beamte dabei, Spuren zu nehmen. So wie es aussah, würden sie auch die nächsten Wochen noch Tausende von Klebestreifen, Tütchen und Genproben ins Labor schaffen. Aber er hatte keine Wochen. Sondern bestenfalls Stunden, wenn seine Berechnungen korrekt waren. Immerhin konnte er den Einsatzleiter dazu bewegen, ihn ins Wohnzimmer zu lassen. Er hatte sich Überzieher über die Schuhe streifen und Handschuhe anziehen müssen, durfte aber ein wenig verweilen.

Jan wusste selbst nicht genau, warum es ihn noch einmal hergetrieben hatte. Seine kriminalistische Intuition sagte ihm, dass er in irgendeiner Weise eine Verbindung zu Daniel Braun aufbauen musste. Und zwar nicht, wie Anna es tat. Weniger analytisch als vielmehr mit dem Herzen.

Auch wenn das reichlich pervers klang, bei jemandem, der seine Tochter entführt hatte. Und es fiel ihm beileibe nicht leicht, sich in Braun hineinzuversetzen, irgendwie zu erahnen, wo er sich und sein perverses Werk versteckt hielt.

Doch er sah keine andere Chance, um endlich irgendeine Spur aufzunehmen.

Natürlich wusste Jan, dass es der Griff nach dem bekannten Strohhalm war. Ein Schuss ins Dunkel. Allerdings war der rote Golf verschwunden und damit die beste Spur, die sie seit dem Angriff bei der Staatsanwältin hatten.

Er sah sich die Dokumente und Fotos an, die Braun so akkurat an die Wand gehängt hatte.

Arzt hatte er werden wollen, aber seine Professoren hatten ihm – wie Riya mit ein paar Telefonaten herausgefunden hatte – nahegelegt, das Studium fallen zu lassen. Im Umgang mit Patienten hatte er sich als absolut kalt und unfähig erwiesen. Das stimmte mit Annas Einschätzung, er sei egoman und könne sich nicht in andere hineinfühlen, sehr gut überein.

Jan machte zwei Beamten Platz, die ihn mit einem Nicken grüßten.

Er sah sich weiter um, studierte die Titel der Bücher, die Braun so pedantisch in die Schränke gestellt hatte.

Was immer in diesem Haus geschehen war, was immer sein Vater ihm angetan hatte, dass er ihn vor sechs Jahren hatte umbringen müssen – das LKA würde es offenlegen. Sie würden Brauns Bücher und seine Geschichte Scheibchen für Scheibchen sezieren. *Zu spät.*

Obwohl er es nicht wollte, tauchten Bilder seiner Tochter vor seinem inneren Auge auf. Er stellte sich vor, was Braun jetzt mit Leonie anstellte, wie er den Bohrer holte, um ihre Hände …

Er schüttelte die Gedanken ab.

Er musste sich auf das Hier und Jetzt konzentrieren. So ein Kopfkino wollte und konnte er nicht ertragen.

Noch einmal wandte er sich den Fotos zu.

Keine spektakulären Aufnahmen. Lediglich normale Erinnerungen an eine glückliche Familie – ein Glück, das wahrscheinlich nie existiert hatte.

Die Familie Braun vor dem Laden, das Schaufenster gefüllt mit Uhren. Ein etwa sechs Jahre alter Daniel Braun lächelt in die Kamera, sein Vater hat die Hand auf seiner Schulter, so als wollte er ihn festhalten … Nein, als wollte er ihn hinunterdrücken. Die Mutter lächelte, als wäre sie mit den Gedanken ganz weit fort.

Ein anderes Foto zeigte die drei in den Alpen beim Urlaub. Skifahren. Aufgesetzte Fröhlichkeit.

»Habt ihr noch andere Fotos gefunden?«, wandte Jan sich wenig später an den Einsatzleiter Stephan Heimer.

»Nygård. Ich habe gehört, was passiert ist.« Stephan kratzte sich am Vollbart. »Es gibt ein paar Fotoalben. Die sind noch nicht raus. Ich kann in der Liste nachsehen. Warte mal.«

Fünf Minuten später saß Jan mit drei Alben am mächtigen Schreibtisch, der akkurat aufgeräumt war, und blätterte Seite für Seite durch.

Die ersten beiden Alben waren uninteressant, weil sie viel zu alt waren. Es waren Aufnahmen aus einer Zeit, die tatsächlich noch besser gewesen war. Daniel als Baby, als Kleinkind – und anscheinend lief der Laden richtig gut. Auf den spärlichen Aufnahmen, die ein wenig von der Umgebung des Hauses zeigten, war ein lebendiges Viertel zu erahnen. Kein Vergleich zu dem, was sich nun draußen befand.

Das dritte Album – und offenbar das letzte, das sie gefunden hatten – war ebenso unspektakulär. Es war nur halb gefüllt und irgendwann abgebrochen worden.

Auf den wenigen Aufnahmen, auf denen Daniel Braun zu sehen war, war er mittlerweile zu einem Teenager herangereift. Wie Jan auffiel, gab es kaum Fotos, die die Familie in der Gesellschaft anderer zeigten. Eine Familienfeier, ein Grillabend, eine Hochzeit – mehr nicht. Die Brauns hatten relativ isoliert gelebt. Bloß ein einziger Mann tauchte öfter auf den Schnappschüssen auf.

Jan zog die anderen Fotoalben zurate und blätterte noch einmal zurück.

Er stellte fest, dass der Fremde schon kurz nach Daniels Geburt immer mal wieder auf den Fotos zu sehen war. Er war stets korrekt gekleidet, trug maßgeschneiderte Anzüge und wirkte auch sonst gut betucht.

Jan überschlug das Alter des Mannes und kam zu dem Schluss, dass er jetzt sicherlich um die achtzig, wenn nicht neunzig Jahre alt sein müsste. Auf den Bildern wirkte er gepflegt und wie der ältere, seriöse Onkel.

Im zweiten Album stieß er auf ein Bild, das Daniels Vater gemeinsam mit dem Mann im Laden zeigte. Er überreichte dem Herrn eine Art Urkunde, ein eher lustig gemeintes Schild, auf dem stand, dass er sein bester Kunde sei. Auf dem Foto daneben präsentierte der Fremde eine ganze Reihe von exquisiten Uhren, die er allem Anschein nach gerade erstanden hatte.

Jan löste die Fotos und sah sich die Rückseite an.

»Herberts Urkunde«, las er. Die Worte waren in gestochener Schrift vermerkt worden.

Grübelnd nahm er sich noch einmal das letzte Album vor. Irgendwo hatte er Bilder aus einem Urlaub gesehen. Da war das Meer gewesen, ein Angeltörn. Während er die Seiten umschlug, das feine Seidenpapier beiseitezog, verfestigte sich ein Gedanke …

Endlich hatte er gefunden, wonach er suchte: Es waren vier Aufnahmen, die mit *Sardinien 1997* tituliert waren. Daniel, vielleicht zehn Jahre, stand relativ gelangweilt an Deck eines Einmasters. Sein Vater lehnte steif an der Reling, während der Freund und beste Kunde Herbert, mittlerweile ergraut und ein alter Herr, die Angel auswarf.

Jan ließ den Blick über das Boot schweifen. Es war auf den Fotos nicht gut zu erkennen, aber die Größe kam hin.

Konnte dies das Boot sein, das er in der Halle gesehen hatte, an die er sich nur schemenhaft erinnerte?

War das eine Spur?

Der Gedanke erregte ihn. Er spürte, wie sein Herz einen Sprung tat.

»Stephan! Habt ihr Unterlagen über Käufer im Uhrmacherladen gefunden?«, rief er aufgeregt. »Ich brauche alle mit dem Vornamen Herbert. Es muss ein langjähriger Stammkunde sein. Ein Freund der Familie. Ich brauche alles über den.«

Jan zückte sein Handy und versuchte, sich in den Polizei-Server einzuloggen, aber sein Passwort war ungültig. Dieck hatte ihn gesperrt.

Fluchend wählte er Riyas Nummer.

»Mach schon!« Nervös starrte Jan auf sein Handy. Es dauerte eine gefühlte Ewigkeit, bis endlich jemand dran ging.

»Riya?«

»Was ist los? Willst du dich entschuldigen?« Sie saß in einem Auto.

»Was … Scheiße, die Nase. Ja. Tut mir leid! Hör mal, du … du musst für mich was abchecken. Dieck hat meinen Account gesperrt.«

»Hm. Okay, schieß los. Wir sind grad auf dem Weg nach Elmshorn. Der Golf soll da aufgekreuzt sein.« Sie wandte sich anscheinend jemand anderem zu. »Nein, Sadik, is' Jan. Was? Ja, du sollst vorher von der 431 runter. Dahinten irgendwo …«

Ungeduldig wartete er. »Riya?«

»So. Da bin ich wieder. Also, was ist?«

»Ich geb dir gleich 'n Namen. Ich muss wissen …«

Stephan trat zu ihm. »Herbert Ellermann.«

»Herbert Ellermann, Riya? Check den mal durch. Gibt es da Liegenschaften? Eine Werkhalle vielleicht?«

Während die Minuten, in denen Riya nachfragte, sich

quälend hinzogen, trat Jan bereits aus dem Haus und eilte zu seinem Motorrad.

»Jan?«, meldete sie sich endlich. »Ellermann ist verstorben. Der hatte eine kleine Werft für Boote.«

36

Das Gelände, auf dem sich mehrere Unterstände und eine Werkhalle befanden, lag außerhalb Hamburgs und auf halbem Weg zwischen der Stadt und der Betonröhre, in der sie Maria Albas gefunden hatten.

Soweit Jan das in der Dunkelheit überblicken konnte, glich der Hof einem Schrottplatz, der durch Bootwracks einen maritimen Hauch aufwies. Zwei uralte zerlegte Einmaster und diverse Jollen, die alle bessere Tage gesehen hatten, warteten auf die endgültige Verschrottung. Im spärlichen Schein der Hofbeleuchtung und dem wenigen Licht, das durch die dreckigen schmalen Fenster der Werkhalle fiel, meinte er von Schnee bedeckte Teile eines zersägten Hausboots zu erahnen sowie etliche Pkw. Die meisten waren ausgeplünderte Wracks.

Jan entschied sich, über eine der Stahltrennwände zu klettern, anstatt den Weg über das Haupttor zur Straße zu nehmen, weil er eine Kamera befürchtete. Er zückte seine Dienstwaffe und vergewisserte sich, dass sie einsatzbereit war, dann huschte er zur Seite des Grundstücks.

»Wie lange noch?«, wollte er von Riya wissen und presste sich das Handy ans Ohr. Er war mit seiner Harley und Vollgas zum Gelände gerast.

»Zehn Minuten. Minimum.«

»Die sollen hier möglichst leise anrücken.«

»Hab ich schon so durchgegeben. Warte da, Jan. Verstanden?«

Er nahm das Handy vom Ohr.

»Jan?«, hörte er Riya noch fragen, dann hatte er sie weggedrückt.

Der Gedanke, dass Leonie auf diesem Gelände sein könnte, trieb ihn voran. Er zog sich an der nassen, eiskalten Eisenwand hoch und ließ sich auf der anderen Seite fallen. Hinter ein paar Fahrzeugen, die mit Planen abgedeckt waren, ging er sofort in Deckung.

Auch wenn er sich nur bruchstückhaft erinnern konnte, war er überzeugt, bei seiner Entführung ein Boot gesehen zu haben. Und wenn er richtiglag, war es jener Einmaster, auf dem Daniel Braun mit seinen Eltern Urlaub im Mittelmeer bei Sardinien gemacht hatte. Es war bloß ein dünner Strohhalm, an den sich Jan klammerte, das war ihm bewusst. Aber er hatte im Uhrmacherhaus anhand alter Geschäftslisten und -briefe herausgefunden, dass ein gewisser Herbert Ellermann jener Mann auf den Aufnahmen und wahrscheinlich der Bootsbesitzer war. Auf Ellermanns Schiff war Daniel Brauns Vater bei einem Törn ums Leben gekommen, indem er sich im Seil verheddert hatte. Ellermann war vor vier Jahren an Lungenkrebs gestorben.

Aber was Jan wirklich aufhorchen ließ, war die Tatsache, dass Ellermann ein Grundstück besaß, auf dem bis in die Zehnerjahre eine Bootsbaufirma für kleine Katboote und Jollen existiert hatte. Was in den letzten Jahren mit dem Gelände geschehen war, vor allem nach dem Tod von Ellermann, konnten Jan und Riya auf die Schnelle nicht ermitteln. Aber Jans Instinkt sagte ihm, dass Ellermann es Daniel Braun vererbt hatte.

Keine fünfzig Meter von ihm entfernt ragte die Werkhalle in den dunklen Himmel. Ihre Backsteine bröckelten, die Fugen waren ausgewaschen, die Fenster stümperhaft verhangen und durch Dreck und Staub blind.

Die Größe des Gebäudes kam in etwa hin, wie Jan feststellen musste.

Er schlich sich an, huschte zwischen den Schrottbergen hindurch und betete, dass Braun keine Kameras, Bewegungsmelder oder – schlimmer noch – irgendwelche Sprengfallen installiert hatte.

Der Schnee tränkte seine Haare. Er hatte seine Fellmütze nicht aufgesetzt und war nun binnen Minuten klitschnass. Das eisige Wasser lief ihm in die Augen und über die Wangen. Sich im Blickschatten haltend, passierte Jan ein paar Motoren, die aufgereiht im Schnee standen, dann das Haupttor, dessen Flügel verrammelt waren. Schienen, längst durch Rost und Betonreste unbrauchbar, führten heraus.

Jans Atem ging ruhig. Er hielt kurz inne und schaltete sein Handy ab. Er wollte nicht, dass es plötzlich klingelte oder auch nur vibrierte. Hilfe würde sowieso erst in Minuten eintreffen … So viel Geduld hatte er nicht.

Er zog die Pistole und fixierte die Seitentür. Ein Ungetüm aus Metall, das mit Aufklebern aus den Siebziger- und Achtzigerjahren zugepflastert war.

Lautlos schlich er darauf zu. Sollte er sie aufreißen oder lieber langsam öffnen?

Langsam. Ganz langsam.

Seine Hand drückte die eiskalte Klinke. Noch ein Stück, bloß kein Geräusch.

Lass sie nicht quietschen.

Schön ruhig.

Die Tür war nicht abgeschlossen. Er zog sie einen Fingerbreit auf.

Sofort wusste er, dass er hier richtig war.

Baustrahler beleuchteten das gesamte Innere. Ihr kaltes Licht flutete jede Ecke, und unter Planen konnte er jenen Einmaster erkennen, neben dem er angekettet gewesen war.

Jan zog die Tür vorsichtig ein Stück weiter auf, versuchte, mehr von der Halle zu überblicken. Niemand zu sehen. Weder seine Tochter noch Braun.

Aber er hörte Ketten. Sie klackerten durch einen Zug, wurden anscheinend bewegt. Und dann vernahm er ein Stöhnen.

Jans Herz schlug härter.

Leonie!

Er ließ auch den letzten Rest an Sicherheit fahren, riss die Tür auf, stürmte rein. Das Schiff, die Ecke mit den Ösen, die Blutflecken auf dem Boden …

Tauben stoben auf, flogen ein paar Meter.

Da, eine Werkbank. Mehr Blut. Da lag ein Akkuschrauber, der Bohrer war noch im Futter.

Verdammte Scheiße! … Weiter!

Die Liege mit dem medizinischen Rack. Das Wimmern und die Kettengeräusche drangen hinter dem Vorhang aus Plastik hervor.

Er wollte nicht sehen, was Braun vorbereitet hatte.

Er wollte nicht …!

Jan riss die dicken Planen beiseite und …

Leonie wimmerte, und die Kette rastete mit einem Krachen ein. Entsetzlich laut.

»Gott!«, entfuhr es ihm. Seine Tochter hing unter der Decke. Sie trug einen Rock mit Blumenmuster und ausgetretene Sneakers wie Anna. Braun hatte bereits alle Ösen angebracht. Für einen Lidschlag konnte Jan nicht klar denken, als er seine Tochter vom Kran baumeln sah. Wie eine … *Marionette*. Ihm wurde schlecht, schlagartig sackte ihm das Blut weg.

Dieses Schwein hatte ihr in den Kopf gebohrt.

Vor Leonie hing die Frau im Rüschenkleid, Mareike Kagel. Die beiden starrten sich an, aber Leonie wimmerte lediglich. Sie war weggetreten, stand noch unter Betäubungsmitteln. In ihrer rechten Hand hatte Braun die Pistole mit dem Draht befestigt, um aus der Ferne einen Schuss abzufeuern.

Jan taumelte zu seiner Tochter, wollte sie an den Beinen greifen, wie man es bei Hängenden tut, um den Druck zu entlasten. Aber das war Unsinn. Sie würde nicht durch Erhängen sterben.

Er musste sie da runterholen, er musste …

Leonie! Oh Gott!

Ohne Vorwarnung zerriss etwas sein Fleisch, drang tief in seinen Oberarm ein. Und noch mal …

Braun!

Jan fuhr herum, aber zu spät. Braun zerrte an seinem Parka und rammte ihm das Skalpell in unglaublicher Geschwindigkeit in den Arm.

Er feuerte. Verfehlte sein Ziel. Und Braun duckte sich weg, ließ sich durch die Plane fallen. Tauchte ab, verblasste wie ein böser Geist hinter den milchigen Streifen. Jans Ohren klingelten vom Knall. Sein Schussarm blutete stark. Er konnte ihn kaum bewegen.

Fluchend stürzte Jan vor, durch die Planen zurück ins Freie, in den Bereich mit dem Schiff und der Liege.

»Komm raus!«, brüllte er. »Es ist vorbei, Braun!«

Mit einem Mal erlosch eine Seite der Strahler. Sofort sprangen Schatten über die Säulen, die Werkbank und den aufgeplatzten Boden. Jan fuhr herum, sah im Augenwinkel jemanden verschwinden und feuerte ein zweites Mal. Der Rückstoß ließ seinen Arm bösartig schmerzen, sodass er zu zittern begann. Das Blut rann nur so aus den Schnittwunden und tränkte seinen Parka, lief ihm die Seite herunter. Braun musste irgendetwas Wichtiges getroffen haben. Was auch immer.

Jan griff die Waffe mit links und lief zur Werkbank. Hastig riss er eine Rolle Draht aus der Ablage, wickelte ihn in Windeseile um den Arm. Zitternd griff er sich eine Zange und zwirbelte den Draht fest. Vor Schmerz biss Jan die Zähne zusammen. Er hatte keine Zeit, bot hier ein viel zu gutes Ziel. Abermals versuchte er, die Waffe mit rechts zu halten, aber er konnte den Arm nicht wirklich heben. Selbst mit dem ganzen Adrenalin nicht, das seinen Körper durchflutet hatte.

Die Pistole in der Linken, den abgebundenen rechten Arm an der Seite, fuhr er herum und checkte die Lage. Es gab unzählige Verstecke in dieser Halle.

»Ich habe geahnt, dass Sie noch einmal kommen, Nygård.« Brauns Ruf hallte durch den großen Raum. »Aber ich habe Sie unterschätzt.«

Jan schwieg, versuchte, die Stimme zu lokalisieren. War Braun auf dem Schiff? Schwer zu sagen.

Mit einem Mal gingen noch mehr Strahler aus.

Nur das Zentrum, die Planen, hinter denen Leonie hing, wurden beleuchtet, während der Rest zu grauen Schatten verkam.

Jan suchte hinter der Liege Deckung.

»Hätte nicht gedacht, dass Sie bei mir zu Hause aufkreuzen würden und so schnell hier wären. Eigentlich hatte ich vor, Leonie erst morgen früh zu holen und Ihnen dann alles zu zeigen.«

Da! Drüben am Schiff war ein Schatten. Eine Bewegung vor den Planen. Jan feuerte. Die Kugel traf eine Strebe der Reling und sirrte davon. Ein zweiter Schuss, ein dritter … In die Dunkelheit.

Er hörte einen dumpfen Aufschlag, ein Stöhnen. Hatte er getroffen? Oder war Braun gestürzt?

Jan drückte den Schmerz weg, gab seine Deckung auf.

Durch die Dunkelheit. Weiter. Los.

Er zögerte auf dem Weg zum Schiff. Wichtiger als Braun waren die Frauen. Bisher hatte dieser Irre nicht geschossen. Vielleicht besaß er bis auf die Pistole, die Leonie hielt, gar keine Feuerwaffe.

So schnell er konnte, huschte er zum Planenvorhang. Er musste irgendwie zusehen, dass er Leonie und Mareike da runterholte.

Kaum hatte er die Plane zur Seite gedrückt, als plötzlich Braun aus der Dunkelheit auf ihn zusprang.

Jan riss die Waffe herum, wollte abdrücken, aber Braun war zu nah. Der Mann warf ihn mit aller Kraft zu Boden. Dabei lösten sich die Folien und fielen neben Leonie auf den kalten Beton.

Ohne zu zögern hieb Braun mit aller Kraft auf Jans verletzten Arm ein. Versuchte mit dem Skalpell in der anderen Hand, Jan aufzuschlitzen. Der traf ihn hart mit der Waffe am Kopf.

Brüllend vor Schmerz und Wut ging Braun zu Boden, holte jedoch sofort wieder aus. Jan legte an, wollte abdrücken. Die Klinge fuhr über seine linke Hand. Brennender Schmerz durchzuckte Jan, der die Pistole fallen ließ. Ohne Gnade stach Braun erneut zu und fischte mit der freien Hand etwas aus seiner Tasche.

Eine Spritze. Nein! Nicht das Zeug!

Jan wehrte sich mit aller Kraft, aber Braun drückte zu und …

Jan schrie auf, packte mit seiner verletzten Hand Brauns Kopf und stieß ihn von sich. Genug Luft. Es reichte für einen Schlag. Einen Boxhieb in Brauns Gesicht.

Stöhnend ließ Braun ein wenig locker, sodass Jan ihm einen zweiten Schlag verpassen konnte. Dann rutschte Jan zurück, zog sich unter Leonie.

Sein Arm blutete, die ganze Seite fühlte sich wie eine einzige Wunde an.

Komm auf die Beine! Pack ihn dir!

Wo ist deine Scheißwaffe?

Jan taumelte. Hatte Braun ihm seinen Cocktail schon gespritzt? Er griff nach seiner Schulter, zog die Spritze raus. Sie war noch halb voll, trotzdem begann er zu taumeln.

Nein! Bleib hier. Bleib bei Verstand.

Mit einem Mal schmeckte er etwas Fauliges im Mund, die Schmerzen ebbten ab – aber auch sein Bewusstsein. Sein Blick verengte sich zu einem Tunnel …

Da hing ein langer Zurrgurt, der über einen Stahlträger geworfen worden war. Ein Hilfsmittel, um seine Opfer in Position zu bringen.

Jan griff danach, zog sich hoch. Stöhnend ließ er los, stemmte sich langsam auf die Knie. Ihm war schwindelig. Wo, verdammt noch mal, war seine Pistole?

Endlich gelang es ihm, sich abzustützen und taumelnd auf die Füße zu kommen. Wegen der Spritze brannten seine Wunden nicht mehr, alles fühlte sich taub an. Der Boden kippte weg und …

Da erschien Braun vor ihm. Er warf das Skalpell beiseite. Klirrend sprang es auf den Steinen fort. Statt des Messers zückte er Jans Dienstwaffe.

»Schade, dass du mein Werk nicht mehr sehen kannst«, sagte er, legte auf Jan an und wollte abdrücken.

Jan war schnell, fiel Braun entgegen und packte zu. Die beiden rangen, und Jan spürte, wie er völlig die Orientierung verlor. Wo war oben? Unten? Rechts, links?

Da. Der Gurt. Blitzartig packte Jan zu, schlang Braun den Gurt um den Hals. Ehe der begriff, war Jan schon vorgesprungen, ans andere Ende, legte sein ganzes Gewicht hinein. Zappelnd und um sich schlagend fuhr Braun in die Höhe. Seine vor Todesangst geweiteten Augen, sein entsetzter Blick. Er baumelte neben Leonie, keuchte, versuchte zu rufen, aber vergeblich.

Jans Kräfte schwanden weiter. Er konzentrierte sich.

Nur festhalten! Halt den Gurt fest!

Braun zuckte, er trat, versuchte verzweifelt, den Gurt von seinem Hals zu bekommen, doch der schnitt immer tiefer in sein Fleisch. Er konnte die Finger nicht darunter zwängen, würgte und rang nach Atem.

Aber da war keiner mehr.

Jan hielt fest. Er hielt fest und ließ ihn zappeln, stemmte sich mit aller Kraft gegen das Gewicht und spürte, wie seine Kräfte schwanden.

Halt fest!

Jan konnte nicht mehr, er sackte stöhnend zusammen. Als er losließ, fiel Brauns lebloser Körper zu Boden und blieb neben ihm liegen.

Einen Moment starrte Jan ihn an, aber er sah nicht, dass er atmete oder sich bewegte.

Daniel Braun war tot.

Mit letzter Kraft kam Jan auf die Knie, dann auf die Beine. Er schwankte, trat wie ein Seemann bei Sturm über die Planken und zu Leonie.

Sie hing noch immer da, starrte wie wahnsinnig geworden auf die Frau vor sich.

»Warte. Gleich. Warte«, stammelte er, verfolgte die Fäden, die zu den Ketten führten. Wo zum Teufel hatte Braun sie befestigt, wie konnte man diesem Wahnsinn ein Ende setzen?

Da!

Die Ketten spannten sich oben an der Decke über Kranrollen und liefen wieder nach unten in die Dunkelheit – zur Seite der Halle. Ohne zu zögern folgte er ihnen.

Endlich. Da waren Handwinden, Arretierungen. Er griff nach einer der Verriegelungen, löste die erste Kette. Das Klackern der Glieder hallte durch die Halle.

»Leonie. Alles gut«, rief er.

Es dauerte eine gefühlte Ewigkeit, bis er Leonie und auch Mareike Stück für Stück heruntergelassen hatte. Dann taumelte er zurück.

Braun lag noch immer dort, wo er gelandet war. Er war tatsächlich tot.

Jan trat schlingernd zu Leonie, die stöhnend – halb liegend, halb hängend – knapp über dem Boden baumelte. Er öffnete als Erstes den Karabiner an der Öse ihres Kopfes, dann alle anderen. Weinend vor Entsetzen und Dankbarkeit, sie wiederzuhaben, schloss er sie in die Arme und sank mit ihr auf den Boden.

Er meinte die Stahltür zu hören, den Knall, als sie zuschlug. Stimmen und Rufe.

Jan hielt Leonie fest und wiegte sie, während er zu weinen begann. Laserpointer durchschnitten das schummerige Licht der Halle. Durch die Tränen sah er Dieck und eine Handvoll Beamte. Sie stürmten herein.

»Alles wird gut«, stöhnte er und wiegte Leonie in seinen Armen. »Alles wird gut.«

Zwei Frauen und ein Mann der Einsatztruppe kümmerten sich um Mareike, während Dieck und Anna auf ihn zutraten. Jan meinte, Anna nach einem Arzt rufen zu hören, aber er hatte nur Augen für seine Tochter, schmiegte seine Wange an ihre und spürte Leonies Wärme. Sie starrte wie versteinert in die Leere und zeigte keine Regung. Aber er spürte ihr Herz schlagen.

Jan umklammerte sie fester und roch ihr Haar.

Sein Blick verschwamm. Der Blutverlust, die Anstrengung und Brauns Medikament schoben alles in weite Ferne.

Nur Leonie war ihm nah.

Er würde sie nie mehr loslassen.

37

»Hier. Ich dachte, du kannst was brauchen.« Anna reichte Jan einen Becher mit heißen Nudeln. »Gab's in der Cafeteria.«

»Danke.«

Sie setzte sich neben ihn auf einen der zerschrammten Plastiksitze und schenkte ihm einen aufbauenden Blick. »Soll ich dir helfen?«, fragte sie und hielt ihm den Plastiklöffel hin.

Jan registrierte es gar nicht, sondern lehnte den Kopf an die Wand und starrte gegen die Deckenpaneele. Sie hatten seine Stichwunden versorgt und die Blutungen gestoppt. Seinen rechten Arm hatten sie gut verpackt und in eine Schlaufe gesteckt, und auch die aufgeschnittene linke Hand war mit Kompressen und einem Verband versehen worden.

Doch das spielte jetzt alles keine Rolle.

Er versuchte, sich zu konzentrieren, aber seine Gedanken wirbelten ständig umher, und er bekam keinen roten Faden zu fassen.

Er sah Leonie in seinen Armen und Braun zappelnd wie ein Fisch. Da war Hannah auf dem Boden des Supermarkts, und die Getränke liefen aus. Sie starrte ihn entsetzt an, genau wie Leonie. Ihre Gesichter verschmolzen miteinander, und dann weinte Leonie in seinen Armen, und er …

Er hielt es einfach nicht mehr aus.

»Wie lange dauert das?« Ohne die Nudeln angerührt zu haben, stand er auf. Die Wartebucht im UKE besaß den Charme eines Kolbenfressers.

Und wieder der Geruch von Desinfektionsmitteln.

Scheißgeruch.

»Mareike Kagel hat übrigens überlebt«, sagte Anna. »Hast du auch die Nachricht von Dieck bekommen?«

Jan antwortete nicht. Ihm war klamm. Müdigkeit und Erschöpfung hatten ihn gepackt und ließen ihn innerlich frieren. Er fühlte sich ausgebrannt und schlapp. Und so unglaublich nervös und aufgewühlt. Alles zusammen.

Umständlich zückte er seine Zigaretten, fischte sich eine mit der verbundenen Linken heraus und zündete sie sich an.

Das Nikotin beruhigte ihn keine Sekunde. Rauchend tigerte er auf und ab, während ein junges Pärchen und ein Mann mit geschientem Bein ihm tadelnde Blicke zuwarfen.

Ihm doch egal.

»Setz dich. Komm. Und mach das Ding aus, ja?« Mit einem zärtlichen Lächeln klopfte Anna neben sich, und Jan gehorchte tatsächlich. Aus irgendeinem Grund reichte er ihr artig die Zigarette, aber als sie auf die Schnelle keinen Ascher fand, nahm er sie noch einmal, zog kräftig daran und stippte sie an der Unterkante seines Stuhls aus. Den Rest steckte er zurück in die Packung.

»Wegzehrung?«, versuchte sie ihn aufzuheitern, aber Jan schien sie gar nicht zu hören und sah bloß den Flur hinunter.

Eine halbe Stunde später kam ein junger Arzt durch die Tür der Notaufnahme. Ehe er die Wartebucht erreicht hatte, war Jan bereits aufgesprungen und auf ihn zugelaufen.

»Wie geht's ihr?«, platzte es aus ihm heraus.

»Ähm. Nygård? Richtig?«

»Ja! Jaja. Also? Wie geht's ihr?«

Der junge Mann lächelte professionell. »Vielleicht setzen wir uns besser.«

»Ja, natürlich«, sagte Jan, wusste aber für einen Moment nicht, wohin er treten sollte. Der Arzt deutete zu einer Gruppe von Stühlen, wo sie Platz nahmen.

Was soll das? Wieso besser setzen? Ist das ein gutes Zeichen? … Sag schon. Ihr geht es gut, ja!?

»Ihrer Tochter geht es den Umständen entsprechend gut«, begann der Arzt.

Was? Ich … Was?

Jan war so angespannt, dass er einen Moment brauchte, um die Aussage zu begreifen. Endlich kroch ein Lächeln auf Jans Lippen. »Das ist gut … oder? Das ist doch gut?«, fragte er unsinnigerweise.

»Ja. Das ist gut, Herr Nygård. Ihre Tochter ist außer Lebensgefahr.« Er räusperte sich. »Doch so wie es aussieht, und darüber müssen Sie sich im Klaren sein, wird sie wohl bleibende Schäden davontragen.«

»Was? … Ich meine … Und … und das heißt?« Jans Stimme zitterte. Konfus fingerte er nach seiner Zigarettenpackung und holte die Angerauchte heraus. Statt sie anzuzünden, spielte er damit zwischen den Fingern herum, während der Arzt zu einer Erklärung ansetzte.

»Es lässt sich noch nicht genau sagen, ob sie ihre rechte Hand jemals wieder wird bewegen können. Die Verletzung am linken Oberschenkel hat den Vastus lateralis stark beschädigt. Aber am meisten Sorgen macht uns die Verletzung des Schädels, die durch die Bohrung hervorgerufen wurde.«

Selbstverständlich versuchte Jan, jedes Wort in sich aufzusaugen und den Zusammenhang zu begreifen, aber es fiel ihm schwer, sich zu konzentrieren und alles wirklich zu verstehen.

»Aber sie wird doch gesund?«, fragte er mit der Verzweiflung eines liebenden Vaters.

Der Arzt warf Anna einen Blick zu, woraufhin sie näher kam und tröstend Jans Hand nahm.

»Wir sind vorsichtig optimistisch. Aber Ihre Tochter wird sehr viel Zeit brauchen, Herr Nygård.«

»Gudskelov. Gott sei Dank …« Jan brach die Stimme. »Kann … kann ich sie sehen?«

»Geben Sie uns noch etwas Zeit, und melden Sie sich in einer Stunde auf der Intensivstation, ja?«

Jan atmete hörbar aus. Ihm fiel ein Stein vom Herzen, doch mit einem Mal begann er zu zittern. Es kam ganz plötzlich, und er konnte nichts dagegen tun. Das Zittern begann in seinen Händen und setzte sich bis zu seinem Kopf fort.

»Entschuldigung«, stammelte er und versuchte, dagegen anzukämpfen, indem er die Hände auf die Knie presste. Es gelang ihm nicht.

Anna legte ihm den Arm um die Schultern und hielt ihn, während er zitternd dasaß und sich nicht kontrollieren konnte. Das war einfach alles zu viel auf einmal.

»Wird es gehen?«, fragte der Arzt besorgt. »Brauchen Sie ein Schmerzmittel?«

Anna nickte und wandte sich an Jan. »Schau mich an und atme ein. Ein und aus …« Sie beugte sich vor und sah ihm in die Augen. Er konzentrierte sich auf ihren Blick, fühlte, wie die Umgebung nach und nach verschwand und er ganz bei ihr war. »Schau mich an. Ruhig, Jan.«

Bedächtig atmete er immerzu durch, spürte seinen Brustkorb, wie er sich mit Luft füllte, wie sich seine Lunge dehnte und wieder zusammenzog. Er sah in Annas Augen, dachte an Slätterna und das grünblaue Funkeln des Meeres. Und langsam spürte er, wie eine verloren geglaubte Ruhe in ihn einzog. Die Ruhe, die ihm vor Jahren im Supermarkt abhandengekommen war, die zusammen mit Hannah in seinen Armen gestorben war. Jan fühlte eine Verbindung zum Leben, wie er sie lange nicht mehr gespürt hatte.

Tränen liefen über seine Wangen. Er ließ sie zu.

Leonie sah so unglaublich zerbrechlich aus. Ihre ganze sture Teenagerart war verschwunden und nur dieses empfindliche Wesen zurückgeblieben. Seine Tochter.

Unwillkürlich erinnerte er sich, wie er vor Jahren immer an ihrem Bett gesessen und ihr Geschichten erzählt hatte. Sie war nicht größer gewesen als seine verdammte Brust. Und er hatte ihr Fantasiegeschichten über ein Reh und einen sprechenden Dachs erzählt. Tiere aus dem Wald seines Vaters Gunvald, die gegen das Böse kämpften. Und Leonie hatte gegluckst und immerzu »Weiter« gesagt. Weiter, weiter, weiter …

Jan richtete Leonies Haar und sah auf die Geräte. Das gleichmäßige Ausschlagen auf einem der Monitore beruhigte ihn ein wenig.

Leonie wirkte wie aus Glas, so als könnte sie bei jeder Berührung zerbrechen. Aber er wusste, dass sie hart im Nehmen war. Sie hatte gekämpft. Und sie würde überleben. Das war die Hauptsache.

Auch wenn Leonie vollkommen genesen sollte, würde er sich für immer Vorwürfe machen. Würde er sich jemals verzeihen können, dass Braun mit ihr in die Nacht verschwunden und er hilflos zurückgeblieben war?

Er küsste ihre Stirn und dachte …

Du bist das Wertvollste, was ich habe. Und immer haben werde, Leonie. Es wird Zeit, dass ich mich ändere. Ich muss zu den Lebenden zurück. Für dich. Es wird Zeit.

38

Jan warf gähnend und wegen seines verletzten Arms reichlich umständlich Geld nach und zog sich einen Kaffee aus dem Automaten. Wie immer schwarz. Er hatte sich geweigert zu gehen und war auf einem unbequemen Stuhl bei Leonies Bett eingenickt. Die Morgensonne schälte sich durch die Glasfront des Krankenhauses. Obwohl Leonie schlief und wahrscheinlich die nächsten Stunden wegen der Betäubungsmittel nicht aufwachen würde, drängte ihn nichts nach Hause. Am liebsten würde er die kommenden Nächte hierbleiben und an ihrem Bett Wache stehen, ihr Geschichten erzählen und ihre Hand halten. Sicher würde die Stationsleitung das nicht zulassen. Trotzdem, er würde so lange hierbleiben, bis sie die Augen aufschlug und er mit ihr ein erstes Wort wechseln konnte. Und wenn sie nur mit einem Blick antworten sollte. Er musste wissen, dass sie da war. Dass sie zurück in dieser Welt war.

Anna war vor einer halben Stunde noch einmal gekommen und hatte ihm angeboten, ein paar Kleider und etwas zum Frischmachen herzubringen, aber er hatte abgelehnt. Sie war zu Rütters aufgebrochen, wollte ihr sagen, dass der Albtraum endlich ein Ende hatte. Es war ihr wichtig, Barbara Rütters persönlich Bescheid zu geben, und Jan fand, es sei eine gute Idee. Der Mörder war tot, und Rütters würde jetzt vielleicht zumindest etwas besser schlafen können.

Er nahm seinen Kaffee und überlegte mit Blick auf die Uhr, ob er sich wieder an Leonies Bett setzen oder lieber noch etwas essen sollte. Leonie ging vor. Jan trat zum Fahrstuhl, da klingelte sein Handy.

Im ersten Moment verstand er nicht, wer dran war, weil er das Ding mit seiner verletzten Hand kaum ans Ohr bekam, und die Frau musste ihren Namen wiederholen. »Doktor Gruber. Ich sollte Ihnen doch sagen, wenn etwas mit meinem Insassen ist.«

Es war die Direktorin der JVA.

»Achten?«

»Ja, Karl. Er hat heute Nacht versucht, sich zu erhängen.«

Erhängen? Jan stockte.

»Wann?«, hakte er nach. Und ließ zwei Patienten aus dem Fahrstuhl steigen.

»Gegen Mitternacht. Gott sei Dank haben wir ihn schnell gefunden.«

Konnte das sein? Das war nur wenig später, nachdem er Braun gestoppt hatte.

»Er hat Sie in den Nachrichten gesehen, Herr Nygård. Die Eilmeldung kam ja noch in der Nacht. Laut meinen wachhabenden Beamten ist er nach der Sendung über diesen Serientäter …«

»Daniel Braun …«

»Einen Namen haben sie nicht genannt. Nun, nachdem Karl vom Tod dieses Mannes gehört hat, ist er wohl ganz verstört vom Aufenthaltsraum in die Zelle gegangen. Wenig später hat er versucht, sich zu erhängen.«

»Sie glauben, er wollte Suizid begehen, weil ich Braun …«

Die Direktorin antwortete nicht sofort. »Nun ja. Die Vermutung liegt doch nahe. Er erfährt von Brauns Tod und erhängt sich. Ich wollte Ihnen das nur mitteilen. Weil Sie ja unterrichtet werden wollten.«

»Danke.« Jan ließ die Worte ein wenig sacken, wobei ihn ein ungutes Gefühl beschlich. Es kam ihm wie eine

Ewigkeit vor, doch es war noch nicht lange her, seit er mit Anna Achten in der JVA besucht hatte. Bei seiner Befragung hatte Jan Achten auf den Kopf zugesagt, dass er den Uhrenmacher kenne. Und er hatte schon da eine starke Verbindung zwischen dem Puppenmacher und Braun vermutet. Lehrer und Schüler.

Hatte Achten sich umgebracht, weil sein Schüler tot war? Wahrscheinlich.

»Wo ist er jetzt?«

»Im Krankenhaus.«

»Sagen Sie nicht, in Eppendorf.«

»Wieso? Die Ärzte meinen, dass sein Zustand sich wohl stabilisiert.«

Jans Blick wanderte zu den Wegweisern. »Wo? Welche Abteilung?«

In der interdisziplinären Intensivstation 1L, die sich im Hauptgebäude befand, war es äußerst still. Nur die Schritte des Personals waren zu hören, das Piepen einiger Geräte und verhaltenes Husten.

Jan steuerte den erstbesten Arzt an, den er sah, und zeigte seinen LKA-Ausweis und die Kripomarke. Es brauchte ein paar Sätze, um den Mann zu überzeugen, dass er zu Karl Achten vorgelassen werden musste. Aber Jan beteuerte, wie wichtig es sei und dass er nur kurz mit ihm sprechen würde.

Vor Achtens Zimmer stand ein junger Beamter, der ziemlich gelangweilt immer mal wieder von seinem Smartphone in den Flur blickte. Mit einem netten Gruß reichte Jan ihm den Kaffee, den er eigentlich für sich gezogen hatte, zeigte auch hier seinen Ausweis vor und betrat schließlich das Zimmer.

Die Jalousien waren heruntergelassen, es war dunkel,

und nur das Piepen der Geräte und Achtens lautes Atmen waren zu hören. Jan stellte sich zu ihm ans Bett und betrachtete den älteren Mann. Er sah noch drahtiger und eingefallener aus als bei ihrem ersten Treffen. Achten trug eine durchsichtige Atemmaske, war aber nicht intubiert worden. Im Gegensatz zu Leonie hatte er die Augen geöffnet, starrte jedoch wie tot an die Decke.

Sein Hals war verbunden, sodass Jan die Spuren seines Suizidversuchs nicht sehen konnte. Diese sehnige Gestalt – diese von Altersflecken übersäte Haut in dieser so überaus reinen, strahlendweißen Bettwäsche – wirkte irgendwie unpassend. Als hätte man vertrocknetes Dornengebüsch in ein frisches Stofftuch gehüllt.

Jan musste unwillkürlich an einen Toten in einem Leichentuch denken.

Im schummerigen Licht konnte er erkennen, dass die Schwestern ihn am Bett fixiert hatten. Wahrscheinlich um zu vermeiden, dass er einen weiteren Versuch unternahm, sich etwas anzutun.

Behutsam beugte er sich über den Mann. »Achten? Ich bin's, Nygård.«

Der Mann regte sich nicht, starrte gegen die Decke und atmete gequält ein und aus. Jan wusste, dass er ihn dennoch verstand.

»Sie haben mit Braun Kontakt gehabt. Richtig? Daniel Braun war nicht nur ein Nachahmer. Er war Ihr Schüler. Er hat zu Ihnen aufgesehen. Und Sie haben ihn dafür geliebt, dass er Ihre Taten nach über zwanzig Jahren endlich fortgesetzt hat. Ihr … *Kunstwerk*. Habe ich recht? Sie hatten bei den Entführungen und Tötungen auch Ihre Finger im Spiel.«

Endlich sah der Puppenmacher Jan an. Sein Blick wirkte gebrochen. Statt einer Antwort forderte er Jan mit den Augen auf, näher zu kommen. Nachdem er sich zu ihm hinuntergebeugt hatte, raunte Achten etwas.

»Ich kann Sie nicht verstehen, Achten …«

»Ich habe gewartet …« Achten versuchte, lauter zu sprechen, war aber trotzdem kaum zu hören. Jan stieß beinahe mit seinem Ohr an die Maske.

»Auf wen? Auf was gewartet? Auf Braun?«

»Er hat sich einen anderen genommen. All die Jahre habe ich gewartet.« Durch das Strangulieren war Achtens Hals geschwollen, die Stimmbänder in Mitleidenschaft gezogen. Seine Stimme glich einem flüchtigen Krächzen, einem unwirklichen Raunen, wie rauschende Blätter im eisigen Wald.

»Wer? Daniel Braun hat sich einen anderen genommen? Was soll das heißen?«

»Nicht Braun …«

»Aber … Was meinen Sie …?«

»Die … die Maske. Bitte …«

Jan zog sie ihm behutsam herunter, aber Achten starrte nur an die Decke, anstatt mehr preiszugeben.

»Sie haben Daniel Braun geholfen. Sie Schwein haben ihn angestachelt und ihn unterstützt mit Ihrem perversen Wissen …« Abermals spürte Jan die Wut in sich aufbranden. Er musste an Leonie denken, die gefühlt drei Zimmer weiter schwer verletzt lag. Am liebsten hätte er den Kerl gepackt und ihn eigenhändig erwürgt. Hätte ihn erdrosselt für das, was er Leonie durch seinen Schüler angetan hatte. Doch das wäre ein zu schneller Abgang für dieses Schwein.

Jan lauschte, aber Achten atmete bloß schwer und glotzte an die Decke.

»Ich habe ihn getötet«, zischte Jan. »Ich habe Ihren Schüler aufgehalten. Für immer. Ich habe Ihr Werk zerstört, Achten. Sie haben Braun auf mich und meine Tochter gehetzt. Der Knast für Sie ist ein Witz.«

Achten antwortete nicht. Er sah an Jan vorbei zur Decke und begann mit einem Mal stumm zu weinen. Eine Träne löste sich und lief seine Wange herab, doch Jans Wut konnte sie nicht löschen.

»Was …«, begann Achten zu stammeln. »Was wissen Sie … vom Knast? Von der Einsamkeit?«

»Genug, um Sie zu hassen.«

»Was wissen Sie schon von … von *meinem* Opfer?«, zischte Achten. »Gewartet, Nygård. Gewartet habe ich … So lange auf ihn gewartet. Über zwanzig Jahre.«

Jan zögerte. »Zwanzig Jahre? Auf Braun? … Quatsch!«

Eine weitere Träne rollte über Achtens Wange, während er nach Luft rang. »Ich habe gewartet … Gewartet auf meinen *Meister*.«

»Meister?« Sollte er sich das Gewäsch dieses Psychopathen wirklich weiter anhören? Das war nichts als Unsinn. Aber dennoch rann es Jan kalt den Rücken herunter. »Was soll das heißen? *Meister*? Welcher Meister? Braun?«

»Sie sind so ein einfältiger Mensch, Nygård … So einfältig.«

»Dann klären Sie mich auf, Achten. Kommen Sie! Hängt die Gruber da mit drin?«

»Ich … ich habe gelitten. Opfer … Ja. Ich habe mein … mein Opfer gebracht. So lange Zeit, Nygård. Ich habe das Opfer nur für ihn auf mich genommen. Nur für meinen Meister. Ich habe für ihn …«

Jetzt wurde es Jan wirklich zu bunt. Was hatte er eigentlich gehofft, von Achten zu erfahren?

»Was für ein Opfer?«, fuhr er den Puppenmacher an. »Sie wurden verurteilt und sitzen Ihre Zeit ab. Noch immer! So sieht's aus.«

»Ja. Für den Meister habe ich …« Achten benetzte seine Lippen mit der Zunge. »Ich habe es für ihn getan. Ihn geschützt.« Er weinte noch immer stumm. Es waren Tränen der Enttäuschung, und er vermied es, Jan anzusehen. »Damit er mich holt! Dreiundzwanzig Jahre habe ich gewartet. Damit wir gemeinsam neue Werke erschaffen können. Damit … Damit wir zusammen wieder unsere Kunst erschaffen können. Wir zwei.«

»Zwei? Aber … Sie waren damals allein! Sie …« Jan brach ab. »Wer?!«, fuhr er Achten an, nachdem ihm klar wurde, was der gerade gesagt hatte. »Wer ist der Meister? Wieso zwanzig Jahre gewartet? Auf wen!?« Er konnte nicht an sich halten, packte Achten, obwohl sein Arm höllisch schmerzte, und presste ihn in die Kissen. »Reden Sie! Für wen sind Sie in den Knast gegangen?«

Achten gelang ein bitteres Lächeln. »Tun Sie's«, krächzte er und hustete. »Los! Drücken Sie zu!«

Jan rang den Schmerz nieder, packte fester zu. »Wer? Sagen Sie's! Los!«

Achten wurde von Hustenanfällen übermannt, eines der Geräte schlug an. Er bekam kaum Luft.

»So lange in … in dieser verfluchten Zelle!« Hustend sank er zurück, als Jan ihn endlich losließ. Er schüttelte den Kopf, wollte nicht weitersprechen.

»Achten!« Ein zweites Gerät begann zu piepen. Jan konnte Schritte heraneilen hören. Schnell drückte er ihm die Atemmaske mit der verbundenen Hand auf Mund und Nase. »Braun! Wer?!«

Achten weinte lauter, Selbstmitleid übermannte ihn. Abermals biss Jan die Zähne zusammen, griff Achtens Kopf.

»Das kann nicht sein! Sie lügen!«, fuhr er den Mann an. »Sie waren damals allein. Es gibt keinen Meister! Es … Fuck!«

Der Puppenmacher rang nach Luft, lief langsam rot an, keuchte und wand sich unter Jans Griff. Endlich ließ er los. Gerade rechtzeitig, denn im nächsten Moment riss eine Schwester die Tür auf.

»Was ist los?«, fragte sie verwirrt, als sie Jan über Achten gebeugt sah, die Sauerstoffmaske schief aufgesetzt. Sie sprang vor, doch ehe sie sich um Achten kümmern konnte, war Jan bereits aus dem Zimmer gestürmt.

Sie hatten die ganze Zeit falschgelegen.

39

Anna klopfte Schnee von ihren Schuhen und klingelte. Maunzend kam Kater Elric und streifte sich an ihren Beinen ab, stellte sich artig vor die Tür.

Sie hörte, wie Rütters durchs Wohnzimmer rollte. Dann öffnete sie die Tür, aber wie immer nur einen Spalt. »Oh. Sie?«, stellte sie überrascht fest und löste die Vorhängekette. »Immer rein in die gute Stube.«

»Stör ich?«

Lächelnd stieß Rütters die Tür für Anna auf. »Nein, nein.«

Anna trat ein und schloss die Tür hinter sich. »Es gibt Neuigkeiten, und ich dachte, ich überbringe sie persönlich.«

Elric stürmte zur Küche und sprang Rütters auf den Schoß, die dabei war, neuen Kaffee aufzusetzen. Maunzend schmiegte er sich an sein Frauchen.

»Ich hab's schon gehört«, antwortete Rütters seltsam tonlos, zog eine Selbstgedrehte hinter dem Ohr hervor und zündete sie sich an. »Kam in den Morgennachrichten.«

Anna sah zum Fernseher. Wie bei ihrem ersten Besuch lief die Spielekonsole, aber es war ein Streamer geöffnet. Aufnahmen vom Uhrmacherhaus mischten sich mit den Bildern der Werft, in der Jan in der Nacht Daniel Braun gestoppt hatte. Eine Sprecherin befragte über eine Schalte einen gut aussehenden Reporter vor Ort. Polizei wimmelte umher, und Anna meinte kurz Dieck und Brandt zu erkennen.

»Haben Sie etwa Schnaps mitgebracht? Kleiner Schwips am Morgen?«

Anna stellte die Flasche Küstennebel, die sie unterwegs in einer Tankstelle gekauft hatte, auf den Küchentresen. »Ich hab frei und …« Sie brach ab. »Zu heftig, oder?«

»Regt auf jeden Fall die Durchblutung an«, meinte Rütters lachend und fügte verschmitzt hinzu: »Wir können ja einen Schuss in den Kaffee kippen.«

»Gute Idee.«

»Machen Sie's sich gemütlich.« Sie zog noch einmal an der Zigarette, wirkte aber nervös und seltsam entschlossen. Dann blies sie den Qualm zur Kaffeemaschine, wo er sich mit dem Wasserdampf vermischte.

Anna legte ihre Jacke ab, ging zur Spielekonsole und nahm den Controller. »Kann ich das abschalten?«

»Wollen Sie spielen?«

»Warum nicht?« Sie setzte sich hin und klickte sich durch die Menüs, während Rütters leise eine Schublade öffnete. Sie hob Elric von ihrem Schoß, hantierte herum und nahm noch einen Zug von der Zigarette.

»Glauben Sie«, fragte Rütters, während sie zu Anna rollte, »der Albtraum hat ein Ende? Mit Achten und diesem … diesem anderen?«

Anna nickte. Sie schenkte Rütters einen aufbauenden Blick. »Es ist vorbei. Dieser Serientäter, den Achten seinen Schüler nannte – der ist tot. Und ich glaube, Achten wird nie wieder aus der JVA kommen. Die Sache hat ein Ende.«

Rütters drückte die halb aufgerauchte Zigarette in den Ascher. Sie fuhr neben Anna und sah von ihrem Rollstuhl aus auf den Screen.

Als Anna vom Spielen aufblickte, fiel ihr eine nasse Spur auf. Rütters' Rollstuhl hatte auf den Fliesen des Wohnzimmers feuchte Spuren hinterlassen. Ihr Blick glitt zur Tür, durch die sie beim letzten Besuch in den Flur und dann in den Keller gegangen war. Die Spuren führten bis zur Kellertreppe und auf der anderen Seite des Flurs zu einer Hintertür ins Freie.

»Waren Sie draußen?« Anna stand auf und ging zur Küche hinüber.

»Ich hab nur ein bisschen ... bisschen Luft geschnappt«, sagte Rütters überrascht.

Anna griff nach der Kaffeekanne. »Mit Zucker oder Milch?« Sie sah aus dem Fenster. Der Garten lag schneebedeckt da, das Gartentor war geöffnet, und Reifenspuren hatten sich in den Rasen gegraben. Als sie zur Seite blickte, konnte sie einen silbernen Kleinwagen sehen, der rückwärts durch das Tor bis zur Hintertür gefahren war. Stirnrunzelnd registrierte sie, dass die Heckklappe offen stand.

Rütters kam angerollt. »Zucker ist da vorne. Alles in Ordnung?«, wollte sie in nettem Tonfall wissen, als sie Annas fragenden Blick bemerkte.

»Aufschließen!«, befahl Jan schroff der Direktorin.

»Was haben Sie denn vor?«

Jan antwortete nicht. Kaum war die Tür geöffnet, drückte er sich an Gruber vorbei in Achtens Zelle.

Als Erstes nahm er sich die Marionette vor, sah sie sich genau an, ob Achten irgendetwas darin versteckt haben könnte. Nachdem er nichts gefunden hatte, widmete er sich dem festgeschraubten Tisch, zog mit einer Hand die Schubladen auf und durchwühlte unter den entsetzten Kommentaren der Direktorin Achtens wenige Habseligkeiten.

»Hören Sie auf! Sie ...«

Die Frau stand ihm nur im Weg. Kurzerhand schob Jan sie beiseite und widmete sich der Matratze.

»He! Was soll denn das?«

Er schlug sie mit der verletzten Hand hoch wie Achten

bei ihrem Besuch. Nichts. Hier waren lediglich die Skizzen, die Achten ihnen bereits gezeigt hatte.

Am liebsten hätte Jan die Kissen und die Bettdecke aufgeschlitzt, diese ganze Zelle von innen nach außen gekrempelt. Grübelnd trat er zurück und sah sich noch einmal um.

Er hatte etwas übersehen. Irgendwie kommunizierte Achten nach draußen. Wer immer sein Meister war, sie sprachen sich ab. Er hatte gesagt, er sei für ihn ins Gefängnis gegangen.

Sein Blick glitt von Gruber über die Wand, über die Plakate, die der Puppenmacher so fein säuberlich aufgehängt hatte.

»Was haben Sie?«, wollte die Direktorin wissen, als sie Jans skeptischen Blick bemerkte. Statt einer Antwort kniete sich Jan ohne langes Überlegen aufs Bett. Seine Seite schmerzte bei jeder Bewegung, aber es war ihm egal. Er bekam das erste Plakat zu fassen und riss es ab.

»Herr Nygård!«

Jan war bei der gefesselten, halb nackten Rihanna angelangt, als er mit einem Mal innehielt. Da war etwas unter dem Plakat.

Ein Stück vom Putz war weggekratzt worden, damit eine flache Mulde entstand.

Auch die Direktorin lehnte sich vor, um besser sehen zu können. Brummelnd biss Jan die Zähne zusammen. Manchmal hasste er es, richtigzuliegen. In dieser Mulde steckten ein flaches Aufladegerät und ein altertümliches Handy. Er zog beides raus.

»Aber … Handys sind hier nicht erlaubt …«

Sofort kontrollierte Jan das Handy. Es war kein Smartphone, sondern noch ein normales Tastending zum Aufklappen.

Pin eingeben.

»Hatte er eine Nummer?«, wollte er von der Direktorin wissen, die ihn jedoch nicht gleich verstand. »Eine Nummer! Irgendwas, um das Ding zu entsperren!«

»Ich … Keine Ahnung … Ich meine …« Sie schluckte. »Vielleicht sein Geburtsdatum?«

»Datum? Geburt? Ja. Das klingt gut«, knurrte Jan und wartete, dass Gruber endlich loslegte.

»Äh … August … Achtzehnter. 1957.«

1808 … Falsch.

1957 … Falsch.

5708 …

Es funktionierte. Jan brauchte einen Moment, um mit der alten Menüführung klarzukommen … *Erhaltene Anrufe*.

»Jäklar!« Der letzte war erst vor zehn Stunden erfolgt. Kurz bevor Achten versucht hatte, sich umzubringen. Das war, kurz nachdem er Braun gestellt hatte.

Jan ließ sich mehr anzeigen. Die Liste nahm kein Ende.

Hunderte Anrufe in den letzten Wochen.

Und immer von derselben Handynummer aus.

Beinahe jeden Tag in den letzten Monaten war Achten angerufen worden.

Konsterniert starrte Jan auf die lange Zahlenreihe, auf die immer gleiche Telefonnummer. Dann fasste er sich ein Herz.

Sein Finger tippte auf *Wählen*.

Er hörte, wie die Nummer angerufen wurde.

Es klingelte … klingelte … klingelte wieder und wieder …

Seine Handfläche wurde feucht, während er sich, das Handy ans Ohr gepresst, auf die Bettkante setzte. Unter dem Pflaster seiner Hand begann es zu pochen.

Geh ran! Mach schon!

Warten. Unendliche Sekunden.

Das Klingeln drang in seinen Kopf, hallte wider und …

Endlich nahm jemand ab.

»Karl?«, flüsterte eine Stimme. Eine weibliche Stimme.

Eine Frau? Jan war überrascht.

»Karl?«

Die Stimme kam ihm seltsam bekannt vor.

Sein Mund wurde ganz trocken, und in seinem Kopf wirbelten die Gedanken.

Wieso kenne ich diese Stimme? Eine Frau? Aber …?

»Ja«, brummte er und ahnte, dass sie nicht darauf hereinfallen würde. Wahrscheinlich hatten sie ein Codewort.

Eine kurze Pause entstand. Er hörte die Frau atmen, während sie wohl überlegte, was sie als Nächstes tun sollte. Und dann hörte er noch etwas. Die Stimme einer zweiten Frau … Ja, ganz leise. Sie fragte nach einem zweiten Kaffeebecher.

Und diese Stimme – die erkannte er sofort.

Anna.

Eiskalt lief es ihm den Rücken hinunter. Dann hatte die erste Frau aufgelegt. Jan starrte auf die Marionette, die er so achtlos auf Achtens Tisch geschmissen hatte.

Da lag sie, diese Polizistin, und lächelte ihn mit ihren Glasaugen an.

Barbara Rütters.

Anna spürte, dass etwas nicht stimmte. Ihre Hände wurden feucht, und ihr Puls beschleunigte sich. Sie schmeckte die Angst auf ihrer Zunge.

Was, zum Teufel, hatte der offen stehende Wagen zu bedeuten? Sie meinte, Koffer zu sehen, Beutel voller Klamotten. Es sah aus, als hätte Rütters vor, ziemlich lange zu verreisen. Als sie eine Bewegung hinter sich spürte, griff sie die Glaskanne mit dem Kaffee fester. Ihr war, als richtete sich Rütters hinter ihr auf und …

Sie fuhr herum. Rütters stand vor ihrem Rollstuhl. Sie hielt ein Fleischmesser in der tätowierten Hand.

»Tut mir leid«, sagte sie freundlich. »Ich muss jetzt Schluss machen.«

Und mit diesen Worten stürzte sie vor, ließ das Messer durch die Luft sausen. Anna schrie, sprang zurück. Die Küchentheke. Sie konnte nicht weiter.

Das Messer drang in ihren Bauch. Mit einem Aufschrei riss sie die Kaffeekanne rum, ließ sie gegen Rütters Kopf krachen. Splitter und kochend heißer Kaffee spritzten der Frau ins Gesicht. Rütters schrie auf, taumelte mit dem blutigen Messer zurück und keuchte vor Schmerz, während der Kaffee ihre Haut verbrannte.

Stöhnend presste Anna eine Hand auf die Wunde, ließ den Griff der Kanne fallen und sah sich panisch nach einer Waffe um.

Außer sich vor Zorn wischte sich Rütters das Gesicht ab, starrte Anna an. »Du Schlampe!«, zischte sie und baute sich mit dem Messer erneut vor Anna auf.

40

»Komm schon, geh ran!« Jan, das Handy am Ohr, eilte aus der JVA. Niemand meldete sich.

Unter Schmerzen rannte er los, passierte endlich das Drehkreuz und steuerte das Taxi an, mit dem er gekommen war.

Während er die Tür aufriss, nannte er dem Fahrer bereits Rütters' Adresse. »Fahren Sie los! LOS!«

Er rief Riya an. »Ihr müsst zu Rütters kommen! Schick mehrere Wagen hin.«

Riya begriff nicht.

»Sie hat uns angelogen. Ihr Bruder war nicht derjenige, der immer tiefer in die Szene gerutscht ist. *Sie* ist als Jugendliche da rumgestromert. Sie ist in Achtens SM-Club ein- und ausgegangen.« Er erklärte ihr in kurzen Worten, dass sie Achten wohl auf den Geschmack gebracht hatte und sie zusammen gemordet hatten.

»Aber … Rütters war doch sein Opfer.«

»Das sollten wir glauben, ja!« Er schrie den Fahrer an, Gas zu geben, und hielt ihm die Polizeimarke unter die Nase. »Sie hat ihre Hände von Achten durchbohren lassen, ja. Und ich glaube, sie hat auch ziemlich gelitten – aber das war nur Tarnung.«

»Weißt du … weißt du, was du da sagst?«

»Sie hat live mitbekommen, wie sich der Kreis enger um Achten zog. Sie wusste, dass sie gefasst werden würde, und hat sich als Opfer inszeniert. Und Achten ging für sie in den Knast … Riya! Anna ist bei ihr! Und ich …«

»Ja.«

»Ich habe Rütters gewarnt! Ich!« Wütend wollte Jan auf

das Armaturenbrett schlagen, aber sein rechter Arm war in der Schlaufe fixiert. Er zwang sich, einmal tief durchzuatmen. Dann zückte er mit links die Dienstwaffe, wollte sie checken, ließ aber angesichts seiner verbundenen Hand davon ab.

Anna wich zurück, stieß aber erneut an die Theke. Hier war kaum Platz und an Flucht nicht zu denken. Rütters war sehr viel sicherer auf den Beinen, als sie gedacht hatte. Wahrscheinlich benutzte sie den Rollstuhl nur aus Bequemlichkeit und um verletzlich zu wirken.

»Du warst bei Achten«, keuchte sie und hielt sich die Wunde. »Du bist zu ihm in den Club gegangen und hast zusammen mit ihm SM-Spielchen gemacht. Mit anderen Frauen.«

Rütters lächelte. Aus ihren pechschwarzen kurzen Haaren troff dampfend der Kaffee. Ihre Wangen waren krebsrot. »Ich habe ihn geliebt. Damals. Zusammen haben wir Höhepunkte erlebt, die du in deinem armseligen Leben niemals erreichen wirst. Du hast ja keine Ahnung, was es heißt, einem Menschen beim Sterben zuzusehen. Wie berauschend es ist, wenn sie sich unterwerfen. Und dann beobachtest du, wie sie selbst erkennen, dass es keinen Ausweg gibt. Nichts ist geiler.«

Annas Finger tasteten panisch hinter ihrem Rücken nach irgendetwas, dass sie benutzen konnte, um sich zu wehren. Aber da war nichts.

»Dein Blick, Anna … Du weißt gar nicht, wie schön und verletzlich du bist. Jetzt in diesem Moment«, meinte Rütters und kam einen Schritt näher. »Schau das ganze Blut an! Wird nicht mehr lange gut gehen.«

Sei kein Opfer, ermahnte sie sich. Tu was! … Lieber Gott! Bitte!

Sie riss sich zusammen.

»Halt's Maul!«, fuhr sie Rütters unerwartet harsch an. »Dein Bruder wollte dich stoppen, und du hast ihn getötet – aber jetzt bist du dran. Ich kill dich!«

Rütters lachte. »Oh, wie dominant … Ja, stimmt. Er ist mir immer näher gekommen – in den Ermittlungen. Ich musste etwas unternehmen …«

»Und Braun? … Daniel?«

»Hab ich vor Jahren kennengelernt. Daniel war mal dabei, als meine Eltern ein Boot neu ausstatten sollten …« Unvermittelt sprang sie vor, ließ das Messer durch die Luft schneiden. Anna riss den Arm hoch, spürte, wie die Schneide durch ihr Fleisch fuhr und schrie auf. Rütters holte zu einem weiteren Hieb aus, aber Anna sackte blutend und wimmernd vor der Küchenfront auf den Boden.

Rütters trat vor sie, sah von oben auf sie herab. Ihr Blick war entrückt, nicht mehr ganz von dieser Welt. »Ich mag es, wenn du wimmerst. Tu, was ich sage, ja! Ich werde einfach ein bisschen von dir abschneiden und zusehen, wie du vor Schmerz schreist.« Unvermittelt schnellte sie vor.

Anna konnte kaum denken. Zitternd riss sie die Arme über den Kopf, fürchtete den nächsten Schnitt.

Denk nach! Denk nach!

Tränen schossen ihr in die Augen.

Da beugte sich Rütters zu ihr herunter. »Daniel war mir hörig, aber er hat sich für einen Künstler gehalten. Wollte unbedingt was Neues machen.« Sie packte Anna, die in Todesangst wie erstarrt war, an den Haaren.

Wehr dich! Tu was! Was würde Jan …?

Mit voller Wucht trat sie gegen Rütters' Knie. Etwas knackte, und Rütters' Brüllen erfüllte das Haus.

Jan hielt es kaum im Sitz. Immerhin drückte der Fahrer aufs Gas. Sie rasten ins Gewerbegebiet und schossen auf Rütters' Einfahrt zu, als er drei Streifenwagen sah, die von der anderen Seite kamen.

Er wartete nicht, bis das Taxi ganz hielt, sondern riss die Tür auf. Die Waffe in der falschen Hand, rannte er auf die Haustür zu, hörte die Beamten hinter sich, die sich absprachen und ihm folgten.

Er ließ sich gegen die Tür fallen. Scheiß auf den Arm. Fest geschlossen. Kurzerhand wandte er sich einem der Fenster zu, warf sich mit aller Kraft hinein. In einem Splitterregen fiel er ins Wohnzimmer, kam zielend auf die Beine.

»ANNA?«, rief er.

Doch es blieb still.

Es war trügerisch ruhig im Zimmer.

Lediglich das monotone Gedudel eines Computerspiels war zu hören und die Rufe der Polizisten. Einer kletterte durchs Fenster, während sich Jan aufrichtete.

Da … Blut …

Entsetzlich viel davon. Von der Küche aus verlief eine Spur aus verwischtem Blut. Sie zog sich bis zu dem Rollstuhl.

»Scheiße!«, keuchte er und pirschte sich an den Stuhl an. Er stand mit der Lehne zu ihm, war halb aus der Küche herausgerollt … Jemand war herausgerutscht, saß davor auf dem Boden … Anna?

Er kam näher und näher, zielte …

»Anna?«, keuchte er, erhielt aber keine Antwort.

Nein! Bitte … Lass sie leben …

Seine Hand war schweißnass. Hinter ihm betraten die Beamten das Haus, sicherten ihn … Er schob sich weiter in Richtung Stuhl zu, riss ihn weg.

Rütters.

Sie saß da und blickte ihn aus angsterfüllten Augen an. Sie blutete stark. Ihr Pulli war zerfetzt, sie hatte mehrere Stiche in der Brust. Keuchend rang sie nach Luft.

Jan hörte, wie er nach einem Sanitäter rief, und dann glitt sein Blick zurück in die Küche …

Sie sah aus wie ein Schlachthof. Überall war Blut. Der Boden, die Schränke. Wischspuren, Schlieren, Tropfen …

Und Anna …?

Nein.

Keine Anna.

Suchend riss er den Kopf herum.

Anna saß auf der Couch. Sie starrte auf den Fernseher, während drei Beamte ihre Waffen auf sie richteten. Sie rührte sich nicht, hatte sich den Arm mit einem USB-Kabel abgebunden. Die Katze saß auf ihrem Schoß.

Reglos starrte sie auf den Fernseher, wo ein irrer Soldat in einer Endlosschleife auf Zombies schoss. Dann sah sie zu ihm, und ihre Blicke trafen sich, während die Polizisten sie anschrien.

»Hinlegen! Hände hinter den Rücken. Haben Sie eine Waffe?« Ihre Befehle überschlugen sich.

Anna lächelte.

»Zurück! Lasst sie!«, befahl Jan, schob sich durch die Männer, hatte nur Augen für sie. Er zog sie zärtlich hoch und nahm sie in den Arm.

Unendlich erschöpft und genauso dankbar drückte er sie an sich.

Durch die offene Haustür hindurch fiel sein Blick auf die Elbe. Er spürte Anna in seinen Armen und sah den Fluss im Mittagslicht glitzern.

Eine Brise brachte frischen Schnee.
Jan lächelte.
Er hielt sie.
Er lächelte.

41

Der rote Schriftzug *Der Keller* spiegelte sich in den Pfützen und spielte mit den Lichtern der Laternen. Die weiße Schneedecke war passé, der Schnee größtenteils geschmolzen. Anna sah sich von ihrem Wagen aus zu Tonias Boxkeller um, aus dem Jan, eine Sporttasche geschultert, soeben trat. Er setzte seine klobige Pelzmütze auf und steuerte sofort ihr Auto an, blies Wölkchen in die kalte Nacht.

Wie so oft sah er angeschlagen aus, und an seinem leicht wiegenden Gang erkannte Anna sofort, dass er wahrscheinlich noch immer Schmerzen von Brauns Einstichen in der Seite hatte. Der Arm war jedenfalls einigermaßen verheilt, immerhin konnte er wieder trainieren und seine Rechte in Form bringen.

Jan zog die Tür auf. »Hej.«

»n' Abend.«

»Danke fürs Abholen.«

Anna nickte und setzte artig, obwohl kein Wagen kam, den Blinker.

»Wie geht's Leonie?«, fragte sie.

»Soll nächste Woche entlassen werden. Kommt ein bisschen auf die Werte an. Aber es wird.«

Sie nahm ein paar Nebenstraßen und fädelte sich Richtung HafenCity ein. Als sie seinen fragenden Blick bemerkte, erklärte sie: »Ich dachte, wir gehen noch etwas essen und regen uns über Dieck auf? Ist das okay für dich?«

Er lächelte.

»Hast du geduscht?«

Jan zog die Stirn kraus.

»Ist 'n Sterne-Restaurant«, erklärte Anna knapp.

»Ach. Da darf man nicht stinken?«

Sie musste schmunzeln. »Keine Ahnung. Bisher hat da niemand gestunken.«

»Lassen wir's drauf ankommen.«

Anna musste lachen. »Gern. Lassen wir's drauf ankommen. Mein Vater zahlt. Wir müssen's also ordentlich krachen lassen.« Sie bog rechts ab. »Was magst du denn so am liebsten? Gibt's da irgendwas? Hummercreme? Hamachi mit grünen Aromen? Hummer ist nicht so meins, aber ich kann den Fisch empfehlen. Bist du der Fischtyp? In Schweden isst man doch sicher viel Fisch, richtig? Jan?«

Jan hatte die ganze Zeit geschwiegen, weil er ihr beim Plappern zugesehen hatte.

»Na, ich merk schon, dein Small Talk hat die letzten zwei Monate tolle Fortschritte gemacht.«

»Halt mal den Mund.« Er fischte etwas aus seiner Jeans und stellte es stumm vor ihr aufs Armaturenbrett. Es war eine Michael-Figur. Groß wie ein Daumen, aber leider aus schlechtem Plastik, und der Heilige hatte eher indische Züge.

»Oh.« Sie nahm das skurrile Figürchen und wog es in der Hand.

»Ist … Na ja, etwas billig, aber … Also ich dachte, du kannst ihn brauchen. Eigentlich ist er von Riya. Aus 'nem indischen Online-Shop.«

»Die haben so was?«

»Ich … ich hab doch keine Ahnung. Das … war nur 'ne Idee. Ich dachte, der gibt dir vielleicht Mut. Der heilige Michael. Schutzpatron tapferer Polizisten.«

»Er stürzte die bösen Geister in den Abgrund zurück.«

»Stürzte die bösen Geister in den Abgrund zurück, genau … Und er ist … na ja … ziemlich … *hässlich*.«

»Ausgesprochen.«

»Ausgesprochen hässlich. Ja. Aber die inneren Werte zählen. Richtig, Frau Doktor?«

»Hey, du kannst mehr als zehn Worte am Stück reden!«

»Nein. Stammeln.«

»Stammeln ist auch ein Fortschritt.« Sie musste noch mal lachen. »Danke dir, Jan.«

»Bitte.«

Jan blickte nach draußen.

Die regennassen Straßen zogen vorbei, die Lichter hinterließen Spuren in den Wassertropfen, die sich an der Scheibe langzogen. Teilweise sahen die leuchtenden Sprengsel wie entfernte Sterne aus. Er hoffte, Leonie nächste Woche nach Hause bringen zu können. Seine Tochter sprach seit ein paar Wochen wieder. Es ging voran, auch wenn der Weg steinig und die Schritte winzig waren.

»Woran denkst du?«

»An die Familie«, sagte er, den Blick immer noch auf die Straßen draußen gerichtet. »An Leonie. Und an einen neuen Start. Es wird Zeit, etwas zu ändern, glaub ich.«

Er ließ die Gedanken schweifen, dann gab er sich einen Ruck und fragte sie: »Hast du noch Termine frei? Im LKA? In deinem Seelenklempner-Keller?«

Überrascht sah sie ihn an. »Du bist mein liebster Patient.«

Er musste schmunzeln. Das neue Jahr war erst ein paar Wochen alt. Es wurde Zeit, dass er an sich arbeitete.

Danksagung

Dieses Buch wäre nicht ohne viele hilfsbereite Menschen zustande gekommen, die mich unterstützt und meine Fragen geduldig beantwortet haben.

Euch allen gebührt Dank!

Besonders möchte ich Thomas Papies danken, der mich über das Leben in der JVA aufgeklärt hat und bei winterlichen Spaziergängen geduldig Rede und Antwort stand. Ohne ihn würde Karl Achten noch in Sicherungsverwahrung sitzen und nicht im geschlossenen Vollzug und, und, und … Danke dir, Thomas.

Oliver Gauer war so nett, mich bei Fragen zum Krankenhaus, Verbandsmitteln und Co. zu beraten. Danke für deine tollen Tipps, Oliver.

Außerdem hat mich Michael Fullcircle, ein wahrer Wiskyfan und Whiskykenner, beraten. Michael hat mir erklärt, was guten schwedischen Whisky ausmacht. Und gleich die passende Destille vorgeschlagen. Ohne ihn müsste Jan Wasser trinken. Michael, nimm's mir nicht übel, dass Jan auch mal am Wodka nippt! Da gibt's wohl Ressentiments … Danke dir.

Ina – wie so oft ein ganz großes Danke an dich, Ina. Du hilfst mir immer sehr in Sachen Leichen, Anatomie und Tötungsmethoden … Nur zuhören darf bei unseren Gesprächen niemand.

Nicht zu vergessen die wertvollen Tipps, die von Stephan Schlafke vom Figurentheater Lübeck kamen. Er hat zwar oft die Hände über dem Kopf zusammengeschlagen bei dem, was ich vorhatte, aber mir sehr geholfen. Danke dir, Stephan.

Wie so oft gilt mein Dank meiner Frau und natürlich meinen Kindern, die trotz Pandemie und wenig Freiräumen so geduldig mit mir waren und mich unterstützt haben, wo sie nur konnten. Danke euch allen!